新世纪文艺心理学

Xinshiji Wenyi Xinlixue

曾军 邓金明 主编

张月 和磊 庄桂成 副主编

图书在版编目(CIP)数据

新世纪文艺心理学/曾军,邓金明主编.—北京:北京大学出版社,2014.3
(博雅大学堂·文学)
ISBN 978-7-301-23977-3

Ⅰ.①新… Ⅱ.①曾…②邓… Ⅲ.①文艺心理学-高等学校-教材
Ⅳ.①I0-05

中国版本图书馆 CIP 数据核字(2014)第 038895 号

书　　名:新世纪文艺心理学
著作责任者:曾　军　邓金明　主编
责 任 编 辑:张雅秋
标 准 书 号:ISBN 978-7-301-23977-3/I·2730
出 版 发 行:北京大学出版社
地　　址:北京市海淀区成府路 205 号　100871
网　　址:http://www.pup.cn　新浪官方微博:@北京大学出版社
电 子 信 箱:pkuwsz@126.com
电　　话:邮购部 62752015　发行部 62750672　出版部 62754962
编辑部 62752022
印 刷 者:北京大学印刷厂
经 销 者:新华书店
650mm×980mm　16 开本　20 印张　338 千字
2014 年 3 月第 1 版　2014 年 3 月第 1 次印刷
定　　价:40.00 元

编写人员

导　论　邓金明　曾　军(上海大学)
第一章　邓金明(上海大学)
第二章　曹　谦(上海大学)
第三章　陶国山(华东师范大学)
第四章　赵　牧(许昌学院)
第五章　郭　勇(三峡大学)
第六章　曾　军(上海大学)
第七章　和　磊(山东师范大学)
第八章　张　月(郑州大学)
第九章　庄桂成(江汉大学)
第十章　苗　田　段似膺(上海大学)
后　记　曾　军(上海大学)

目 录

导论　文艺心理学的反思与重建

文艺心理学可以说是一门“古老而年轻”的学科。说“古老”,是因为东西方很早就有了文艺心理方面的思想,比如中国先秦时孔子的“兴观群怨”说、西方古希腊时柏拉图的“迷狂说”以及亚里士多德的“净化说”等。说“年轻”,则是因为文艺心理学作为一门学科,在西方只有一百多年的历史,至今尚未成熟,处于生长之中。在中国,文艺心理学的学科史更短。从上世纪30年代朱光潜先生在国内从事文艺心理学教学并出版《文艺心理学》一书算起的话,连百年都不到,这中间还由于历史原因有近半个世纪的中断。

在国内学科体制中,文艺心理学又是一门颇具“中国特色”的学科。首先是美学性,文艺心理学学科是由著名美学家朱光潜先生命名并建立的,这同时也奠定了文艺心理学的心理美学传统以及以审美经验为对象的研究范式;其次是人文性,与国外的文艺心理学研究者多为专业的心理学家不同,国内从事文艺心理学研究的,主要是一些文艺理论家和批评家,这自然造成文艺心理学研究上人文性大过科学性;最后是时代性,在近百年中国社会历史中,文艺心理学不仅是一门纯粹的理论或学科,它同时还是文化启蒙和思想解放的工具,尤其是在上世纪八九十年代,对社会思想产生过巨大影响。

当然,在今天,已经褪去思想文化色彩的文艺心理学,与往昔相比早已风光不再。虽然它仍是国内许多高校文科的必修课,但说起文艺心理学,人们谈得更多的是困境与出路问题。这种境遇的浮沉变化,固然是时代语境转变使然,但同时更是内在思路的症结反映,因此值得我们好好梳理和反思。

一

众所周知,“文艺心理学”的名称来自朱光潜先生的《文艺心理学》一书。在这本书的序言中,朱先生提到他曾经为“文艺心理学”的命名问题颇费思量:

> 这是一部研究文艺理论的书籍。我对于它的名称,曾费一番踌躇。它可以叫做《美学》,因为它所讨论的问题通常都属于美学范围。美学是从哲学分支出来的,以往的美学家大半心中先存有一种哲学系统,以它为根据,演绎出一些美学原理来。本书所采的是另一种方法。它丢开一切哲学的成见,把文艺的创造和欣赏当作心理的事实去研究,从事实中归纳的一些可适用于文艺批评的原理。它的对象是文艺的创造和欣赏,它的观点大致是心理学的,所以我不用《美学》的名目,把它叫做《文艺心理学》。这两个名称在现代都有人用过,分别也并不很大,我们可以说,"文艺心理学"是从心理学观点研究出来的"美学"。[1]

朱光潜当年用"文艺心理学"来指称与"哲学美学"相对的"心理学美学",现在看来是有问题的。

把文艺心理学划归美学,多少是美学家们的一厢情愿。后来李泽厚在为《中国大百科全书》撰写"美学"词条时也"萧规曹随",认为"审美心理学是美学以其研究艺术和日常经验中审美特征而日渐成为独立的学科,对审美经验的心理研究称为审美心理学或称文艺心理学,它构成美学的第三个方面"[2]。但这种划分并没有得到心理学家们的认可,后者认定文艺心理学是心理学而非美学的应用分支学科[3]。而在文艺理论家们看来,如果朱光潜强调《文艺心理学》是"一部研究文艺理论的书籍",它的目的是"把文艺的创造和欣赏当作心理的事实去研究,从事实中归纳的一些可适用于文艺批评的原理",那"文艺心理学"的提法同样难尽人意。因为"文艺心理学"是"以文艺创作和文学接受的例证来说明心理学原理"的,而"从审美心理学的角度来解释和研究文艺创作、文艺作品和文艺接受中的问题",更合适的提法是"心理学文艺学"或"心理学美学"[4]。朱光潜采用"文艺心理学"而非"心理文艺学"的提法,多少可能与他的美学专业和美学家身份有关。在他的学科意识中,毫无疑问更看重的是美学或心理学而非文艺学。而且,"文艺学"这个来自苏俄的提法,不为留学英法的朱光潜所青睐也并不

---

① 朱光潜:《文艺心理学》,上海:开明书店1946年版,"作者自白"第1页。

② 中国大百科全书总编辑委员会编:《中国大百科全书·哲学卷·美学分卷》,北京:中国大百科全书出版社1985年版,第607页。

③ 刘兆吉:《七十年来文艺心理学与美育心理学创建与发展概况》,《西南师范大学学报》(人文社会科学版),2000年第6期。

④ 童庆炳:《世纪之交:中国现代文艺心理学发展的重新审视》,《光明日报》,1999年10月28日、11月11日。

奇怪。

不管怎样,研究文艺创造和欣赏中的心理问题的这门学科,被朱光潜定名为"文艺心理学"后,就一直沿袭至今。虽然后世的文艺理论家们不无质疑,但"文艺心理学"作为约定俗成的学科名称,与"文艺美学""文艺社会学"并列,作为文艺学的三大分支学科,已被文艺学界所默认①。

对一门学科来说,命名问题固然重要,但研究原则及研究对象问题或许更为关键。虽然朱光潜先生强调《文艺心理学》是"一部研究文艺理论的书籍",研究的对象主要是"文艺的创造和欣赏"中的"心理的事实",但就书中内容而言,其实主要是围绕"美感经验"或"审美经验"来谈。在书中,朱光潜用心理学观点解释审美经验,通过讨论西方的文艺心理理论,把文艺的创造与欣赏作为心理现象加以研究,其奠定的心理美学传统和以审美经验为主要研究对象的范式对后世文艺心理学影响深远。上世纪 90 年代以来,童庆炳先生主持出版了"心理学美学丛书"15 种(其中包括童庆炳的《艺术创作和审美心理》、陶东风的《中国古代心理美学六论》等)以及他主编的《现代心理美学》,将朱光潜先生开创的心理美学推至高峰,审美心理研究也成为文艺心理学研究的主要对象和主导原则。

在上世纪 80 年代"美学热"的大背景下,这种文艺心理学的美学化作为时代思潮的反映,自然无可厚非。但时过境迁,新世纪以来,以审美心理研究为主要诉求的文艺心理学已经不能满足当前价值更加多元、形势更加复杂的社会文化状况了。正如心理学不仅包含常态心理学、积极心理学同时也包含变态心理学、病态心理学一样,文艺心理学也不能仅仅研究审美心理,而应该研究与文艺乃至文化相关的各种复杂心理现象,这些现象不能简单从"美""审美"或"美学"角度来概括。甚至我们可以说,审美经验已经不再是文艺心理学的核心议题。从社会、政治、伦理、教育乃至身体等角度去探讨心理现象,已成为一种趋势。"审美"正在成为一个政治问题,涉及权力、话语权、自由民主、社群诸多问题,正如法国哲学家朗西埃所说的,这不再是一个美学和感性自身的问题,而是一个美学和感性的分配问题。文艺心理学需要积极面对研究对象从个体心理向社会心理的转变,文艺心理问题不再仅仅是个体创作和欣赏中的审美体验问题,它同时也是群体文化活动中的社会文化问题,是整个社会情感结构和政治结构的一部分。如果文艺心理学仍然固守由朱光潜开创的心理美学传统,只会落下与社会时代相脱节的

① 陈炎:《文艺美学、文艺社会学、文艺心理学的学科分野》,《文史哲》,2001 年第 6 期。

结果，这恐怕也是文艺心理学在当代社会语境中渐趋失语的原因之一。

二

作为文艺学与心理学的交叉学科，中国的文艺心理学在学科建设上，一开始就面临着一个尴尬处境：一方面，从人员来看，与国外文艺心理学研究者多为专业的心理学家不同，国内从事文艺心理学研究的主要是哲学、美学以及文艺学等人文领域的学者，另一方面，从学科建设出发，文艺心理学在科学性和专业性上又有着强烈的诉求，总想纳入科学范畴。这种尴尬处境，表面上是研究者的知识构成、研究能力与研究动机、研究目的之间的落差问题，其实质则是文艺心理学在人文主义与科学主义上的取向问题。

文艺心理学的科学化与心理学在上世纪80年代"方法论热"中的复苏是同步的。正如有论者提到的，"解放后，心理学一度作为伪科学被取缔，因此80年代的'心理学＋文艺学'研究事实上是从头开始的。1985年的'方法论热'对这一研究的促进作用不可低估。如同美学泛化一样，大陆也曾出现心理学泛化，以'□□心理学'命名曾是学术界的时髦景观。人们不仅伸向各种艺术门类，伸向各种特殊心理层面，而且也伸向概论领域，试探以理论方式建构它的学科体系。从单兵突袭到集团作战，从个体经营到社会定货，可以说是应有尽有"①。这股"方法论热"与学科建设的科学性诉求结合在一起后，使科学主义在文艺心理学中大行其道，一度占据了主导位置。其结果是，朱光潜的文艺心理学代表作《悲剧心理学》和《文艺心理学》遭到了"质疑"："由于他对哲学、文学的偏好和对实验心理学的不信任，导致在两本著作中所采用的观点和方法论大都来自于被实验心理学家所鄙薄的'纯心理学'。"②而被文艺心理学界一再援引的勃兰兑斯"文学史，就其最深刻的意义来说，是一种心理学，研究人的灵魂，是灵魂的历史"的论述，也被认为与实验心理学不符，"属哲学范畴而非科学"③。

一方面是来自心理学界的对文艺心理学研究"不够科学"的种种指责，另一方面则是文艺心理学界对自身人文性的不自信以及对科学性的盲目追求。比如，"审美心理结构"曾经是心理美学或文艺心理学提出的一个重要

---

① 李平：《世纪之交：文艺心理学的窘境与前瞻》，《北京社会科学》，1999年第1期。

② 同上。

③ 温潘亚：《心理史，精神史？——论勃兰兑斯的文学史观》，《江海学刊》，1996年第3期。

概念。李泽厚先生在论述"审美心理结构"时提出,"从作为人类心理结构物态化成果的艺术作品中,研究由各种形式的不同配置而产生的不同心理效果,探测不同比例的心理功能的结合,是美学研究中大有可为的事情"[1]。这在一定程度上便落入了他自己所批判的"实验美学"的窠臼。李泽厚自己都认为,实验美学"到底有多少真正的科学性,在确定审美心理规律方面能占多大比重,是大可怀疑的。事实上,极为复杂的审美经验完全不可能还原为、归结为、等同于这种简单的形体线状的情感反应"[2],后面怎么又妄言通过"研究由各种形式的不同配置而产生的不同心理效果,探测不同比例的心理功能的结合"的方法,就大可研究"李白与杜甫,李商隐与杜牧,悲剧使伦理情感突出,小说则认识因素颇强,中国诗话词话中经常讲究的字句的推敲,一字之差,境界顿异"等等复杂的文艺现象呢?事实上,通过"研究由各种形式的不同配置而产生的不同心理效果"来研究偏重于形式方面的文艺现象倒也不无可取之处,但是通过"探测不同比例的心理功能的结合"来研究"李白与杜甫,李商隐与杜牧"等偏重于主体方面的文艺现象则令人怀疑。说到底,这种实验美学式的科学分析思维,违背了康德所说的艺术的"自然性"和中国古代文论提倡的艺术的"整体性"[3],尤其是在面对作为艺术主体的艺术家时。审美心理虽然是结构性的,但是在这个结构中各种心理要素的配置与搭配的比例,根本就不是一个科学能解析的对象,也不是一个科学能回答的问题。

在文艺心理学的研究方法上,到底是采取科学主义还是人文主义?1987年出版的由钱谷融、鲁枢元两位先生主编的《文艺心理学教程》,其实早已给出了答案。"关于这门学科的研究方法,其实也存在着两种不同的选择。一种是实验的、实证的方法,一种是内省的、经验的、思辨的方法。本书的编写者都是从事文学教学、文学批评和文学研究工作的,在研究的方向、方法上都倾向于后边一类。我们认为这样的研究更切合我国文学界的实际。"[4]而王先霈先生则说得更为明确:"我们不能拒绝科学的心理学的许多有用的成果,但人文性的、阐释的心理学对文艺心理学更加亲切适用;文艺心理学自身更趋向人文性和阐释性。文艺心理学研究的很重要的意义,

① 李泽厚:《美学三书》,合肥:安徽文艺出版社1999年版,第535页。

② 同上书,第506页。

③ 关于中国古代文论"偏重整体的、直观的把握"特点的论述,具体参见蒋凡、郁源主编:《中国古代文论教程》,北京:中国书籍出版社1994年版,第4—6页。

④ 钱谷融、鲁枢元主编:《文艺心理学》,"初版前言",上海:华东师范大学出版社,2003年。

正在于借助它'弄懂人类生活的意义',达成心理的和谐,追求诗意的艺术化的人生。"①

因此,当代文艺心理学必须重返人文主义,必须重新提倡在学科建设中一度被科学性压制的人文性。提倡人文性不等于否定科学性,而是强调在"文学是人学"的人文主义的主导下,合理有度地运用科学思维。

三

1999年,童庆炳先生在《光明日报》撰文,在简短回顾了中国文艺心理学的发展历程之后,提出文艺心理学研究必须面对一个重要问题,那就是"如何与变化了时代和变化了的文艺创作、文学接受的实际相结合"②。也就是说,中国的文艺心理学有一个时代性的问题。

中国现代文艺心理学从上世纪初诞生时起,就与"救亡与启蒙"的时代使命紧密不分了。从梁启超的"熏浸刺提"到胡风的"主观战斗精神",从王国维的《〈红楼梦〉评论》到鲁迅翻译《苦闷的象征》,从蔡元培到朱光潜(后者的《文艺心理学》其实是对前者"以美育代宗教"的回应③),文艺心理学从来都不是封闭在象牙塔内的经院学术,而总是与时代精神相呼应。尤其是上世纪80年代初,"在文学界反思并矫正淤积经年的'机械的''庸俗的''极左的'社会政治型文艺批评理论时,文学创作开始'向内转',转向作家、读者以及作品中人物的心性和心灵,转向人的情绪、记忆、意识、潜意识领域。于是,文学心理学应运崛起,在文学界的'拨乱反正'中发挥了积极作用"④。可以说,文艺心理学是在参与80年代思想界关于主体性问题的大讨论中复兴的,虽然在某些学者看来,"文艺心理学"是"一种未完成的主体性理论和主体性表述"⑤。上世纪90年代以来,随着"思想家淡出,学问家凸显",学科建设开始取代思想解放,成为文艺心理学的基调。文艺心理学

---

① 王先霈:《文艺心理学学科反思》,《云梦学刊》,2010年第2期。

② 童庆炳:《世纪之交:中国现代文艺心理学发展的重新审视》,《光明日报》,1999年10月28日、11月11日。

③ 详见朱自清为朱光潜《文艺心理学》所作的序。朱光潜:《文艺心理学》,上海:开明书店1946年版。

④ 钱谷融、鲁枢元主编:《文艺心理学》,"修订版前言",上海:华东师范大学出版社2003年版。

⑤ 张大为:《未完成的历史主体性表述——当下中国"文艺心理学"的"元理论"反思》,《文艺评论》,2010年第1期。

在学科和研究领域渐趋严密、完备的同时，与时代的呼应却日渐减弱。

因此，重建当代文艺心理学的关键是恢复其生机与活力，重新寻求文艺心理学与时代对话的能力，而这要求我们直面当代新的形势和变化。

首先，当代中国文艺心理学必须凸显社会关怀。当代中国已经进入了一个社会心理问题日益突出的时代。尽管中国在2003年成为世界上第三个独立掌握载人航天技术的国家、2010年GDP首超日本成为全球第二大经济体、2012年第一艘航母服役尽显军事大国之势，但是，与这些政治、经济及科技的辉煌伟业相比，则是几个不那么光彩的数据：2012年哥伦比亚大学公布《全球幸福报告》，中国的幸福指数仅列第112位；2011年《福布斯》推出“税负痛苦指数”排名，中国则再次蝉联全球第二；而自2000年以来中国的基尼系数更是早已超过了国际公认的警戒线0.4，一直居高不下。这些数据准确与否或可讨论，但毫无疑问它暴露出当代中国存在着种种令人无法忽视的社会矛盾和问题。这些矛盾和问题既是物质性的、制度性的，同时也是精神性的、心理性的。尤其是当它内化淤积为一种群众情绪、集体心理或社会意识时，往往根深蒂固，积重难返。因此，要解决这些问题，当务之急不在于制度设计或政策鼓动，而是“放大视野、转换思路、发展新的分析工具”，对当下的社会心理进行“症候式阅读”。正是在这样的语境下，文艺心理学亟待应时而变，凸显社会关怀，以期作为新的视野、思路和分析工具，来回应和解答诸多社会问题。

其次，当代中国文艺心理学必须适应文化转向。近二十年来，整个中国社会文化的版图发生了剧变。这个剧变就是市场经济基础上的文化产业的勃兴，新型的媒介文化、视觉文化以及网络文化的发展，以及在大众文化基础上新的阅读阶层和阅读文化的形成。与这个剧变相应的是，国内文学研究和文学教育面貌的大变化。在目前国内中文学科领域，文学研究与文化研究之争早已偃旗息鼓，对文化研究合法性的质疑早已不再，文化研究也已正式步入大学中文系的教室讲堂、招生简章与论文写作中，在文科科研和教学中占据一席之地。正是在这种文化背景下，传统的文艺心理学需要一场大的革新，从文化角度去探讨文艺心理问题，建立一种文化研究思路下的文艺心理学，以应对这种文化转向。

最后，当代中国文艺心理学必须应对研究对象的转变。所谓“文艺心理学”，其实是“心理文艺学”，它的面貌随文艺学面貌的变化而变化。一方面，近二十年来，“文艺”的面貌已经发生了大变化。今天的中国文学呈现出“六分天下”、众语喧哗之势：除了传统的严肃文学之外，还有建立在游戏基础上的游戏文学、博客文学、新资本主义文学等等①。建立在经典文学、严肃文学基础上的传统文艺心理学显然已经无法应对新的文学形势了。因此,当代文艺心理学的研究对象就不能再局限于作为文艺作品了,而是各种作为人文现象的文本,这个文本也不局限于文字,而是广涉音像、视听,这也是为了适应文学性扩散的趋势。另一方面,近二十年来,文艺领域的"心理"研究也已经发生了大变化。正如前文所言,由朱光潜奠定的心理美学传统已经被新的心理文化学所取代。文艺心理问题不再是个体创作和欣赏中的审美体验问题,而是群体文化活动中的社会文化问题,是整个社会情感结构和政治结构的一部分。正因为"文艺"和"心理"20年来的种种新变,传统的文艺心理学不得不相应作出调整。

① 王晓明:《六分天下:今天的中国文学》,《文学评论》,2011年第5期。

第一章　艺术感的生成

一个人是如何成为艺术家的？这是一个颇为复杂的问题。它涉及主体与客体、内在与外在、精神与物质、先天与后天、个人与环境、物力与人力等诸多因素。而我们这里主要是就主体、内在、精神等方面来探讨(这并不等于否定另一方面的重要性)，即追问艺术家在成为艺术家的过程中，有何种独特的心理、心性或心灵？它又是如何形成的？我们把艺术家特有的心理、心性或心灵称为艺术感。艺术感是艺术家主体性的体现。艺术感的生成，既是个体事件也是社会文化现象。而这里主要探讨的是其中的三个重要方面，即天赋才能、童年经验和艺术人格。对一个艺术家来说，天赋才能是器质层面的，童年经验是经验层面的，两者磨合而结合，并逐渐定型为个性或心理结构层面的艺术人格，艺术家的主体性也即艺术感才最终宣告完成。

第一节　天赋才能

预读　莫扎特·歌德·天才

> 两个少年在厕所相遇，其中一个找另一个戴帽子的借了点儿手纸。等出了厕所借手纸的给戴帽子的上了根烟，以示感谢。于是俩人边走边聊。戴帽子的说："最近家里逼着我学钢琴，可我怎么都弹不好，郁闷啊！"借手纸那位诧异地说："钢琴有什么难学的？我从四岁开始弹，现在越弹越溜。倒是我们家里人老逼着我写诗，烦呐！"戴帽子的一听乐了，从背着的挎包里拿出一沓稿纸："哥们儿就爱写诗，喏，这都是，不行你拿走回家交差去。"原来——这个不爱学琴的人就是大诗人歌德，而那个不爱写诗的人则是莫扎特。

这则网上流传的"天才会天才"的逸闻，虽然言语不无调侃，细节也多有杜撰,但所讲确有其事。莫扎特是奥地利著名的音乐神童,4 岁就开始弹琴,5 岁就能作曲,6 岁的时候就开始在欧洲巡演。而歌德则是德国文豪,19 岁就写出了《浮士德》的初稿,25 岁时四周之内一气呵成写出《少年维特之烦恼》,享誉世界文坛。罗曼·罗兰认为歌德是“拉丁国家中的一位奇才”,恩格斯虽不赞同歌德的政治、社会思想,但也认为歌德在“文学方面却是伟大的”。歌德很早就对文学产生了兴趣,同时也喜欢戏剧,因此在法国占领期间频频造访法国剧院。1763 年,14 岁的他在一场音乐会上见到了当时年仅 7 岁正在欧洲巡演的莫扎特。两人并未交谈。歌德在母亲带领下,入神地倾听了这个“戴着涂了粉的假发、身挂佩剑的小魔术师”的演奏,并对莫扎特留下了深刻的印象,以至于晚年在与爱克曼会谈时,仍念念不忘莫扎特当年表演时“那副卷发佩剑的小大人的模样”[①]。歌德认为,莫扎特就是一个“天才”(他自己当然也是),“天才和创造力很接近。因为天才到底是什么呢?它不过是成就见得上帝和大自然的伟大事业的那种创造力,因此天才这种创造力是产生结果的,长久起作用的。莫扎特的全部乐曲就属于这一类,其中蕴藏着一种生育力,一代接着一代地发挥作用,取之不尽,用之不竭”[②]。但是,“天才”真的像歌德所说的,只是一种创造力吗?什么是天才?古往今来,人类是如何理解天才的?莫扎特与歌德,说到底是艺术天才,那我们如何理解艺术天才?艺术天才与其他天才有何不同?艺术天才在当代社会有何种境遇?这些问题需要我们进一步去了解。

理论概述　从“天才”到“艺术天才”

一　天才说

什么是“天才”?我们不妨先从词源学角度来考察。

在汉语中,根据《辞源》,“天才”有两个基本含义。一是“天赋的才能”,它与后天修养相对。比如《唐才子传》中,有一段关于李白的描述很能说明问题:“白字太白,山东人。母梦长庚星而诞,因以命之。十岁通五经,自梦笔头生花,后天才赡逸。”[③]李白出生时,因为母亲梦见太白金星,所以

---

① 爱克曼辑录:《歌德谈话录》,朱光潜译,北京:人民文学出版社 1978 年版,第 204 页。
② 同上书,第 164 页。
③ 傅璇琮主编:《唐才子传校笺》第一册,北京:中华书局 1987 年版,第 380—384 页。

他被取名为白，字太白，但不光是命名，李白还被认为得“太白之精”，是太白金星转世。李白后来的才思横溢，也被认为是因为他曾梦到“笔头生花”（成语“梦笔生花”即来自于此）。“十岁通五经”，在中国古代儿童中虽也不多见，但“梦长庚星”和“梦笔”这两“梦”，却让李白的才能更多“天赋”的色彩，这恐怕也是“诗仙”得名缘故之一。“天才”在汉语中的第二个含义是“自然的资质”。比如嵇康的《与山巨源绝交书》：“足下见直木必不可以为轮，曲者不可以为桷，盖不欲以枉其天才，令得其所也。”①在这里，“天才”指的就是天然形成的形态资质，它与人工制品相对。

在西方，英语中的“天才”，也就是 genius 这个词，源自拉丁文，最初的意思是守护精灵。从 16 世纪开始，词义开始扩大，用来指“一种独特的性情或特色”，例如现在仍在使用的“每个人都有他的脾性”（every man has his genius）。一直到了 17 世纪末，它才形成了现代的主要意涵——“非凡的能力”（extraordinary ability）。到了 18 世纪，“天才”一词通过“灵感”（inspiration）概念和“心灵”（spirit）概念产生了关联，“天才”开始具有“创造”的含义，被用来指“一些具创意或具创造力的特质”。在今天，“天才”一词被广泛使用，用来描述各种非凡能力，而它的古老意涵——具有独特的特质的意涵——则暧昧不明②。

可以看到，无论东西方，“天才”最初均就才能禀赋而言，后来才延伸指拥有天才的人。因此，问题的关键在于如何理解作为才能禀赋的“天才”。古往今来，关于“天才”的各种见解其实都集中到以下三个问题上来。

一是如何理解天才的“天”。有神论者多把“天”理解为“神灵”，认为天才的“才”来自“天启神授”。而无神论者则把“天”理解为“自然”或“意志”，认为天才的“才”是自然孕育或生命力释放的结果。也有的认为，“天”并非指“才”的来源而是其性质，即“天”与“地”相对，代表一种非同一般的性质，尤其是创造性。二是如何理解天才的“才”。在“资质说”看来，天才的“才”并非人的专属，它也可指物性，即形态和性质，就人来说，它指的是人的自然器质和生理基础。而作为人独有属性的“才”也有不同理解。有的认为“才”主要指智力（比如记忆力、理解力及计算力等），所谓“天才”，指的是智力超常人物。但有的反对这种“唯智论”，认为天才的“才”主要体

---

① 萧统编、李善注：《文选》第五册，上海：上海古籍出版社 1986 年版，第 1928 页。

② 雷蒙·威廉斯：《关键词：文化与社会的词汇》，刘建基译，北京：三联书店 2005 年版，第 199—200 页。

现在想象力、活力以及灵感等艺术能力上。也有的认为“天才”的“才”体现在多种能力高度发展及完备结合上。单一的能力，即便高度发展，也不能称为天才。无论哪种天才都包含高度发展的一般能力以及为某种活动所需的特殊能力，天才是两者结合的结果。三是如何理解“天”与“才”的关系。有的认为天才是先天的结果，天才来自天启神授或基因遗传；也有的认为天才是后天的结果，天才来自修炼自创或培养教育；但更多的认为，天才是先天与后天结合的结果。朱光潜就认为“天才”是遗传、环境和人力三者结合的产物。“遗传和环境相同而成就大小往往悬殊甚远，这就全靠个人的努力与不努力了。……人一半是外力造成的，一半也是自己造成的。”[①]

以上关于“天才”的诸多问题，其实在艺术领域也同样存在。

二　艺术天才

艺术领域的天才，即艺术天才，是人类天才的集中体现。康德甚至认为天才限于美的艺术领域，而与科学领域无关。黑格尔虽然注意到，“天才这个名词的意义很广泛，不仅可以用到艺术家身上，也可以用到伟大的将领和国王们乃至于科学界的英雄们身上”[②]，但他同样也认为真正的天才只存在于艺术领域。当然，天才是否是艺术家的专属，这取决于如何理解“天才”。我们倾向于认为，在人类许多领域都存在着天才现象，但在不同领域，天才的性质、特征及表现不尽相同。艺术天才最能体现天才的性质，因此我们要着重认识艺术天才。

在西方文艺理论中，艺术天才问题历来都很重要。早在古希腊时期，柏拉图在《伊安篇》中就提出了“迷狂说”，认为诗人的天才体现在灵感上，而灵感则来自诗神的赐予。“诗人是一种轻飘的长着羽翼的神明的东西，不得到灵感，不失去平常理智而陷入迷狂，就没有能力创造，就不能做诗或代神说话。”[③]而在古罗马时期，朗吉弩斯在《论崇高》中认为，艺术的天才主要体现在“崇高”上，“崇高”既是作家的心理特征即“伟大心灵的回声”，同时也是一种巨大的艺术感染力。

到18世纪启蒙运动时期，文艺天才理论达到鼎盛，形成了成熟的理论体系。西方历史上第一个对艺术天才作出系统阐述的人正是康德。在《判

① 朱光潜：《文艺心理学》，合肥：安徽教育出版社1996年版，第207页。

② 黑格尔：《美学》第一卷，朱光潜译，北京：商务印书馆1996年版，第357页。

③ 柏拉图：《柏拉图文艺对话集》，朱光潜译，北京：人民文学出版社1963年版，第8页。

断力批判》中,康德在分析美的艺术时构建了自己的天才理论。首先,康德对天才进行定义,认为"天才就是给艺术提供规则的才能(禀赋)","天才就是天生的内心素质,通过它自然给艺术提供规则"[①]。而后他又提出"美的艺术是天才的艺术",并由此论述了天才的四大特征:(1)独创性,天才是一种天赋才能,它不提供任何确定规则,它也不同于可按确定规则来学习的素质;(2)典范性,天才的作品必须有示范作用,可用作评判的准绳或规则;(3)天才的创作,不能被科学地阐明,也无法言传,它不受理性的控制;(4)自然通过天才不是为科学而是为美的艺术颁布规则[②]。在康德看来,科学能力能以知识方式来传授和完善,但艺术天才却只能由自然赋予。天才提供的规则,不是一种外在的可供模仿的方法法则,而是一种只能追随并受其感召的主体内心能力的比例搭配。所以,康德后来为"天才"又下了一个定义,"天才就是:一个主体在自由运用其诸认识能力方面的禀赋的典范式的独创性"[③]。可以说,"典范式的独创性",是康德天才理论的核心[④]。独创与典范的关系,也就是艺术的自由性与合目的性的关系。具体到天才与鉴赏中,就是天才的生产能力与鉴赏的评判能力的关系;具体到天才的内心能力的构成上,就是想象力与知性(朱光潜译为"知解力")的关系。康德认为,天才就在于其想象力与知性能以一种"幸运的比例"搭配,即"想象力与知性的合规律性的自由的协和一致"[⑤]。这种比例和搭配是主体的本性产生的,也就是自然天赋的。但是,正如朱光潜所认为的,康德在论述典范与独创的关系时,辩证有余而统一不足,这背后的根源既在于其思想上内容与形式的割裂,也在于其时代上新古典主义与浪漫运动的骑墙[⑥]。

原典精读　康德论"天才"

> 天才就是给艺术提供规则的才能(禀赋)。由于这种才能作为艺术家天生的创造性能力本身是属于自然的,所以我们也可以这样来表达:天才就是天生的内心素质(ingenium),通过它自然给艺术提供规则。

---

① 康德:《判断力批判》,邓晓芒译,北京:人民出版社2002年版,第150页。

② 同上书,第150—152页。

③ 同上书,第163页。

④ 邓晓芒:《康德〈判断力批判〉释义》,北京:三联书店2008年版,第282页。

⑤ 康德:《判断力批判》,第163页。

⑥ 朱光潜:《西方美学史》,北京:人民文学出版社1979年版,第383—384页。

……如果我们根据这些分析回顾一下上面对什么是我们所谓的天才所作出的解释,那么我们就发现:第一,这是一种艺术才能,而不是科学的才能,在后者中必须有明确知道的规则现行,它们必须规定科学中的处理方式;第二,它作为一种艺术才能,是以对作为目的的作品的一个确定的概念为前提的,因而是以知性为前提的,但也以作为概念的体现的某种关于材料、即关于直观的(即使是不确定的)表象为前提,因而以想象力对知性的关系为前提;第三,它与其说是在实行预先设定的目的时通过体现一个确定的概念而显示出来,毋宁说是通过展示或表达那些为此意图而包含有丰富材料的审美理念才显示出来的,从而使想象力在自由摆脱一切规则的引导时却又作为在体现给予的概念上是合目的的而表现出来;最后,第四,在想象力与知性的合规律性的自由的协和一致中,那不做作的、非有意的主观合目的性是以这两种能力的这样一种比例和搭配为前提的,这种比例和搭配不是对任何规则、不论是科学规则还是机械模仿的规则的遵守所能导致的,而只是主体的本性所能产生的。

按照这样一些前提,天才就是:一个主体在自由运用其诸认识能力方面的禀赋的典范式的独创性。以这种方式,一个天才的作品(按照在其中应归于天才而不应归于可能的学习或训练的东西看来)就不是一个模仿的榜样(因为那样一来它身上作为天才的东西和构成作品精神的东西就会失去),而是为另一个天才所追随的榜样,这另一个天才之所以被唤起对他自己的独创性的情感,是因为他在艺术中如此实行了摆脱规则束缚的自由,以至于这种艺术本身由此而获得了一种使才能由以作为典范式的而显示出来的新的规则。但由于天才是大自然的宠儿,这样一类东西我们只能看作罕见的现象,所以它的榜样就为别的优秀头脑造成了一种训练,也就是造成一种按规则的方法上的传授,只要我们能够把这些规则从那些精神产品及其特有属性中抽出来;而对这些优秀头脑来说,美的艺术就自然界通过天才为它提供规则而言,就是模仿。

(康德:《判断力批判》,邓晓芒译,人民出版社2002年版,第150、162—163页)

在康德之后,黑格尔也对艺术天才多有论述,他的论述虽不及康德理论森严但更契合艺术实践;与后者强调天才的主体性不同,他更强调天才的客观性。黑格尔也给天才下了个定义,“天才是真正能创造艺术作品的那种一般的本领以及在培养和运用这种本领中所表现的活力”[①]。“一般的本领”主要指想象力和灵感，“活力”则类似于康德所说的“自由运用其诸认识能力方面的禀赋”，因此天才就是想象力、灵感及活力三者的结合。天才与才能不同，才能意味着艺术技巧的熟练，而天才则提供想象力及灵感并给艺术“灌注生气”。天才作为天赋才能，主要体现在两方面：一是天才与民族性或者说与民族天生的资禀相关，比如希腊人特别擅长史诗和雕刻；二是艺术家“构造形象的能力”，即“真正的艺术家都有一种天生自然的推动力，一种直接的需要，非把自己的情感思想马上表现为艺术形象不可。这种形象表现的方式正是他的感受和知觉的方式，他毫不费力地在自己身上找到这种方式，好像它就是特别适合他的一种器官一样”[②]。但是另一方面，黑格尔又认为，所谓艺术灵感，“就是完全沉浸在主题里，不到把它表现为完满的艺术形象时决不肯罢休的那种情况”[③]；而艺术的“独创性是和真正的客观性统一的，它把艺术表现里的主体和对象两方面融合在一起，使得这两方面不再互相外在和对立”[④]，这些观点显然又更宣扬天才客观性的一面。

到19世纪，西方的天才理论在更加发展的同时也渐趋衰落。叔本华的天才论别具一格。传统天才论大多把天才视为一种创造的禀赋，而叔本华却认为天才是认识性的而非创造性的，天才是一种特殊的认识主体及其认识能力。作为认识，天才是一种不依据根据律、弃绝欲望并以永恒理念为对象的“直观的认识”，也就是叔本华说的“世界之眼”。作为主体，天才同普通人的区别在于：当后者只能以实惠的眼光触摸世界时，前者却可以摒弃欲念而对宇宙人生作持久的非功利的审美静观，“天才的本质就在于进行这种观审的卓越能力”[⑤]。普通人只有套上天才的眼睛来看世界，才看得真切；而这双可挪用的眼睛正是艺术品，“通过艺术品，天才把他所把握的理念传达于人”[⑥]。在叔本华之后，尼采则进一步提出“超人”天才观，认为天才是强力意志的主要体现。

受西方影响，中国近世的王国维也提出了自己的天才观。与康德、叔本

① 黑格尔：《美学》第一卷，朱光潜译，北京：商务印书馆1996年版，第360页。
② 同上书，第362页。
③ 同上书，第365页。
④ 同上书，第373页。
⑤ 叔本华：《作为意志和表象的世界》，石冲白译，北京：商务印书馆1982年版，第259页。
⑥ 同上书，第272页。

华一样，王国维也认为艺术是天才的产物，文学是"天才游戏之事业"[①]；艺术是超功利的，"故美者，实可谓天才之特殊物也"[②]。但王国维从中国文化出发，对这些观点也有所修正；比如，天才须有德性、学问的辅佐，"天才者，或数十年而一出，或数百年而一出，而又须济之以学问，帅之以德性，始能产真正之大文学"[③]；并进一步提出"古雅说"以补"天才说"，虽"无艺术之天才者，亦以其典雅故，遂与第一流之文学家等类而观之"，"艺术中古雅之部分，不必尽俟天才，而亦得以人力致之。苟其人格诚高，学问诚博，则虽无艺术上之天才者，其制作亦不失为古雅"[④]。

但我们也要看到，天才不仅是天赋能力，它也是社会历史中的人，因此也必须被放到社会中来考量。鲁迅就以花木与泥土作譬，认为先要培养社会后才有天才："天才并不是自生自长在深林荒野里的怪物，是由可以使天才生长的民众产生，长育出来的，所以没有这种民众，就没有天才"，"在要求天才的产生之前，应该先要求可以使天才生长的民众。——譬如想有乔木，想看好花，一定要有好土；没有土，便没有花木了；所以土实在较花木还重要"，"天才大半是天赋的；独有这培养天才的泥土，似乎大家都可以做。做土的功效，比要求天才还切近；否则，纵有成千成百的天才，也因为没有泥土，不能发达，要像一碟子绿豆芽"。[⑤] 而深受叔本华悲观哲学影响的王国维，则看到了天才与社会之间更深层次的矛盾。在王国维看来，天才必然充满痛苦[⑥]。首先，天才在成长中就自始至终伴随着孤独的痛苦。天才总对现实的人生和社会不满，希望人类社会不断前进，达到理想的完美之境，可一时又无法达到，故而心底充满了痛苦。又因为天才勇于探索真理、践履新的世界观和人生观，但是"真理之战胜必有待于后世，而旷世之天才不容于同时"[⑦]，"至一新世界观与新人生观出，则往往与政治及社会上之兴味不能相容"[⑧]，于是乎，"社会上之习惯，杀许多之善人。文学上之习惯，杀许多之

---

① 王国维：《王国维文学美学论著集》，太原：北岳文艺出版社 1987 年版，第 25 页。

② 同上书，第 80 页。

③ 同上书，第 26 页。

④ 同上书，第 40 页。

⑤ 鲁迅：《鲁迅全集》第一卷，北京：人民文学出版社 2005 年版，第 174—177 页。

⑥ 关于天才之痛苦，李长之、叶嘉莹对诗人李白的评析可供参考，详见李长之《道教徒的诗人李白及其痛苦》以及叶嘉莹《迦陵论诗丛稿》。

⑦ 王国维：《王国维文学美学论著集》，第 75 页。

⑧ 同上书，第 24 页。

天才”[①]。王国维的悲观论调，如果放到东方社会文化中，似乎更能说明问题。东方（尤其是中国）的中庸思想、经世致用哲学、从众心理、平均主义以及集体意识形态，似乎特别不利于天才的生长，著名的“钱学森之问”，其答案就多少与此有关。

三　艺术天才与感受力

纵观古今中外的艺术天才观，往往过多纠缠于天才本质的思辨，而忽略了天才作为人的最基本能力的分析，这种最基本的能力就是感受力。感受力虽然常人也有，但艺术天才的感受力强烈而敏锐，而且和形象表现紧密相关。

丹纳在《艺术哲学》中就认为：“艺术家需要一种必不可少的天赋，便是天大的苦工天大的耐性也补偿不了的一种天赋，否则只能成为临摹家与工匠。就是说艺术家在事物前面必须有独特的感觉：事物的特征给他一个刺激，使他得到一个强烈的特殊的印象。”[②]“童话诗人”顾城曾回忆自己作为一个诗人的“诞生”过程，它与感受力的萌生紧密相关：“一切都有一个真正的开始。我上学了，并且走在放学的路上。雨把世界洗得那么干净，令人愉快。我把书包挎在胸前，走过一颗熟悉的塔松。我忽然呆住了——真好看！塔松绿汪汪的，枝叶上挂满亮闪闪的雨滴；每粒雨滴，都倒映着世界，都有精美的彩虹，在蓝空中游动……我的心，好像也挂满了雨滴。曾经被‘月光’唤醒的感觉，又开始闪耀了。我把这种感觉告诉了父亲；父亲竟很高兴，他把温和的大手，放在我八岁的额上；他告诉我，这就是诗。”[③]这种感受力的诞生对一个诗人来说实际上也就是诗意的诞生。

不同的艺术领域，感受力的表现是不同的。“一个生而有才的人的感受力，至少是某一类的感受力，必然又迅速又细致。他凭着清晰而可靠的感觉，自然而然能辨别和抓住种种细微的层次和关系：倘是一组声音，他能辨出气息是哀怨还是雄壮；倘是一个姿态，他能辨出是英俊还是萎靡；倘是两种互相补充或连接的色调，他能辨出是华丽还是朴素；他靠了这个能力深入事物的内心，显得比别人敏锐。”[④]作家张爱玲就从小显露出了对语言敏锐

---

① 王国维：《王国维文学美学论著集》，第372页。

② 丹纳：《艺术哲学》，傅雷译，北京：人民文学出版社1963年版，第27页。

③ 顾城：《别有天地》（顾城文选 · 卷一），哈尔滨：北方文艺出版社2005年版，第11页。

④ 丹纳：《艺术哲学》，第27页。

的感受力:“对于色彩,音符,字眼,我极为敏感。当我弹奏钢琴时,我想象那八个音符有不同的个性,穿戴了鲜艳的衣帽携手舞蹈。我学写文章,爱用色彩浓厚,音韵铿锵的字眼,如‘珠灰’,‘黄昏’,‘婉妙’,‘splendour’,‘melancholy’,因此常犯了堆砌的毛病。直到现在,我仍然爱看《聊斋志异》与俗气的巴黎时装报告,便是为了这种有吸引力的字眼。”[①]感受力因艺术类别而异,比如说音乐家对声音,画家对色彩与线条,文学家对语言,其感受力各异,它与黑格尔提到的“构造形象的能力”密切相关。

苏珊·桑塔格也“把艺术的特征描述为更新和培养感受力和意识的一种工具”,“人们不能够让颜料漂浮在空中,人们不可能创造一件不触及人类感性的艺术作品”[②]。但她更重要的是提醒我们,感受力是“历史的”:“人类的感性意识不仅具有一种生物学本质,还具有一种独特的历史,每一种文化都会看重某些感觉,而抑制其他的感觉。这种历史,正是艺术进入的地方”[③],也就是说,艺术在塑造每个时代的感受力上起着重要作用,而这其中,艺术天才往往能起到决定一个时代感受力的作用。

第二节　童年经验

预读　对照记·童年·神秘飘忽的遗传

面团团的,我自己都不认识了。但是不是我又是谁呢?把亲戚间的小女孩都想遍了,全都不像。倒是这张藤几很眼熟,还有这件衣服——不过我记得的那件衣服是淡蓝色薄绸,印着一蓬蓬白雾。T字形白绸领,穿著有点傻头傻脑的,我并不怎么喜欢,只感到亲切。随又记起那天我非常高兴,看见我母亲替这张照片着色。一张小书桌迎亮搁在装着玻璃窗的狭窄的小洋台上,北国的阴天下午,仍旧相当幽暗。我站在旁边看着,杂乱的桌面上有黑铁水彩画颜料盒,细瘦的黑铁管毛笔,一杯水。她把我的嘴唇画成薄薄的红唇,衣服也改填最鲜艳的蓝绿色。那是她的蓝绿色时期。

我第一本书出版,自己设计的封面就是整个一色的孔雀蓝,没有图

① 张爱玲:《张爱玲文集》第四卷,合肥:安徽文艺出版社1992年版,第16—17页。

② 苏珊·桑塔格:《反对阐释》,程巍译,上海:上海译文出版社2003年版,第349页。

③ 同上书,第350页。

案，只印上黑字，不留半点空白，浓稠得使人窒息。以后才听见我姑姑说我母亲从前也喜欢这颜色，衣服全是或深或浅的蓝绿色。我记得墙上一直挂着的她的一幅油画习作静物，也是以湖绿色为主。遗传就是这样神秘飘忽——我就是这些不相干的地方像她，她的长处一点都没有，气死人。

（张爱玲：《对照记：1952 年以后作品》，哈尔滨：哈尔滨出版社 2003 年版，第 6—7 页）

这是作家张爱玲多年后在观看自己童年照片时写下的文字。这些文字真实记录了张爱玲独特的童年经验。她对色彩的敏感，对蓝色的偏好，还有她母亲给这张照片着色时的情形。这张童年照片，以及观看照片时成年张爱玲所写下的微妙文字，无不体现出围绕童年经验所产生的种种复杂文化含义。“我自己都不认识了。但是不是我又是谁呢”，“我并不怎么喜欢，只感到亲切”——一个人成年后往往并不认同自己的童年形象，总试图克服童年、超越童年，但同时也不得不暗自承认童年与自己有着千丝万缕的关系。童年是作为成年的对照物也就是镜像出现的，它只能存在于回顾之中，而面对镜像中的自己，人们会产生既熟悉又陌生的感觉。在张爱玲的童年记忆中，与母亲的关系，成为影响一生的要素。张爱玲认为自己对蓝色的偏好，遗传自母亲。“遗传就是这样神秘飘忽——我就是这些不相干的地方像她，她的长处一点都没有，气死人”——张爱玲的嗔语，表面上说的是色彩偏好之类的小事，但实质上谈的是母亲对她的性格影响。因为就性格色彩说来看，蓝色代表着敏感、内敛、沉静、寡言和偏执，而这正是张氏母女的共同点。童年经验——尤其是与父母的关系——影响一个人一生，正如张爱玲在《对照记》里说的，“悠长得像永生的童年”。童年从未过去，而是潜藏在我们身上，伴随一生，潜在地影响着我们。这也正是弗洛伊德的精神分析理论所主张的观点。但什么是童年经验？童年经验是如何形成的？它又是如何影响我们的？这种影响又是如何表现在文艺文化之中的？这些有待我们进一步去了解。

理论概述　从“童年经验”到“童年的消逝”

一　何谓童年经验

什么是童年经验？童年经验既可被理解为童年时期的经验，也可被理解为儿童特有的经验方式。作为前者,童年经验也被称为早期经验,指早期刺激和活动给儿童留下的身心感受和情绪体验。它是人们从个体生命较早时期的生活经历中获得的体验,是感性个体把自我认识与生活世界及其命运遭遇中所发生的许多具体事件结为一体的产物。早期经验离不开主体的早期生活经历,但也并非原本的早期生活记录,而是从生活着的感性个体的内在感受出发所形成的早期生活所留下的心灵印记①。简单说,童年经验就是指一个人在童年(包括从幼年到少年)的生活经历中所获得的心理体验的总和,包括童年时的各种感受、印象、记忆、情感、知识、意志等。但是就社会心理学、文化心理学而言,童年经验也可泛指人类的社会历史、文明文化处在最初发展阶段时所特有的社会意识、文化经验。因此,童年经验不仅是一个个体的感受和体验问题,同时也是一个宏大的社会历史文化问题,它牵涉到在社会文化历史中成熟阶段与早期阶段之间的关系问题。

童年经验对人影响至深。弗洛伊德的精神分析理论认为:儿童时期是每一个人一生中最重要的时期。在出生后的五年里发生的事情,几乎是具有决定性的。远离了童年以后,我们一直保有最初五年的生活经验,只不过我们没有根本地认识它罢了。在一篇谈儿童记忆的文章里,弗洛伊德谈道,"我们忘了,一个四岁的小孩,其心智已如何地成形,情感已如何地复杂。我们已明知这些被遗忘的童年期心理活动并不轻易消逝,必将烙痕于个人的发展史上,永远影响他的未来"②。在弗洛伊德看来,一个人一生中较迟发生的事,不论它们看来多么重大,都不能抹杀那些早期的影响力量。正如诗人华兹华斯在诗句里说的,"孩子是成人的父亲"(The Child is father of the Man),这句诗人之语,暗示的正是童年经验对人生的恒久影响。

童年经验如何影响我们?弗洛伊德认为,一个人的"思想发展过程的每个早期阶段仍同由它发展而来的后期阶段并驾齐驱,同时存在。早期的精神状态可能在后来多少年内不显露出来,但是,其力量却丝毫不会减弱,随时都可能成为头脑中各种势力的表现形式"③。一方面,早期的经验对后来心理意识、人格个性的形成起着至关重要的影响,但另一方面,个体后来的经验也会反作用于早期经验,改造并重塑它们,甚至形成一种"遮蔽性记忆"。正如弗洛伊德说的,"童年以后的诸种强烈力量往往改塑了我们婴儿

---

① 鲁枢元、童庆炳等主编:《文艺心理学大辞典》,武汉:湖北人民出版社 2001 年版,第 233 页。
② 弗洛伊德:《日常生活的心理分析》,林克明译,杭州:浙江文艺出版社 1986 年版,第 38 页。
③ 弗洛伊德:《论创造力与无意识》,孙恺祥译,北京:中国展望出版社 1986 年版,第 217 页。

期经验的记忆容量,可能也就是这一种力量的作用,才使得我们的童年朦胧似梦”,“所谓的童年期回忆并不真是记忆的痕迹,却是后来润饰过的产品,这种润饰承受多种日后发展的心智力量的影响”。① 所以回忆并不完全是“准确的”,它由于时间的作用与以后的生活体验的影响,而进行重塑,发生变形。而且,弗洛伊德也指出,“个人的‘朦胧的童年回忆’不惟更进一步扩展了‘遮蔽性记忆’的意义,同时它也和民族神话、传说的累积有令人注目的相似之处”②。这就提醒我们,这种早期经验与后期经验的彼此作用,不仅是个体现象同时也是社会文化现象。民族与文明的起源对整个文明的成熟形态有着重要影响,但整个民族文明同时也是层累的结果,民族文明总是试图对其源头不断重释与重塑,这是一个反复过程。

二　作为审美经验的童年经验

童年经验对人影响至深,艺术家也不例外。但是艺术家与常人不同,能将童年经验的影响化为一种深刻的人生体验,并由此产生广阔的人生意识和生命意识。就创作来说,“童年时期的经验,特别是那些印象深刻的经验往往给艺术家的一生涂上一种特殊的基调和底色,并在相当程度上决定着艺术家对于创作题材的选择和作品情感或情绪的基调”③。

幸福美好的童年,对常人而言,只不过是成年后人格健全的一个保证,但对艺术家而言,童年的美好往往能升华为对人生、生命的讴歌。比如冰心曾回忆说,“说到童年,我常常感谢我的好父母,他们养成我一种恬淡,‘返乎自然’的习惯,他们给我一个快乐清洁的环境,因此,在任何环境都能自足,知足。我尊敬生命,宝爱生命,我对于人类没有怨恨,我觉得许多缺憾是可以改进的,只要人们有决心,肯努力”④,也正因如此,冰心后来才会写出《繁星》《春水》诸多歌颂“爱的哲学”的诗篇来。

另一方面,不幸、缺陷或悲惨的童年容易导致一个人成年后萌生自卑感、孤僻感,甚至形成畸形、变态的人格,但艺术家却能够将个人的痛苦和不幸理解为一种普遍的人生境况。痛苦经验带给艺术家的不是不幸,反而是敏感的心灵和博大的同情,进而以艺术的方式去超越这种苦痛经验。比如,

---

① 弗洛伊德:《日常生活的心理分析》,第 39、40 页。

② 同上书,第 40 页。

③ 童庆炳、程正民主编:《文艺心理学教程》,北京:高等教育出版社 2001 年版,第 94 页。

④ 冰心:《冰心全集》第三卷,福州:海峡文艺出版社 1994 年版,第 238 页。

张爱玲早年上中学时，曾经历过一次家庭剧变。父母离异后，张爱玲与父亲闹僵，直至反目成仇。他父亲扬言要开枪打死她，而被囚禁在家的张爱玲，甚至希望“有个炸弹掉在我们家，就同他们死在一起我也愿意”①。这次惨痛经历并没有让张爱玲就此堕落为“问题少女”或“不良少女”，而是让她很早就看透世事人情，进而用她那一支笔去书写“世俗男女婚恋的离与合”，“伸入人性的深处，挑开那层核壳，露出人的脆弱黯淡”②。说到底，彻底承认人生和时代的“苍凉”，也就无所谓个人的绝望了。又比如鲁迅，早年父亲病故、家道中落而饱受世人白眼、世态炎凉的经历，显然造就了他后来严峻、冷峭的写作风格，但是身为作家的鲁迅，并非像斗士一样一味地“一个都不宽恕”，他也有“哀其不幸”“肩起黑暗的闸门，放他们到宽阔光明的地方”的时候，这正是艺术对个人的提升。许多童年不幸的文学艺术家，往往在艺术世界里创造一种完满的生活、一种理想的人物形象，其背后正是对自己不幸的童年经验的一种自我补偿。

但是，对艺术家来说，不幸的童年并不仅仅是一个克服的对象。艺术家之为艺术家，在于他能以审美的眼光来看待童年的不幸。比如里尔克在给一个青年诗人写信时，曾告诫他说：“凡是从你童年的迷途、愿望、渴望中在你身内继续影响着的事，它们并不让你回忆，供你评判。一个寂寞而孤单的童年非常的情况是这样艰难，这样复杂，受到这么多外来的影响，同时又这样脱开了一切生活的关联，纵使在童年有罪恶，我们也不该简捷了当地称作罪恶。对于许多名称，必须多多注意；常常只是犯罪的名称使生命为之破碎，而不是那无名的、个人的行为本身，至于这个行为也许是生活中规定的必要，能被生活轻易接受。”③里尔克意思是说，即便童年是不幸的，你也要把这不幸理解为是生活的一部分而去接受它，这就已经是一种艺术的态度了。

童年经验之所以被艺术家珍视，在于童年经验包蕴着最深厚、最丰富的人生真味，可以说它本身经常就是一种审美经验。它不仅与其他体验有所不同，而且根本地体现了体验的本质类型。童年经验作为人类个体的一种本真的生命体验超越了现实世俗的干扰，是对经历事物所作的天然纯真、直观的把握，因而这种体验最接近于人的本性，是最真实、天然的，也是最具有

---

① 张爱玲：《张爱玲文集》第四卷，合肥：安徽文艺出版社 1992 年版，第 108 页。

② 钱理群、温儒敏、吴福辉：《中国现代文学三十年》，北京：北京大学出版社 1998 年版，第 515 页。

③ 里尔克：《给一个青年诗人的十封信》，冯至译，北京：三联书店 1994 年版，第 57—58 页。

普遍的人生意义的[1]。所以里尔克一再提醒那位青年诗人,诗不来自别处,它就来自日常经验,也来自童年——“这贵重的富丽的宝藏,回忆的宝库”[2]。在里尔克看来,童年是充满神性的,“关于神,一个儿童能够把住他,成人们只能费力去负担他,而他的重量足以把老人压倒”[3]。说到底,童年经验作为一种审美经验、神圣经验,与经验的方式有关,而与这种经验本身是悲哀还是幸福的是无关的。

知识背景　游戏说

游戏说是关于艺术起源以及艺术本质的一种学说。康德在《判断力批判》中认为,艺术与手工艺是不同的,前者是让人感到愉快的游戏,后者是让人感到困苦的劳动。自由作为艺术最根本的特点,与游戏相同。游戏说到席勒和斯宾塞那里,演化成过剩精力说。当人不为生计所迫时,过剩的精力需要在游戏中发泄,以享受自由创造的愉悦,艺术乃由此诞生。

童年经验与艺术精神有一种内在的契合。弗洛伊德在《作家与白日梦》一文中就明确指出,作家的创作与儿童的游戏有相似之处。游戏中的孩子通过重新安排世界的事物而得到快乐,这也正是艺术创造的方式;孩子游戏的态度往往是认真而热情的,这也正是艺术家的创作态度;最后,孩子尽管全身心投入到游戏世界,但也清楚地把它同现实世界相区分,这与艺术家虽然尽心创作但也清楚自己是在闭门造车一样的。在弗洛伊德看来,作家创作与儿童游戏不仅仅是类似关系,前者作为“白日梦”,本身就是后者的替代物,是一种升华。

原典精读　作家创作与儿童游戏

我们不该在童年期追寻创造性活动的最初踪迹吗?孩子们最热衷的、最喜欢的事情是玩耍和游戏。孩子构造出一个属于他自己的世界,或者,更进一步,他以自己高兴的崭新方式重新安置他的世界中的事物,在这个意义上,难道我们不可以说玩耍中的孩子在以类似于作家的

---

① 童庆炳、程正民主编:《文艺心理学教程》,第97页。

② 里尔克:《给一个青年诗人的十封信》,第4页。

③ 同上书,第36页。

方式行动吗？认为他没有严肃地对待他的那个世界是错误的；正好相反，他在玩耍时非常认真，并倾注了极大的热情于其中。玩耍的对立面不是严肃，而是何等真实。无论孩子在玩耍的世界中倾注了多少热情，他在玩耍与现实之间做出了明确的区分；他喜欢将想象的对象与现实世界中可感可视的事物联系起来。正是这种联系将孩子的“玩耍”与“幻想”区别开来。

作家与玩耍中的孩子做着同样的事情。他构造出一个幻想的世界，对此他是如此严肃对待——即他在这个幻想的世界上付出了极大的热情——同时他又将其与现实严格加以区分。语言保留了孩子的玩耍和诗歌创作之间的这种关系。它将想象的创作形式命名为“游戏”，这些创作形式需要与可触知的事物相联系，它们富有表现力。语言中有“Lustspiel”或“Trauerspiel”的说法（即“喜剧”或“悲剧”，照字面意思而言，则是“愉快的游戏”或“悲伤的游戏”），那些从事表演的人被称为“Schauspiler”（“演员”，字面意思是“做游戏的人”），但是，作家的想象世界的非真实性，对于他的艺术方法有着重要的结果。这是因为，许多事物若是真的，便不能带来任何乐趣，而在虚构的游戏中则不然；许多感人的事情，它们本身实际上是令人痛苦的，但是在作家的作品上演之际，它们却成为听众和观众快乐的源泉。

（弗洛伊德：《论文学与艺术》，常宏等译，国际文化出版公司2001年版，第99页）

但弗洛伊德还仅仅是在抽象的意义上把儿童游戏视为一种精神自由的、富于创造性的活动。真正从人类学、社会学和文化学角度来理解童年经验，并将其与人类艺术发展历史联系起来的人，还是马克思。

马克思在《〈政治经济学批判〉导言》一文中，论述物质—艺术发展不平衡问题时，谈到了“古希腊艺术的永久魅力”现象。马克思认为，古希腊艺术是人类艺术的童年时代，它之所以能焕发永久的魅力，是因为它既不“粗暴”也不“早熟”，而保持了一种“自然”状态。希腊人能够产生第一流的艺术，并不是不顾他们所处社会的不发达状态，而正是由于这个不发达的状态。古代社会还没有经历资本主义所有的过细的“分工”，没有产生由商品生产和生产力的无休止发展而引起的“数量”压倒“质量”的现象。那时候，人与自然之间还能保持一定的“尺寸”，达到某种协调，即一种完全取决于希腊社会的有限性质的协调。“童年般的”希腊世界是迷人的，因为它是在某些适当的限度之内繁荣起来的，而这些限度被无限度地要求生产和消费的资产阶级社会粗暴地践踏了[1]。

原典精读　希腊艺术的永恒魅力

> 一个成人不能再变成儿童,否则就变得稚气了。但是,儿童的天真不使成人感到愉快吗?他自己不该努力在一个更高的阶梯上把儿童的真实再现出来吗?每一个时代的固有的性格不是纯真地活跃在儿童的天性中吗?为什么历史上的人类童年时代,在它发展得最完美的地方,不该作为永不复返的阶段而显示出永久的魅力呢?有粗野的儿童,有早熟的儿童。古代民族中有许多是属于这一类的。希腊人是正常的儿童。他们的艺术对我们所产生的魅力,同这种艺术在其中生长的那个不发达的社会阶段并不矛盾。这种艺术倒是这个社会阶段的结果,并且是同这种艺术在其中产生而且只能在其中产生的那些未成熟的社会条件永远不能复返这一点分不开的。
>
> (《马克思恩格斯全集》第12卷,人民出版社1998年版,第762页)

贡布里希认为马克思的观点来自席勒,席勒在《论朴素的诗和感伤的诗》中曾提到:“这些对象就是我们自己曾经是的东西,而且还要再是的东西。我们曾经是自然,象它们一样;我们的文化修养将来还必须循着理性与自由的道路,把我们带回到自然。所以这些对象就是一种意象。代表着我们失去的童年,这种童年对于我们永远是最可爱的;因为它们在我们心中就引起一种伤感。同时它们也是一种意象,代表着我们的理想的最高度的完成,所以它们激发起一种崇高的情绪。”[2]但贡布里希认为马克思的观点有“社会决定论”之嫌,实际上并未回答是何种“艺术规范”让希腊艺术具有永恒魅力的。而保罗·约翰逊认为这种“艺术规范”来自三方面,即“灵活形式、艺术责任,以及视觉写实”,正是这三者决定了“希腊艺术的持久不坠和重生能力之强”[3]。

---

① 特里·伊格尔顿:《马克思主义与文学批评》,文宝译,北京:人民文学出版社1980年版,第15—16页。

② 贡布里希:《理想与偶像》,范景中等译,上海:上海人民美术出版社1989年版,第237页。

③ 保罗·约翰逊:《艺术的历史》,黄中宪等译,上海:上海人民出版社2008年版,第42页。

三　从“童心说”到“童年的消逝”

童年经验往往被赋予一种价值象征。比如前面提到的席勒的观点，席勒认为童年是“最可爱的”，因为“它们在我们心中就引起一种伤感。同时它们也是一种意象，代表着我们的理想的最高度的完成，所以它们激发起一种崇高的情绪”。无独有偶，在中国明代，哲学家李贽也持类似观点。在《童心说》一文中，他认为“童心”就是“绝假纯真，最初一念之本心”，“童心既障，于是发而为言语，则言语不由衷；见而为政事，则政事无根柢；著而为文辞，则文辞不能达”[1]，把“童心”的得失一举上升到“经国之大事，不朽之伟业”。

原典精读　童心说

> 夫童心者，真心也。若以童心为不可，是以真心为不可也。夫童心者，绝假纯真，最初一念之本心也。若失却童心，便失却真心；失却真心，便失却真人。人而非真，全不复有初矣。童子者，人之初也；童心者，心之初也。夫心之初，曷可失也？然童心胡然而遽失也。盖方其始也，有闻见从耳目而入，而以为主于其内而童心失。其长也，有道理从闻见而入，而以为主于其内而童心失。其久也，道理闻见日以益多，则所知所觉日以益广，于是焉又知美名之可好也，而务欲以扬之而童心失。知不美之名之可丑也，而务欲以掩之而童心失。
>
> （李贽：《焚书》第3卷，中华书局1975年版，第98页）

到中国近代，这种“儿童崇拜”“青年崇拜”一时臻至高峰。中国自古就有“重老轻少”的传统，“少年老成”“老成持重”往往受到赞许，“少不更事”“少年轻狂”则易遭致诟病，“敬老尊贤”“长幼有序”更是千百年来教化伦常的共识。但这种“重老轻少”的“共识”，在晚清国势衰微、政局败坏、内外交困的背景下却遭到了颠覆。晚清的变局，骤然间促使老少易位，从此，老大者成为衰朽落后的代称，少年，则不仅被赋予了空前的重要性，甚至还要对老者挞之伐之、取而代之，一跃而为新兴国族的唯一希望所系。首先是晚清对老朽帝国倍感失望的梁启超，在《清议报》发表《少年中国说》，高歌“老年人如夕照，少年人如朝阳”；紧接着是民初，得新文化运动风气之先的陈

---

① 李贽：《焚书》第三卷，北京：中华书局1975年版，第98页。

独秀创办《新青年》，标举“青年如初春，如朝日，如百卉之萌动，如利刃之新发于硎，人生最可宝贵之时期也”。童年经验在现代中国被赋予极高地位，各种儿童文学或者以儿童为主题的创作风靡一时，比如丰子恺的儿童画。丰子恺是一个坚定的“儿童崇拜者”，他把儿童奉为“身心全部公开的真人”，并且坚信“一个人的童心，切不可失去。大家不失去童心，则家庭、社会、国家、世界，一定温暖、和平而幸福”[①]。像丰子恺这样的知识分子，在五四时代并非个例。

可以看到，在各种“童心说”背后，隐藏着的特定历史阶段的特定社会心理，即对“儿童”和“童年经验”的推崇，背后折射出成人社会、成年经验的信任危机。在一个社会发生快速变迁的时代，往往会发生年长一代向年轻一代进行广泛的文化吸收的过程，即“文化反哺”。美国社会学家玛格丽特·米德称之为“后喻文化”，即“长辈反过来向晚辈学习”，它与“晚辈主要向长辈学习”的“前喻文化”和“晚辈和长辈的学习都发生在同辈人之间”的“并喻文化”相对[②]。“前喻文化”和“并喻文化”往往发生在静止的时代。这个时候的社会处在平衡的状态中，“所有已经做过的都是好的，即使实验和新方法应当被引进，也没人会以赞赏的态度对待它们。以往的过去有很高威望，了解过去的老年人受到尊敬。人们接受命运和必然，因为人们从来想不到改变条件，戒条和控制起特别大的作用，后继者都有身份，法律有威严，道德行为的准则非常详细，违背是不允许的，人们都有严格的规矩，礼节和仪式是稳定的，社会崇尚艺术、宗教和阶级界限。总之，静止的社会是平衡的、和谐的社会”。但是到了变迁的社会，“人们的态度都是追求进步。那里总存在更好的方法。人们喜欢新的，进步构成社会观念的特征，乐观主义很普遍，社会哲学都倾向于今世主义。过去都是要死的，应该抛弃。青年的地位很强固，他们的影响越来越大。权威产生于理性和证据，但危机时还会产生独裁。道德典范已经丧失了影响，好的行为有赖于理解能力。仪式减少，对制度的感情降低，社会条件不再构成阶级间的严格界限，传统的宗教受到敌视”[③]。由此也可以看到，后喻文化时代，往往也是文学艺术突破创新的时代。

---

① 丰子恺：《智者的童话：丰子恺的漫画人生》，北京：团结出版社 2008 年版，第 71 页。

② 玛格丽特·米德：《文化与承诺》，周晓虹、周怡译，石家庄：河北人民出版社 1987 年版，第 27 页。

③ 费尔丁·奥格本：《社会变迁——关于文化和先天的本质》，王晓毅译，杭州：浙江人民出版社 1989 年版，第 227—228 页。

在当代，童年经验却面临丧失的危险。美国学者尼尔·波兹曼在《童年的消逝》一书中认为，在当代传媒时代，电视这个一览无余的媒介瓦解了信息霸权，性，暴力，谎言，当儿童有机会接触到从前秘藏的成人信息的果实的时候，他们已经失去了童真这个乐园。但一方面是儿童的成人化，另一方面则是成人的幼稚化。由于电视是以视觉形象的形式来表达大多数内容，所以势必放弃文字叙述形式，将一切都变成故事——政治是故事，新闻是故事，宗教和商业也是故事，连科学都是故事。一场又一场的故事会使观众的心智维持在 12 岁的水平，眼球在动，而脑子不动，所以成人的幼稚化和儿童的成人化双轨并进①。在当代的文学艺术中，表现“早熟儿童”和 Kidult 的作品，数量巨大，甚至形成文化思潮。因此，我们必须在一种更为复杂的语境下来思考“童年经验”问题。

第三节　艺术人格

预读　对古松的三种态度·美感的态度

> 假如你是一位木商，我是一位植物学家，另外一位朋友是画家，三人同时来看这棵古松。我们三人可以说同时都“知觉”到这一棵树，可是三人所“知觉”到的却是三种不同的东西。你脱离不了你的木商的心习，你所知觉到的只是一棵做某事用值几多钱的木料。我也脱离不了我的植物学家的心习，我所知觉到的只是一棵叶为针状、果为球状、四季常青的显花植物。我们的朋友——画家——什么事都不管，只管审美，他所知觉到的只是一棵苍翠劲拔的古树。我们三人的反应态度也不一致。你心里盘算它是宜于架屋或是制器，思量怎样去买它，砍它，运它。我把它归到某类某科里去，注意它和其他松树的异点，思量它何以活得这样老。我们的朋友却不这样东想西想，他只在聚精会神地观赏它的苍翠的颜色，它的盘曲如龙蛇的线纹以及它的昂然高举、不受屈挠的气概。
>
> 从此可知这棵古松并不是一件固定的东西，它的形象随观者的性格和情趣而变化。各人所见到的古松的形象都是各人自己性格和情趣

① 参见尼尔·波兹曼：《童年的消逝》，吴燕莛译，桂林：广西师范大学出版社 2011 年版。

的返照。古松的形象一半是天生的,一半也是人为的。极平常的知觉都带有几分创造性;极客观的东西之中都有几分主观的成分。

美也是如此。有审美的眼睛才能见到美。这棵古松对于我们的画画的朋友是美的,因为他去看它时就抱了美感的态度。你和我如果也想见到它的美,你须得把你那种木商的实用的态度丢开,我须得把植物学家的科学的态度丢开,专持美感的态度去看它。①

美学家朱光潜曾经提到,人们观看事物时有三种基本态度,即实用的、科学的和审美的态度。正是态度的不同,导致了人们在观看同一棵古松时观感是不一样的,每个人心中的古松形象也是不尽相同的,这也就是西方人所说的"一千个人心里有一千个哈姆雷特"的意思。但是,朱光潜这里提到的导致人们观感迥异的种种"心习""态度"以及"性格和情趣"到底该作何理解?它与文学艺术有何关系?所谓的"审美的眼睛""美感的态度"其具体含义又是什么?如果定型为某种眼光和态度,这就意味着背后已经形成了心理结构,那这种心理结构与大的文化传统又有何种关系?这些是我们在前面探讨了艺术家的天赋才能以及童年经验之后必然要涉及的问题。因为作为器质的天赋才能与作为经验的童年经验最终必然会汇集到作为个性或心理结构的艺术人格上来。

理论概述　从艺术人格到文化积淀

一　审美态度与审美注意

我们先来看看,什么是朱光潜提到的"美感的态度"或"审美态度"?不同派别对"审美态度"有不同理解。比如"距离说"所提出的"主体与欣赏对象保持一定的心理距离,使自己从日常现实生活中脱离出来,保持一种与日常生活和实际功利无关的态度"②,就是一种审美态度。而朱光潜这里提出的与实用的、科学的态度并举的审美态度,强调的则是"以美为最高目的""注意力专在事物本身的形象"、"心理活动偏重直觉"③。

在审美态度中,一个很重要的环节是审美注意。所谓"你心里盘算它是宜于架屋或是制器,思量怎样去买它,砍它,运它。我把它归到某类某科

① 朱光潜:《谈美书简二种》,上海:上海文艺出版社 1999 年版,第 96 页。
② 李泽厚:《美学三书》,合肥:安徽文艺出版社 1999 年版,第 518 页。
③ 朱光潜:《谈美书简二种》,第 99 页。

里去，注意它和其他松树的异点，思量它何以活得这样老。我们的朋友却不这样东想西想，他只在聚精会神地观赏它的苍翠的颜色，它的盘曲如龙蛇的线纹以及它的昂然高举、不受屈挠的气概”，谈的就是各种注意方式，其中第三者就是审美注意。李泽厚认为，“审美注意就是审美态度碰到具体对象的时候，把注意力集中和停留在对象上面。这种注意力与一般的注意力不完全一样，它主要是一种对于对象形式或结构的注意。审美注意把审美态度具体化了”。审美注意与植物学家对细胞的注意以及公安人员对罪迹的注意不同，“主要区别就在于审美注意并不直接联结也不很快过渡到逻辑思考、概念意义，而是更为长久地停留在对象的形式结构本身，并从而发展其他心理功能如情感、想象的渗入活动。因之，其特点就在各种心理因素倾注在、集中在对象形式本身，从而充分感受形式。线条、形状、色彩、声音、时间、空间、节奏、韵律、变化、平衡、统一、和谐或不和谐等等形式、结构的方面，便得到了充分的‘注意’。让感觉本身充分地享受对象形式方面的这些东西，并把主观方面的各种心理因素如感情、想象、意念、愿望、期待等等，自觉或不自觉地投入其中”①。可以看到，这里的审美注意与前面提到的感受力虽不是一回事但密切相关。感受力的强烈和敏捷，也意味着审美注意的集中、持久以及情感、想象渗入的快速，而有过人感受力的艺术天才也往往具有过人的审美注意力。

但是另一方面，李泽厚又认为，“一个人不能在很长时间内只保持审美态度。难道你能从早到晚整天保持审美态度，从生活中脱离出来吗？即使你欣赏最好的音乐或看戏，时间也毕竟是短暂的，更不能说一个人能整天、整月、整年地对任何事物都保持超功利、超实用的审美态度，而构成一种所谓‘主体’”，“审美不能是很久的态度，因之不能构成一种‘主体’，而只是进入审美活动之前和之中的某种时间比较短暂的心情、态度而已”②，从而也就否定了“审美主体”的说法。我们认为，这与李泽厚后面提出的“审美的心理结构”的说法是自相矛盾的，审美的心理结构实际上就是审美主体的主要体现。审美态度的短暂并不影响审美主体的形成，审美态度只是审美主体的必要条件而非充分条件而已，正是通过李泽厚自己勾勒的“审美态度→审美知觉→审美能力”的美感过程，审美心理结构同时也就是审美主体才得以形成和确立的。

---

① 李泽厚：《美学三书》，第519—520页。

② 同上书，第518—519页。

但是，鉴于“审美”的确容易让人觉得是一种特定活动（“欣赏最好的音乐或看戏”），从而导致审美主体、审美心理结构被误认为是特定活动中的主体或心理结构，我们这里主张用“艺术人格”一词来指称艺术家作为气质恒定存在的审美心理结构。

二　艺术人格与审美心理结构

什么是艺术人格？艺术人格简单说就是艺术家的审美心理结构。它是艺术家不同于一般人而擅长于艺术发现、艺术创造与艺术表现的个性特征。不同的艺术家表现出各自不同的艺术人格，后者对于艺术家确定反映生活的方向和范围、表现思想感情的方式和方法，以及作品风格的形成，都有着重要的影响和作用。

艺术家的艺术人格与作品风格紧密相关，这就是中国古代文论里所谓的“文如其人”。清人薛雪在《一瓢诗话》中，从人的性情出发，认为“鬯快人诗必潇洒，敦厚人诗必庄重，倜傥人诗必飘逸，疏爽人诗必流丽，寒涩人诗必枯瘠，丰腴人诗必华赡，拂郁人诗必凄怨，磊落人诗必悲壮，豪迈人诗必不羁，清修人诗必峻洁，谨敕人诗必严整，猥鄙人诗必委靡。此天之所赋，气之所禀，非学之所至也”[①]。叶燮在《原诗》中则进一步指出，“诗是心声，不可违心而出，亦不能违心而出。功名之士，决不能为泉石淡泊之音；轻浮之子，必不能为敦庞大雅之响。故陶潜多素心之语，李白有遗世之句，杜甫兴‘广厦万间’之愿，苏轼师‘四海弟昆’之言。凡如此类，皆应声而出。其心如日月，其诗如日月之光。随其光之所至，即日月见焉。故每诗以人见，人又以诗见”[②]。

知识背景　文如其人

“文如其人”，是中国古代文论中探讨作家与作品关系的传统论题，当然西方也有“风格即人”的类似说法。这个论题初见于《论语·宪问》提出的“有德者必有言”。此后历代对这个论题都众说纷纭。古人对“文如其人”大致有两种理解，一是认为文品与人品相对应，品格高低决定了作品高低；一是认为作品风貌与人的性情相吻合，性格特征决定作品风格。先秦两汉时期，主要是从德行来理解文与人的关系，品

① 叶燮等：《原诗 一瓢诗话 说诗晬语》，北京：人民文学出版社 1979 年版，第 143 页。
② 同上书，第 52 页。

德高低决定了文章高低；而魏晋南北朝时期重视的是人的个性气质，认为文与人的性情相对应。唐宋以降，两种观点同时并存，众说纷纭。今人在继承“文如其人”命题同时，也对其不无修正，认为文并不一定如其人。

如果将中国古代诗歌的两座高峰李白、杜甫进行对比的话，似乎更能说明问题。严羽的《沧浪诗话》就认为“子美不能为太白之飘逸，太白不能为子美之沉郁。太白《梦游天姥吟》《远别离》等，子美不能道；子美《北征》《兵车行》《垂老别》等，太白不能作”①。这里的“飘逸”“沉郁”云云，显然既指文也指人。所以田艺蘅在《香宇诗谈》中说：“诗类其为人，且只如李杜二大家，太白做人飘逸，所以诗飘逸；子美做人沉着，所以诗沉着。如书称钟王，亦皆似人。”②但值得注意的是，“文如其人”的“文”特指文风或作品风格而非内容。钱锺书的《谈艺录》对此有过一番辨析：“‘心画心声’，本为成事之说，实少先见之明。然所言之物，可以伪饰：巨奸为忧国语，热中人作冰雪文，是也。其言之格调，则往往流露本相；狷急人之作风，不能尽变为澄淡，豪迈人之笔性，不能尽变为谨严。文如其人，在此不在彼也。”③但总的说来，古人所说的“文如其人”的“人”，主要指品德或性情，是人的一般心理结构或人格特征，而我们认为，与“文”真正相对应的，其实是艺术家的艺术人格或审美心理结构。

审美心理结构与一般心理结构一样，也是由日常生活中的情感、理解、感知、想象等心理因素（主要分感性与理性两大部分）组成的。但与一般心理结构不同，在审美心理结构中，各种心理因素能自由和谐地组合在一起，彼此自然融合。这一点，康德在论述艺术天才时就已经提出来了，即艺术天才体现在“想象力与知性的合规律性的自由的协和一致”。李泽厚则进一步认为，“想象力”与“知性”（朱光潜译为“知解力”）在审美心理结构中配置比例的不同，会决定在审美体验中偏重形式还是内容、偏重表现艺术还是再现艺术。“偏重欣赏具体内容和偏重欣赏形式以及装饰美的美感，都是由于心理结构复杂的方程式中不同比例的配合和组织、融化的缘故。”④

---

① 严羽：《沧浪诗话校释》，郭绍虞校释，北京：人民文学出版社 1983 年版，第 168 页。

② 同上书，第 169 页。

③ 钱锺书：《谈艺录》，北京：三联书店 2007 年版，第 426 页。

④ 李泽厚：《美学三书》，第 534 页。

原典精读　李泽厚论“审美心理结构”

一方面，如果没有日常生活经验和生活情感作为被剪裁、被纳入、被熔铸的材料，那所谓“审美情感”的心理结构将是空的，“有意味的形式”的“意味”将无所由来；另一方面，如果有种种生活经验、感受或情感，而没有被纳入、剪裁和熔铸在一个审美心理结构中，那这些材料不过是一堆大杂烩，不可能产生“审美感情”。偏重欣赏具体内容和偏重欣赏形式以及装饰美的美感，都是由于心理结构复杂的方程式中不同比例的配合和组织、融化的缘故。所以在某些审美欣赏、感受中，有时似乎看不到形式，得到的美感似乎就是一种非常接近于日常道德、宗教、政治……的情感、态度和认识，直接感到心灵得到了洗涤、净化或认识，以至痛哭流涕或喜欢之极。有时又似乎看不到内容，得到的美感似乎是一种独特的毫无认识、功利、伦理、宗教等实用内容的纯粹愉快。前者如看某些小说、戏剧、电影，后者如欣赏某些建筑、书法、工艺品，但实际上这两个方面都是存在的，只是在不同的对象中有各种不同的组织、配置的结构罢了。

各种不同类型、不同风貌、不同韵味的艺术作品所引起的相对应的各种心理因素、功能的不同配置排列，便有各种不同的审美感受。即使在再现艺术或具象艺术中，不同艺术种类、派别和作品也给你不同的美感，有的偏于理智领会，有的偏于情绪感染，有的给你神秘的东西。表现艺术也不只给你以形式，有的内容很突出，有的具体的情感性很强，有的理解性也很强，各种艺术所调动的情感、现象、理解、感知的情况不一样，有的甚至哲理性很强，因之审美感受便不一样。

（李泽厚：《美学三书》，合肥：安徽文艺出版社 1999 年版，第 533—535 页。）

但这种采用科学分析思维来研究审美心理结构的思路，有一定局限性，值得好好辨析。李泽厚在后面强调，“各种不同类型、不同风貌、不同韵味的艺术作品所引起的相对应的各种心理因素、功能的不同配置排列，便有各种不同的审美感受”，并一再呼吁，“从作为人类心理结构物态化成果的艺术作品中，研究由各种形式的不同配置而产生的不同心理效果，探测不同比例的心理功能的结合,是美学研究中大有可为的事情”[1],这在一定程度上便落入了他自己所批判的“实验美学”的窠臼。李泽厚自己都认为,实验美学“到底有多少真正的科学性,在确定审美心理规律方面能占多大比重,是大可怀疑的。事实上,极为复杂的审美经验完全不可能还原为、归结为、等同于这种简单的形体线状的情感反应”[2],后面怎么又妄信通过“研究由各种形式的不同配置而产生的不同心理效果,探测不同比例的心理功能的结合”的方法,就大可研究“李白与杜甫,李商隐与杜牧,悲剧使伦理情感突出,小说则认识因素颇强,中国诗话词话中经常讲究的字句的推敲,一字之差,境界顿异”等等复杂的文艺现象呢?事实上,通过“研究由各种形式的不同配置而产生的不同心理效果”来研究偏重于形式方面的文艺现象倒也不无可取之处,但是通过“探测不同比例的心理功能的结合”来研究“李白与杜甫,李商隐与杜牧”等偏重于主体方面的文艺现象则实在令人怀疑。说到底,这种实验美学式的科学分析思维,违背了康德所说的艺术的“自然性”和中国古代文论提倡的艺术的“整体性”[3],尤其是在面对作为艺术主体的艺术家时。这也是为什么我们主张用“艺术人格”来代替“审美心理结构”来描述艺术主体的原因。因为审美心理虽然是结构性的,但是在这个结构中各种心理要素的配置与搭配的比例,根本就不是一个科学能解析的对象,也不是一个科学能回答的问题。康德所说的想象力与知性的自由和谐、李泽厚所说的偏重理性还是偏重感性,就已经是我们关于各种心理要素之间关系的最深理解了,再解析细化下去真理就成谬误了。说到底,艺术家的精神心理不是药方子,能够照单抓药,也不是机器部件,能够简单拆解分开。审美心理结构的提出虽然有助于我们细化对艺术主体的认识,但它到底能否被一一解析,这是尚存疑问的。

艺术家在从事艺术创作时虽然是短暂的,但是一旦形成艺术人格或审美心理结构,也就是具有了通常我们所说的“艺术气质”的话,那么他就能以此观照所有对象了,即形成了朱光潜所说的“审美的眼睛”。我们并不认为,像庄子那样“对人生对生活对日常事务采取一种审美态度”只是“一种比拟性的说法”[4]。真正的艺术家,艺术和生活从来就是一体的,所谓的艺

---

① 李泽厚:《美学三书》,第534—535页。

② 同上书,第506页。

③ 关于中国古代文论“偏重整体的、直观的把握”特点的论述,具体参见蒋凡、郁源主编:《中国古代文论教程》,北京:中国书籍出版社1994年版,第4—6页。

④ 李泽厚:《美学三书》,第519页。

术品和艺术创作只不过是这种艺术生活"迹化"的一面。诗人里尔克就提倡"艺术地生活","艺术也是一种生活方式,无论我们怎样生活,都能不知不觉地为它准备;每个真实的生活都比那些虚假的、以艺术为号召的职业跟艺术更为接近,它们炫耀一种近似的艺术,实际上却否定了、损伤了艺术的存在"[①]。"艺术地生活"并不是那种肤浅的、外在的、消费性、炫耀性的"日常生活的审美化",而是内在艺术人格或审美心理结构在生活中的自然孕育过程:"让你的判断力静静地发展,发展跟每个进步一样,是深深地从内心出来,既不能强迫,也不能催促。一切都是时至才能产生。让每个印象与一种情感的萌芽在自身里、在暗中、在不能言说、不知不觉、个人理解所不能达到的地方完成。以深深的谦虚与忍耐去期待一个新的豁然贯通的时刻:这才是艺术地生活,无论是理解或是创造,都一样。"[②]因此,艺术人格或审美心理结构的形成,是漫长而自然的,它与生活同步、与生活不分,是在生活中感悟的结果,而不是像我们所认为的那样只是特定艺术活动的结果。

三 从艺术精神到文化积淀

诗人顾城曾经谈到自己艺术人格的几番变化:"最初是自然的'我'。这个'我'与包括天地、生命、风、雨、雪、花、草、树、鱼、兽等在内的'我们'合为一体";"接着是'文化的我'。这个'我'与当时能和我在精神上想通的'我们'合为一个整体。在这个整体中,我同时汲取中国传统文化和西方文化的营养";"然后是'反文化的我'。这个'我'就像小说《红楼梦》中的贾宝玉走出了贾府的'我们',又与癞头和尚和疯跛道士,即与一个数量变小的'我们'合为一体。这个'我'用反文化的方式来对抗文化对我的统治,对抗世界";"此后我发现寻找'我'、对抗世界都是在一个怪圈里旋转。我对文化及反文化都失去了兴趣,放弃了对'我'的寻求,进入了'无我'状态","对我来说,'无我'就是我不再寻找'我',我做我要做的一切,但是我不抱有目的。一切目的和结果让命运去安排,让各种机缘去安排"。[③]

可以看到,对一个艺术家来说,作为艺术人格的"我"从来都不是单独存在的,它总是试图归依外在的各种"母体"。这些"母体"或是自然或是文化,或是"反文化"或是"无文化"。所谓"无文化"并不等于没有文化,它也

---

① 里尔克:《给一个青年诗人的十封信》,第 65 页。

② 同上书,第 14—15 页。

③ 顾城:《别有天地》(顾城文选 · 卷一),第 232—233 页。

是一种艺术精神的体现。顾城就认为东方艺术精神的主体就是“空无”——“一种心境下的自然关注;与西方文化相比,它更像月光和空气。一种气息使鸟群飞翔,它是自然的;没有既定的方向,又是自由的;它可能飞向任何地方。灵性的灵动使东方艺术‘无’中生‘有’,不拘一格,天然自成”①。如果说,艺术人格是作为个体的艺术家的主体体现,那么艺术精神就是一个民族所具有的民族审美意识、一种自由解放的心灵状态和精神状态。这种艺术精神并不是空洞的,而是艺术家个人的具体生命可以体验到的。②

个体的艺术人格与群体的民族审美意识有着重要关联,这一点,其实古今中外都关注到了。在西方历史上,黑格尔早就指出了,“各门艺术都或多或少是民族性的,与某一民族的天生自然的资禀密切相关”,“艺术和它的一定的创造方式是与某一民族的民族性密切相关的”③。丹纳关于艺术的“种族、环境、时代”三因素说,以及荣格的“原型”和“集体无意识”理论,也启发了我们从群体角度去审视个体的艺术行为。而李泽厚提出的“积淀说”则是这方面的集大成者。在《美的历程》中,李泽厚提出一系列的设问:“凝冻在上述种种古典作品中的中国民族的审美趣味、艺术风格,为什么仍然与今天人们的感受爱好相吻合呢?为什么会使我们有那么多的亲切感呢?是不是积淀在体现在这些作品中的情理结构,与今天中国人的心理结构有相呼应的同构关系和影响?人类的心理结构是否是一种历史积淀的产物呢?也许正是它蕴藏了艺术作品永恒性的秘密?也许,应该倒过来,艺术作品的永恒性蕴藏了也提供着人类心理共同结构的秘密?生产创造消费,消费也创造生产。心理结构创造艺术的永恒,永恒的艺术也创造、体现人类传流下来的社会性的共同心理结构。”④但是李泽厚的观点诚如有些论者所说的,多少有些“简化了人性历史生成的复杂性”。它论述的民族审美意识和文化心理结构如何落实到个体的艺术人格上来,依然是一个值得深入探讨的问题。

---

① 顾城:《别有天地》(顾城文选·卷一),第202页。

② 徐复观:《中国艺术精神》(《徐复观文集》第四卷),武汉:湖北人民出版社2002年版,“自序”,第2—5页。

③ 黑格尔:《美学》第一卷,第361—362页。

④ 李泽厚:《美学三书》,第208页。

思考题

1. 如何理解艺术家的主体性?

2. 古今中外是如何理解艺术天才的?

3. 童年经验与艺术有什么关系?

4. 如何理解艺术人格和审美心理结构?

进一步阅读

1. 李长之:《道教徒的诗人李白及其痛苦》,天津:天津人民出版社2008年版。

可以通过李白的个案,进一步了解"艺术天才"以及"艺术人格"方面的理论。

2. 里尔克:《给一个青年诗人的十封信》,冯至译,北京:三联书店1994年版。

可以通过本书进一步了解诗人与童年经验以及"艺术人格"的培养等方面的观点。里尔克是大诗人,他的观点平易近人,深入浅出。

3. 李泽厚:《美学三书》,合肥:安徽文艺出版社1999年版。

李泽厚是中国当代美学大家,其《美学三书》包括《美的历程》《华夏美学》以及《美学四讲》,是进一步理解"审美心理结构"及"积淀说"的必读书目。

第二章　美感经验的产生

德国18、19世纪哲学美学巨匠黑格尔将人类的精神活动分为科学、宗教和艺术三大基本部分。如果说科学是为了满足人类"求真"的需要，宗教是为了满足人类"求善"的需要，那么艺术就是为了满足人类"求美"的需要。的确，"美"是人的基本精神需求之一，现代存在主义美学家甚至将"美"视为人的基本存在方式之一。那么，什么是美呢？早在古希腊时代苏格拉底就对这个问题进行了探讨，他的学生柏拉图在《大希庇阿斯篇》里记录说，苏格拉底一连否定了好几个对关于美的答案，即"美是一位漂亮小姐""美是恰当""美是有用""美是善""美就是由视觉和听觉产生的快感"等，最后苏格拉底得出结论说："美是难的。"这种试图给"美"下定义的做法吸引了一代又一代学者探索的兴趣，但是直到今天也没有一个让世人普遍满意的答案。美，的确是难的。难怪法国哲学家狄德罗说："几乎所有的人都同意有美，并且只要哪儿有美，就会有许多人强烈感觉到它，而知道什么是美的人竟如此之少。"不过，自从西方19世纪实验心理学诞生以来，人们开辟了另一条美学研究的路径，它不再追问"美是什么"这一本质论的命题，而把注意力集中在人这个主体身上，即探究人的"审美经验"是如何生成的，这个问题就是我们在本章论述的中心问题——"美感"或"美感经验"。美感经验生成是一个复杂的心理活动过程，总的说来，它建立在人的生理基础之上，又根本不同于生理本能；具有人类所特有的情感性和想象性的特点，但又兼具理解认知的特征。在美感生成的心理机制中，包括了"心理距离""直觉""移情"等关键性因素。

第一节　美感经验的生理基础

预读　林语堂·灵与肉

我有时候想，以为鬼魂或天使，如没有肉体，真等于一种可怕的刑罚:看见一泓清水,没有脚可以伸下去享受一种清新愉快的感觉;看见一盆北平或长岛的鸭肉,但没有舌头可以尝它的滋味;看见烘饼,但没有牙齿可以咀嚼;看见我们亲爱的人们的脸蛋,但我们无法把情感表现出来。如果我们死后的鬼魂,有一天回到这世间来,静静的跑进我们孩子的卧室,看见一个孩子躺在床上,但我们没有手可以爱抚他,没有臂膀可以拥抱他,没有胸部可以感到他身体的温暖;面颊中间没有一个圆的凹处,可以使他的头紧紧地挨着;没有耳朵可以听到他的声音,这种种损失是多么可哀啊。

如果有人对"天使无肉体论"加以辩护的话,他的理由一定是模糊而不充足的。他也许会说:"啊! 很对,但神灵是不需要这种满足的。""但是另有什么东西可以代替这种满足呢?"这就问住了。如果勉强回答的话,是"空虚——平和——宁静"。如再问:"你在这种情况里可以得到什么呢?"回答或许是:"没有劳役,没有痛苦,没有烦恼。"好,我就承认有这么一个天堂,但也只有船役囚徒或许会对这种天堂发生兴趣,这种消极的理想和观念太近于佛教了,其来源与其说是欧洲,不如说是亚洲。

(林语堂:《生活的艺术》,北京:中国戏剧出版社 1991 年版,第 25—26 页)

林语堂一席话给了我们以启示:如果说美感是在我们心中泛起的一种愉快的感觉的话,那么这种感觉一定是通过某个生理器官才能让我们感觉到的。这就说明:美感有它的生理基础。

理论概述　欲望·大脑·审美筋肉学

"美感具有生理基础",这个问题可以将美感的发生追溯到某些动物性的生理本能。比如,动物有时也具有类似爱美的行为。动物学家们常常发现,有些鸟类在交配季节,总是有意无意地展现出自身亮丽的毛色,这样能够吸引到更多的异性。年迈体弱的鸟,身上失去了美丽的光泽,便失去了交配的权利。他们还发现,繁殖期的动物表现出了很多原始形态的艺术形式,比如,鸣唱与吼叫仿佛是在引吭高歌,欢蹦乱跳仿佛是在进行愉快的舞蹈。原始人类刻意求美的装饰品尽管形式粗糙,却很有意味:人类学家发现,在原始部落里,裸体习以为常,不会引起相互注意。一旦男男女女们用一对斑斓的羽毛、一串五光十色的贝壳或石子系在腰间,就可以引起异性同伴强烈的注意,从而引发性欲的冲动。这里,小小的饰品成为了性感的刺激物。由此可见,人类对美的最初追求具有某种动物性的生理本能。

一　身体本能欲望

实际上,本能欲望构成了美感的重要生理基础。作为审美主体的人首先是一个自然生命的存在。正如马克思所说:"人作为自然存在物,而且作为有生命的自然存在物,一方面具有自然力、生命力,是能动的自然存在物;这些力量作为天赋和才能,作为欲望存在于人身上;另一方面,人作为自然的、肉体的、感性的、对象性的存在物,和动植物一样,是受动的、受制约和受限制的存在物。"[①]有欲望,才会有冲动、有激情,才会有勃勃的生命力,人的本质力量才会得以体现,而审美活动从根本上说正是人的本质力量的对象化。

孟子所谓"食色,性也",指的便是食欲和性欲是人的基本生理欲求。而中国古人所谓"爱美之心,人皆有之",虽然说的是对美的形式的追求,实际上说的是对美食、美色、美物、美声等本能欲望的追求。中国古代以"羊大为美",今有学者以为,"美"为会意字,像人戴羊冠而舞,而人戴羊冠而舞是原始图腾崇拜的一种巫术礼仪,后来图腾崇拜的涵义逐渐淡化,人戴羊冠而舞就仅仅成为了一种美的形式。[②] 那么羊何以成为原始先民崇拜的图腾呢? 这是因为羊在远古先民的经济生活中占据着重要地位,是非常重要的食物来源,且羊的肉味甘美,是食物中的上品,先民食羊肉时首先产生了生理快感,继之由生理快感上升为心理快感、喜悦之情,于是觉其形状甚美,进而崇拜之并赋予它神圣的光环。我们从"羊大为美"的归根溯源中再清晰不过地看出:从根本上说,审美活动诞生与人的生理需要、情欲的需要有非常紧密的联系。

不仅如此,弗洛伊德美学思想可以很好地说明审美主体的生理基础。弗洛伊德的基本美学观可以概括为:"美是欲望的升华",即人类行动最深刻的驱动力是初级的、先天的、生理性的本能欲望,比如性欲、恋爱、虐待、建设、破坏等,这些本能欲望通常被压抑着,得不到直接的满足,于是转而通过其他方式寻求间接的满足,艺术就是被压抑的欲望得到转移、获

---

① 《马克思恩格斯全集》第四十二卷,北京:人民出版社 1979 年版,第 167 页。

② 成复旺:《中国古代的人学和美学》,北京:中国人民大学出版社 1992 年版,第 79 页。

得间接满足的主要途径,人们之所以在艺术中获得快感,就是因为被压抑的本能欲望得到了暂时的释放和宣泄。由此正说明,审美主体的最初基础是一个先天性的生理本能的基础。

二　神经大脑感觉机制

作为审美主体的人面对外界自然物和社会现实,感物动情,获得美感,是通过人体的刺激—反应机制来完成的,这一点和认识过程没有区别。具体地说,就是通过眼、耳、鼻、舌、皮肤、肌肉等各种生理感觉器官获得外界的不同的刺激信号,继而通过神经系统的传导通路进入大脑皮层,在大脑皮层这个高级神经中枢里综合这些刺激信息,从而获得审美愉悦(即美感)。当然这一整套刺激—反应路径最后须上升到心理层面才能被称为"美感",但获得美感的载体和物质基础是生理性的。审美主体没有这一个系统性的生理机能,就不可能产生美感,也就谈不上有什么审美主体的存在了。

知识背景　"马赫条带"之谜

宋代有一种瓷器"丁白瓷",看上去在表面上似乎画有明暗相间的花纹,其实瓷器表面没有施加任何色彩,"花纹"区域也没有进行任何打磨和修饰。何以如此?它的奥妙全在独具匠心的瓷器轮廓线上。原来瓷器特意雕刻了多条轮廓线,轮廓线向外侧都有一定的坡度,这样就使得轮廓线内侧显得明亮一些,外侧显得暗一些,无形中形成了一条条明暗相间的"条带"。西方人早在几百年前也发现了类似现象,称其为:"马赫条带",即指某物体的影子与光明区交界处出现了一种奇异的条带,这一条带由一条更窄的明亮带和一条更窄的黑暗带合并而成。但当时西方物理科学家无法解释这一现象。

直到西方在20世纪逐渐兴起了脑神经科学以后,才解开了"马赫条带"之谜,原来这种现象不是一个纯粹的物理现象,而是同人的视知觉自身的活动有关。事实表明,视知觉并不像一架照相机,将外物原封不动地投射在底片上。它是一种高度灵敏的,积极主动的感受器,外部刺激为它提供的仅仅是一些线索,真正的信息加工活动主要在大脑内部进行。"马赫条带"效应主要与大脑细胞"兴奋—抑制"作用有关:当光线刺激感受器时,它便产生放电活动,微弱的刺激产生低频放电,强烈的刺激产生高频放电。放电即兴奋,兴奋程度愈高,主观感受到的亮度愈高。但兴奋作用又总伴随着一种抑制作用:当某一感受器因受刺激而放电时,它就会压制相邻感受器的放电活动,反过来,它自身又受到别的刺激兴奋单位的抑制。所谓"马赫条带"的明暗相间的效应,其实就和我们大脑中刺激兴奋与抑制的相互作用(即兴奋的产生与压制和抑制的而产生与消除)有关。

"马赫条带"效应再次证明:艺术再现决不会是去照搬现实的产物,只有通过人的神经—大脑系统一系列极其复杂的生理并进而发展到心理作用,才谈得上艺术的再现。

(滕守尧主编:《审美心理描述》,成都:四川人民出版社 1998 年版,第 132—135 页)

20 世纪俄国生理学家巴甫洛夫在无数动物实验的基础上也论证了:人的大脑思维活动根本是一系列刺激信号活动,这些信号活动大致分为"第一信号系统"和"第二信号系统"两个系统。第一信号系统掌管处理直观的、鲜明的形象性信息,它具有丰富生动的想象的特性,也可称为"艺术型"信号系统,接近于我们所说的美感;第二信号系统掌管着语言等较抽象的信号活动,善于运用概念进行抽象概括、推理的特征。巴甫洛夫把第一信号系统特征称为"艺术型",把第二信号系统特征称为"理智型"。如果我们承认文学是一门关于语言的艺术的话,那么,文学就兼具了形象的艺术思维和抽象的理智思维的特点,而以形象思维为主。而无论是形象思维还是抽象思维,都具有实实在在的生理基础。

原典精读　达尔文论"人类和动物的表情"

人的和较低级动物的主要表情动作,现在已经成为天生的,或者遗传的动作;换句话说,这些动作并不是个体出生后学来的,或模仿来的。这种说法已被大家所公认。其中有几种动作,决不是学习和模仿所能获得的,因为它们从我们一生的最初几天起到老死为止,都完全不受我们支配。例如,在脸红的时候,皮肤动脉宽弛;在愤怒的时候,心脏活动增强……这些现象都属于上述情况。这些事实足以证明,很多重要的表情并不是后来获得的,可是,值得注意的是有些表情虽是天生的,但也不是一开始就是尽善尽美的,而是在个体进行一定的实践之后完善的,例如,哭泣和笑声就是这样。我们的多数表情动作的遗传现象,正说明了一个事实：那些天生双目失明者的表情动作与视力好的人的表情动作一样良好……因此我们可以理解到一个事实：种族极不相同的年幼和年老的人和动物，双方都能够用同样的动作表现出同样的精神状态来。

（彼得罗夫斯基主编：《心理学文选》，张世臣等译，北京：人民教育出版社 1986 年版，第 350 页）

三 “内模仿”

西方美学的“内模仿”理论，从另一个角度探讨了主体的生理基础与美感的密切关系，因此也被称为审美筋肉学或艺术生理学。比如，我们作为审美主体注视一座高山，高山的巍峨令我们在不知不觉间昂起了头，挺直了腰，仿佛在身体内部模仿大山雄伟峭拔的气势；再比如，当听到一曲动听的音乐时，我们虽然表面上看纹丝不动，实际上头、腰、腿，以及骨骼、肌肉都跟着音乐的节奏轻轻地晃动，实际上，音乐的高低、长短、轻重、徐疾都会引起筋肉类似的运动，这些就是“内模仿”现象。由此我们知道，“内模仿”是一种伴随着身体肌肉活动的过程。

原典精读　朱光潜论“内模仿”

模仿是动物的最普遍的冲动，看见旁人发笑，自己也随之发笑；看见旁人踢球，自己的脚也随之跃跃欲动；看见瓦匠弯腰像要堕地的样子，自己也觉得战战兢兢，这是日常的经验。凡是知觉都要以模仿为基础。看见圆形物体时，眼睛就模仿它，作一个圆形的运动。电车移动时我们说它“走”，筋肉方面也感受到类似行走的冲动。寺钟响时我们的筋肉也似一松一紧，模仿它的节奏。寻常知觉都要伴着若干模仿，不过谷鲁斯以为美感的模仿和寻常知觉的模仿微有不同。寻常知觉的模仿大半实现于筋肉动作，美感的模仿大半隐在内而不发出来。谷鲁斯把它称为“内模仿”(inner imitation)。

“内模仿”可以说是“象征的模仿”。……是以局部活动象征全体活动。比如说模仿石柱的腾起，我们并不必伸腰耸肩作上腾的姿势，只要筋肉略一蠕动，甚至于只起一种运动的冲动，就可以引起上腾的情感了。有人反对“内模仿”说，以为我们观察事物所发的运动往往不是模仿的。谷鲁期说知觉圆形就是用眼睛模仿圆形，据斯屈拉东(Stratton)

的实验,我们观察曲线时眼球运动是起伏无常的,并不循曲线的轨道。反对模仿说者往往拿这个实验做论证。其实这个实验并不能推翻"内模仿"说。因为"内模仿"原来不是全部模仿,眼球的起伏断续的运动未尝不可象征曲线的运动。

(朱光潜:《朱光潜全集》第一卷,合肥:安徽教育出版社1989年版,第255—256页)

在中国古老的艺术经验中有很多关于"内模仿"的体会。我们知道,中国书法是线条的艺术,笔走龙蛇,或沉郁顿挫,或飞扬潇洒,墨线之间的来往运动常常被中国书画家、文论家们视为人的某种生理特征的体现。王羲之曾说,一个字是一个整体,笔画之间"筋骨相连";宋代郭若虚也说,"笔有朝揖,连绵相属,气脉不断"(《图画见闻志》)。元初著名书画家赵孟頫的字秀美圆润,轻盈婀娜。美学家朱光潜说,他欣赏赵孟頫的字,由于"内模仿"的作用,"在看颜鲁公的字时,仿佛对着巍峨的高峰,不知不觉地耸肩聚眉,全身的筋肉都紧张起来,模仿它的严肃;我在看赵孟頫的字时,仿佛对着临风荡漾的柳条,不知不觉地展颐摆腰,全身的筋肉都松懈起来,模仿它的秀媚"①。

"内模仿"的普遍存在说明:主体的审美感受引起人的生理变化,而发生这一现象的原因正在于审美感受本身根源于人的生理基础。当然,这里我们强调了"内模仿"的生理基础,但"内模仿"同时也是一个心理过程,严格地说,"内模仿"是一个生理—心理过程。实际上,审美主体在生理和心理两个层面构成了审美基础。

第二节 美感经验的心理基础

预读 宗白华·美从何处寻·美感

诗和春都是美的化身,一是艺术的美,一是自然的美。我们都是从目观耳听的世界里寻得她的踪迹。某尼悟道诗大有禅意,好像是说"道不远人",不应该"道在迩而求诸远"。好像是说:"如果你在自己的心中找不到美,那么,你就没有地方可以发现美的踪迹。"

然而梅花仍是一个外界事物呀,大自然的一部分呀!你的心不是

① 朱光潜:《朱光潜全集》第二卷,合肥:安徽教育出版社1987年版,第24页。

“在”自己的心的过程里，感觉、情绪、思维里找到美，而只是“通过”感觉、情绪、思维找到美，发现梅花里的美。美对于你的心，你的“美感”是客观的对象和存在。你如果要进一步认识她，你可以分析她的结构、形象，组成的各部分，得出“谐和”的规律，“节奏”的规律，表现的内容，丰富的启示，而不必顾到你自己的心的活动，你越能忘掉自我，忘掉你自己的情绪波动，思维起伏，你就越能够“漱涤万物，牢笼百态”（柳宗元语），你就会像一面镜子，像托尔斯泰那样，照见了一个世界，丰富了自己，也丰富了文化。

那么，你在自己的心里就找不到美了吗？我说，我们的心灵起伏万变，情欲的波涛，思想的矛盾，当我们身在其中时，恐怕尝到的是苦闷，而未必是美。只有莎士比亚或巴尔扎克把它形象化了，表现在文艺里，或是你自己手之舞之，足之蹈之，把你的欢乐表现在舞蹈的形象里，或把你的忧郁歌咏在有节奏的诗歌里，甚至于在你的平日的行动里，语言里，一句话说来，就是你的心要具体地表现在形象里，那时旁人会看见你的心灵的美，你自己也才真正的切实地具体地发现你的心里的美。除此以外，恐怕不容易吧！

宋朝某尼虽然似乎悟道，然而她的觉悟不够深，不够高，她不能发现整个宇宙已经盎然有春意，假使梅花枝上已经春满十分了。她在踏遍陇头云时是苦闷的，失望的。她把自己关在狭窄的心的圈子里了。只在自己的心里去找寻美的踪迹是不够的，是大有问题的。王羲之在《兰亭序》里说：“仰观宇宙之大，俯察品类之盛，所以游目骋怀……极视听之娱，信可乐也。”这是东晋大书法家在寻找美的踪迹。他的书法传达了自然的美和精神的美。不仅是大宇宙，小小的事物也不可忽视。诗人华滋沃斯曾经说过：“一朵微小的花对我可以唤起不能用眼泪表出的那样深的思想。”

达到这样的、深入的美感，发现这样深度的美，是要在主观心理方面具有条件和准备的。我们的情感是要经过一番洗涤，克服了小己的私欲和利害计较。矿石商人仅只看到矿石的货币价值，而看不见矿石的美和特性。我们要把整个情绪和思想改造一下，移动了方向，才能面对美的形象，把美如实地和深入地反映到心里来。再把它放射出去，凭借物质创造形象给表达出来，才成为艺术。

（宗白华：《宗白华全集》第三卷，合肥：安徽教育出版社 1994 年版，第 267—269 页）

宗白华的《美从何处寻》这篇文章主要是持“美有客观性”的观点的，但他绝没有否认“美感”的存在。恰恰相反，他明确地指出，“美感”作为美的反映，必须具有“主观心理方面”的“条件和准备”。这就是说，美感需要有心理基础。

理论概述　感知·情感·想象·理解

相对于美感的生理基础而言，美感的心理基础是更高的层次。刺激—反应机制本身只能产生生理快感，严格地说，只有将这种快感上升到心理层面才被称作“美感”，也就是说，眼、耳、鼻、舌、皮肤、肌肉等生理感觉器官只有上升到生理—心理器官时才能产生美感，而美感才是真正的审美感受，这时，心灵才能获得自由与超越，审美主体也才能因此确立起来。实际上，古今中外的美学理论主要是在心理层面上考察审美主体及其活动的。具体来说，审美主体的心理基础主要包括审美感知、审美情感、审美想象与审美理解这四种机能。

一　审美感知

一个人面对世界有两种态度，一种是心灵感受式的，即感性的态度；另一种是逻辑推理式的，即理性的态度。在感性中感受世界，呈现在我们面前的是一个情趣盎然的具象世界；在理性中认识世界，呈现在我们面前的是一个条分缕析、秩序精确的抽象世界。审美态度是前者，因此，审美不同于科学认识，不是理性分析，而是感知。所谓审美感知，就是指在审美活动中，主体首先对外物产生了视觉、听觉、嗅觉、味觉、触觉等官感，这些官感构成主体对外物审美对象，即表象；可见，感性是表象的一个显著特征。接着，主体将以主观的心灵感受方式与审美对象（表象）融为一体，最终形成了审美意象。

感知具有主观性特点。原先积累的经验，已经形成的观念、性格、态度，以及在特定情况下的情绪等心理状态，都会构成审美主体的内在标准，都可能影响到感知的结果，审美主体不会完全按照自然界客观的标准来感知审美对象。因此，艺术家能从自然界的一草一木、一枝一叶中，寻找到心灵的知音和情感寄托的对象。

感知又具有直观性特点。审美主体总是以一种整一的方式感性直观地把握着审美对象，把原先客观世界直接进入我们头脑中的异常丰富又杂乱无章的感觉印象（表象），按照自己内在的审美标准重新熔铸一番，于是一种具有生命整体感的审美意象便在我们的心中油然升起。例如,元曲中"小桥流水人家"一句,三个原本孤立的感觉印象(表象)被有机地整合进一幅统一的画卷里,从而恰如其分地表现出一种田园诗式的恬静氛围,也寄托了作家自己的情感,这就已经是具有生命整体感的审美意象了。

具体说,感知大体分为三种类型:一是"感物"。"感物"就是感物动情。当主体面对大千世界,耳闻目染了万物的表象,这一切触发了他敏锐的情感,他为此或心动不已或魂牵梦绕,这就是"感物","感物"构成了审美活动不竭的源泉。"感物"的例子在中国古典文学作品中可以说比比皆是,比如梁代萧子显在《自序》中道:"若乃登高目极,临水送归,风动春朝,月明秋夜,早雁初莺,开花落叶,有来斯应,每不能已也。"古往今来,多少诗人抚时感事,触物伤情,写下了寄托故国之思的佳句。

原典精读 《乐记·乐本篇》

> 凡音之起,由人心生也。人心之动,物使之然也。感于物而动,故形于声。声相应,故生变,变成方,谓之音。比音而乐之,及干戚羽旄,谓之乐。
>
> 乐者,音之所由生也;其本在人心之感于物也。是故其哀心感者,其声噍以杀;其乐心感者,其声啴以缓;其喜心感者,其声发以散;其怒心感者,其声粗以厉;其敬心感者,其声直以廉;其爱心感者,其声和以柔:六者非性也,感于物而后动。
>
> (转引自于民主编:《中国美学史资料选编》,上海:复旦大学出版社 2008 年版,第 49 页)

二是"感兴"。"感兴"也称"兴会",指主体在审美活动中的瞬间灵感与创造冲动。如果说,"感物"侧重于强调由外物引起的情感活动的话,那么,"感兴"则更侧重强调情感活动本身,它们的来源都是主体的生活世界。从审美心理发生机制看,"感兴"是在"感物"的基础上发生的,正如《周礼》所说:"兴者,托事于物也。"又如王昌龄所说:自古文章"兴于自然,感激而成"(《诗格》)。这些都说明,"感物"是审美活动的第一步,"感兴"是审美活动的第二步;也就是说,主体由"感物"而"生意",由"观物"而"观我",因此"感兴"是最终形成审美意象的主要心理推动力之一。"感兴"一旦发生,就会激发主体丰富的联想,举一反三,触类旁通,从而构成了美妙无穷的艺术想象世界。

三是"通感"。"通感"指主体各审美感官彼此沟通、相互作用,产生的一种"感觉转移"现象。钱锺书论述"通感"说:"在日常经验里,视觉、听觉、触觉、嗅觉、味觉往往可以彼此打通或交通,眼、耳、舌、鼻、身各个官能的领域可以不分界限。颜色似乎会有温度,声音似乎会有形象,冷暖似乎会有重量,气味似乎会有锋芒。"(《旧文四篇》)例如:唐代李世民《芳兰》诗有"风传轻重香"之句,这里花香的浓淡可以用重量来形容;宋代宋祁的一句诗"红杏枝头春意闹"(《玉楼春》),王国维说:"著一'闹'字,而境界全出。"(《人间词话》)一个"闹"字把无声的景色说成了有声的运动,仿佛在视觉里获得了听觉。这些都是文学作品中的"通感"现象。那么,"通感"是如何发生的呢?19世纪奥地利音乐评论家汉斯立克说:"通过音乐的高低、强弱、速度和节奏化,我们听觉中产生了一个音型,这个音型与某一视觉印象有着一定的类似性,它是在不同的种类的感觉间可能达到的。正如生理学上在一定的限度内有感官之间的'替代',审美学上也有感官印象之间的某种'替代'。"[①]这种"替代"就是"通感"。因为这种"替代"的"通感"是在"感觉印象"之间发生的,所以,"通感"的心理状态其实就是表象间的联想乃至想象。

二 审美情感

情感在审美活动中占据着核心地位。在审美活动中,主体感物动情,进而与世界万物融为一体,其所感者离不开一个"情"字。的确,审美主体的情感始终在审美活动中担当着非常主要的角色。康德把人类的精神活动分为"知、情、意"三部分:"知"即知性,担负着人的科学认识活动;"意"即意志,担负着人的道德活动;"情"则是情感,担负着人的审美艺术活动。因此,我们可以说,主体的情感是审美活动的核心要素。

中国人自古就准确地认识到情感在审美活动的核心位置,可以说中国古典美学理论几乎都是围绕情感展开的。陆机《文赋》说:"诗缘情而绮靡",刘勰《文心雕龙》说:"情者文之经,辞者理之纬。"(《情采》)白居易说:"感人心者,莫先乎情,莫始乎言,莫切乎声,莫深乎义。诗者,根情,苗言,华声,实义。"(《与元九书》)他们都把"情"置于文学艺术的核心的和本质的地位。对此,王夫之进一步道:"诗以道情,道之为言路也。情之所至,诗无不至;诗之所至,情以之至。一遵路委蛇,一拔木通道也。……乍一寻之,

① 爱德华·汉斯立克:《论音乐的美》,杨业治译,北京:人民音乐出版社2003年版,第28—29页。

如蝶无定宿，亦无定飞；乃往复百歧，总为情止。”(《古诗评选》卷四)“至情”则能“通道”，所谓“通道”便是那“蝶无定宿，亦无定飞”的逍遥神游的生命状态，而这种自由的生命状态的根源就是一个“情”字。因此，中国传统审美理论实际上把情感提到了人类本体论的高度，诚如五代徐铉所说：“人之所以灵者，情也；情之所以通者，言也。其或情之深，思之远，郁积乎中，不可以言尽者，则发为诗。”(《萧庶子诗序》)

但是需要指出的是，正如艺术真实来源于生活真实但又不等于生活真实一样，审美情感来源于生活的真实情感但又不等于生活中的自然情感。生活中的快乐、愤怒、恐惧和悲哀等，都不是文艺创作所必需的情感。美国美学家苏珊·朗格说：“一个艺术家表现的是情感，但并不是像一个大发牢骚的政治家或是一个正在大哭或大笑的儿童所表现出来的情感。”[①]“政治家的牢骚”或“小孩的大哭”等自然情感，有时可以给我们瞬间的感动，有时则会刺激人而引起反感之情，都还谈不上可供“欣赏”。所谓审美的情感是可供鉴赏的情感，是真实的自然情感经过主体回味与沉思等“再度体验”之后的情感，比如“痛定思痛”之后的“痛感”就有可能成为艺术审美的情感，因为它仿佛已是一坛陈年的酒，失去了辣性，只剩一味的醇朴。

原典精读　华兹华斯谈诗的“情感”

> 我曾经说过，诗是强烈情感的自然流露。它起源于在平静中回忆起来的情感。诗人沉思这种情感直到一种反应使平静逐渐消失，就有一种与诗人所沉思的情感相似的情感逐渐发生，确实存在于诗人的心中。一篇成功的诗作一般都从这种情形开始，而且在相似的情形下向前展开；然而不管是什么一种情绪，不管这种情绪达到什么程度，它既然从各种原因产生，总带有各种愉快；所以我们不管描写什么情绪，只要我们自愿地描写，我们的心灵总是在一种享受的状态中。如果大自然特别使从事这种工作的人获得享受，那么诗人就应该听取这种教训，就应该特别注意，不管把什么热情传达给读者，只要读者的头脑是健全的，这些热情就应当带有一种愉快。
>
> (中国社会科学院文学研究所编：《古典文艺理论译丛》卷一，北京：知识产权出版社 2010 年版，第 18 页)

---

① 苏珊·朗格：《艺术问题》，滕守尧、朱疆源译，北京：中国社会科学出版社 1983 年版，第 25 页。

审美情感首先体现在情景交融的审美境界上。审美活动是生活世界里的事物表象与主体的情感相互作用,最终混化成整一美妙的意象的活动。正如但丁所说:“你的感觉力从实物抽取一种印象,便展开在你心里,使你的心倾向于它,这倾向就是爱,这是心和物经过喜悦而发生的新联系。”(《神曲·净界》第18篇)在这里,“爱”的情感和“实物印象”相互影响,最终促成了“物我同一”的审美意象的生成。这样的经验在很多艺术作品中有所表现,例如,托尔斯泰在《战争与和平》第六卷中写道,安德烈公爵失去妻子隐居乡间后,一天在去查看田庄时看到一棵老橡树,觉得它“板着脸,僵硬,丑陋,冷酷”;然而六星期之后,他结识美丽的伯爵小姐娜塔莎并萌发了爱情,当他再看到这棵老橡树的时候居然看到了它“生出令人无法相信”的“嫩叶”,并感到它有了“一种欢喜和更新的”“春天感”。老橡树和安德烈公爵的心境是怎样的关系呢?可以说,老橡树前后不同的景象,都是老橡树表象对安德烈情感的触发,也是安德烈情感对老橡树的投射。

“生活世界里的事物表象”,在中国古典美学里被称为“物”;在审美活动中,“情”与“物”相摩相荡、相互触发,主体因“感物”而“动情”。刘勰有“情以物迁,辞以情发”之锦句(《文心雕龙·物色》),钟嵘有“气之动物,物之感人,故摇荡性情,形诸舞咏”之名言(《诗品序》);唐代杜佑说:“是故哀、乐、喜、怒、敬、爱六者,随物感动,播于形气,协律吕,谐五声。”(《通典·乐序》)清代纪昀也说:“举日星河岳,草秀珍舒,鸟啼花放,有触乎情,即可以宕其性灵。”(《纪文达公遗集·冰瓯草序》)以上各句说的都是审美主体感物动情的道理。“情”与“物”的“相摩相荡”、相互触发,最后达成的是一种情景交融的审美境界。所谓“景”就是“物”的审美意象。中国古典文论最显著的特征是反复强调情与景的和谐统一。比如明代谢榛说:“作诗本乎情景,孤不自成,两不相背”,“诗乃模写情景之具,情融乎内而深且长,景耀乎外而远且大”(《四溟诗话》)。谢榛强调的是艺术审美中的“情”与“景”互为表里、无处不在。王夫之更进一步点明:“情、景名为二,而实不可离。神于诗者,妙合无垠。巧者则有情中景,景中情。”“含情而能达,会景而生心,体物而得神,则自有灵通之句,参化工之妙。”“景中生情,情中含景,故曰,景者情之景,情者景之情也。”(《姜斋诗话》)王夫之强调的就是“情”与“景”的相互融合。中国古人曾经留下了多少写景状情的妙语,比如“高台多悲风”“蝴蝶飞南园”“池塘生春草”“亭皋木叶下”“芙蓉露下落”“明月松间照,清泉石上流”,这些千古绝唱表面写的是景,背后抒发的是情;而"风萧萧兮易水寒,壮士一去兮不复还""白杨多悲风,萧萧愁杀人""感时花溅泪,恨别鸟惊心""人闲桂花落""万物静观皆自得,四时佳兴与人同",这些诗句写景的同时又直接抒发人的情感,因此情与景得以相生相发。站在古今时代结合点上的美学大师王国维总结道:"昔人论诗词,有景语、情语之别。不知一切景语,皆情语也。"(《人间词话》)真可谓一语道破了天机!

审美情感其次还体现在"激情"上。在审美活动中,达成情与景的交融和谐统一是主要的方面,但也有对立冲突的一面,比如主体激情的爆发则构成了主体情感与世界事物及其表象的尖锐对立,这样的尖锐对立在一定条件下也不失为一种审美艺术活动。李贽说:"世之真能文者,比其初皆非有意于为文也。其胸中有如许无状可怪之事,其喉间有如许欲吐而不敢吐之物,其口头又时时有许多欲语而莫可所以告语之处,蓄极积久,势不可遏。一旦见景生情,触目兴叹;夺他人之酒杯,浇自己之垒块;诉心中之不平,感数奇于千载。"(《焚书》卷三《杂说》)这里李贽所描述的"情"是"激情",它久久郁积在心中,一旦为景物所触发,便如决堤的洪水,一泻千里,于是形成另一种形式的审美意象。袁宏道在《叙小修诗》里说:"有时情与景会,顷刻千言。如水东注,令人夺魂。"清代廖燕在《山居杂谈》中也说:"凡事做到慷慨淋漓,激宕尽情处,便是天地间第一篇绝妙文字。"他们这里所说的"情"就是"激情"。中国古代早有"发愤著书"的传统,李贽曾评《史记》《水浒传》为"发愤之作",并认定,只有愤世嫉俗的发愤之作才是好文章,其观点不免偏颇,但他的确指出了审美情感的另一种形式——激情。

西方美学思想也对"激情"在审美活动中的作用多有关注,他们往往称之为"癫狂""迷狂"等:柏拉图看到古希腊科里班特的厨师们在祭献酒神的舞蹈时,完全被一种疯狂支配着,并认为诗人作诗的灵感就来自这种癫狂状态。近代的尼采继承柏拉图的观点,认为艺术家的癫狂状态实际上是一种"酒神"精神,艺术家创作与迷狂的酒神祭祀有某种同一性,而且这种癫狂状态是人的感受的一次高峰体验,只有它才能成为人性走向复归的唯一途径,诗意盎然的兴致是一种可爱的"迷狂"。叔本华也承认,艺术与癫狂有着某种必然的联系。著名音乐家柴可夫斯基曾经写到:"当一种新的思想孕育着,开始采取决定的形状时,那种无边无际的欢欣是难以说明的。这时简直会忘记一切,变成一个狂人,每一个器官都在战栗着,几乎连写出大概的时间也没有,就一个思想接着一个思想的迅速发展着……如果艺术家的这种精神状态继续下去，永不中断，那么这个艺术家会活不了一天的。”①

原典精读　柏拉图的“迷狂说”

> 凡是高明的诗人，无论在史诗或抒情诗方面，都不是凭技艺来做成他们的优美的诗歌，而是因为它们得到灵感，有神力凭附着。科里班特巫师们在舞蹈时，心理都受一种迷狂支配；抒情诗人们在作诗时也是如此。他们一旦受到音乐和韵节力量的支配，就感到酒神的狂欢，由于这种灵感的影响，他们正如酒神的女信徒们受酒神凭附，可以从河水中汲取乳蜜，这是她们在神智清醒时所不能做的事，抒情诗人的心灵也正像这样，他们自己也说他们像酿蜜，飞到诗神的园里，从流蜜的泉源吸取精英，来酿成他们的诗歌。他们这番话是不错的，因为诗人是一种轻飘的长着羽翼的神明的东西，不得到灵感，不失去平常理智而陷入迷失就没有能力创造，就不能做诗或代神说话。诗人们对于他们所写的那些题材，说出那样多的优美辞句，像你自己解说荷马那样，并非凭技艺的规矩，而是依诗神的驱遣。因为诗人制作都是凭神力而不是凭技艺，他们各随所长，专做某一类诗，例如激昂的酒神歌，颂神诗，合唱歌，史诗，或短长格诗，长于某一种体裁的不一定长于他种体裁。假如诗人可以凭技艺的规矩去制作，这种情形就不会有，他就会遇到任何题目都一样能做。神对于诗人们像对于占卜家和预言家一样，夺去他们的平常理智，用他们作代言人，正因为要使听众知道，诗人并非借自己的力量在无知无觉中说出那些珍贵的辞句，而是神凭附着他向人说话。
>
> （柏拉图：《文艺对话录》，朱光潜译，北京：人民文学出版社 1979 年版，第 7—8 页）

三　审美想象

审美想象是主体在感知事物表象的基础上形成审美意象的一种创造性心理过程，它和情感一起构成了最终形成审美意象的主要推动力。科学想象是逻辑分析和推理性的，而审美想象却渗透着主体的情感，是感知性的。

---

① 柴可夫斯基：《我的音乐生活》，陈原译，北京：三联书店 1998 年版，第 138 页。

在西方,“想象”历来被置于艺术创造的中心地位。英国浪漫派诗人雪莱说:“诗可以解作‘想象的表现’。”[1]法国著名现代派诗人波德莱尔甚至说,在文学中,“如果没有想象,一切能力无论多么坚强,多么敏锐,也等于乌有,如果次要的能力受到强有力的想象的激励,其缺陷也就成了次要的不幸”[2]。中国古代早在先秦时期便有“思旧故以想象兮”(《楚辞·远游》)、“遗情想象,顾望怀愁”(曹植《洛神赋》)之说。南朝刘宋的宗炳这样描述“想象”:“闲居理气,拂觞鸣琴,披图幽对,坐究四荒,不违天励之丛,独应无人之野。峰岫峣嶷,云林森眇,圣贤暎于绝代,万趣融其神思,余复何为哉?畅神而已。”(《画山水序》)这里的“神思”“畅神”指的就是想象。

审美想象具有哪些特征呢?首先,审美想象具有创造性的特征。黑格尔明确指出,“想象是创造性的”。其实,比黑格尔早2000多年的古希腊阿波罗尼阿斯在回答什么指导了雕塑的造型过程时就说道:“想象连它所没有见过的事物也能创造,因为它能从现实里推演出理想”,所以“它的巧妙和智慧远远超过模拟”[3]。实际上,真正的艺术都不是对生活本身的“摹写”,它来源于生活却高于生活,归根到底是与生活同一的东西。艺术之所以能够如此,很大程度上在于艺术家运用了天才的想象,把记忆中纷乱的生活印象整合成为一种全新的艺术形象,艺术形象是一个创造性的生成过程。艺术欣赏也是如此,之所以“一千个人心中有一千个哈姆雷特”,就因为读者是运用想象创造性地解读哈姆雷特这个艺术形象的。

其次,审美想象具有自由性与超越性的特征。所谓艺术的自由与超越,就是天马行空般的审美想象,它无远弗届,无高不至,穷极宇宙,驰骋物表,它超越时空,无拘无束。我们知道,审美感知从感物开始,一般会受到当前感知对象(“物”)的时空局限;但审美想象却可以在感知对象的基础上,超越感知对象(“物”)的局限,做自由无拘束的精神驰骋。这种自由无拘束的精神驰骋就是所谓的“心游”或“物游”。一个“游”字最能体现审美想象自由与超越的特征。庄子在濠水之上观鱼,羡慕鱼儿自由自在的游动,没有任何拘限。庄子憧憬这种生命的状态,其实就是在想象着自己的精神与世界

---

① 中国社科院文学研究所编:《古典文艺理论译丛》第一卷,北京:知识产权出版社2010版,第80页。

② 波德莱尔:《波德莱尔美学论文选》,郭宏安译,北京:人民文学出版社1987年版,第405页。

③ 中国社科院外国文学所编:《外国理论家作家论形象思维》,北京:中国社会科学出版社1979年版,第9页。

万物能够自由往来的状态。庄子在《逍遥游》里说:“夫乘天地之正,而御六气之辩,以游无穷者。”这个“游”是在无穷与无形的天地中游。在古往今来的艺术世界中,体现自由想象的艺术实例很多,比如古埃及的半人半狮像、西方的带翅膀的小天使、中国远古精卫填海与后羿射日的传说,都是现实生活中不曾有的形象和故事,它们是人类对现实时空的超越、自由整合头脑中的记忆表象的结果。

原典精读　陆机《文赋》论“想象”

> 其始也,皆收视反听。耽思傍讯,精骛八极,心游万仞。其致也,情曈昽而弥鲜,物昭晰而互进。倾群言之沥液,漱六艺之芳润。浮天渊以安流,濯下泉而潜浸。于是沉辞怫悦,若游鱼衔钩,而出重渊之深;浮藻联翩,若翰鸟缨缴,而坠曾云之峻。收百世之阙文,采千载之遗韵。谢朝华于已披,启夕秀于未振。观古今于须臾,抚四海于一瞬。
>
> (于民主编:《中国美学史资料选编》,上海:复旦大学出版社 2008 年版,第 127 页)

最后,审美想象具有情感性特征。作为想象之一种,审美想象不同于科学想象。科学想象具有客观性,它是按照理性逻辑的原则展开想象的,一般不与主体的情感产生联系;而审美想象却具有主观性,它是按照主体情感的要求展开想象的。比如当一个人登上海边的山冈极目远眺,凭海临风,眼前的景色触发了他浮想联翩的思绪,一种激情充盈于胸,于是他感到自己仿佛立于天地之间,胸中的情感与海浪一起翻滚,与海风一起驰骋。这样的浮想联翩的思绪其实就是一种想象,而这种想象毫无疑问是一种情感的想象。审美想象不仅是按照情感要求展开的,而且情感是审美想象的根本推动力。情感推动着主体心灵与审美对象融为一体,创构意象,进而完成审美活动。没有情感作动力,审美想象活动几乎无法进行。比如李清照的词:“梧桐更兼细雨,到黄昏,点点滴滴。这次第,怎一个愁字了得。”这里的所有想象皆因一个“愁”字而起,一腔愁思推动着诗人产生一个接一个的想象。

就类型而言,审美想象按照由低到高的层次可以分为联想和构想。联想和构想都是审美主体对事物的感觉表象或记忆表象的一种心理转化过程,所不同的是,联想处在较低的水平,大多处在由此及彼的表象转换层面;而构想则处在较高的水平,不仅有表象转换还有表象的整合与创新,是形成审美意象的直接推动力。下面我们具体介绍一下联想和构想。

联想是指由一事物勾起对另一事物的记忆或想象,它是感知印象或意象转换递变的心理过程。联想又可以分为接近联想、相似联想、对比联想等等。

接近联想是依据事物之间在时空上的接近而构成的联想。比如,苏东坡经过赤壁,这里正是三国古战场,不觉浮想联翩,他联想起当年在此征战的一代儒将周公瑾,是何等的风流倜傥,建立了何等的盖世功勋,于是写下了"遥想公瑾当年,小乔初嫁了,雄姿英发,羽扇纶巾,谈笑间,樯橹灰飞烟灭"的千古绝唱。辛弃疾途经京口北固亭时,联想到这里曾是战火纷飞的抗金战场,于是写下了"金戈铁马,气吞万里如虎"的名句。中国古代大量"咏物诗""怀古诗"都是接近联想的产物。如果说咏物诗主要运用空间的接近联想的话,那么怀古诗则主要是运用时间的接近联想。但审美主体往往将时间和空间的接近联想并用一处,彼此并不能断然地分开,比如"伤心桥下春波绿,曾是惊鸿照影来"一句,其中的"桥下"是空间上的接近,而"春波绿"又是时间上的接近。相似联想是依据事物的性质、状态、内容等方面的相似而构成的联想。比如,中国人之所以喜爱梅花,是因为由梅花迎风傲雪而怒放的性状,联想到君子高洁、独立、不随流俗的品格,这就是由性状上的相似而产生的联想。"无边丝雨细如愁"是由"细"的相似性而产生的联想,"燕山雪花大如席"是由"大"的相似性而产生的联想。而李煜一句"离恨恰如春草,更行更远还生"又将悠悠的愁思与长长的春草联系在了一起。对比联想是由一事物触发而产生与之性状相反或相对的另一事物的联想。比如《七步诗》:"煮豆燃豆萁,豆在釜中泣。本是同根生,相煎何太急。"曹植借对比联想,以萁豆相煎的景象来比拟他在王位之争中所遭受的来自其兄曹丕的迫害。再如,"昨日入城去,归来泪满襟。遍身罗绮者,不是养蚕人",诗人从不幸的穷苦人联想到锦衣玉食的富贵人,在对比中诗人强烈地表达出对不公正社会现实的愤怒。

构想比联想要复杂得多,它不同于联想只是从一个事物到另一个事物的记忆和想象,而是将记忆中的表象通过改造、加工、综合等重新化合的过程,创造出崭新的形象,即审美意象。这种重新化合的过程,一部分与主体的审美理想形成同构关系,是自觉的艺术创造,如艺术家的创作行为一般来说是有明确的创作目标的,是自觉清醒的艺术创造活动;而另一部分与主体的审美理想形成异构关系,因为丰富的记忆材料只有一小部分储存在人的意识当中,而大部分储存在无意识当中,这就使得即便是艺术家的目标明确的创作,也不可能完全精确地执行事先规划好的创作线路图,无意识总是推动着艺术家的想象力做更加丰富、自由和奇特的想象。经验告诉我们,在艺术创作过程中,艺术家在自觉清醒地进行创作的大前提下,有时候的确也在一种不很清醒的无意识状态中做无目的的想象,而且,一些新鲜生动的意象会从这些无目的的想象中奇迹般地冒出来。这种有目的的想象与无目的的想象的有机结合,最终让审美意象才显得异常丰富和意蕴深永。

这里不能不稍稍提及幻想。在审美活动中,幻想其实就是一种无目的的想象,是人对未来或虚幻世界的构想,它无所不至,具有最大的自由性与超越性。许多美妙的神话、童话、玄幻故事,甚至关于极乐世界和理想天国的传说,最初都是从人的幻想发展而来。因此,幻想在审美想象中也起到了极其重要的作用,也是审美活动的推动力之一。

原典精读　伏尔泰论"想象"

> 想象有两种:一种简单地保存对事物的印象;另一种将这些意象千变万化地排列组合。前者称为消极想象,后者称为积极想象。
>
> ……积极想象把思考、组合与记忆结合起来。它把彼此不相干的事物联系在一起,把混合在一起的事物分离开,将它们加以组合,加以修改;它看起来好像是在创造,其实它只是在整理;因为人不能自己制造观念,他只能修改观念。
>
> 因此,积极想象实际上和消极想象一样,不取决于我们自己。一个证明就是:如果你要一百个同样无知的人去想象某种新的机器,一定就会有九十九个人什么也想象不出来,即使他们费尽了脑筋也无济于事。如果剩下的那个人想象出了某种东西,那他得天独厚不是显而易见的吗?这便是我们所谓"天才",从这种天赋中我们可以看到某种灵感和神奇。
>
> 这种天赋,在艺术中,在一幅画、一首诗的结构中,就成为创造的想象。它不能脱离记忆而存在,但是,它把记忆当作一种工具,用来创造它的一切作品。
>
> (中国社会科学院外国文学研究所外国文学研究资料丛刊辑委员会编:《外国理论家作家论形象思维》,北京:中国社会科学出版社 1979 年版,第 30—31 页)

四　审美理解

感知、情感、想象三大机能决定了审美主体是一个感性主体,但这只是问题的主要方面，而不是问题的全部，审美活动还需要“理解”的参与。一般说来，理解是主体的一种认识能力，它依靠归纳、逻辑推理等客观方式理性地把握事物；审美活动主要不是认识活动，而是感性的活动，但审美活动又不能没有理解，理解是主体审美能力的重要一环，不过审美主体的理解又有不同于一般理解的特殊性。

审美理解是直接理解。一般地说，理解分为直接理解和间接理解两种形式：直接理解是在瞬息间立刻实现的、不要任何中介的思维过程，往往与知觉过程相融合，在感知的同时便是理解；间接理解则指经历了概念、逻辑推理、演绎等一系列中介之后达到认知的过程，间接理解是科学认识活动的主要理解方式。在审美活动中，审美主体运用的是直接理解：当审美主体面对审美对象，他不需要经历概念、逻辑推理、演绎等过程，他能在一瞬间感知到审美对象，进而获得美感。然而，审美理解并不等同于感知，它所达到的不仅是美感而且是认知，不过这是一种特殊的认知，美学中称为获得其“意味”或“意蕴”。

原典阅读　李泽厚谈“审美理解”

> 审美中的认识是融化在其他因素中的理解，但有某种领悟而已，经常是难以言喻的。这正是审美——艺术的妙处。否则有科学就行了，又何劳辛勤的艺术创作？有抽象的逻辑思维即可，又何必费心于形象思维？也正因为有这种领悟，它比确定的概念认识又总要丰富些、广阔些，真可以说是“即之愈稀，味之无穷”，可以使人反复捉摸，玩赏不已。这也就是艺术的认识不同于理论的认识所在。艺术家们所感受、所捕捉、所描述的，欣赏者们所感动、所领悟、所赞赏的，经常是那些已经出现在生活和艺术中却还不能或没有为概念所掌握和理解的现象、事物、情感、思想、心境、意绪。艺术能作为时代生活的晴雨表，走在理论认识的前面，也正是如此。从而它对于丰富人的心灵，便不是智力结构（认识）或意志结构（道德）所能替代或等同，它却可以帮助这两种心理结构的发展。
>
> （李泽厚：《美学四讲》，天津社会科学院出版社 2001 年版，第 172 页）

那么，审美理解又有哪些特点呢？首先，审美理解是一种感性的理解力，它是通过主体感同身受的感性方式理解审美对象的，可以说，审美理解是带着感性色彩的理性思维。既然审美理解是感性的,那么审美理解就是主体以一种直觉的、整体的方式去观照对象,而不是以一种归纳、逻辑演绎的方式去概括和推理。前者得到的是意近旨远的审美意象,后者得到抽象的概念。在审美理解中,即便包含着对抽象概念或理论的思考,也是以感性的方式(比如意象)呈现出来的,如盐溶于水,体匿而味存。比如,一部《红楼梦》包含了许许多多关于宇宙、历史、人生等大问题的深刻思考,但作者不是在抽象地阐发理论,他将自己的理论思考融化在人物形象的塑造中,夹杂在人物的对话中,混合在故事情节里,这就是艺术家理解生活的特殊方式,我们称之为"审美理解"。

其次,审美理解是一种有"情"的理解。主体的情感在审美活动中占据着核心位置,情感无处不在,无孔不入,渗透在审美主体的各个方面,并发挥着巨大的作用;同样的,情感在审美理解中也是一个至关重要的因素。比如马思聪的一曲《思乡曲》,在经历了思乡之痛、漂泊之感的海外游子听来,更能领会其中的深刻含义;古今中外多少动人的爱情诗篇,最能打动情窦初开的青年男女,而对那些经历过爱恋的欢乐与痛苦的人们来说,则对诗篇中的意味多了一份感同身受的深层理解。其实,艺术审美的理解大多如此,甚至我们可以说情感因素在审美理解中居于核心位置,因为可以试想:如果在审美理解中除去情感因素,那么理解将在很大程度上成为类似科学认识的客观理解,这样得出的抽象概念不仅不能把握审美意蕴,而且审美理解作为一种特有的理解也就自然消亡了。

最后,审美理解是一种意味丰富的理解。既然审美理解中的情感因素居于核心的地位,那么主体情感的丰富性就决定了审美理解的丰富性。这一点和科学理解有很大区别。科学理解必须是客观性的,是可以验证的,它往往只有一个解,即使有两个解或多个解,那些解也是确定的和有限的,不可能像审美理解那样具有无限的阐发空间。伟大的艺术作品(比如举世公认的优美诗篇)总是具有意味隽永的含蓄性,它以有限寓无限,仿佛从一滴露珠中看到整个丰富的世界,给不同时代不同文化背景的人们提供不同的理解。这就是艺术作品的朦胧多义性。而造成艺术作品的多义性和意蕴丰富性的最主要根源就在于审美主体情感的可变性和丰富性。但是,审美的朦胧多义性又不可说得那么绝对。因为审美是具有普遍性的,主体的审美感受总是会在一定人群或大多数人中得到普遍的认同,而这种审美的普遍性就是审美的确定性。因此,主体的审美理解能力本质上是丰富性和确定性的统一。

第三节　美感生成的心理机制

预读　普鲁斯特·追忆似水年华·回忆

这些旋转不已、模糊一片的回忆,向来都转瞬即逝;不知身在何处的短促的回忆,掠过种种不同的假设,而往往又分辨不清假设与假设之间的界限,正等于我们在电影镜头中看到一匹奔驰的马,我们无法把奔马的连续动作一个个单独分开。但是我毕竟时而看到这一间、时而又看到另一间我生平住过的房间,而且待我清醒之后,在联翩的遐想中,我终于把每一个房间全都想遍:

我想起了冬天的房间,睡觉时人缩成一团,脑袋埋进由一堆毫不相干的东西编搭成的安乐窝里……

我想起了夏天的房间。那时人们喜欢同凉爽的夜打成一片。半开的百叶窗上的明媚的月亮,把一道道梯架般的窈窕的投影,抛到床前。人就像曙色初开时在轻风中摇摆的山雀,几乎同睡在露天一样。

有时候,我想起了那间路易十六时代风格的房间。它的格调那样明快,我甚至头一回睡在里面都没有感到不适应。……

当然,我现在很清醒,刚才还又翻了一回身,信念的天使已经遏止住我周围一切的转动,让我安心地躺进被窝,安睡在自己的房内,而且使得我的柜子、书桌、壁炉、临街的窗户和两边的房门,大致不差地在黑暗中各就其位。半夜梦回,在片刻的朦胧中我虽不能说已纤毫不爽地看到了昔日住过的房间,但至少当时认为眼前所见可能就是这一间或那一间。如今我固然总算弄清我并没有处身其间,我的回忆却经受了一场震动。通常我并不急于入睡;一夜之中大部分时间我都用来追忆往昔生活,追忆我们在贡布雷的外祖父母家、在巴尔贝克、在巴黎、在董西埃尔、在威尼斯以及在其他地方度过的岁月,追忆我所到过的地方,我所认识的人,以及我所见所闻的有关他们的一些往事。

(普鲁斯特:《追忆似水年华》第一部第一卷,李恒基译,天津:译林出版社2001年版,第5—6页)

这段文字是长篇小说《追忆似水年华》的开头部分,作家普鲁斯特以优美的意象在脑海中闪回的方式,向我们展示了一个艺术世界往往诞生了一幕幕的回忆中。这个回忆中的世界有时距离我们是遥远的，甚至是朦胧、迷离的，但它确又是富有诗意的。其实，普鲁斯特这段心理描述，已经涉及了审美活动发生的心理机制问题。

理论概述　心理距离·直觉·移情

我们知道，美感主要是在审美主体的心理层面上形成的。前面已经讨论了审美主体的生理和心理基础。而在这些基础之上，审美主体还需通过心理距离、直觉、移情等具体的心理机制才能获得审美意象，从而完成美感生成的全过程。

一　心理距离

"距离说"是瑞士心理学家布洛首先提出的。他所指的"距离"是一种距离的特殊形式，具有审美属性，即所谓的"心理距离"。一般的"距离"是一个时空的概念，而审美属性的"心理距离"则是一种心理上的时空概念。在布洛看来，距离是一切艺术审美活动的要素。

距离产生美。我们从一个例子说起：当乘船的人们在海上遇到了大雾，这件事对于着急赶路的旅客来说，不是一件令人愉快的事。路程被耽搁不用说，如果听到了可能发生海难的警报，一定更加惶恐不安。但是如果我们换一个角度看，海雾却是一种绝美的景致。暂且不去想它耽误了旅程，不去想实际上的不愉快和危险，你暂且聚精会神地去看这种现象，看这幅轻烟似的薄纱，笼罩着这平静如镜的海水，许多远山和飞鸟仿佛被它盖上了一层面网，都现出梦境的依稀隐约，它把天和海联成一气，你也仿佛伸一只手就可担任在天上浮游的仙子。你的四围全是广阔、静穆和雄伟的景色，这难道不是一种令人愉悦的美感吗？这个例子的前一种是危险的感受，后一种是美的感受，之所以不同，原因在于主体采取了不同的心理状态。在前一种感受中，主体取的是实用功利的状态，于是海雾是实用世界中的的一部分，它和你的知觉、情感、希望以及一切实际生活需要都息息相关，你遇到了你不可能不畏惧的危险，你不可能置它于不顾，所以你会讨厌这耽误行程、带危险性的海雾。换句话说，你和海雾的关系太密切了，距离太接近了，所以不能用"处之泰然"的态度去欣赏它。而在后一种感受中，你把海雾摆在实用世界以外去看，使它和你的实际生活中间保持一种适当的"距离"，所以你能不为忧患休戚的念头所袭扰，只是聚精会神地用美感的态度去欣赏它。这就是心理距离产生美的原理。[1] 再如清代女诗人郭六芳有一首诗《舟还长沙》:"侬家家住两湖东,十二珠帘夕阳红。今日忽从江上望,始知家在画图中。"诗人生活在家中,对家周围的环境自然习以为常,房子分别只是卧室、厨房、柴房、院落而已,周围只是道路、菜地而已,这些对她来说只是生活中实用的东西,通常也不会专心致志地留意它们。然而一旦与实际生活拉开距离,从远处凝神关注,诗人才发现在红色的夕照下,原来家就是一幅动人的图画,融在一片优美的光影里。时间的遥远同样会产生美感。比如一个姑娘在20岁的时候有过一场失败的恋爱,失恋令她悲痛欲绝。这样的痛苦感情既是强烈的,也是真实的,但此时巨大的痛苦几乎要压碎了她,她哪里能审美呢?随着岁月的流逝,时间的遥远渐渐抚平了她心灵的创伤,当那时她再回忆起这段刻骨铭心的恋爱时,过去的一切痛苦都成了淡淡的甚至温暖的回忆了,这种回忆会令她心中升起一种缠绵悱恻、回旋往复的情感;这时候她也许就能把这种情感升华为一种具有审美愉悦意味的美感了。

心理距离产生美感,但是这个"距离"是否越远越好呢?不是的。艺术家需要超脱,即与现实保持距离;但另一方面,艺术审美又是一种最切身的活动,艺术家必须在其中倾注自己的感情,艺术家永远不能像科学家那样超脱现实到脱离情感的地步。实际上,艺术家投射在审美对象上的情感与审美对象的距离是再接近不过了。这就是布洛所谓的"距离的矛盾",即一方面审美主体要从实际生活中跳出来,拉远自己与审美对象的距离;另一方面主体的情感又必须投射在审美对象上,拉得太远了,审美对象仿佛成了与"我"不相干的"物"。因此在审美活动中,主体必须将"心理距离"调整得当,理想的状态应是一种"不即不离"的状态。比如,情绪最悲痛时,诗人不宜写诗,因为极度悲愤的心情令他做不成任何事;只有到了痛定思痛之后才能写出形神兼备的诗篇来,这就是时间拉开了主体与实际生活的距离;但是如果时间过去得太久,以至于悲愤的情绪几乎消失,诗人也就完全没有写诗的冲动了,这就是距离拉得太远也就无法形成美感了。

原典精读　布洛论"心理距离"

> 简而言之,可以说距离是根据个人的距离能力,和根据对象的性质,而可以变化的。

---

[1] 朱光潜:《朱光潜全集》第一卷,安徽教育出版社1987年版,第217页。

丧失距离有两种情况:或因“距离太近”或因“距离太远”。“距离太近”是主体最常犯的过失,“距离太远”是艺术最常有的过失,尤其是在过去时代。从历史上来看,似乎艺术曾企图弥补主体方面的距离之不足,可是在这企图上做得过分了。我们将在下文见到,这确实是如此的,因为距离太远的艺术似乎是特别为一种人而设的,他们的欣赏力很难自动地升到任何程度的距离,由于这种或那种原因以至丧失距离的结果是司空见惯的。对太近的距离的判断是说作品流于“生硬的自然主义”,“伤心惨目”,“冷淡的现实主义”。太远的距离则产生“不足为信”,“矫揉造作”,“空洞”或“荒诞”等等印象。

我曾说过,个人往往倾向于距离太近,而不是因距离太远而丧失距离。从理论上说,缩小距离是没有限度的。所以,在理论上,不仅艺术的惯用题材,甚至最切身的影响,不论是思想,感情,或知觉表象,都可能有相当的距离,可以供审美的欣赏。尤其是艺术家在这方面得天独厚。反之,一般人很快便达到缩小距离之极限,达到他的“距离极限”,也就是说,在这极点上便丧失距离,而欣赏或则消失或则改变了性质。

(缪灵珠:《缪灵珠美学译文选》第四卷,北京:中国人民大学出版社 1989 年版,第 382 页)

从心理学角度看,当审美主体与审美对象保持一段距离时,主体与审美对象因为距离的“遥远”而超越了彼此间的实用的、切近的利害关系,主体只是凝神关注审美对象,除了得到审美愉悦以外没有任何实际利益的诉求。而审美活动正是一种非实用、非功利的、超越性的活动,因此“心理距离”是审美活动的第一步。也就是说,“心理距离”提供了一个根本区别于实用(功利)的、科学的、伦理价值的审美价值。我们知道,在审美活动中,主体需与客体保持着“不即不离”的心理距离,这就使得主体与对象实际上保持着一种既“遥远”又“切身”的关系。经世致用的实践活动是实用功利的活动,它们是艺术的源泉却不能直接导致审美或艺术的产生;在道德活动中,主体始终具有明确的、功利性的伦理目的。以上两类活动虽然都是功利性的,但也是切身的活动。而科学活动虽然在本质上是不带功利的活动,却不是“切身”活动,科学活动因与主体距离太过“遥远”而成为了一种纯客观的思维活动。只有审美活动才既是非功利、非实用的,又是切身的活动,而导致这一活动得以形成的关键性因素正是“心理距离”。

二　审美直觉

我们知道，审美主体是感性的主体，通过感知把握事物，这就决定了审美主体采取的是感性直观的态度。当审美主体聚精会神地关注对象，感物动情，在一瞬间产生了美感。可见美感的产生不需要任何逻辑演绎的中间环节，它是一刹那间被主体感知到的，这里面起作用的便是主体的“审美直觉”。简单地说，审美直觉是审美主体感知客体、在瞬间产生的一种心理状态。比如，夏日傍晚，在田间劳作一天的农夫收工回家，夕阳在远处的山冈上斜射下来，晚风习习，此时的夕阳已不似中午的骄阳那般毒辣、照得人心焦气燥，农夫难得有这样闲适的时光，不免凝神聚力地驻足观看红彤彤的夕阳，这样的凝视完全没有功利的目的，他只是那么定神地看着、看着……突然间他感到：平常又平常的太阳也是那么可爱，眼前是一幅美丽的画卷，心中掠过一丝愉快的感受。其实，这凝神聚力的观看就是一种审美的态度，这突然间的感受便是审美直觉的结果。

原典精读　克罗齐论“直觉”

> 直觉的知识就是表现的知识。直觉是离理智作用而独立自主的；它不管后起的经验上的各种分别，不管实在与非实在，不管空间时间的形成和察觉，这些都是后起的。直觉或表象，就其为形式而言，有别于凡是被感触和忍受的东西，有别于感受的流传，有别于心理的素材；这个形式，这个掌握，就是表现。直觉是表现，而且只是表现。
>
> ……我们已经坦白地把直觉的（即表现的）知识和审美的（即艺术的）事实看成统一，用艺术作品直觉的知识的实例，把直觉的特性都赋予艺术作品，也把艺术作品的特性赋予直觉。但是我们的统一说和连许多哲学家也在主张的一个见解却不相容，就是以为艺术是一种完全特殊的直觉。
>
> （克罗齐：《美学原理·美学纲要》，朱光潜译，北京：人民文学出版社 1983 年版，第 15—17 页）

直觉作为一个重要的审美心理学概念，有以下重要的特征：首先是抒情性。意大利美学家克罗齐认为，审美活动是由“主体直觉创造出来表现人的主观情感的"[①]。审美直觉和科学认知不同,它不是一个被动认识的过程,而是一个主动的心理状态,它把无形式的情感赋予有形式的意象中。反过来看,如果没有主体的情感作为动力,审美直觉便不可能发生。因此,所有的审美直觉都是带着情感的直觉。在克罗齐看来,审美的直觉就是情感的表现。克罗齐的美学思想在学界被称为"直觉—表现"说。

其次是直接性。当主体采取直觉方式审视对象时,它无须经过一个逻辑的分析演绎的过程.而是在对客体外观的感性观照的那一即刻,迅速地领悟到其中内在的意蕴。中国古代的禅宗里所谓的"顿悟"就是一种直觉,它是一种豁然贯通、大彻大悟的心理状态。在禅宗顿悟的基础上,中国古典美学进一步提出了"妙悟"说,其实质还是一种关于直觉的理论。不妨以陶渊明那脍炙人口的著名诗篇"采菊东篱下,悠然见南山。山气日夕佳,飞鸟相与还。……此中有真意,欲辨已忘言"为例,诗人在闲适、悠然、清淡的田园生活中忽然领略到其中的"真意",这种"真意"是一下子感知到的,不经过分析与推理的过程,这其实就是一种直觉。然而这种"真意"到底是什么呢?陶渊明认为,难以辨析,只可意会不可言传。陶渊明的这一表述正好符合直觉的特点:它不是科学的认知和推理,而是刹那间直接的把握。

最后是整体性和朦胧性。审美直觉是刹那间的直接把握,它不需要分阶段进行,而是豁然贯通为一个整体,主体将那可感却不可思的浑然一体的大全之道一下子顿悟到了。因此审美直觉表现为整体性的特点。直觉的这种整体把握对象的方式,必然不同于科学分析推理的精确把握,具有朦胧性,如同中国古人常说的"只可意会不可言传"所具有的模糊性。比如亡国之君李煜的词里的意象如"小楼""雕栏""朱颜"等蕴积着诗人多少离愁别绪的感伤、故国之思和家园之恋啊,是说也说不尽,道也道不明的。而这些朦胧可直觉到的意象正表现出了无限审美的意蕴。黑格尔把审美直觉理解为"感性直接观照",他指出,这种"直接观照"统摄感觉和思想"尚未分裂的统一体,所以它还不能使概念作为概念而呈现于意识,只能产生一种概念的朦胧预感"[②]。黑格尔在这里说到的正是审美直觉整体性和朦胧性的特征。

三　移情

郭熙在其画论里曾说,"真山水之烟岚,四时不同:春山澹冶而如笑,夏

---

① 转引自朱光潜:《西方美学史》,北京:人民文学出版社 1979 年版,第 622 页。

② 黑格尔:《美学》第一卷,朱光潜译,商务印书馆 1979 年版,第 167 页。

山苍翠而欲滴,秋山明净而如妆,冬山惨淡而如睡”(《山川训》)。烟雾缭绕的大山本是无情之物,但在审美主体面前它“如笑”“如妆”“如睡”,仿佛具有了人的情感,完全被拟人化了,其实不是大山真的变成了有情之物,而是审美主体的感情“外射”或者说“渗入”到大山里面形成了一种特有的心理现象,我们称之为“移情作用”。

古希腊美学家早就注意到移情现象。亚里士多德在《修辞学》中指出,荷马常常用隐喻把无生命的东西说成是有生命的东西。石头、矛头这些没有生命的死物,在荷马的笔下成为有生命、有感情的活物,这是因为它们被移入了主体的感情。在西方美学史上,“移情说”有悠久的传统,其中最著名的代表人物是19世纪德国心理学家里普斯。里普斯说:“向我们周围的现实灌注生命的一切活动之所以发生,而且能以独特的方式发生,都因为我们把亲身经历的东西,我们的力量感觉,我们的努力,一切意志、主动或被动的感觉,移置到外在于我们的事物里去,移置到在这种事物身上发生的或和它一起发生的事件里去。”①

里普斯举例说,希腊神庙是根据立柱加横梁的原则建成的,垂直的柱子支撑着穹顶或天花板。作为垂直柱子一种的多立克石柱,其特点是下粗上细,柱身刻有凹凸相间的纵向槽纹,这就很自然地使人产生石柱耸立着渐渐向空中腾飞的感觉。因为当我们看到直立着和横排着的线条时,一般会联想起自己站着和躺着的情形,我们会想象着线条在直立时和我们站着时一样紧张,而线条在横排时也和我们躺着时一样轻松。于是,看到多立克石柱纵向槽纹,我们就产生了腾空而起的感觉,同时把这种感觉转移到石柱上去了。如果从横平方向看多立克石柱,我们便会感觉:石柱抵抗着来自建筑物顶部的重压,仿佛凝成了整体。因为经验告诉我们:每当重压来临时,我们浑身的力量必须凝成一股劲才能抵抗得住重压。这样我们就在不知不觉中把自己的感觉移置到石柱上去了。因此,无论“耸立上腾”还是“凝成整体”,都是观察者设身处地的感受,是一种错觉,或者说是一种移情。②

原典精读　里普斯论“移情”

> 审美的快感是对于一种对象的欣赏,这对象就其为欣赏的对象来说,却不是一个对象而是我自己。或则换个方式说,它是对于自我的欣

---

① 转引自《朱光潜全集》第七卷,安徽教育出版社1991年版,第272页。

② 同上书,第271页。

赏,这个自我就其受到审美的欣赏来说,却不是我自己而是客观的自我。

这一切都包括在移情作用的概念里,构成这个概念的真正意义。移情作用就是这里所确定的一种事实:对象就是我自己,根据这一标志,我的这种自我就是对象;也就是说,自我和对象的对立消失了,或则说,并不曾存在。

……总之,这时连同我的活动的感觉和那发出动作的形体完全打成一片,就连在空间上(假如我们可以说自我有空间范围)我也是处在那发出动作的形体的地位;我被转运到它里面去了。就我的意识来说,我和它完全同一起来了。既然这样感觉到自己在所见到的形体里活动,我也就感觉到自己在它里面自由、轻松和自豪。这就是审美的模仿,而这种模仿同时也就是审美的移情作用。

(伍蠡甫主编:《现代西方文论选》,上海译文出版社 1983 年版,第 5、9 页)

移情是普遍存在的现象,比如,平素蓝天碧水、山岭小溪,诸如此类的自然物都是无生命的东西,但我们在欣赏自然过程中往往觉得它们不仅有生命而且有情感、有动作,这些都是移情作用的结果。朱光潜说:“云何尝能飞?泉何尝能跃?我们却常常说云飞泉跃。山何尝能鸣?谷何尝能应?我们却常说山鸣谷应。”[①]我们有这样的经验:“自己在喜欢时,大地山河都在扬眉带笑;当自己悲伤时,风云花鸟都在叹气凝愁。惜别时蜡烛可以垂泪,兴到时青山亦觉点头。柳絮有时‘轻狂’,晚峰有时‘清苦’。”[②]陶渊明为什么那样爱菊花呢?因为他把自己的独立人格精神投射在菊花在寒冷中绽放的特征中;中国古代文人为什么那么爱梅花呢?因为他们把自己的清高孤傲的气节寄托在梅花傲霜斗雪的形象里。又如:“西风愁起绿波间”,“有情芍药含春泪”,这前一句诗描述的“西风”是凝愁带恨的,这后一句诗描述的“芍药”是含情脉脉的,其实都是诗人自己心境情绪的一种投射。再如,“情人眼里出西施”也是一个很典型的移情现象:恋爱对象在大多数情形下都是日常生活中的普通人,但在恋人眼里,却总是那么娇媚动人,堪比西子,这是因为主体炽热的爱情移置到恋爱对象上,于是恋爱对象便成了审美对象。《庄子·秋水篇》讲了一个故事。“庄子与惠子游于濠梁之上。庄子曰:‘儵

① 《朱光潜全集》第二卷,安徽教育出版社 1987 年版,第 21 页。

② 同上书,第 22 页。

鱼出游从容,是鱼乐也!'惠子曰:'子非鱼,安知鱼之乐?'庄子曰:'子非我,安知我不知鱼之乐?'"鱼是否真的能像人一样快乐?庄子不是鱼,没法给出真正的答案,但他拿自己一贯逍遥从容的心境,推己及鱼,设身处地地认定鱼很快乐,这不过是把自我的心理感受投注到鱼身上而已,而这种心理活动就是移情。

移情具有一些重要的特征。首先,移情是审美的移情,并不是实用的移情。比如我们看见一个人笑得灿烂,自己受到感染心灵也很喜悦,只要我们内心有了有笑的倾向,即使笑的动作没有实施,也可以算是审美的移情作用;如果有了笑的动作,则是实用的移情作用了。可见审美移情的主体不是现实中的"我",而是观照中的"我",艺术中的"我"。实际上审美移情的对象也不是对象的实体,而是主体对对象的感觉印象。

其次,审美主体在移情心理过程中获得了心灵的自由,而自由感正是美感的一大显著特征。朱光潜在《文艺心理学》中对里普斯的"移情说"进一步发挥说:"移情作用所以能引起美感,是因为它给'自我'以自由伸张的机会。'自我'寻常都囚在自己的躯壳里面,在移情作用中它能打破这种限制,进到'非自我'里活动,可以陪鸢飞,可以随鱼跃。外物的形象无穷,生命无穷,自我伸张的领域也就因而无穷。移情作用可以说是由有限到无限,由固定到自由。这是一种大解脱,所以能发生快感。"①当张开了心灵的翅膀,审美主体就能够在无边无际的天地间自由地遨游,这也是《庄子》里"逍遥游"的精神。

最后,移情是主客观的统一,或者说"物我同一"。当然,这也是审美活动的基本特征之一。从心理机制角度看,移情就是由我及物,把我的感情移诸物;同时由物及我,把物的姿态吸收于我。正如里普斯所说:"移情作用就是这里所确定的一种事实:对象就是我自己,根据这一标志,我的这种自我就是对象;也就是说,自我和对象的对立消失了,或则说,并不存在。"②朱光潜为此举例说,当我们作为审美主体欣赏古松时,我们把"清风亮节的气概"无意中移置到古松身上,同时我们在不知不觉中受到古松这种性格的影响,于是又在不知不觉中模仿起古松的那种"苍老劲拔的姿态"来。正是从"移情说"出发,朱光潜得出了一个非常重要的结论:"所谓美感,其实就

---

① 《朱光潜全集》第一卷,安徽教育出版社 1987 年版,第 246 页。

② 伍蠡甫主编:《现代西方文论选》,上海译文出版社 1983 年版,第 5 页。

是我的情趣和物的情趣往复交流而已”[①],其内涵也就是“物我同一”,也就是移情。

思考题

1．举例说明审美活动的生理基础。

2．如何理解美感形成中“想象”的作用?

3．如何理解审美活动中的“理解”?

4．怎样看待“心理距离”的矛盾的问题?

5．举例说明“移情”普遍存在于美感的形成过程中。

进一步阅读

1．朱光潜:《文艺心理学》,见《朱光潜全集》第一卷,安徽教育出版社1989年版。

朱光潜这部著作写于1925—1933年欧洲留学期间,介绍了西方近代审美心理学诸多理论,并以很多中西文学艺术作品为例证,是中国20世纪较早介绍文艺心理学的专著,对中国现代美学的形成与发展产生过深远影响。阅读该书,可以深入理解“心理距离”“直觉”“移情”“内模仿”等学说。

2．朱光潜:《谈美》,见《朱光潜全集》第二卷,安徽教育出版社1989年版。

这部著作同样写于朱光潜1925—1933年欧洲留学期间,被誉为《文艺心理学》学的“通俗版”。该书以散文化的、优美亲切的笔调论述了深刻的美学命题,是难得的美学美文。

3．宗白华:《美学散步》,上海人民出版社2005版。

这部著作熔中西艺术理论于一炉,特别对中国艺术经验有许多创造性的阐发,文笔优美,诗意盎然。阅读该书有助于理解美感经验形成中的“情感”与“想象”等特征。

4．克罗齐:《美学原理》,见克罗齐:《美学原理·学原理·美学纲要》,朱光潜译,人民文学出版社1983年版。

这部著作是克罗齐建构其“直觉—表现”美学思想的代表作之一。克罗齐的美学思想在20世纪初曾在欧洲影响极大,对中国现代美学的形成发展也有很大影响。阅读该书有助于详细了解“直觉说”的内涵。

---

① 《朱光潜全集》第二卷,安徽教育出版社1987年版,第22页。

第三章　创作的心理过程

诗人即艺术家的创作既可拓展到宇宙人生，又指向其心灵内部。入乎其内是指体验生活的本质在于欲，在于痛苦。有此体验，方能出乎其外，力求摆脱这种痛苦，忘掉物我之关系，超然物外，如此方能观之，方有高效[①]。也即经过这一系列内外互动，艺术创作才能达到特有的高度。王国维所强调的诗人对宇宙人生必先"入乎其内"的过程正是艺术家心理介入的过程，是对进入艺术创作的完整心理过程的展示。类似的说法在更早以前的《礼记·乐记》中也有："凡音之起，由人心生也。人心之动，物使之然也。"又讲："乐者，音之所由生也，其本在于人心之感于物也。"另外，刘勰在《文心雕龙》中也屡次谈到这些，如其《物色》篇，"情以物迁，辞以情发"；《明诗》篇，"人禀七情，应物斯感，感物吟志，莫非自然"。由是可知，艺术创造是艺术家创作时完整的心理过程的反映。

艺术创作与艺术家的心理有着密切的关系，中国古代的"文气说""性灵说"，西方的"迷狂说""灵感说"等都与创作主体的心理过程相关。文艺创作是艺术家们集合各种心理因素、外在环境影响后呈现出来的复杂的心理过程。对创作心理过程的认识与了解能够帮助人们探寻创作现象的本质，洞察创作者即艺术家自身的内在素质，调动积极因素，积极能动地从事艺术创作实践。对创作心理过程的研究有助于探索文学创作经验，提高艺术创作水平。对创作者本身而言，则能使他们认识到艺术创作的成因，进而深入生活，认识与体验生活，然后创作出更多具有生活气息的作品。同样，它也能使创作者认识到艺术创作的心理是其内在心理机制发挥功能的过程，虽然这种功能常人并不能明确体会到，但艺术创作实践的完成是其最外在的表现。对创作心理过程的揭示同样也能帮助读者提高自身修养，因为一个优秀的创作者总是能够揣摩出读者的心理，只有符合读者心理的艺术创作才能获得成功。我们这里将对创作的心理过程进行简要

---

① 叶朗：《中国美学史大纲》，上海人民出版社1985年版，第634页。

梳理，先从创作的心理机制谈起，在此基础上再讨论创作心理过程其他层面的内容。

第一节　创作心理机制

预读　陀思妥耶夫斯基·疾病体验·创作心理

不仅身缠疾病，而且还非常逼真地将疾病形诸笔墨的大作家中，有费·米·陀思妥耶夫斯基，他作为癫痫病者深受其害，并将其表现于《白痴》中的艺术形象梅什金公爵身上，而且进行了淋漓尽致的描写。幻觉和狂念促使居伊·德·莫泊桑命笔《奥尔拉》这篇小说，其经验根源于一种进行性麻痹对他的折磨。格拉特·傅·奈瓦尔在自传体小说《奥蕾丽亚》中展现了癫狂。尤金·奥尼尔将亲身遭受的肺结核反映在剧本《直到夜晚的漫长一夜》的一个角色身上。美国女作家西尔维亚·普拉斯的长篇小说《钟形的坛子》，将自己体察的深重而最终导致自杀的郁悒形之于文字。约瑟夫·罗特这个奥地利流亡者和酒徒在他的小说《一个神圣酒徒的传说》中供认了自己的贪杯。弗吉尼亚·伍尔芙将她的抑郁掺和在长篇小说《黛洛维夫人》的创作中。奥地利现代作家托马斯·贝恩哈特多次将肺结核这个题材自传性地写进他的小说中去，如《严寒》《呼吸》《寒冷》。

……名目繁多的疾病，从肉体受伤到机能障碍和传染病乃至身心疾病，还有精神失常和错乱，作为文学主题或题材，它们首先传导了人们不寻常的经验。这种患病的经验或通过疾病表现出来的经验丰富了人类关于存在的知识。其次，疾病在文学中的功用往往作为比喻（象征），用以说明一个人和他周围世界的关系变得特殊了，生活的进程对他来说不再是老样子了，不再是正常和理所当然的了。

（维拉·波兰特：《文学与疾病》，方维贵译，《文艺研究》1986年第1期）

这段对历史上伟大作家的考察虽然听起来有点让人无法接受，但仔细想来，还真是那么回事。在对上述作家作品的解读中，我们也真的发现了特定的对应。虽然这里的例子几乎都是疾病或神经质等不太好的层面，如作家把自己的疾病体验写到作品中，但是，创作主体通过作品呈现了自己某个时期的特定心灵体验。上述作品虽然并不能代表艺术作品的全部,但经由这些作品,我们起码可以总结出某些有关艺术创作的心理因素,而类似于疾病等因素又是与艺术家的创作心理机制及其特点分不开的。

理论概述　心理机制

一　心理机制及其生成

"机制",英文为 mechanism,原本是机械装置、机构或机制的意思。心理机制则主要指心理的构成因素及其发挥作用的方式。创作的心理机制主要是创作主体的一种活生生的心理活动。它是艺术家内在心理中的生成部位、结构层次和动态轨迹,以及心理能量的工作原理。它甚至表现为一系列的心理活动状态,有着其自身的绵延性,其中每一个状态都预告着随之而来的状态,也都包含着已经过去的状态。当我们正感受它们的瞬间,它们是由一种共同的生命紧密地结合着、深深地鼓动着的,我根本无法说这一个到哪里为止,那一个从哪里开始[①]。

探寻艺术创作的心理过程就是通过对创作心理及其所要关涉的对象进行研究。也就是在认识艺术创作心理活动的规律时,捕获艺术家创作艺术品时的心理反应及其本质特征。艺术是人的特定心理生成,也是艺术家创作心理与客观现实的交错融合,这里面有艺术家心理信息对创作的影响,又有创作心理的内在本质及艺术家创作的心理活动规律的认识。艺术创作各个过程的心理活动规律与创作心理各种能力的配合等,都和创作者的心理机制有着密切的关系,因此,探寻创作心理机制是了解创作心理过程的前提。比如,神话的创作就体现了某种独特的心理机制。"任何神话都是用想象和借助想象以征服自然力,支配自然力,把自然力加以形象化……希腊艺术的前提是希腊神话,也就是已经通过人民的幻想用一种不自觉的艺术方式加工过的自然和社会形式本身。"[②]马克思认为,古代的神话创作是早期人类努力摆脱自然束缚的心理表现,它们通过人的幻想用不自觉的方式加工而成。实际上,这里的不自觉的艺术方式表现的正是神话的创造者们的某种心理机制。

由此可见,创作者的心理机制是一个既包含人的天性又包含人的习性

---

① 柏格森:《形而上学引论》,刘放桐译,北京:商务印书馆 1982 年版,第 135 页。

② 《马克思恩格斯选集》第二卷,北京:人民出版社 1995 年版,第 113—144 页。

的过程性结构，它没有完成时只有进行时，它根本上是一种历时结构。而我们一旦处于认识主体的位置上时，我们的地位是共时性的，一种命定的共时眼光使我们注定了无法认清从面前一掠而过的历时结构。然而，每个新的心理机制经过了先前心理机制的整合，一方面能使个体从他过去活动中部分地解放出来，另一方面又展开了新的活动。即使是原有的心理因素，也不是原封不动地存留下来，它们已经接受了新结构原则的整合，被重新规范、过滤，或被充实和升华了。

事实上，想要深入了解或认识创作的心理机制其实并不容易，因为这一机制就是要把创作主体的心理结构呈现出来。任何艺术行为都可以表征为一种心理机能，也都有其赖以生发的特定结构。对艺术创作而言，这种机能引导的是一种初始的、原初的结构，是所有艺术作品的真正"诞生地"，包含了艺术创作内容的全部秘密。这是艺术创作是否能够完成的决定性因素。

心理机制的把握主要和主体的心理特质有关，这里，我们将从器质和气质这两个与心理机制密切相关的因素作进一步说明。

器质因素是作为主体的人所共同具有的自身生理方面的肉体条件。器质是主体个性心理形成的自然生理性的条件。主体的人，其自然生理性条件便是由躯体组成的人。这是人的物质存在的基础，也可以说是某种器官功能。人的躯体是一个根据器官发挥功能的自组织系统，有自身调节和控制机制，因而有特定的反馈系统。如果躯体出现问题，就会引起相应的生理心理的变化，这就是器质受到抑制后的反应，进而会影响到个人的心理因素。当人在受到某种刺激时，如恐惧、发怒等，其内部的许多原本保持平衡的生理系统的活动就出现协调一致的重新调整，如心肺活动增强，血液的粘稠度和血压升高；进一步会导致一系列原来稳定的机制变得不稳定。这些变化导致了有机体更大层面的调整以达到再次的平衡。但如果继续激发，往往就会发生控制不住的变化，由此直接影响到人的器官功能的变化，比如发病等。因此，器质因素是主体个性心理研究的起点。

心理学研究中，与器质有关的学说有"体征说""颅相说""神经说"等。体征通常指与人的体格有关的特征，如肥胖型体征、细长型体征、筋骨型体征等，研究体征的学者根据主体的不同体征判断人的心理机制类型，并且根据这种划分来判断不同体征类型的人的行为。如把肥胖体征者看成是具有躁狂气质的人，这类人通常善于交际，表情较活泼，对人的态度较热情；而细长型体征者则多表现出分裂的气质，这类人不善于交际，性格孤僻，神经质而多思;筋骨型体征者表现为黏着气质,这类人容易陷于迷恋,过于认真,理解缓慢,行动易冲动等。

“颅相说”主要是根据大脑功能或者大脑的不同分区确定人的不同心理机制类型,如将人的左右大脑进行若干区域的划分,认为每一官能的发展必会造成颅骨的隆起,进而判断出每种官能发展的程度,并有可能对人的主要个性心理特征作出分析。虽然颅相区域划分多为推测性研究,但其对大脑的重视显然是有科学根据的,认为人的心理机制的形成与大脑密切相关。事实上,“颅相说”正是对大脑思维的生物功能性研究,属于主体的人的器质因素。由“颅相说”对大脑的关注进而引发人们开始关注对大脑神经的研究,这就产生了后来的神经官能说。

对大脑神经有着丰富研究的是苏联时代的心理学大师巴甫洛夫。他把大脑视为调节全部器官和组织活动的器官,指出正是大脑把人各个部分的活动进行了统一和协调,使之成为一个完整的系统;大脑主导着全部器官的活动,并在各器官的影响下进行功能的调整,保证器官和组织中生命的维持。同时大脑又是机体同外部生活条件相联系的器官,保证了人的快速反应能力。因此,在巴甫洛夫看来,个性心理的发生、形成同大脑神经有着最密切的关系。他通过动物实验发现,不同动物在形成条件反射时,反应是各个不同的,不同动物高级神经活动的兴奋和抑制过程独特、稳定的结合,构成动物神经系统类型。反映动物神经系统特性至少包括三个方面,兴奋和抑制的强度、兴奋和抑制的平衡性、兴奋和抑制的灵活性。这三种特性的独特结合,表明了神经活动的特定类型。而将其与主体的人进行比对,这三种特性结合的方式不同,则会形成不同的个性心理机制。巴氏借助生理学的知识来研究人的心理机制,有一定的科学性。

实际上,无论是体征、颅相,还是神经都是从人体的器质层面展开的思考。因此,对主体的人的心理机制的研究也是有一定的科学依据的。

与作为人的自然生理性因素的器质相比,气质因素则是人的特定的心理因素的集合,它是同人的个性相适应的心理方面的特征。气质是人的高级神经活动类型特征在行动方式上的表现,表征为主体的人的心理活动的动态反映。中国古代典籍中很早就有关于气质的论述。

文艺创作与主体的心理关系在中国古代典籍中也有很多记载,如三国曹丕《典论·论文》提到,“文以气为主,气之清浊有体,不能力强而致……虽在父兄,不能以移子弟”,这里,曹丕提到的“文气说”即为对创作主体心理过程的典型论述,而他所说的“气”乃人的天赋才情,也即主体的某种气质。曹丕认为,人的气质才情之高低直接影响其创作,这种"气"是特定的,不同的人有不同的"气",即使父子兄弟之间也无法相同,曹丕不仅论及"气"的作用,也提及了"气"的特殊性,即对个体而言的特定性。而由于人与人之间的差异性,因此,对"气"的把握也是不容易的。

与中国古代对气质的说法不同的是,西方古代的气质通常与对医学的探索紧密联系在一起。如在古希腊时代,医学家恩培多克勒(Empedocles,约前495—前435年)的"四根说"就是气质和神经类型说的雏形。他指出人的身体由"四根"组成:土根代表的是人的固体部分,水根代表的是人的液体部分,空气根则代表维持人生命的呼吸,火根是血液。因此,他认为人就是由这"四根"而组成的特殊构造,每个人心理上的不同是由于身体上"四根"组合的比例之不同。与恩培多克勒几乎同时代的另一位古希腊医学家希波克拉底(Hippocrates,约前460—前377年)在前者"四根说"基础上,将其概括为对后世影响很大的有关人体内的四种"体液说":生于脑(水根)的黏液质,生于肝(空气根)的黄胆汁,生于胃(土根)的黑胆汁,生于心脏(火根)的血液。他认为正是这四种体液塑造了人体的性质,这四种体液的调和才能有人的健康幸福。后来的罗马解剖学家兼医生盖伦(Galenus,公元131—200年)从科学上对气质进行了分类,划分出13种气质类型。而他的分类又被其后的医学家们加以简化,逐渐形成四种,每一种的特点都是以某种体液占主导的结果。如多血质者以体液的混合血液为主,这种体液性的人士具有热忱、活泼、好动、敏捷、兴趣广泛,情感丰富且外向,但不强烈,易于变化等特征;黏液质则以体液的黏液为主,特征是沉静稳重、迟缓、寡言、忍耐、情感几乎不外露、注意力稳定但难于转移等;胆汁质以黄胆汁为主,特征是精力旺盛、动作敏捷、易于冲动,情绪强烈而迅速地表现在言语、面部表情以及姿态上,常常性急,有时暴躁,甚至有狂暴情绪爆发的倾向;而抑郁质是体液混合中的黑胆汁为主,这类人多孤僻、落寞、行动迟缓、情绪体验不活跃,但体验得深刻有力和持久,感情内向,善于觉察别人不易觉察到的细微之处。这四种体液说在后来整个西方学界都有很深远的影响。

不同类型的体液所对应的艺术家们,其创作风格也是完全不同的。如后来的荣格把艺术创作主体分为内倾与外倾两种大的类型,内倾的心理活动特征是向心的,外倾的心理活动是离心的。这就必然造成艺术创作上的风格之差异。比如以抑制弱而兴奋强为主的内倾型艺术家偏重表现,他们更多通过客观事物来展现自己的内心世界。他们所描绘的事物都是经过主观的内心过滤、变形和投射的,是他们内心世界的投射。他们更擅长直接表现自己的内心体验、感受和情感,这对那些抒情诗人和音乐家尤为明显。而抑制强、兴奋弱的外倾型艺术家对自身之外的世界更感兴趣,他们力求准确细致地再现自己所观察到的客观现实,努力追求艺术世界和外在世界的一致性。他们试图准确描绘外在的事实、形态,自我也会融汇到对事实感和逼真性的追求中。外倾型艺术家所构筑的艺术世界里,人们往往能发现并辨析出一些现实生活的真实记录,如场景、事件、人物等。

知识背景　不同气质类型在同一处境中的情绪反应

四个有鲜明气质特征的朋友都是看戏迟到,在这种情形下他们各人的举止如何呢?

胆汁质的人与检票员争执起来,企图进入座池到自己的座位上去。他分辩说,戏院的时钟走快了,他不会影响任何人,打算推开检票员径直跑到自己的座位上去。

多血质的人立刻明白,人家不会放他到座池里去,但通过楼厅比较便当,就跑到楼厅上去了。

黏液质的人看到不让他进入正厅,就想:“第一场终归不太精彩。我还是暂且去小卖部待一会儿,等到幕间休息吧。”

抑郁质的人说:“我老是不走运,偶尔来一次戏院,就那样倒霉。”接着就返回家去了。

(波果斯洛夫斯基、科瓦列夫等主编:《普通心理学》,魏庆安等译,北京:人民教育出版社1981版)

可见,气质对一个人及其处世有多大的影响力。当然,心理机制不仅仅只是器质和气质两种组成因素,还有很多其他的因素,如思维类型、人格类型等,这里就不一一例说了。心理机制对一般人而言影响尚且如此深远,对专事艺术创作的艺术家们影响就更巨大了。从一部艺术作品,我们完全可以判断创作者是一种什么器质和气质类型的人,这就是心理机制在发挥作用了。

恩格斯在论及大诗人歌德时,把他与同时代的另一位诗人席勒进行了比较,发现气质不同造成了两位诗人在个性、文学风格乃至生活风格上的巨大差异。恩格斯用“天性”“气质”“精神意向”等心理学术语并指出:“歌德过于博学,天性过于活跃,过于富有血肉,因此不能像席勒那样逃向康德的理想来摆脱俗气,他过于敏锐,因此不能不看到这种逃跑归根到底不过是以夸张的庸俗气来代替平凡的鄙俗气。他的气质,他的精力,他的全部精神意向都把他推向实际生活,而他所接触的实际生活却是很可怜的。"①恩格斯显然在用气质来框定诗人歌德的个性心理机制,说明作家的性格与自身无论是生理上的器质还是心理上的气质都有莫大的关联。

二　心理机制的特点

王国维指出文学创作对内是艺术家在表达或反映自己的内心,对外则是为了感化读者,他认为这就会达成艺术创作所能达致的特有的意境,即物我同一,非物无以见我,观我又自有我在。这种意境的获取靠的是直觉以及由直觉带来的艺术创作的完整性。这显然和艺术创作的心理机制的特点是分不开的。

原典精读　王国维论"意境"

> 文学之事,其内足以摅己而外足以感人者,意与境二者而已,上焉者意与境浑,其次或以境深,或以意深,苟缺其一,不足以言文学。原夫文学之所以有意境者,以其能观也。出于观我者,意余于境;而出于观物者,境多于意。然非物无以见我,而观我之时,又自有我在。故二者常互相错综,能有所偏重,而不能有所偏废也。
>
> (王国维:《王国维文学美学论著集》,太原:北岳文艺出版社 1987 年版,第 397 页)

正如前文所提到的,艺术家在创作时,其心理机制会表现出很大的差异性。但无论差异有多大,艺术家的创作心理机制可以简要地从直接性与完整性这两个特点予以界定。

一方面是艺术创作心理机制的直接性。艺术创作是经过一个由感性到理性、由现象到抽象、由概念到形象的心理活动过程。形象思维有自己的心理操作程式,艺术家用独特的与社会人生沟通的方式将其形象地表达出来。这一心理过程往往表现在艺术家们能直接从社会生活中观察、感受、把握,进而将其描摹为创作中的各种图景。艺术表达的直接性往往又与艺术家们的直觉意识有关,而直觉在心理学中通常被看作一种敏感地、直接地臆测事

---

① 恩格斯:《卡尔·格律恩〈从人的观点论歌德〉》,见《马克思恩格斯全集》第四卷,北京:人民出版社 1984 年版,第 256 页。

物之本质和规律的心理认知能力。它是一种潜在的心理定势，具有敏锐、独特、流畅的特征，但却很难把握，显示出很大的不稳定性。直觉是在经验的基础上，在情绪的推动下，借助于某种介质，将过去零星的记忆经由大脑加工后，将之完整地呈现出来的过程。由此可见，直觉是一种经验的概括，是经过长期积累后加工形成的一种体验。对艺术创作而言，直觉是把握艺术的一种主要的方式，也是艺术创造中常见的、一般的思维形式，是创作得以进行下去的主要方式。

艺术直觉本质上仍然属于艺术家们的感知活动。它指的是自我对创作题材的直观把握，进而体现出某种非常态、非自觉、下意识、不清晰等特点。它是艺术家对事物的直接感知，是对文学素材的直接加工，为艺术家的创作准备素材，在较短的时间内，帮助艺术家实现对客观事物与艺术形象之间的对接，展现其内在本质性的规律。直觉可以帮助艺术家超越创作中出现的各种困惑，直接达到将艺术形象与客观事物有机地联系起来，进而将艺术与外在之物合二为一，成为特定的叙述整体，以此完成一次完整的创作过程。艺术直觉具有直接洞察对象的能力，根据艺术家们的感知活动，了解创造对象的性质、内在联系和本质特征，并直接将这些融入到创作中，方便艺术家在知觉活动中做出准确而又迅速的判断，以一种预见性的手法将创作展开。

作为心理现象的直觉因而是创作心理过程的呈现，绝大多数艺术家都很重视这种体验。它不仅是一种思维现象，也是艺术家对事物之整体性的快速把握，迅速发现事物之间新的联系和内在关系。它是一项最重要的艺术创作心理机制，存在于多数作家艺术家的创作过程中。它是作家或艺术家在长期的生活和创作体验中形成，并且积淀于自己内心深处的心理和情感资源，是在丰富和独到的生活及其情感体验中不自觉形成的结果。在西方，康德是较早对直觉进行系统研究的学者，其后柏格森、克罗齐等人也以逻辑形式对艺术直觉进行了系统研究，并阐发了自己相应的理论和观点。近代中国，较早系统接触西方的艺术直觉理论的是王国维，他通过比较研究的方法，指出在艺术创作的差异方面，西方重视逻各斯中心主义，而中国则更擅长于通过直觉来表达艺术创作中的情感体验，如前所引他对文学创作的看法。

直觉是人类的一种思维现象，它能够快速地对事物的整体性做出初步把握，快速地发现事物之间新的联系和内在关系。首先，直觉具有直接洞察对象的能力，它可以根据知觉印象的某一方面特点，直接了解到创造对象的性质、内在联系和本质特征。其次，艺术直觉的作用并不单纯在于一般思维形态所具有的诸如分析、推理以及逻辑思辨等功能，而在于从知觉印象中迅速得出结论，具有某种预见性的特点。再次，直觉较之其他思维形式更具思维主体的倾向性。直觉的功能更多地仰赖于思维主体的体验和经验，与他们自身的心理状况和情绪状态有更大的关系。直觉之所以能快速得出结论，是思维主体本身的心理条件所决定的。直觉的上述三个特征表明了创作主体心理机制的直接性。

另一方面是艺术创作心理机制的完整性。心理机制的完整性符合人的生理机制的整合性需要，它是各种心理机制整合后发挥作用的过程。

艺术创作是一项非常复杂的创造活动，远非思想、技巧、生活等的简单叠加。从作为主体的艺术家的心理层面看，艺术创作是其对社会生活现象的感觉、知觉、直觉、体验、注意、记忆、思维、联想、想象等各种心理过程的综合。这显然是一个更为动态而活跃的完整过程，既错综复杂、因人而异，又有一定的层次、结构、系统和规律。因此，艺术创作是否成功，显然受制于创作主体有机统一的心理活动。其中，作为创作主体的主导思想观念起着非常巨大的作用。除此之外，还受到创作主体的欲望、动机、气质、兴趣、习惯，甚至个体无意识心理过程等的制约。它们一方面是人的生理机制的反映，另一方面又是沟通社会与个人、生活与艺术的重要桥梁。它也是创作主体在一定的时代和社会环境中长期实践的产物。

每一艺术创作者都试图使自己的作品达到尽善尽美的效果，这其实也是艺术创作的最高标准。创作主体要达到此种效果，单单凭借其对自身的知性认知体验是不够的，与艺术的想象力、整合力乃至心理机制的完整性都是分不开的。一般而言，每个人都有各自的知解力，这是一种对事物固有特性把握的能力，而且它会体认到各种事物之不同固有特性之间的差异，进而将自我知解力与知觉的丰富性、多样性进行统合。知解力虽然是人类认识客观事物过程中的一个重要环节，但却无法对世界进行尽善尽美的把握。要想达致对事物认识的完整性，除了知解力，还需要艺术的感知，也就是需要作为创作主体的艺术家对他所表现的题材有深刻丰富的内心体验，直到将其所要表现的客观对象从自然实体渗透到内在精神中去，这种认识活动才是完善而高级的。而通过这种体认创作出的艺术品就会达到某种完整性。

艺术创作的这一特殊认识过程是创作主体的心理活动的完整展示。创作主体首先要进行思维活动，但他的心理活动也不会只限于思维这一小的层面，艺术作品的完整性必然要求创作主体的心理机制的完整性与之对应，这显然是一个包含“感觉体验”“动机动力”“知觉思维”“控制调节”“整合完形”等完整的心理过程。这就必然要求创作主体必须全身心地投入到创作活动中,在完整的心理机制的主导下,创作的作品才能达到尽善尽美的最高标准。这就必然要求创作主体在“行为”“动机”“情绪”“愿望”“注意”“体验”“想象”“幻想”“心理”“灵魂”等心理机制层面上达致有效的统合。这是一个动态而有序的完整的心理过程。艺术创作的复杂性、独特性、不可重复性正是在这种完整的心理机制中被表现出来的。

第二节　创作动机

预读　托尔斯泰·牛蒡花·哈吉穆拉特

我穿过田野回家。正是仲夏时节。草地已经割完了,黑麦刚要动手收割。

这正是万紫千红、百花斗妍的季节:红的、白的、粉红的、芬芳而且毛茸茸的三叶草花;傲慢的延命菊花;乳白的、花蕊黄澄澄的、浓郁袭人的“爱不爱”花;甜蜜蜜的黄色的山芥花;亭亭玉立的、郁金香形状的、淡紫色的和白色的吊钟花;匍匐缠绕的豌豆花;黄的、红的、粉红的、淡紫的玲珑的山萝卜花;微微有点红晕的茸毛、和微微有些愉快香味的车前草花;在青春时代向着太阳发着青辉的、傍晚即进入暮年、变得又蓝又红的矢车菊花;以及那娇嫩的、有点杏仁味的立即就衰萎的菟丝子花。

我采了一大束各种的花朵走回家去,这时,我看见沟里有一朵异样深红的、盛开的牛蒡花,我们那里管它叫“鞑靼花”。割草人竭力避免割它,如果偶尔割掉一棵,割草人怕它刺手,总是把它从草堆里扔出去。我忽然想要折下这枝牛蒡花把它放在花束当中。我走下沟去,把一只钻到花蕊中间,在那儿正睡得甜蜜蜜懒洋洋的山马蜂赶走,就开始折花了。然而这却是非常困难的:且不说花梗四面八方地刺人,甚至刺透我用来裹手的手巾——它并且是这样惊人的坚韧,我得一丝丝地把纤维劈开,差不多同它搏斗了五分钟的光景。末了,我把那朵花折了下来,这时花梗已经破碎不堪,并且花朵也已经不那么鲜艳了。此外,由于它的粗犷和不驯,同花束中娇嫩的花朵也不谐调。我惋惜我白糟蹋了一枝花，它本来在自己的位置上是好好的，于是把它扔掉了。“然而生命是多么富于精力和力量呵，”我回忆折花时所费的气力，想道。“它是如何努力地防卫着，并且高傲地牺牲了自己的生命呵。”

回家的道路，是在休耕的、刚刚犁过的黑土的田地中间穿过的。我沿着满是尘土的黑土路爬坡走着。犁过的田地是地主的，非常广大，道路两旁和前面斜坡上，除了黑色的、犁得均匀的、还没有耙过的休耕地之外，什么都看不到。犁得很好，整个田地里连一棵小植物、一棵小草都看不见，全是黑色的。“人是一种多么善于破坏的残酷的动物呵，为了维护自己的生命，他毁灭了多少种动物、植物。”我一面想，一面不由地在这片净光的黑土田地里找寻活的东西。在我面前道路的右边，发现一棵灌木。当我走近了的时候，我认出这棵灌木仍然是“鞑靼花”，跟我徒然把它的花折下并且扔掉的那个一样。

这棵“鞑靼花”有三个枝杈。其中一枝已经断掉了，残枝像砍断的胳膊突出着。另外两枝每枝都有一朵花。这两朵花原是红的，现在却变黑了。一枝是断的，断枝头上有一朵沾了泥的花耷拉着；另一枝也涂抹了黑泥，但仍然向上挺着。看样子，整棵灌木曾被车压过，过后才抬起头来，因此它歪着身子站着，但总算站起来了。就好像从它身上撕下一块肉，取出了五脏，砍掉一只胳膊，挖去一只眼睛，但它仍然站起来，对那消灭了周围弟兄们的人，决不低头。

“好大的精力！”我想道，“人战胜了一切，毁灭了成百万的草芥，而这一棵却依然不屈服。”

于是我想起了一个年代久远的高加索的故事，它的一部分是我看见的，一部分是从目击者那里听来的，一部分是我想象的。这个故事在我的回忆和想象中是怎样形成的，就怎样写出来吧。

（列夫·托尔斯泰：《哈吉穆拉特》，刘辽逸译，北京：人民文学出版社 1962 年版，第 1—4 页）

这是俄国文豪列夫·托尔斯泰的小说《哈吉穆拉特》的开头部分。哈吉穆拉特是 19 世纪 50 年代领导高加索人民反抗沙皇俄国暴政的少数民族英雄。而促使托尔斯泰去书写这样一位坚强不屈的英雄人物的最初动机，却来自他在路边看到的一株坚强生长的牛蒡花。可以说，正是这样一棵普通却体现了人的精神的植物，给了托尔斯泰以创作灵感或创作动机。“在自己心理唤起一度体验过的感情，并且在唤起这种感情之后，用动作、线条、色彩以及言词所表达的形象传达出这种感情，使别人也能体验到这同样的感情——这就是艺术活动。”[①]而这种“唤起一度体验过的感情”，即创作动机。这种感情绝不是纯粹生理、本能的，而是渗透着思想的光辉，蕴含了理性的积淀。

创作动机是创作主体心理机制发挥效用的重要方面，它是推动、驱使艺术家进行创作的动力机制。“动机是在需要刺激下直接推动人进行活动的内部动力。”[②]它是主体内驱力的外在表现。而主体的内驱力是有机体为维持生存和延续种族而与生俱来的、带有基本生物效能的动力，包括饥渴内驱力、思维内驱力、避痛内驱力、性内驱力等，它发自本能，随着有机体的生理需要而自然产生。动机则是由内驱力派生，有其明确的指向性，与满足社会性欲求或自我实现欲求的某一具体活动相联系的动力。动机以内驱力为其基本动力来源，但不再是纯本能的表现，而是经意识加工过的心理能量。它一方面受人的生理需要的制约，另一方面，还要受到外界刺激的人的思想意识的控制和调节。

内驱力和动机在促成人的行为方面所处的层次不一样。内驱力是人的生命力的直接迸发，它没有明确的方向，不受理性制约，是精神张力的发泄通道，是一切活动的最终动力来源。动机则是根据外界条件和主观意志对内驱力的控制和调节，使之更适合社会实践和人的自我实现的需要。

一　创作主体的内驱力与创作动机

创作是在内驱力的推动下进行的，与普通人的内驱力不同，艺术家的内驱力显然更加敏锐，他能捕捉到一些不同寻常的变化，想象力特别活跃，情感异常丰富。更有甚者，创作主体还可能受某种幻觉、梦境的影响，由此导致创作主体本人都可能莫名其妙于这种体验，连他们自己都有可能无法理解。当然，这都是在内驱力的作用下产生，通过无意识的积累、酝酿和准备，在特定的时刻爆发出来。

在内驱力的直接驱使下，创作主体所表现出来的创作动机就很明显了。大体可以概括出的动机有以下一些特征：

首先由内驱力引导，在创作主体的意识中获得变化进而升华后达致；其次，创作动机吐出了创作主体的意图和目标；第三，使得创作主体明确知道自己被驱使后创作行为的意义，并能促使其最终完成；第四，动机是创作的

① 托尔斯泰：《艺术论》，北京：中国人民大学出版社2005年版，第47页。

② 高玉祥：《个性心理学概论》，西安：陕西人民教育出版社1985年版，第32页。

直接原因,但并不排除其在创作过程中会有内驱力的直接干涉与影响。由此可见,动机的激起既有赖于体内失衡的内部状态,也有赖于外部的刺激条件。[①]

创作者的"自我实现"的需要是摆脱了个人私欲,以社会、人民的需要为审美规范和最高目的的审美需要。审美需要包蕴了创作主体的审美心理结构的诸多因素,其中情感始终起主导作用。审美需要总是以情感的形态表现出来,因为情感"是人对客观世界的一种特殊的反映形式,是人对客观事物是否符合自己需要的态度体验,人对客观事物的态度是和自己对客观事物的需要密切相关"[②]。所以,情感"在一定的程度上决定着人的行为,成为人的活动和各种动作(以及动作完成的方法)的持久的或短时的动机,从而产生追求所提出的和所想到的目的的意向和欲望"。[③]情感在创造性活动中,尤其是在艺术创作中,起着重要的动机作用,各种情感,比如爱情、愤恨、美感、快乐甚至羡慕等,都可以成为创作动机。创作动机就是表现作家的审美情感。

中国古代的"情本说""发愤著书说""有感而发说""不平则鸣说"都从不同的角度揭示了艺术创作是来自艺术家在生活实践中对自然、人生进行独特深厚的情感体验的结果。刘勰在《文心雕龙·神思》中曾用"神用象通,情变所孕"准确地回答了将生活变为艺术的动因。由于作家的精神受到客观物象的刺激而产生情变,感情渗进物象内部,异体同构,双向交流,孕育出作品的胚胎。李贽在《杂说》中讲得更为具体:"且夫世之真能文者,比其初皆非有意为文也。其胸中有如许无状可怪之事,其喉间有如许欲吐而不敢吐之物,其口头又时时有许多欲语而莫可所以告语之处,蓄极积久,势不能遏。一旦见景生情,触目兴叹;夺他人之酒杯,浇自己之垒块;诉心中之不恶,感数奇于千载。"[④]胸中蓄积了强烈丰富的感情,一旦被某一机遇引发,找到倾斜的突破口,从而产生不可遏止的创作冲动,许多作家在生活中直接或间接地接触许多信息,心灵受到强烈的刺激,胸中蓄积了强烈的感情,那些动情的人、事萦绕脑际,有一种非把它们表现出来不可的热切欲望。"他会觉得自己处在一种骚动、不安、丧失一切、空虚、无法成熟的挫折等状

---

① 克雷奇等:《心理学纲要》(下册),周先庚等译,北京:文化教育出版社 1981 年版,第 383 页。

② 彭聃龄等:《普通心理学》,北京:北京师范大学出版社 2012 年版,第 421 页。

③ 彼得罗夫斯基主编:《普通心理学》,朱智贤等译,北京:人民教育出版社 1981 年版,第 395 页。

④ 李贽:《焚书 续焚书》,北京:中华书局 1975 年版,第 97 页。

态，除非他用一种或别的什么创作方式表达一下自己的内心生活"，这"就是最普通、最强大的动机"[①]。新弗洛伊德学派的沙特赫也指出："从根本上讲，创造体验的主要动机是人对他与周围世界建立良好关系的那种需求，导致创造体验的那种不期而遇主要是在时刻的开放状态、存在于反复多样地向着目标靠近，存在于注意、思维、情感、知觉的自有开放的活动之中。"[②]

原典精读　歌德谈创作激发

> 事先毫无印象或预感，诗意突然袭来，我感到一种压力，仿佛马上就把它写出来不可，这种压力就像一种本能的梦境的冲动。在这种梦行症的状态中，我往往面前斜放着一张稿纸而没注意到，等我注意到时，上面已经写满了字，没有空白可以再写什么了。
>
> （爱克曼辑录：《歌德谈话录》，朱光潜译，人民文学出版社2000年版，第207页）

理论家概括的这些现象，在中外文学史上都有许多例证。据说，巴金年轻的时候，有一次偶然夜里醒来，突然看见一块湿漉漉的抹布在黑暗中闪着微光，竟然就产生强烈的创作冲动，创作了小说《抹布》。赵本夫写《卖驴》的因由乃是由于一个道听途说的故事而起，最终将小说写成。冯骥才创作《高女人和她的矮丈夫》则是因为在火车上邂逅一对男低女高彼此互相关爱的夫妇时产生的，但直到雨天和他的妻子上街打伞，才在伞底下的空间里找到创作的突破口。福楼拜在报上偶尔看到一则好人自杀的消息，立即得到灵感，开始创作《包法利夫人》。果戈理在一次偶然的闲谈中，听到一个穷苦的小官吏的打猎的笑话，产生了创作《外套》的动机。冯骥才因醉酒萌发了创作《酒的魔力》的冲动。苏联作家列夫·尼古林在法国的一个小城里看见一块竖立在坟地上的墓碑，上面记述的是1814年为反抗拿破仑入侵而阵亡的俄罗斯战士的事迹，他很快便投入到对此历史事件的研究，最终完成了他的长篇小说《俄罗斯的忠诚的儿子们》一书。

诸如此类的趣闻在艺术创作中还能举出很多，从中我们不难发现，促使艺术家展开创作的因由有很多，但都与作家的切身感受、创作时的某种自觉意识密切相关。创作主体往往都能从日常生活事件中获取这样的动机，进

---

① 阿瑞提：《创造的秘密》，钱岗南译，沈阳：辽宁人民出版社1987年版，第38页。

② 同上书，第35页。

而成为创作的动因。

二　激发创作动机的因素

创作动机是每一个研究创作过程的人都想要探究的问题。创作动机的激发是由于创作主体的心理被外界事物刺激和打动,引起内部情感思想的变化而形成的。这在某种意义上被表示为体内的失衡,即内部的情感和外部刺激的激烈碰撞,由此导致的不平衡。创作主体的体内失衡,一般是由内部需要和外部刺激所引起的。巴西小说家加贝拉说:“我写作是为了被他人所爱。”墨西哥作家鲁尔福说:“我搞不清是何原因促使我写作,我只觉得非写不可。”英国作家格林说:“写作是由不得我的事,好比长了个疖子,只等疖子一熟,就非得把脓挤出来不可。”都是由内在需要导致体内失衡而萌发的创作动机。巴金说,“社会现象象一根鞭子在后面驱使我,要我拿起笔”,也是外部刺激使体内失衡产生的创作动机。可以说,艺术创作活动的整个过程就是体内失衡到体内平衡的过程。

从上述对创作动机的思考来看,事实上,一切都有可能成为推动创作动机生发的因素,如创作主体过去的生活经历、创作时的心理状态、身心状况、意识、气质等,都可能成为创作的动机。创作动机的生发有着极为复杂的情况,也是多种多样的。我们择其要者简述几种常见的激发创作动机的因素。主要分外界刺激与内在意识两种。

外界刺激因素包括:

创作原型的启发。创作主体在直接的生活经历中遇到的真实的人和事件激发了他的创作。老舍写《骆驼祥子》就是在听到一个人力车夫三次买车失车的经历后写出的。丹尼尔·笛福的《鲁滨逊漂流记》是偶然在一份杂志上读到一名苏格兰水手被弃置荒岛四年,后历尽艰辛终于被带回英国的新闻后,得到启发而写成的。据说笛福在听说这个消息后,加上自己的经历和体验,以极快的速度完成了这部巨著。

先在艺术形象的感化。受到某种特定的艺术形象感化后获得创作的动力。创作主体通过鲜明、生动的形象感悟出深刻的道理,从而引发创作冲动。伏尼契的《牛虻》就是受到一幅画中的人物形象启发而写成的。据说作者年轻时在法国巴黎的卢浮宫见到一幅画着一位身穿黑衣头戴黑帽的青年人,画中人物双唇紧闭,表情略显忧郁。作家受到画中人物形象的启发进而进行文学创作。

特定的情景触动。即创作主体在特定氛围和情境中,感受到某种特殊的变化，然后通过头脑加工，将原来潜存在头脑中的创作素材以一种显意识对此进行复现。

受到某种思想的启发而写作。张弦写《被爱情遗忘的角落》就是在与一位朋友谈到农村买卖婚姻时而被引发的。

除了外界刺激，还有创作主体自身的内部因素。创作动机会被某些非感性因素激发。显然这是那些深深植根于创作主体的审美心理的深层结构的因素，如显意识、无意识想象、潜意识激发、梦的顿悟等等。

显意识冲动。又称为直觉意识，这是由于主体出现某种强烈的主观情绪或意念，有些可能储存在内心很长时间。比如，托尔斯泰说："牛蒡花火红耀眼，我想起了哈吉·穆哀特，想写他。"中国当代作家李国文适应改革开放的需要，改革激发了其内心长期积累的意识，创作了《花园街五号》；谈起创作动机时，他说："意念是一种创作冲动，是一部作品的产生契机。"而主观的"意念类似于化学变化众多触媒剂，它唤醒作者，燃起热情，打开记忆之库，然后经过复杂的思维过程，变成文学作品"[①]。这就是日常生活所暗示给他的带有强烈情感色彩的一种念头想法，现实的丰富生活为作家创作注入了鲜活的内容。

无意识想象。创作主体的显意识结束后，接下来就可能直接引发其无意识想象，也即创作主体在积累了大量丰富的现实内容后，其沉淀在内心深处的信息会自发地涌动，这样就容易引发创作动机。所以有些作家认为，创作是某种灵光乍现，其实，正是无意识思维的结果。

潜意识冲动。潜意识一般不会直接生发，也即平时很难被主体自觉意识到，但它却是潜藏在内心的，能够自动调节信息，往往会在无意中生发，进而让创作主体获得令人意想不到的某种感悟的心理活动。

梦境的启发。梦是一种思维形式，指在睡眠时，人的意识的潜沉。人在睡梦中，其潜意识往往十分活跃，脑海中会出现各种光怪陆离的形象，五光十色的日常图景，在变化、碰撞、综合，进而形成某种顺其自然的想象，在梦中出现的创作冲动其实正是梦的下意识发挥效用的前兆。在梦中，人的内心会对外界敞开，没有任何控制，因此，容易有预料不到的情形出现，它也是积极的生理、心理过程，而在梦境中出现创作动机就成了创作主体又一激发因素。

不管创作动机的因由是什么，无论是外部刺激还是内部感应，这些动机

---

① 李国文：《〈花园街五号〉漫谈》，长沙：湖南人民出版社1982年版，第265页。

都源于深厚的生活积淀。也就是,所有的艺术创造都是有根基的。那些被夸大的所谓想象、幻想、灵感、意识、独创等,其实并不神秘,都是外在的事物经过人脑加工后被提炼,重新组织后复现的。不积累丰富的生活经验,任何创造都不能实现。一切富有说服力、令人称奇的人物形象都是创作主体从生活实践中提取出来的。创作主体对日常生活实践知识积累得越多,触发其创作的动机就越容易,有时甚至对无意触发的信息之感悟也会超越平常。创作主体往往会以一种积极的期待视野将这些信息加工处理,一旦进入创作状态,所有的信息就会自然流露出来,创作主体内部积累的信息越多,与外界信息碰撞后往往便越能触景生情,借物抒怀就有可能。陈忠实的《白鹿原》就是在他对生活实践的长期感知与情感的积累后创作而成,虽然电影改编让其又火了一把,但原作本身建基于深厚的生活积累层面是该作品首先被读者认可的重要因素。

强烈的审美需求以及独特的审美发现也是创作的积极动因。动机产生的内在因素还是创作主体的审美需求,这种需求才是创作最有力的内驱力。它是创作主体内心的一种积极的欲望,经此才能推动创作的深入,甚至达到某种癫狂的状态。黑格尔认为,"创造首先是要掌握现实及其形象的资禀和敏感,这种资禀和敏感通过常在注意的听觉和视觉,把现实世界的丰富多彩的图形印入心灵里"①。黑格尔所说的"资禀和敏感"其实正是创作主体审美发现之能力。这一能力是独特的,超常的,它能从常人司空见惯的事物中找到美。有了这种能力,作品才具备特定的魅力。

创作过程的完成正是由创作主体的内部心理机制与外界刺激共同作用的结果。前文我们已经从创作主体的内在心理层面的各个因素对心理机制进行了简要论述,但对外部刺激的把握就很难,外部刺激的方式各种各样,可能一次偶遇,一次聊天,一次见闻,一种经历等都可以成为刺激对象。外界因素如此复杂,如此纷呈,问题是这些刺激能否引发创作主体的关注?创作主体创作的动机是主客体双向建构而成的,即在相互适应的过程中和相互适应的特定水平的主客体交互运动的结果。

三　创作动机的主要特征

创作动机往往会受到创作主体的审美理想、审美需要的制约,而主体的审美理想与审美需要的差异性也决定着创作动机的不同。这就必然需要对

① 黑格尔:《美学》第一卷,朱光潜译,北京:商务印书馆出版社1984年版,第118页。

创作动机的特征作出归纳。

创作动机显然受到外部因素和内部因素的共同作用才能发生，因此，创作动机的特征主要就是其社会性与内省性，且这两方面必须有效地结合方能推动创作的进行。创作动机的社会性是指创作具有社会、群体、阶级等的属性，亦即创作的动机首先是要为社会、群体、阶级的利益服务。创作主体的任何创作都不是只为自己而创作，其创作总是要受到外在社会环境及其相关因素的影响。创作动机的内省性指主体内在的审美需要，后者往往是主体全面实现自我的需要，具有很强烈的内省性特征。艺术创作实际上是社会性与内省性的统一，既要自觉服务于社会、群体等的利益，又要投合自身的审美需要，这是达到创作优秀作品的基本条件。因此，创作动机一方面要从内心的需要开始，另一方面，他的创作必须要符合他的时代的社会需要。符合社会、集体的创作也就是对创作个体的肯定，个体作为主体和对象的存在是一种社会性存在，个体是社会的成员。从社会性层面看，艺术创作的动机与多方面的需要有关联，如政治、道德、宗教、伦理等，但艺术首先是审美的活动，因此又必须满足主体的审美需要，如此，才能产生创作的动力。只满足其中的一种会带来偏差，就不会有好的创作。“文革”时期的文学创作就偏离了创作的主题，狭隘的功利性思想把文艺当成传达政治思想的附属品和工具，使作家、艺术家的主体意识处于高度压抑状态，创作主体自身的能量无法充分发挥，没有真情实感。有些作家为了生存和安全甚或私利应命写作，造成了主体创作动机的社会性与内省性的对立。这样的作品就只能充当一些政治意识形态的传声筒罢了。像样板戏、小说《西沙儿女》等就是公式化、概念化的政治图解式作品。

创作过程也受创作主体自身的审美理想与审美需要的制约，艺术创作需要通过主体自身来完成，如果没有内在的需求，外部的限制与影响再大可能也促动不了创作的进行。动机的社会因素与主体的内在需求不一致时，主体的层面显然要大一些。据说托尔斯泰在写《安娜·卡列尼娜》前，其创作的社会意义原来是想通过谴责一个堕落的女人，宣传某种道德观。但当他真正投入创作后，却发生了变化。托尔斯泰站在整个人性的高度重新定位作品的主人翁，使得作品最后成为对造成女人堕落的社会的控诉，因而具有更加深刻的社会意义，而不是只停留在个人的道德诉求上。

艺术创作是一种独特的审美过程，是符合人的本性的充分个性化的自由活动。当然，创作动机的激发也并不是一件容易的事情，这也很正常，毕竟创作不是每一个人都可以完成的。创作动机的激发实则上是一种难得的机遇，必须在外界的刺激与主体的内在需求完全契合的情况下，才有可能生成主体巨大的创作动机，进而形成真正的创作心理。创作动机从萌生到勃发的动态轨迹一般是从内部需要引起体内失衡，偶有外部刺激就可能爆发，从而使作家艺术家全力投入创作行为之中，一旦作品形成，其内平衡才能恢复；也有可能另一种需要接踵而至，如此往复，不断循环。内部需要和外部刺激有可能互相移位，即，有时先有强烈的外部刺激引起失衡，失衡产生表达的需要或冲动进而萌生动机。内驱力、情感意象始终伴随着动机勃发和整个创作活动的全过程，直到作品完成。

第三节　创作构思及作品的完成

预读　《夏伯阳》·构思

小说《夏伯阳》的作者富曼诺夫曾谈到他在酝酿和写作过程中的心理生活。最初，当他在村外林中小路上散步，“杂七杂八地想着、想着”的时候，“突然一部中篇小说在我的脑子里变得明朗起来了”。可是，当他急切地要把它写出来时，在一两个月的时间里却老是动不了笔，因为“我被一种诚惶诚恐的心情控制住了”。

“首先——形式、风格、大约的篇幅、主人公的性格以至主人公本身，我是不是都明确了呢？没有！

其次，我有没有在一些较小的作品上试验过自己的才能呢？没有！

再说，你有名望吗？别人晓得你吗？重视你吗？没有！

由于这一切，所以很难下笔。”

在这个成败所系的紧要关头，深厚的生活基础坚定地支持了他。写不下去了，他转而陷入了沉思，“起床的时候，我在想着夏伯阳，睡觉的时候，也在想着夏伯阳，无论坐着，站着，躺着，只要没有其他立刻要办的事情，我总是时时刻刻在想着他，想着他……

我整个沉浸在这件工作里了。但还是拿不定主意”。

（富曼诺夫：《〈夏伯阳〉和〈叛乱〉的写作经过》）

经过创作动机的激发后，创作主体进入了创作的构思阶段。我们这里看到的，就是苏联作家富曼诺夫在构思小说《夏伯阳》时的生动情形。作家在村外小路上对记忆的再认，带着强烈的感情色彩，伴随着联想和想象的活动自由地展开,在脑海里构成了一幅幅既是鲜明生动的,但还不是结构严整的连贯的画面。这是一种自发的构思过程。这时,一切都显得离他那么近,似乎伸手就可抓住。但是,一定要在写成之前就把一切都弄"明确"的紧张、企图,以及关于名望、能否受重视等等的沉重忧虑,强有力地控制住了他整个的心理活动,排斥压抑着其他的心理功能。对于创作来说至关重要的回忆活动,想象活动,恰恰最不能缺少自由飞翔的广阔天地。它们一受到抑制,便敛翼坠地,使人索然。在这种情况下,作家虽然紧张、焦躁,但却"很难下笔"。从心理活动的放松到收紧,使他经历了一个难熬的时刻,最后,不论意识到与否,他仍不得不调整自己的心理活动,使它松下来,回到"想着、想着"的沉思中去。这时,他"坐着,站着,躺着"想的都是夏伯阳,注意力高度集中地倾注在一个固定的对象身上,同最初那种"杂七杂八地想着"相较,显然已经进入了一个更高的阶段。但是,"夏伯阳"并不是一个抽象的概念,也不是一个孤立的个别事物,而是同那一段动荡不定的内容丰富的生活紧紧联系在一起的,是同许多有着鲜明个性特征的人物联系在一起的,因此,他这时的思维虽然是集中的紧张的,但各种心理活动却都能比较从容不迫地自由展开,活跃地互相激发,互为动因,由此及彼。就心理状态而言,仍然处于"放松"的状态之中。当他在这种情况下再次提起笔时,写作就不再是那样艰涩不畅,而比较得心应手、顺畅自如了。

富曼诺夫这种状况不是个别的,而是许多作家创作时常有的状况。下面我们具体来介绍创作中的构思及其心理状态。

一　令人称奇的几种创作构思方式

创作构思是指作为创作主体的作家、艺术家在着手创作、孕育作品过程中所进行的一系列思维活动,包括选择题材、提炼主题、安排人物和情节、探索艺术表现形式等。在构思过程中,创作主体有各自不同的习惯和方式,或睡或坐,或动或静。他们用自己独特的方法构思出一篇篇精妙的作品,给后人留下了耐人寻味的故事。此处即参照前人总结出的有关构思的几个历史故事以飨读者:

故事一,王勃等的"睡中思"。"初唐四杰"之一王勃,写作之前先磨好墨,然后卧床引被覆盖,起来后提笔就写,而且不再改动。这种"睡中思"的方式,当时被人们称为"打腹稿",流传至今的"腹稿"一词就由此而来。宋代江西诗派代表人物陈师道,每当外出游览有了诗兴,就急忙回家卧于榻上,以被蒙头,称之为"吟榻"。此时,全家不能有任何响声,甚至连猫狗都得赶出去，直到他诗作完成，家中生活才能恢复正常。

故事二，大学士的“闹中思”。宋代大学士杨大年，每逢作文，就跟门人、宾客饮酒下棋，在笑闹中构思，反而不“走神”，并不时用小方格纸写出，让门人抄录。清朝毛西河家境不好，外屋是私塾，自己一边回答学生问题，一边批改作业，一边跟里屋夫人吵嘴，一边构思文章，居然文章写得很出色。

故事三，鲁迅等的“坐中思”。鲁迅先生在写文章之前，常常在饭前或饭后半倚在藤椅上，双目微闭，一言不发。据许广平回忆说，只要见先生起身走动说话了，便是先生胸有成章了。当代著名散文家郭风，写文章必须坐在家里那张古老的木桌前构思，一坐到那儿，仿佛灵感就来了，因此，几十年来，那张旧书桌一直陪伴着他，每天晚上八点钟左右入睡，清晨四点起床写作，成了多年不变的习惯。

故事四，画家的“话中思”。当代著名国画家石鲁，在构思作画之前，经常找一些知心朋友摆“龙门阵”，一边磨墨，一边古今中外、海阔天空地和客人闲谈；直至夜深人静，客人告辞，构思也便成熟，这才挥笔作画，往往一挥而就，达到“忽然兴致风雨来，笔飞墨走精灵出”的超然境界。

故事五，李白等的“醉中思”。唐代伟大的浪漫主义诗人李白，一生嗜好饮酒，而且每饮必醉，醉后又能吟出好诗。他有不少名诗出自醉酒之中，“斗酒诗百篇”的佳话就由此而来。唐代著名书法家张旭，被人尊称为“草圣”。他也嗜好饮酒，并在酒后写出一手好字，正如杜甫称赞的“挥毫落纸如云烟”。

故事六，古人的“玩中思”。南北朝诗人王筠，好玩葫芦，写诗也离不开葫芦。每当构思时，就注水于葫芦内，水满后倒掉再注，如此循环不止。一旦掷葫芦于地，诗已成竹在胸，下笔立就。五代南唐的卢郢，好玩石球。他写文章时，常拿一个重达百斤的石球来玩，一旦构思成文，便掷下石球，由自己口授，小吏笔录，不一会儿就写成一篇文章。

上述几例故事均可以从典籍中找到记载，可以说是关于构思的有趣范例。这几则故事也说明了创作主体的构思是各种各样的，构思不同，其创作过程就显示出特定的差异性来。这也说明不同创作主体的创作也是不一样的，体现了创作的多样性与丰富性。由此可见，决定创作是否完成的构思是非常关键的。

二　艺术构思的表现

艺术构思是指创作主体在艺术体验、审美需要的基础上，在特定创作动机的指引下，结合各种心理因素，对生活素材进行加工、提炼、组合进而创作艺术的过程。艺术家在构思的过程中往往会调动自己的全部心理因素，结合自己的审美诉求，遵循特定的艺术创作规律而创作。实际上，构思其实是一种艰苦、复杂又充满创造性的有智慧的精神活动。通过前面的历史考察，我们发现构思的方式是非常复杂，又多种多样的，大体上可以从以下几个方面加以总结。

首先，创作构思是一个整合的过程。艺术创作通常是充满活力与激情的创造性行为，整合并非对各种素材、对象的随意堆砌、拼凑，而是艺术家以自己独特的审美体验和情感灌注为主要推动力的重新筛选、加工、改造，并按照自己的意图对原材料进行分解与重组，进而实现一次完美的再创造。整合的过程往往具有特定的导向性，它不是毫无目的东拼西凑，而是要根据一定的需要、意图、需求等，对材料进行有效地梳理、排列、取舍、组合的过程。在取舍材料的过程中，无论材料如何变动，都不能脱离艺术家们的创作动机的指向性。另外，整合也预示着特定的完整性。创作构思虽然依靠的是十分繁杂、个体性又很强的材料，但经过艺术家的整合后，这些繁杂的材料与信息就会得到重新整合，最终只朝向艺术家想要的方面发展，经过艺术家不断提炼和凝聚后，最后成为一个具有高度完整性的艺术品。

知识背景　创作构思的完整性

构思的完整性或整体性是所有艺术创作都有的特点，并非文学创作独然。例如，莫扎特曾这样说明他构思乐曲时的情形：开始，这个乐曲的碎片一点一点来到心上，渐渐地连在一起，过后心灵的劲儿来了，乐曲越长越大，“我就把它开展得越广大越鲜明，最后，就是乐曲很长，它在心里差不多完成了，所以在我想象中，我并不把这套曲照先后次第地听见（后来当然要这样听见），而是一刹那间全部听到，如其可以这样说，这真是一个稀有的享受。在我，一切创造，制作，都像在一个美丽的壮伟的梦中进行着。但最好的，就是全部同时听到”。

（詹姆士：《心理学原理》，唐钺译，北京：商务印书馆 1963 年版，第 103 页）

其次，创作构思主要是移情作用的结果。所谓移情，是指艺术家在构思的过程中，将自己的情感外化，融入其所要表现的对象之中，并生成新的审美情思的心理活动。具体而言，移情是一种情感移植现象，是主体把某一事物当作对象,并把自己的情感投射或转移到对象上面,使对象成为具有人的情感的对象。艺术创作中的移情,就是主体对对象进行审美观照时,把自己的情感、意志、心境、人格等移注到对象上去,赋予对象以生命与情感,使之成为具有某种意义的审美意象。移情是艺术构思的重要方式。

西方有很多学者对移情都有独特的看法,我们仅以里普斯为例,他是西方移情说的重要代表人物,在其《论移情作用》和《再论移情作用》等著作中对审美中的移情作用从心理学的层面进行了系统的研究。他认为移情具有三个特征:第一,审美必须有受到主体生命灌注的、自我对象化了的客观对象;第二,审美必须在对象中"观照自我";第三,主体和对象之间必须具有主体将"生命灌注"到对象中的情感活动。他指出:"移情作用的意义是这样:我对一个感性对象的知觉直接地引起在我身上的要发生某种特殊心理活动的倾向,由于一种本能(这是无法再进一步加以分析的),这种知觉和这种心理活动二者形成一个不可分裂的活动。……对这个关系的意识就是对一个对象所生的快感的意识,必须以那对象的知觉为先行条件。这就是移情作用。"①

里普斯通过对希腊建筑中多立克石柱的观照来揭示移情作用的发生。他指出,一方面,当人们正对石柱时,会觉得石柱在耸立上升,这是由于作为主体的我们向它"灌注生命"使然。"我们总是按照我们自己身上发生的事件的类比,即按照我们切身经验的类比,去看待我们身外发生的事件。"②主体将自我投射到对象身上,我们向它们灌注生命,这种活动把我们亲身经历的东西,我们的意志与努力,我们的主动或被动的感觉都移植到外在于我们的事物里去。当人们观赏多立克石柱时,耸立上升的并非石柱本身,而只是石柱展现给人们的某种心理倾向,后者是由石柱的面、线、形等造成的耸立趋向带来的,这就是移情了,即主体的观察者将自己的审美情感与所要表现的客观事物内蕴的审美信息达成一致,相互交融,进而纳入逐渐形成的艺术意象的感知体验,不断推进创作的完成。

在艺术创作中,移情是必不可少的。也正是由于移情的发生,艺术意象才有可能形成。其中灌注在作品中的主体的各种情感因素,对艺术意象的

---

① 伍蠡甫、胡经之主编:《西方文艺理论名著选编》中卷,北京:北京大学出版社 2008 年版,第 483 页。

② 古典文艺理论译丛编辑委员会编:《古典文艺理论译丛》,北京:人民文学出版社 1964 年版,第 8 册,第 39—40 页。

情感基调产生直接的影响。艺术意象中结构的安排、情节的发展、人物性格的形成,都深受创作主体情感的影响与制约。移情作用的发生使得构思进入了最理想的状态,是赋予艺术品以感人魅力的重要激发力量。

最后,也是最关键的层面,即创作构思需要主体刻意而为的立意方能完成。立意是指创作主体将自己的主观意图和审美趣味灌注于艺术意象之中,最终要使被展现的意象获得完美体现的过程。创作的立意过程也就是艺术意象逐渐完整、艺术主题逐渐完善的过程,它是艺术意象的灵魂获得升华的过程。因此,立意的高低与创作主体的认识能力和审美趣味有密切的关联,或者它直接体现了主体认知与审美情趣的基本素养。立意深刻的艺术品必然有很高的艺术性。创作所要完成的艺术意象本身就包含主体的审美趣味、审美情感,也是主体审美趣味与审美情感的集中体现。立意就要将主体自己的审美趣味与审美情感在与客观外物的交融中升华,使之成为艺术意象的精神灵魂。是故,创作主体的审美趣味和思想倾向决定了艺术意象的精神内涵。创作主体自身审美趣味的多寡也直接引导着艺术意象的情感层次。创作构思的立意需要创作主体对自身审美趣味和思想倾向的直接把握,主体也必须要以积极进取的心态看待其所要加工的对象,以满怀激情的审美情感从事创作,如此才能创作出优秀的艺术作品来。

三　艺术创作的完成

艺术意象的最后形成,即其进入具体的物化与表现阶段,是创作主体将自己在艺术构思中已经基本形成的艺术意象通过符号呈现出来,使之成为具体可感的艺术形象和艺术品的过程。艺术作品的完成是创作心理过程的最后阶段,是创作主体所要塑造的艺术意象进入物态化的最后一步。

艺术意象是创作主体头脑中观念性的存在,它等待被以具体物态化的形式呈现出来,才能获得真正的艺术生命力。就像前面构思中所提到的,实际上,艺术意象的物态化与构思总是联系在一起,难以分开,有时还会交叉。创作构思必然要考虑其最后的物态化形式,而需要物态化就需要不断地构思。创作主体对艺术意象的勾画需要经过多次反复和不断推敲,不经过反复的修缮,想要创作出优秀的作品是不可想象的。而创作最后也正是在反复修缮和改动的过程中完成的。

艺术创作的最后完成显然要受到各种因素的影响和制约,包括创作主体自身的心理功能、艺术语言的基本功亦即创作环境等诸多因素。创作主体的心理功能前文已经有很多的说明,这里,我们仅以艺术语言为重点,也即艺术创作的完成首先需要较好的语言能力。艺术语言并不仅仅是语言文字,凡是能够形成最后作品的形式都可以被看作是艺术语言,如绘画中的线条、雕塑中的石膏、文学中的文字等。对语言的把握因此成为艺术之所以成其为艺术的关键。而那些心理素质较好,艺术功力较高的创作主体,其艺术信息把握得就越多,反之,则越少。许多人感叹"言不达意",往往以"语言是贫乏的"搪塞,找不到好的描述手段等,只是说明了其艺术创作并没有大的突破。

能熟练地掌握艺术的语言其实并不是一件容易的事。美国学者苏珊·朗格曾提到:"当人们称诗为艺术时,很明显是要把诗的语言同普通的会话语言区别开来。通过这种尝试,人们就会愈来愈深入到语义学、心理学和美学组成的网络之中。"她又指出:"有关语言在诗的创造中的作用问题,在我自己所属的学派内也没有得到很好的解决。"① 显然,朗格一方面肯定了艺术语言与普通语言的巨大差异,另一方面,她又看到了掌握艺术语言的艰难。有关语言在艺术创作中的重要性是不言而喻的,由于语言的复杂性,它不是三言两语能说明的,这里就不赘述了。

艺术创作的最后阶段正是要通过艺术语言这样的一种物态化的形式表达。同时也表明艺术创作的创造性特征,仍然需要创作主体倾注大量的心血与精力。创作主体的精神风貌、审美趣味、文化素养、艺术风格、创作技巧等都会在最后环节中得到全面而综合的呈现,亦即艺术作品最后完成的质量、取得的成就都会受此环节的影响。除了必要的创作心理因素,艺术创作的主体必须要重视自身素养和能力的锻炼与培养,以确保最后环节的完美,否则就会前功尽弃,非常可惜。

艺术创作是从"眼中之竹",到"胸中之竹",再到最后"手中之竹"的过程,这个中国古代画竹的比喻表达的正是从艺术体验、艺术构思到艺术的最后表现的完整过程。而创作主体的"手中之竹"——艺术作品就是创作心理过程中的最后一个环节。

思考题

1. 如何理解创作的心理机制,它包含哪些内容?
2. 什么是创作动机,它与哪些因素有关? 有什么特征?
3. 艺术构思主要通过什么样的方式呈现?

---

① 苏珊·朗格:《艺术问题》,北京:中国社会科学出版社1983年版,第135—142页。

4. 请进一步阐发“眼中之竹”,“胸中之竹”与“手中之竹”。

进一步阅读

1. 朱光潜:《文艺心理学》,安徽教育出版社 2006 年版。

《文艺心理学》的内容基本围绕创作心理和阅读心理展开,它是朱光潜先生的美学名著之一。与《谈美书简》一样,这本书也让我们感受到了朱光潜先生对理论深刻的理解和表述上的平易近人。

2. 鲁枢元:《创作心理研究》,黄河文艺出版社 1987 年版。

《创作心理研究》是一部运用马列主义基本原理,密切结合当代文学创作实际,探索创作心理奥秘的学术性论文集,一些观点在现在仍有启示意义。

3. 周宪:《走向创造的境界》,吉林教育出版社 1992 年版。

这本书主要讲述和概括了现代艺术创造心理学的研究现状、艺术创造力的元心理学、艺术创造力的认知心理、艺术创造力的情绪心理等多个方面的内容。

4. 杨文虎:《艺术思维和创作发生》,学林出版社 1998 年版。

本书既不同于那些探讨艺术起源的著作,也有别于一些阐发创作规律的书籍。凡是和创作有关的因素,只有当它涉及心理的发生机制时,才进入本书的研究视野。

第四章　作品的精神分析

精神分析,最初作为一种心理治疗实践,主要关注心灵表现情感的种种隐蔽和歪曲的方式,而文学作品很大程度上就是对这一情感表现的外化,所以作为一种批评方法,精神分析被广泛运用到文学作品的阐释上。按照精神分析的观点,在每部作品里都能发现无意识的存在,它既是个人的又是族群的,既是现在的又是历史的,既是内容的也是形式的。在对作品进行精神分析时,既要关注作品中的人物及情节在作者和读者身上的精神投射,同时也要关注作品的主题和形式本身所包含的心理内涵。因此,本章从作品与读写者的心理联系、作品的象征和母题以及作品的结构和类型三方面,展开对作品的精神分析。

第一节　作品与读写者的心理联系

预读　俄狄浦斯·弑父娶母·隐秘的性冲动

如果《俄狄浦斯王》感动一位现代观众不亚于感动当时的一位希腊观众,那么唯一的解释只能是这样:它的效果并不在于命运与人类意志的冲突,而在于表现这一冲突的题材的特性。在我们内心一定有某种能引起震动的东西,与《俄狄浦斯王》中的命运——那使人确信的力量,是一拍即合的;而我们对于只不过是主观随意的处理——如《女祖先》或其他一些现代命运悲剧所设计的那样——就不为所动了。实际上,一个这类的因素包含在俄狄浦斯王的故事中:他的命运打动了我们,只是由于它有可能成为我们的命运,——因为在我们诞生前,神谕把同样的咒语加在了我们的头上,正如加在他的头上一样。也许我们所有的人都命中注定要把我们的第一个性冲动指向母亲,而把我们第一个仇恨和屠杀的愿望指向父亲。我们的梦使我们确信事情就是这样。俄狄浦斯王杀了自己的父亲拉伊俄斯，娶了自己的母亲伊俄卡斯忒，他只不过向我们显示出我们自己童年时代的愿望实现了。但是，我们比他幸运，我们没有变成精神神经病患者，就这一点来说我们成功了，我们从母亲身上收回了性冲动，并且忘记了对父亲的嫉妒。正是在俄狄浦斯王身上，我们童年时代的最初愿望实现了。这时，我们靠着全部压抑力在罪恶面前退缩了，靠着全部压抑力，我们的愿望被压抑下去。当诗人解释过去的时候，他同时也暴露了俄狄浦斯的罪恶，并且激发我们去认识我们自己的内在精神，在那里，我们可以发现一些虽被压抑，却与它完全一样的冲动。

（弗洛伊德：《弗洛伊德论美文选》，张唤民、陈伟奇译，北京：知识出版社1987年版，第15—16页）

这是弗洛伊德对索福克勒斯的著名悲剧《俄狄浦斯王》所作的精神分析，我们熟知的"俄狄浦斯情结"即来源于此。俄狄浦斯王弑父娶母的故事源于古希腊神话：俄狄浦斯是忒拜国王拉伊俄斯和王后伊俄卡斯忒的儿子，但在他还没出生时，神就警告说，这孩子将是杀死他父亲的凶手，于是被遗弃成了他的命运。但所幸他得救了，并神奇地成为邻国的王子。由于他怀疑自己的出身，就去求助于神，神警告他必须背井离乡，因为他注定要弑父娶母。就在他离开误以为是自己家乡的路上，遇到了拉伊俄斯，并在一场冲突中杀死了他。然后他来到忒拜，解答了阻挡道路的斯芬克斯向他提出的谜语，被拥戴为忒拜的新国王，并娶王后伊俄卡斯忒为妻。此后，不为他所知的母亲为他生下两儿两女。但最后他终于知道了真相，并为自己无意犯下的罪恶所震惊，于是弄瞎自己双眼，流浪他乡。

在弗洛伊德看来，俄狄浦斯王的命运之所以打动了我们，"只是由于它有可能成为我们的命运"。因为在我们诞生之前，神谕就将同样的咒语加在了我们的头上。这个咒语就是"我们所有的人都命中注定要把我们的第一个性冲动指向母亲，而把我们第一个仇恨和屠杀的愿望指向父亲"。但这一隐秘的性冲动和愿望在绝大多数情况下都被成功压抑了，所以从愿望的实现这点上看，俄狄浦斯是一个"最显贵最聪明的胜利者"。但他的悲剧也因此而酿成了，他那令人嫉妒的命运仿佛一颗流星划过天宇，然后迅速"沉入苦海，湮灭在狂怒的潮水之下"。一个弑父娶母的无意识欲望的想象性实现及其遭受的惩罚，这就是弗洛伊德对《俄狄浦斯王》的主要解读。我们可以看到,弗洛伊德的解读虽然以作品为中心,但其实也包括了作家与读者两个维度。弗洛伊德认为这出悲剧经久不衰的艺术魅力在于满足了被压抑的性欲,这显然涉及读者的心理反应。而且这种反应被不断唤起,显然又与剧作的情节模式和作品类型也有关系。虽然将创作动机归之于作家隐秘的性冲动,这点已难从索福克勒斯的生平经历上找到证据了,但作品往往是创作者的心理投射,这在中外文学史上也并不鲜见。因此,我们有必要先了解一下作品与读写者的心理联系。

理论概述　作家、作品、读者:精神分析的三个层次

一　作家:无意识的流露及升华

按照精神分析的观点,作品是无意识欲望的想象性达成,而这个无意识欲望首先当然来自于作为作品创造者的作家,所以作家及其无意识欲望就成为精神分析批评首先关注的对象。作家不自知的情绪会进入他的作品,每一篇作品里都有作家的无意识流露。好像手中的笔杆子是由已被遗忘的往事支配着的,每个作家都会表现出他不想表现的东西,这几乎成了精神分析批评的前提。所以从一个作家的作品追溯到他一生中所经历的外部事件和内心活动,由此揭示出他的无意识或者说连他自己也不曾察觉的精神生活,不仅是可能的而且还是必须的。弗洛伊德作为精神分析理论的创始者,他的一些零星的精神分析批评实践活动,就主要是围绕作家的精神结构进行的。弗洛伊德不止一次在他的著述中将作家和艺术家比喻成精神病患者。比如有一次他谈到一部小说的主人公时说过,“由于将想象和智力这样分开,他注定要成为一个诗人或者一个神经官能症患者”①。也就是说,同精神病患者一样,作家和艺术家常既反对无意识欲望,同时又偷偷地表现它。不过,与普通的精神病患者不同,作家和艺术家会借助文艺的媒介和各种表现技巧,将那些被压入无意识的欲望进行加工、塑造和软化,变成一种可被接受的方式,既能使自己得到想象性满足,又能唤起和满足其他人的欲望。作家的过去和现在,比如他或她所接受的早期教育、外界接触、阅读经验、生活中的好事和坏事,乃至身体状况的强弱等等,都可能进入作品。但在弗洛伊德看来,却似乎只有那些早期的、受伤的、关乎情色的、甚至一度被

---

① 转引自莱昂内尔·特里林:《弗洛伊德与文学》,刘半九译,《人·主体性·文学》,合肥:安徽大学学报刊社1986年版,第296页。

遗忘的童年经验,才最有精神分析价值。弗洛伊德在《作家与白日梦》中便如此强调作家早期经验对创作的重要性:“目前的强烈经验唤起了作家对早年经验的回忆(通常是孩提时期的经验),这种回忆在现在产生了一种愿望,这愿望在作品中得到实现,作品本身包括了两种成分:最近的诱发事件和对旧事的回忆。”[①]而在《列奥纳多·达·芬奇的童年记忆》中,弗洛伊德就是利用这一观点揭示出这位艺术家童年时的恋母情结对他的人生和创作的影响。

如果我们对作家感兴趣,就可以通过几条有关他个人生活的线索,发现纠缠他的顽固念头的网络,并一个个地撕破他的种种面具。在歌德的《诗与真》中,弗洛伊德曾注意到一个细节:四岁左右的小歌德在兄长和邻居的怂恿下,很得意地将一个陶制餐具摔碎了。这似乎是一个无足轻重的情节,但弗洛伊德将之视为小歌德由于弟弟出生而感到的嫉妒,并用这种方式表达了愤怒,直到随后这个弟弟夭折了,他才感觉自己重新成为母亲的宠儿,并因这种“自命不凡的感情”而“对成功充满信心”。似乎歌德辉煌的一生都能从这不经意的记忆中找到根源[②]。从这里我们可以看到,弗洛伊德阐释文艺作品时,尽管不能像他在临床上那样询问病人,但却通过自己在作品中发现线索,同时收集作品外的某些证据,如作家的自传、书信以及亲朋好友所写的回忆录等,并将这些相关材料和作品综合在一起加以研究,追溯作者一生中所经历的外部事件和内心活动,从而达到揭示作者的无意识欲望这一目的。弗洛伊德曾在《詹森〈格拉迪娃〉中的幻觉与梦》一书中,分析了主人公汉诺德的梦及无意识,并为了从小说作者的生平和情感经历那里获得支持而将著作寄给詹森求证。有关这一点,他对于《哈姆莱特》的论述也可以提供证明。因为在《梦的解析》中特别引述了勃兰兑斯的说法,认为莎士比亚是在父亲去世之后才写出该剧的,并将哈姆莱特的性冷淡当作莎士比亚性冷淡的折射:“同样的性冷淡命中注定在此后的岁月里越来越强烈地侵蚀了诗人莎士比亚的精神,而在《雅典的泰门》中,它得到了最充分的

---

① 弗洛伊德:《作家与白日梦》,孙庆民等译,《弗洛伊德文集》(第4卷),车文博主编,长春:长春出版社1998年版,第426页。

② 弗洛伊德:《歌德在其著作〈诗与真〉里对童年的回忆》,《弗洛伊德论创造力与无意识》,孙恺祥译,北京:中国展望出版社1986年版,第112页。

表达。”[①]

事实上，在弗洛伊德之后的精神分析批评在探究作家的无意识时，也经常使用这种将作品的描写与作家生平进行互证的方法。少女爱上老师，这个老师虽然非常优秀，但不幸却是一个已婚男人，结果她与他不得不伤心分手，这是夏洛蒂·勃朗特的小说中经常出现的主题。而就在《简·爱》出版后，她曾宣称：“凡是我不了解和不可能目睹的细节、情景，我是绝对不会写到的，此外，不管写到什么事情，不管是社会的，还是个人的，只要不是我亲身经历过的，我不会用来充数”，所以不少评论家据此推测，这一悲悼的恋爱主题跟她的情感经历有关，认为她很可能真的爱上过她的老师。

事实上，夏洛蒂·勃朗特曾在布鲁塞尔的一所学校里学过法语，她的老师埃热先生是个已婚男人，她曾一度离开过那里，却又很快回去，但最后还是离开了。一位叫做梅伊·辛克莱的传记作家，曾经写作《勃朗特三姐妹》以驳斥那些夏洛蒂爱上埃热先生的说法，但就在她的书出版不久，也就是1913年，伦敦《泰晤士报》专门出了一期号外，首次将夏洛蒂·勃朗特当年写给埃热先生的四封火辣辣的情书公之于众。这个秘密一经公开，夏洛蒂小说中被反复写到的恋爱故事，也就毫无疑问与埃热先生联系起来了[②]。也就是说，《简·爱》和《维莱特》中的女主人公就是夏洛蒂她自己。而在她的第一部小说《教师》里，她则把自己写成了一个名叫威廉·克里姆斯沃斯的男人，并让他爱上了他的老师露特女士，最后两个人也跟现实中夏洛蒂与埃热先生一样，在经历过几番痛苦的离别后，让无果的爱情成为永远伤心而眷恋的回忆。

当然，从令人心碎的情诗中推测作家可能经历过的失恋，从抨击婚姻制度的小说中求证作家不幸的家庭生活，从父子冲突的小说中寻找作家个人成长中所经历的困扰，这在非精神分析式的批评中也是经常发生的。但不同的是，精神分析批评在多数情况下不是从作品的显在内容中出发，它所关注的往往是一些隐秘的细节，也就是整个作品完美统一的形式中不那么和谐的部分，诸如停顿、模糊、歪曲、空缺、强调或省略等等，认为这些部分往往

---

① 弗洛伊德：《〈俄狄浦斯王〉和〈哈姆雷特〉》，张唤民、陈伟奇译，《弗洛伊德论美文选》，北京：知识出版社1987年版，第18页。弗洛伊德后来认定莎士比亚应是牛津伯爵，而这个牛津伯爵很小的时候就父亲去世，母亲也很快改嫁，而这也可以对哈姆莱特的“恋母情结”做出解释。参见诺曼·N.霍兰德《弗洛伊德论莎士比亚》，潘国庆译，《后现代精神分析》，上海文艺出版社1995年版，第6页。

② 阿尔伯特·莫德尔：《文学中的色情动机》，刘文荣译，上海：文汇出版社2006年版，第65页。

与作家隐秘的情感相联系。如果作家有意表达某种痛苦,那这种痛苦反而不再有精神分析的价值了。巴金在小说《寒夜》中描写了抗战时期一对小知识分子夫妇充满辛酸和悲苦的家庭生活。他们首先经历了经济拮据、婆媳不和、相互猜忌,接着就是劳燕分飞,最后一方疾病和死亡来袭,一方则在物是人非的境况里体味无尽的悲悼与感伤。但巴金在写作《寒夜》时恰逢新婚燕尔,而有资料证明,他这个时期的夫妻生活即使不是充满小资情调的也起码是温馨幸福的。所以,这部小说所描写的一切应该与巴金无关。然而,如果熟悉他的创作,就会知道小说男主人公汪文宣的这种敏感、善良和怯懦的男人形象在巴金的小说中是反复出现的。其中有一个细节是汪文宣发现妻子跟一位年轻男子一起走进咖啡厅时,他想问个究竟,却又"不敢迎着他们走去",想等他们出来之后再说,但又怕妻子难堪,也使自己难堪,于是犹豫再三,就"只有垂头扫兴地走回自己的办公地方去了"[①]。类似细节在多年以后巴金的回忆性散文《随想录》中一再出现,不过这时的主人公,已是在"文革"的风声鹤唳中无以自保并怀着愧疚而不能对朋友施以援手的作者自己了。所以《寒夜》所写的事情虽然没有发生在巴金身上,但却是很有可能的,就在敏感的他享受新婚的快乐时,无意识地将自己置于与汪文宣相似的处境之中,并想象着自己若遇到相似境遇所可能做出的反应。

因为痴迷于探究隐藏在作品中的作家的无意识,许多评论家立意要写出精神分析式的作家传记。因为相信"生活与作品来自相同的无意识根源",精神分析式的作家传记致力于"辨别出链接艺术家个人生平及其艺术产品的根深蒂固的纽带"。同时,因为像弗洛伊德一样相信作品与"孩提时代的经验"密不可分,所以精神分析式传记学者将作家"儿时创伤"及其情结作为重要的研究对象。但是,若像有些人认为的那样,不是"什么人写什么作品"而是"什么孩子出什么作品",那就有些牵强了。毕竟人的精神活动是非常复杂的,而文学创作的心理过程也极其繁复,更加上文学传统和风尚也在其中隐隐发生作用,因此相同的童年创伤和情结也能写出风格迥异的作品。当然,精神分析式的作家传记也会注意到作家的儿时经验及其情结在作品中的转换和升华,并且会采用各种手段将无意识欲望投射到不同的角色和情景中去。也就是说,我们甚至可以从一个被大加挞伐或嘲讽的反面人物的言行中窥见作家的影子。多米尼克·费尔南德斯在《树之根底,精神分析与创作》一书中分析了精神分析传记方法,并以米开朗基罗、

① 巴金:《寒夜》,上海:上海文艺出版社1980年版,第22页。

莫扎特、普鲁斯特、爱森斯坦为例，总结了四个应用范例。他认为，“小说家与他的化身之间产生了一种转移”，其中有些人被他们的童年所抑制，有的则战胜了自己的童年，不过，精神分析传记在解释前者时似乎比解释后者的作品更得心应手①。

二　读者：作为精神分析主体的阅读

所有的批评家首先都是作为读者而存在的。精神分析批评家之所以能够在作品所塑造的人物、故事以及形象中，在作品的主题、语言、修辞、体裁、类型抑或结构中，发现隐藏的无意识，其实只不过是因为他们跟其他读者一样，将自己的无意识心理投射在其中了。精神分析一直被它的创造者弗洛伊德视为一种科学，并且力求客观公正，但不可避免的，分析者会将自己有意识的思想及观念和无意识的本能及欲望掺杂其中。这个用弗洛伊德的术语称作“反移情”的过程，也正是诺曼·霍兰德所谓的“通过把文学作品与自己的心理过程相同化而对其发生反应”②的过程。正如梦不经解读就变得晦暗不明和无法理解一样，作品如果不经过读者（尤其是那些具有精神分析能力的批评家们）心理过程的参与，它们的无意识就根本不可能被发现和认同。按照这样的逻辑，作品的无意识似已和读者的无意识画上了等号，一种不无极端的作品与读者的关系也由此得到确定：作品已经死了，代之而起的文本中什么也没发生，一切都发生在读者身上，是读者的阅读为它赋予了新的意义，再创了独特的个性。在这种对读者及其阅读心理的关注中，产生了一种称之为“读者反应精神分析批评”的模式。

这里我们无意给这一批评模式树碑立传，但是在肯定诺曼·N.霍兰德对这一模式的开创之功之前，我们不妨先追根溯源一下。我们知道，古希腊哲学家亚里士多德有关悲剧的“Catharsis”论曾产生过广泛影响。“Catharsis”有时被译成“净化”，意指驱除不需要的怜悯与恐惧情感，有时则被译成“纯化”，强调的是这些情感并没被驱除，而是受到削弱和抑制③。就索福克勒斯的悲剧《俄狄浦斯王》而言，正如弗洛伊德所指出的，它“作为一出命运

① 伊夫·塔迪埃：《20世纪文学批评》，史忠义译，天津：百花文艺出版社1998年版，第172—173页。

② 诺曼·N.霍兰德：《五个读者的阅读》，《文学批评理论：从柏拉图到现在》，拉曼·塞尔登编，刘象愚等译，北京：北京大学出版社2003年版，第215页。

③ 拉曼·塞尔登：《文学批评理论：从柏拉图到现在》，刘象愚等译，北京：北京大学出版社2003年版，第183页。

悲剧而受世人称道”，所造成的效果可能包含了“净化”和“纯化”两种心理过程：最初可能基于“净化”的需求而要无条件相信“神的意志”不可违抗，想把内心被唤起的怜悯和恐惧等情感驱除干净。然而按弗洛伊德的理解，任何一种情感一经唤起就不可能彻底清除，那么以抑制为手段的“纯化”成为必须，在这种情况下，“人必得屈服于神的意志，并且承认自己的渺小”。一种完全外在于我们内心的“超我”的声音被置入我们的精神生活，并试图发挥一种压制力量，势必激起一种反抗情绪，然而我们却还是兴致勃勃地去欣赏《俄狄浦斯王》，其原因何在呢？这是一个自亚里士多德以来就一直存在的困惑，直到今天仍有不少人追问：“我们对文学作品的情感反应是什么，它唤起了什么，抑制了什么，它怎样给人以快感，又是怎样影响道德的？”[①]当然，也有很多人试图做出回答。比如读者反应批评的理论家们便倾向于认为，它应和了我们内心的某种期待，并在阅读或观赏的过程中，这种期待及其背后的心理过程跟剧中的人物命运发生了交会。霍兰德就是从这里出发而展开他的“读者反应精神分析批评”的，不过，作为精神分析批评鼻祖的弗洛伊德，却早已无意识地就此做出呼应了。

原典精读　读者个性及其阅读机制

> 我们文学理论家曾以为，一个故事或一首诗会激发某种“正确的”反应，或至少普遍接受的反应。然而当我开始检验这一观点时，我相当懊悔地发现这种反应过程要微妙、复杂得多。每个人对一个故事、一首诗或甚至一个单词都会有不同的解读，这些差异显然来自人的个性，但具体情况如何呢？
>
> ……防御、期待、幻想和转化这四个术语不仅仅与临床经验有关，我们可以把期待理解为一个人对文学作品自始至终的欲望链，而转化则赋予作品一种超越时间的意义。同样，我认为防御是把个人从外部世界吸收的东西整理成形，而幻想则是个人投射到外部世界中的那些他自己的东西。如此，这四个术语就让我把一个人的防御—期待—幻想—转化机制放置到人类经验的轴心之交汇处，即置于时间与永恒之间、内在现实与外在现实之间。也就是，我们实际上是把作为一个整体的人类心灵看作一个有层次的反馈网络。每一层次通过环圈和它的上

---

① 诺曼·N.霍兰德：《文学反应动力学》，潘国庆译，上海：上海人民出版社 1991 年版，第 3 页。

一个参照层相连，看上去像在利用DEFT。最高参照层由身份环决定：我们通过所有这些具体的互动，从而实现我们的个人身份。

（诺曼·N.霍兰德：《阅读和身份：一场精神分析的革命》，收入朱刚编著：《二十世纪西方文论》，北京大学出版社2006年版，第252—254页）

在有意识的精神分析批评实践中，弗洛伊德是将作品作为意义的动因的。这和他的理性主义信仰密切相关，并且也由他的临床实践所决定。他不可能将他对病人的分析当做自己无意识的投射，尽管这样的事情即使不是每时每刻但却起码是经常发生的[①]。比如他对于少女杜拉的分析与他对于男孩汉斯的分析就透露出他在性别问题上的矛盾态度，他对于小女孩如何经过俄狄浦斯情结过程的描述，都证明了他的“男根中心主义”的存在。但在评述《俄狄浦斯王》时，他却强调“在我们内心一定有某种引起震动的东西”，是与剧中人物的命运一拍即合的：俄狄浦斯王的命运打动了我们，只是由于它可能成为我们的命运，我们每个人都“命中注定把我们第一个性冲动指向母亲，而把我们第一个仇恨和屠杀的愿望指向父亲”[②]。因为这种无意识冲动不仅来自俄狄浦斯，而且来自从古希腊时期直到现在为这出悲剧所吸引的观众，所以对观众或读者的接受活动进行精神分析，也就成了一个重要的研究方面。正是在俄狄浦斯王身上，我们既看到自己童年欲望的实现，又看到为实现这一欲望而遭受的惩罚，于是感奋和恐惧两种情绪交替出现，从而形成了悲剧感人至深的力量。换言之，弗洛伊德在对《俄狄浦斯王》的精神分析式解读中，不仅注意到了这部作品说了什么，而且注意到了它是怎么说的：文学艺术作品之所以可以被欣赏，是因为它通过曲折的形式方法，将我们内在的不安和欲望变得可以接受。很多人之所以能够从“至高无上的神的意志与人类逃避即将来临的不幸时毫无结果的努力之间的冲突”上理解《俄狄浦斯王》的悲剧内涵，就充分说明它的内容和形式，在满足我们的无意识欲望的同时也防止了它们。所谓“神的意志”其实就是“超我”的变形。从读者或观众的层面，介于满足和不满之间的

---

① 临床上的精神分析，如今已经被普遍看作是分析者与患者共同创造的，也就是说，真正的分析对象既不在患者一方，也不在分析者一方，而在于两者无意识欲望的交流之处。像这样的观点，也给读者反应精神分析提供了支持。

② 弗洛伊德：《〈俄狄浦斯王〉和〈哈姆雷特〉》，张唤民、陈伟奇译，《弗洛伊德论美文选》，北京：知识出版社1987年版，第15页。

审美愉悦，最后都回归到"对超我表示敬意"。

实际上，作为弗洛伊德追随者的诺曼·N.霍兰德在《文学反应的动力学》《五个读者的阅读》和《后现代精神分析》等著作中所探讨的就是这种文学作品与读者的互动关系。霍兰德是美国当代读者反应精神分析批评的代表，他从18岁就开始接触弗洛伊德的著作，但当他将精神分析观念应用在文学批评上时，却并非不足于对其基本概念和时髦用语的修正和引申，而是把他从美国新批评中发现的"阅读主体"和"阅读过程"的重要意义与"精神分析阐述的心理过程"结合起来，致力于探究读者如何在作品中不断发现和认同自我的无意识欲望。与弗洛伊德仍将作品视为意义的来源不同，霍兰德将传统意义上的"作品"按照新批评的观念转换为"文本"，认为它们不过是一系列语言符号构成的结构系统，无论意义的实现还是无意识的发现，都必须依靠读者的阅读。在读《俄狄浦斯王》时，弗洛伊德认为剧本本身所隐含的"弑父娶母"的无意识是为一代代的读者或观众所感受到的，因为这种无意识就存在于我们的内心深处，但是这种感受却被"超我"压制了，而若霍兰德解读这出悲剧，他可能就会先对弗洛伊德的解读做一番解读，分析"他如何把文学作品作为快感源泉，又是如何把他无意识获得的那种特殊幻想抛入文学作品之中的"。事实上，霍兰德的确多次以弗洛伊德的解读作为解读对象。比如在《弗洛伊德论莎士比亚》一文中，他就提到弗洛伊德在哈姆莱特身上发现"俄狄浦斯情结"时恰在父亲去世之后，这与弗洛伊德所认为的莎士比亚创作《哈姆莱特》与其父亲的去世有内在联系("在哈姆莱特身上，我们看到的也许是诗人自己的思想"[①])，恰好形成了一个连环套。哈姆莱特、莎士比亚与弗洛伊德，三者本来具有戏中人物、戏剧作者以及戏剧读者三个各自不同的身份，但在霍兰德的解读中，却因为相同的无意识而具有了同构关系，并且都与遥远的传说中的忒拜国的俄狄浦斯王密切相关了。

不同的读者能在同一部作品上唤起相似的心理反应，这一方面说明作品的无意识存在是客观事实，即便是再怎么强调读者的主体地位，都不能对此做出否定；另一方面，则又说明作家、作品、读者在无意识层面上的趋同性。很大程度上说，作品中人物的欲望不仅是作者的欲望，也是读者的欲望。这样的欲望，在弗洛伊德那里就会被指向与成长经验及其创伤有关的"个人无意识"，在荣格那里就会被指向与人类原始时期不断重复的经验有

① 诺曼·N·霍兰德：《后现代精神分析》，潘国庆译，上海：上海文艺出版社1995年版，第8页。

关的“集体无意识”,在弗洛姆那里就会被指向与社会结构所决定并为该社会的多数成员共同承担的“社会无意识”。它们的存在是压抑无所不在的证明,这种压抑同时也将精神分析学家引向对人的“分裂主体”的注意。然而,这并非笃信“自我心理学”的霍兰德进行“读者反应精神分析批评”时的主要关注点,在他看来,读者对于作品的反应过程要微妙、复杂得多。“每个人对于一个故事,一首诗或甚至一个单词都会有不同的解读”,所以读者面对同一作品的不同反应,才是他认真对待的事情[1]。霍兰德认为,这些差异跟人的个性有关,也就是说,我们每个人在做不同事情时所烙下的个人风格及其变化决定了阅读时的不同心理反应方式。霍兰德借用海因兹·利希顿斯坦有关身份的阐释,将人的个性风格描述为“身份主题”,而相关的心理反应,则被他概括为防御(Defend)、期待(Expect)、幻想(Fancy)和转化(Transform)四个阶段(简称 DEFT):“防御”是把个人从外部世界吸收的东西整理成形,“幻想”是个人投射到外部世界中的那些他或她自己的东西,“期待”是对文学作品自始至终的欲望链条,而“转化”则赋予作品一种超越时间的意义,这样就将读者的心理世界理解为一个有层次的反馈网络,于是阅读就成了按照“DEFT”的方式与文本互动,“从而重现我们的个体身份的过程”[2]。

三　作品及其无意识

对于那些时代遥远和作家的生平资料匮乏的作品,精神分析批评的关注点当然要转向作品本身。事实上,弗洛伊德在评述《俄狄浦斯王》的时候,就从戏剧的细节出发,探究了剧中人物俄狄浦斯王“弑父娶母”的悲剧命运及其背后的无意识欲望,而对索福克勒斯的生平几乎没有任何涉及。当俄狄浦斯在报信人告知自己的养父波吕玻斯去世却因为那个“杀父娶母”的神示而不敢回国奔丧的时候,伊俄卡斯忒安慰他道:“别害怕你会玷污你母亲的婚姻,许多人曾在梦中娶过母亲,但是,那些不以为意的人却安乐生活。”弗洛伊德将这个细节作为解释俄狄浦斯悲剧的关键,因为它透露出俄狄浦斯所回忆起来的“神示”跟其他人的梦境的相似性:梦是无意识欲望的象征性实现,但一旦梦醒,从梦中“本我”的“享乐原则”而转入“自我”

---

① 诺曼·N.霍兰德:《阅读和身份:一场精神分析的革命》,收入朱刚编著:《二十世纪西方文论》,北京:北京大学出版社 2006 年版,第 252 页。

② 同上书,第 253—254 页。

的“现实原则”,这是享受伊俄卡斯忒所谓的“安乐生活”的前提。所以伊俄卡斯忒的安慰在很大程度上所欲行使的便是自我的压抑功能,这一点让弗洛伊德给还原出来了。也就是说,尽管这部悲剧本身采用了“过多的修饰”,“企图利用这个传说给神学服务”,其中可能隐含了索福克勒斯的某种无意识,但弗洛伊德所关注的,主要还是剧中人物的无意识。

在《詹森〈格拉迪娃〉中的幻觉与梦》一文中,弗洛伊德就围绕小说中所提供的“幻觉和梦”分析了主人公汉诺德被压抑的对他的女邻居的欲望。小说《格拉迪娃》讲述的是,为承续家族的考古研究传统,年轻的考古学家汉诺德将自己封闭起来,似乎对他来说,“大理石和青铜都焕发出生命力,光凭这两样东西,就足以表达人类生活的目的和价值”,但一个有着优美步态的美女浮雕却打乱了他的平静,并在梦中与那个被他命名为“格拉迪娃”的女孩相遇于公元 79 年正面临灭顶之灾的庞贝古城的神庙前,此后,他开始变得神志恍惚,决定打着科研的幌子去意大利春游。弗洛伊德根据《梦的解析》的理论,从整个故事的脉络出发,对这位年轻的考古学家的梦境进行了解读,也就是透过梦的表面内容发现梦的潜在思想。尽管这些思想不是单一念头,而是包含了一堆交错的思绪,但是通过“尽可能多地摘取梦者外部生活与内心生活的细节”,弗洛伊德还是发现了表面上一心向学的汉诺德层层隐蔽的无意识中的性欲望。

像这样对作品中人物的无意识进行解读,在作品的精神分析中占据很大的份额。弗洛伊德最著名的英国弟子琼斯就是这样对《哈姆雷特》进行了精彩的分析。当然,在《哈姆莱特与俄狄浦斯》一书中,琼斯虽然给哈姆莱特编写了一份详尽的病例,并且从他严重压抑的俄狄浦斯情结中为这些症状找到了根源,但却并没有超越弗洛伊德在《梦的解析》中早已做出的判断。不过,对哈姆莱特的“厌女症”,弗洛伊德不过是一带而过,琼斯却对之做出了更让人信服的解释:“根本的主题是表现母亲形象的分裂,即幼儿的无意识把母亲形象化为两幅绝然相反的画像,一幅是圣母玛利亚,超凡脱俗的圣人,对她的一切肉欲念头都是不可想象的;另一幅是一个充满肉欲的凡人,谁都可能接近。当性压抑十分显著时,这两种类型的女人便都成了敌视对象——敌视纯洁的那个是因为恼恨于她的冷漠,而敌视充满肉欲的那个则是为了不受犯罪的诱惑。"[1]在劳伦斯的《儿子与情人》中,保罗·莫里尔也因为对自己母亲的变态爱恋而表现出"厌女症"的倾向,其心理正和哈姆莱特相似:为了母亲他拒绝了米利亚姆,但在拒绝的同时,也在她身上无意识地拒绝了他的母亲[2]。

当然,我们还可以举出很多相似例证。古今中外文学作品的知名人物,如歌德笔下的浮士德、马克·吐温笔下的哈克、卡夫卡笔下的K先生、霍桑笔下的布朗先生、曹雪芹笔下的林黛玉、鲁迅笔下的四铭、曹禺笔下的繁漪以及巴金笔下的汪文宣等,他们在作品中的所作所为都可以充当我们精神分析的材料。要知道,精神分析所关注的是人物情感表现的种种歪曲方式,而这些被塑造出来的人物之所以能够吸引人们注意,就因为他们的做事或为人并非完美无缺或一览无余。如果一个人物完美无缺,那他(她)是不会引起我们注意的,因为我们都是"妒忌的自我主义者",这样的人物只会在我们内心激起不快的情绪,从而对他(她)采取回避态度;如果一个人物一览无余,那关于他(她)就没有什么故事可讲了。像这些不完美且不乏神秘的人物,必然不会完全按照有意识的方式活动,而一定会在不经意中(如做梦、失言、惊慌、逃逸、反抗、恐惧等行为和心理状态)泄露出他们的无意识,而作品中对某些事物内在心里蕴含的暗示("象征")和某些情景的不断重复("母题"),也为我们的分析提供若干便利。不过,这样的分析只要获得任何的一点便利,就会不由自主地从作品中人物的无意识滑向作家的无意识,不然便是满足于揭示一些"可怜的秘密":俄狄浦斯情结、阉割恐惧、施虐本能、自恋倾向以及各种变态症状等。

然而,作品的无意识并不局限于作品中人物的无意识,它还包含凝定在作品形式中的无意识,因此,对作品形式无意识的精神分析,也构成了对作品进行精神分析的一个重要方面。在这方面,作为精神分析创始人的弗洛伊德较少涉及,但他有关梦的作用的分析却为我们提供了启示。弗洛伊德认为,梦是受压抑的无意识欲望的象征性实现,而之所以会采用象征形式,一方面是因为自我意识在睡梦中也不放弃它的审查工作,另一方面则是因为如果那种原始的无意识欲望被直接呈现出来可能会令人产生极大的不安

---

① 厄内斯特·琼斯:《哈姆莱特与俄狄浦斯》,纽约双日出版社1949年版,第97—98页,转引自威尔弗雷德·L.古尔灵等:《文学批评方法手册》,姚锦清等译,沈阳:春风文艺出版社1988年版,第182页。

② 伊格尔顿:《当代西方文艺理论》,王逢振译,南京:江苏教育出版社2006年版,第170页。

和恐惧，故而为了充分的睡眠，即使在梦的状态，无意识愿望也不得不隐蔽、软化并折曲它的意思。就这样，在无意识作用机制下，或把一整套形象“凝聚”在一起变成某种单一的陈述，或把一个对象的意思“移植”到另一与之相关的形象上，就成为梦中常见的表现形式[①]。梦的含义也因此变得隐晦不明了，这与文学作品使用象征和转喻的修辞手段而变得意义含蓄正好相似，它们都成为了待解的文本。在这个意义上，梦和文学作品尽管都与被压抑的无意识欲望密切相关，但却并非只是对它们单纯的“表现”或“再现”，而是一个生产与转化过程。在弗洛伊德看来，梦的本质不是它的素材，而是它的作用过程本身。文学也是如此，重要的并非它所描绘的无意识欲望和生活经验，而是对于将之转化为具有诱惑力的并且看起来连贯统一的艺术形式的过程。

像这样的形式分析，在很大程度上还是依赖于作家的无意识，但弗洛伊德在《神经患者的家庭小说》中提到的“初级虚构形式”，却为我们提供了对作品的结构进行精神分析的“原型”。据伊夫·塔迪埃介绍，这个只有孩子和精神病患者才能意识到的“初级虚构形式”在结构上总是包括同样的背景、人物和主题：不满足的孩子疑心自己是被捡来的或被收养的，他们以为自己亲生的父母是国王或王子，但在失去了贵族的双亲之后又被平民的父母抛弃了，于是只好“独自一人面对两组地位迥异的父母，他同样地尊重他们又同样地怨恨他们”。这是第一阶段的事情，而接下来，则是因为对性的发现而使孩子们今后只对父亲产生种种幻想，以为他是国王、贵族等拥有重要社会地位的人，而母亲依然是近在咫尺的平民[②]。第一个阶段称为“被捡来的孩子”的阶段，第二阶段是“私生子”的阶段。马尔泰·罗贝尔在《有关起源的小说和小说的起源》中认为，这一“初级虚构形式”揭示了“小说的心理根源”，在很大程度上，小说就是“再现了这一具有小说雏形的幻觉，并从这个幻觉中汲取了它的必要的素材和自由变化的形式”。小说想给人提供真实感，但同时也从令人失望的尘世退缩，所以模仿和虚构成了它常用的两种手段，并推出两类英雄人物：以被捡来的孩子身份展开种种梦幻的堂吉诃德和以私生子身份干预社会和改造世界的鲁滨逊。马尔泰·罗贝尔对此评述道，“其实，这正是小说可能发生并且在其历史沿革中已经发生的两大潮流的分界线，严格地说，创作小说的方式也只有两种：现实主义的私生子方

① 弗洛伊德：《梦的解析》，刘佳伊译，北京：当代世界出版社 2008 年版，第 115 页。

② 伊夫·塔迪埃：《20 世纪文学批评》，史忠义译，天津：百花文艺出版社 1998 年版，第 170 页。

式,既辅助社会又正面抨击它;以及被捡来的孩子的方式,由于缺少采取行动的知识和手段,只能以逃遁或赌气来躲避斗争”[1]。也就是说,干预社会现实的作品带有“私生子”的遗传因子,而虚构另外一个世界的作品则让人听到了“被捡来的孩子”的声音。这样一来,解读一类或一部作品,对作家生平的了解也就变得毫无必要了。

第二节　象征与母题

预读　鞋子的象征·乱伦的母题

> 凤凰店民家,有儿持其母履戏,遗后花圃架下,为其父所拾。妇大遭诟诘,无以自明,拟就缢。忽其家狐祟大作,妇女近身之物,多被盗掷于他处,半月余乃止。遗履之疑,遂不辩而释。若阴为此妇解结者,莫喻其故。或曰:“其姑性严厉,有婢私孕,惧将投缳,妇窃后圃钥纵之逃。有是阴功,故神遣狐救之欤!”或又曰:“既为神佑,何不遣狐先收履,不更无迹乎?”符九曰:“神正以有迹明因果也”。余以符九之言为然。
>
> (纪昀:《阅微草堂笔记》,北京:华夏出版社 1997 年版,第 251 页)

这是纪晓岚(纪昀)在《阅微草堂笔记》中记录的一则故事。纪晓岚有意将它的主题归结为因果报应,但其中“有儿持其母履戏”的情节,却无意中泄露了某种情色信息。事实上,在后花园的花圃架下拾到鞋子的那家男主人,首先想到的是他的女人有跟人私通的嫌疑。在许多中国古典戏文及小说中,后花园常常跟性冒险的故事联系在一起,而鞋子遗落在花架之下,也就成为完成性引诱的重要一环。《金瓶梅》中西门庆的女婿陈敬济与潘金莲勾搭成奸,便是因为后者将一只大红睡鞋失落在后花园的葡萄架下所提供的机缘。当然,后花园只是提供了淫靡的环境,而真正的诱因在于鞋的象征内涵。按照弗洛伊德的观点,鞋子跟其他一切中空物体一样,都可以作为女性生殖器的象征。正因如此,在许多民间情歌中,那些大胆泼辣的女子所唱的“情哥捎信要做鞋”或者“姐儿生来鞋子能”,就有了隐晦的情色含义。

---

① 马尔泰·罗贝尔:《有关起源的小说和小说的起源》,格拉塞出版社 1972 年版,转引自伊夫·塔迪埃:《20 世纪文学批评》,史忠义译,天津:百花文艺出版社 1998 年版,第 170 页。

《聊斋志异》中有一篇名为《莲香》的故事,单凭题名就颇能让人感觉到"恋鞋癖"的暗示,而其中女鬼李氏在跟桑生第一次约会之后,更是"赠绣履一钩",且露骨地说,"此妾下体所著,弄之足寄思慕"。鞋的性象征意味既如此明显,那么上引笔记中儿子玩弄母亲的鞋子,也就准确无误地影射了乱伦的意念。所以叶舒宪认为这一笔记包含了对"乱伦母题的象征性置换"①。

因为文化禁忌的存在,这一乱伦母题被转化为因果报应主题,但是其后对那位妇人"阴功"的叙述,却依然被涂抹上了情欲色彩。一个婢女在原因不明的情况下私自怀孕了,对于这样不光彩的事,一般来说本应由家里的男主人来处理,但最终却是女主人出面解决问题。这除了表明女主人性态度的放纵大胆外,而且也暗示了男主人的不知情。这种不知情与他对妇人的猜测之间,似乎存在着某种因果关系。但我们这里更想强调的却是"妇窃后圃钥纵之逃"。按照精神分析的观点,钥匙乃男性生殖器的象征,因此这妇人的"阴功",恐怕不仅事关婢女的逃跑,而且还可能跟她逃跑的原因有关。因为叙事的简略,我们无法确知那个儿子除了"持其母履戏"之外,还对事件的发展施加了什么影响,但却未必就一定跟后面的"狐祟大作"脱得了干系。表面的因果报应背后,也许隐藏着已然发生的乱伦故事。所以,按照精神分析的原理和方法,一旦明确了鞋子、后花园、钥匙的性象征意味,原本逻辑自洽的叙事就出现了裂缝,一个试图被各种文化禁忌所隐藏的乱伦母题则被凸显出来了。

理论概述　象征与母题:原始心理经验的残余

一　象征:无意识欲望的形象表达

"象征"(symbol)一般被定义为"代表其他事物的某种东西"②,而这"某种东西",在精神分析批评的视野里,经常是与无意识欲望联系在一起的。也就是说,象征被视为压抑的产物,而又因为弗洛伊德认为一切压抑都可以归结为性压抑,所以对象征进行性的解释,成为精神分析批评家们的一项主要任务。在弗洛伊德看来,某些典型的梦境(如跳舞、骑马、飞翔、游

---

① 叶舒宪:《高唐神女与维纳斯》,北京:中国社会科学出版社1997年版,第555页。

② 埃里希·弗罗姆:《被遗忘的语言》,郭乙瑶等译,北京:国际文化出版公司2007年版,第230页。如同下面对于"母题"的讨论一样,这里无意提供有关"象征"这一文学术语的准确含义及其丰富内容,而只是介绍其在作品的精神分析中受到怎样的关注。

泳、攀登等)和事物(如手杖、树木、雨伞、刀、笔、飞机、洞穴、瓶子、帽子、门户、房间、盒子、珠宝箱、花园、蛇、窃贼等)均具有性的含义,而其后的精神分析批评家们则将这种解释广泛应用于文艺作品中,比如将凹陷的形象都看作女性及其阴户或子宫的象征,将圆形而长的形象看作男性及其阴茎的象征,将舞蹈、骑马、飞翔等活动阐释为性活动的象征。

这种解读方法最便利的运用,是在文艺作品中有关梦的描述中。古罗马诗人奥维德的《恋歌》中有一首诗描述了一个带有象征意味的失恋梦,并对其做了类似精神分析的解释。诗人梦见燥热难耐的自己在橡树荫下避暑,看到一只雪白的牝牛"一边欢快地吃草,一边悠闲地走来",而它的旁边,则是一头健壮的公牛,一开始还在那里"慢悠悠地嚼吃鲜嫩的青草",但后来估计太疲倦了,才紧挨着小母牛"把长着长角的头枕在了草地上"。就在这时候,一只乌鸦飞来,有三次把它贪婪的黑嘴啄着小牝牛的雪白前胸,在那里留下乌黑的污迹,然后飞走了,而恰在这时,小母牛一眼望见远处其他吃草的公牛而直奔了过去。关于这个梦,诗中的"圆梦人"向诗人作如此"解梦":"那种你到树荫里极欲逃脱而又无法逃脱的燥热是爱的燥热。那头小牝牛是你的情人,因为你的情人也拥有那样洁白如雪的皮肤。那头跟着他的情侣的雄牛便是你自己。那只把锋利的尖嘴啄入小牝牛的胸膛的乌鸦是那即将使你心爱的情人堕落的老鸨。小牝牛的长时间犹豫和她对那头健壮雄牛的遗弃,意味着你将独自留在你那冷落寂寞的床榻上。她胸脯上的伤口和乌黑的污迹,暗示着她将难以逃脱因为通奸而糟蹋了自己的名声的最后恶果。"[①]像这样一种对梦境及其象征意义的解释无论是来自"圆梦人"还是来自奥维德,都"表明在古罗马人的头脑里就有了类似弗洛伊德的想法"[②]。区别在于,如果是前者的话,这一梦境显示了奥维德对于自己是否会失恋心存焦虑,并且符合弗洛伊德有关梦的象征的界定:"梦者虽能作一种象征的表示,但他对于这种象征一无所知",也就是说,"所有关于象征的知识都是无意识的"。如果是后者的话,就意味着奥维德担当了梦的叙述者和解析者双重角色,他在诗歌中只不过是使用了众所周知的性象征。

原典精读　梦的象征及其性阐释

这些事物的象征既如此贫乏,于是关于性生活的事物象征的丰富

① 奥维德:《爱经全书》,曹元勇译,上海:上海三联书店 2005 年版,第 285 页。

② 阿尔伯特·莫德尔:《文学中的色情动机》,刘文荣译,上海:文汇出版社 2006 年版,第 162 页。

便不免令人吃惊。梦中大多数的象征都是性的象征。和性有关的事物很少,而其用以象征的数目则多得不可胜数,二者相比很不相称,所以,每一事物都各有许多意义相同的象征。因此,解释的结果引起一般人的攻击,因为梦的象征方式五花八门,而其解释却异常单调。这固然是大家所不乐意的,但事实如此,又有什么办法呢?

……梦的象征为什么都是代表性的对象和性的关系呢?这又是很难解释的。我们能否假定原属于性的象征后来被用之于其他方面,或这方面的象征方式降低为他种表示的方式呢?这些问题显然都不是仅仅根据梦的象征便可解答的。我们只能坚决主张真正的象征和性有着特殊密切的关系。

关于这一层,我们最好请教一个语言学家乌普萨拉的斯珀伯,据他的意见,性的需要在语言的起源和发展上占极重要的地位。他说,动物在进化上最早的声音即为召唤异性伴侣的工具,在后来的发展中,语言的元素就成为原始人工作时所伴发的声音。这种有节奏的声音既和工作造成联想,于是工作也带有性的趣味了。所以原始人好像是以工作作为性的活动的代替,而使工作较为愉快。而工作时所发出的字音便有双重意义,一方面和性的动作有关,另一方面则和性的动作的代替物或劳动有关。久而久之,字音逐渐失去了性的意义和原来的用法。几代之后,有性的意义的另一新字亦是如此,于是此字也改用于新的工作方面。由此乃产生许多基础字,这些基础字最初本属于性,后来失去了性的意义。此说如果不错,那么我们至少就有用它作为了解梦的一种可能性。梦本保留着这些原始情形的一部分,所以梦内为什么有这么多的性的象征,而武器和工具为什么代替男性,材料和事物为什么代表女性,我们也便可以理会了。

(弗洛伊德:《少女杜拉的故事》,钱华梁译,北京:九州出版社 2004 年版,第 135、144—145 页)

如果说梦中飞翔是性的象征,那么一个常常写到飞鸟的作家,或许也无意识地表达了一种象征化的性欲。正是在这个意义上,阿尔伯特·莫德尔在几乎从来不提性爱字眼的华兹华斯的《致云雀》一诗中发现了强烈的性意味:"带我飞,云雀!飞入云霄!/因为你的歌声给人力量;带我飞,云雀!飞入云霄!/唱啊,唱啊,唱得漫漫云天一片回响;/带我升起!引导我去寻找,那你我都飞驰神往的地方!"[1]实际上,古罗马已婚妇女所收藏的护身符,就像一个勃起的阴茎,上面就有鸟或蝙蝠的翅膀[2]。

循此思路,当然也就不难理解为什么诗人们喜欢用鸟的飞去象征爱情的失落了。既然飞翔象征做爱,那么张开的翅膀,在玛丽·波拿巴看来就是阴茎勃起的象征。她在解读爱伦·坡的一首题为《尤拉琉姆》的诗时,就认为"普赛克低垂的翅膀具体地象征了爱伦·坡的阳痿"[3]。而在《恋歌》中,奥维德曾抱怨道:"哦,那个女人呀! 就在前不久,她还承认她是属于我的,而我是她的第一个也是唯一的情人。然而今天,我恐怕是在和很多情敌共同拥有着她了。"他给这个失恋所作的解释,是"那使她成为人们谈论的热点的诗篇","把很多风流倜傥的男士带给了她",但这似乎并不能成为"把她变成了一名淫荡轻佻的女人"的根本原因,因为他如足够优秀,天才的诗篇,对他的爱情恐怕只有促进而没损毁的可能[4]。原因一定在别的地方,而恰好诗中的一个象征给我们透露了其中的重要隐秘:"浑身披着令人丧气的羽衣的小鸟啊! 究竟是在何日,你对我的风流韵事唱出了不吉祥的征兆?"显而易见,"浑身披着令人丧气的羽衣的小鸟"跟爱伦·坡所描述的"普赛克的低垂的翅膀"一样,是诗人阳痿的象征。

按照精神分析的观点,骑马、摇晃,或者说任何有节奏的动作,在梦中都有性象征的意味。因此如果有些作家喜欢描写骑马的话,那么他可能有意无意地在传达一种情欲信息。英国维多利亚时代的伟大诗人罗伯特·勃朗宁,因为极少在作品中涉及性爱内容而获得当时许多女性的敬仰,但他的诗歌中却不仅经常写到骑马的乐趣,而且还用诗的节奏来表达骑马时的摆动与摇晃。就拿他的名诗《最后一次同骑》来说,诗中的抒情主人公因为求爱不成,便邀请所爱的女人一起去骑马,并且让"我骑着马""我们骑着马""我和她骑着马"等句子在整首诗歌里反复出现,这就不能不让人想到其中所掺杂的古怪欲念:既然不能从她那里获得实际的爱的愉悦,那就用这种骑马的方式来寻求一种象征性的满足。无论骑马的行为还是对骑马行为的书写,无疑都能唤起一种性行为的想象。当然,如同莫德尔所指出的那样,无论勃朗宁如何夸张地说"骑着马是多快活",以及声称因为能和她在一起骑

---

① 转引自阿尔伯特·莫德尔:《文学中的色情动机》,第156页。

② 阿克曼:《爱的自然史》,张敏译,广州:花城出版社2008年版,第275页。

③ 转引自奥尔弗雷德·L.古尔灵等:《文学批评方法手册》,姚锦清等译,沈阳:春风文艺出版社1988年版,第174页。

④ 奥维德:《爱经全书》,第310页。

马就心满意足了所以即便没能赢得她的爱也了无遗憾,这些其实都是一种自欺。正是在这种自欺中,泄露了他的无意识欲望,并因此给精神分析批评有关写作就是无意识欲望的想象性满足的信条提供了绝佳证明[①]。

文艺作品中跟性有关的象征当然不胜枚举,毕竟人类创造象征的能力是无限的。每一个自然物体都可以作为象征的原材料。然而,正如玛丽·波拿巴所指出的,"尽管象征有多种多样的外形,它们所依附的物体和联系却相对较少:其中一般有我们所爱的人,如父母和兄弟姐妹,以及他们的身体,但主要是我们自己的身体和生殖器,以及他们的生殖器。从最广泛的意义上,几乎一切象征都含有性欲"[②]。所以,对文艺作品中的象征进行性阐释,主要是围绕男女性器官以及两者结合方式这三个层面。虽然人们生活在不同的社会文化中,但用来形容性器官的象征物很多都是一致的。至于两者的结合方式,也不外乎正常的性欢愉、纵欲的困惑和不正常的性压抑。而性压抑除了与机体的能力大小有关外,则要么和失恋有关,要么和乱伦有关。然而问题的复杂在于,有很多象征虽然并不跟人的性器官或性行为直接相关,但归根结底却能与被压抑的力比多欲望建立起联系。例如,乔叟在《特洛伊洛斯与克瑞西达》一诗中就写到特洛伊洛斯的一个梦境,其中他的情人克瑞西达正在阳光下亲吻一头野猪。这个野猪本身并没有什么性的内涵,但因为特洛伊洛斯的情敌狄奥米德乃杀野猪英雄梅里格的后代,所以这个梦境就有了性的焦虑和恐惧的意味:因为那时候克瑞西达被狄奥米德带回到希腊人那里去交换安蒂诺了,特洛伊洛斯害怕狄奥米德会把克瑞西达夺走,他在白天感受到的有可能失去爱人的恐惧,伴随着他的力比多欲望受到压抑而到夜里便形成了一个焦虑的梦。[③] 此外,在麦克维尔的《白鲸》中,那个因为着魔似的追杀曾咬断他腿的白鲸而葬送全体船员性命的亚哈布船长,可被理解为贪婪狂暴的本我的象征,而那条白鲸作为清教徒良心的暗示则被视为麦克维尔本人的超我,他们两者的纠缠不休,恰好为身为基督徒的大副斯塔伯克居间调和提供了便利,因而他也就成了自我的象征[④]。这里并没提供多少性欲暗示,但按照弗洛伊德的理论,这三者所象征的人类的精

---

① 阿尔伯特·莫德尔:《文学中的色情动机》,第163—164页。

② 转引自奥尔弗雷德·L.古尔灵等:《文学批评方法手册》,第175页。

③ 阿尔伯特·莫德尔:《文学中的色情动机》,第161页。

④ 亨利·A.默瑞:《以魔鬼的名义》,《新英格兰季刊》1951年第24卷,第435—452页,转引自奥尔弗雷德·L.古尔灵等:《文学批评方法手册》,姚锦清等译,沈阳:春风文艺出版社1988年版,第173页。

神结构,其实正是由被压抑的性欲冲动形成的动态平衡。

二　母题:被重复的无意识

在文学理论中,母题(motif)有多种含义,有时被视为作品中表现主题或情节的最小单位,有时则指向作品中反复出现的因素。而精神分析批评虽然也强调它在拓展叙事上的基石作用,但却更多地关注不同作品所表现的主题和题材的一致性,并将这种一致性与作家个人的或人类普遍的无意识欲望联系在一起。很大程度上,在精神分析的视界里,文艺作品就是无意识欲望的想象性达成,母题就是在跨越时代和语种的无数作品或一个作家不同时期和不同类型的作品中被不断重复的无意识欲望。所以,对于母题的精神分析,也就是对其背后的无意识欲望的揭示,以探询它们在何种程度上激发了作家不竭的艺术创造力,而这则又恰好吻合了母题的拉丁语词源"movere"的"致使某事物发生并且使之进一步发展"的本意,从而还原了其本质意义和作用功效①。

如同热衷于对象征进行性阐释一样,"俄狄浦斯情结"是精神分析批评最常关注的母题之一。所谓"俄狄浦斯情结",按照弗洛伊德的理解,指的是人类曾经共有的"弑父娶母"的乱伦冲动,这一冲动主导了婴儿最初发育阶段的性活动,而其后则因为受到父权的压抑而转化为黑暗深邃的无意识的一部分。既然作品是作家被压抑的无意识的想象性实现,那么"弑父娶母"自然也就跨越时代和语种而成为一个重要的文学母题。琼森和威廉在他们合著的《无所不在的俄狄浦斯——世界民间文化中的家庭情结》一书中,发现在世界各大洲的最主要文明中都存在乱伦禁忌,但乱伦母题却又在他们的神话和民间故事系统中被一再演绎②。可见人类远在掌握写作技艺之前就被乱伦母题所吸引了。而这一母题所具有的奇特魅力,当然可以在人类学视野中获得合理解释。"谁曾听说哥哥抱着妹妹做新娘?"这是瓦格纳在《尼伯龙根》里的一句歌词,它引起了马克思的极大反感。他认为这不但是在用一种色情语言来耸人听闻,而且存在着对原始时代婚恋状况的严重误解,因为"在原始时代,妹妹曾经是妻子,而这是合乎道德的"。对此,

---

① 弗朗西斯·约斯特:《比较文学导论》,廖鸿钧等译,长沙:湖南人民出版社 1988 年版,第 239 页。

② 杨经建:《家族文化与 20 世纪中国家族文学的母题形态》,长沙:岳麓书社 2005 年版,第 191 页。

恩格斯解释道，现在或较早时期所通行的禁忌在那时是没有效力的，因为在他看来，不仅兄弟和姊妹曾经是夫妻，父母和子女之间的性关系所引起的憎恶，也是一种较血缘婚配之后发展起来的情感[1]。而按照荣格的原型理论，乱伦母题及其造成的魅惑，跟被无数次重复的血缘婚配经验所留下的心理残余物也就是集体无意识有关，但弗洛伊德的精神分析批评则主要是将之与个人被压抑的童年时期的对于母亲的性欲望联系起来。

在弗洛伊德的弟子厄内斯特·琼斯看来，莎士比亚的《哈姆莱特》，提供了观察"俄狄浦斯情结"这一母题的最佳范例。实际上，弗洛伊德在《梦的解析》中已经指出，《哈姆莱特》与《俄狄浦斯王》来自同一根源，但是在《俄狄浦斯王》中，"作为基础的儿童充满愿望的幻想正如梦中那样展现出来"，而在《哈姆雷特》中，这一幻想则被压抑着并由于这压抑而使得本该顺利完成复仇任务的王子一次次地错失良机。弗洛伊德认为，哈姆莱特的犹豫并非源于歌德所谓的"行动力量被过分发达的智力麻痹了"，因为他曾至少在两个场合表现了果决与残酷的一面：一次是一怒之下用剑刺穿了挂帘后面的窃听者，另一次则在预谋甚至使用诡计的情况下让两个设计谋害他的朝臣送死。哈姆莱特可做任何事情，就是不能对杀死他父亲、篡夺王位并娶他母亲的人复仇，说明"这个人向他展示了他自己童年时代被压抑的愿望的实现，这样，在他心里驱使他复仇的敌意，就被自我谴责和良心的顾虑所代替了，它们告诉他，他实在并不比他要惩罚的对象好多少"。琼斯并没提供更多新鲜见解，但他却在《哈姆莱特与俄狄浦斯》一书中，以翔实的材料给哈姆莱特编写了一份可靠病历，并为其所有症状找到俄狄浦斯情结的根源。比如，弗洛伊德曾提到哈姆莱特的性冷淡，但琼斯却将这一"厌女症倾向"跟"他心理发育过程中过于严厉地压抑的乱伦冲动"联系起来，认为这种乱伦冲动导致了母亲形象的分裂，一方面她是超凡脱俗的圣人，对她的一切欲念都是不可想象的，另一方面她是谁都可以接近的充满肉欲的凡人，而当性压抑显著时，这两个类型的女人便都成了敌视的对象，敌视纯洁的那个，是因为恼恨于她的冷漠，敌视肉欲的那个，是为了不受犯罪的诱惑[2]。

在劳伦斯的《儿子与情人》中，保罗·莫里尔就因为这样一种"俄狄浦斯情结"而不单从小对他的父亲怀有强烈的敌意，而且当他成长为男子汉

---

① 恩格斯：《家庭、私有制和国家的起源》，收入《马克思恩格斯选集》第四卷，人民出版社 1995 年版，第 31—33 页。其中，恩格斯是在一条注释中提到了马克思给瓦格纳的信。

② 奥尔弗雷德·L. 古尔灵等：《文学批评方法手册》，第 178—179 页。

后，也不能和一个女人保持正常的性关系。当然，我们可以对保罗与他母亲之间的孽恋作出社会学的解读，比如他的父亲沃尔特·莫里尔是一个矿工，而他的母亲莫里尔夫人则出身于一个较高的社会阶层，曾受过良好的教育，这样一种家庭结构，使得莫里尔一家的家庭结构成为所谓"劳动的性别区分"的一部分：作为矿工的父亲像一个地下的动物一样过着一种肉体的而非精神的生活，沉重的劳动不但削弱了他在家庭中的作用，而缺少教育也使他难以明确地表达感情，一系列发火打人的举动进一步地将保罗推向母亲的怀抱。但这只能说是保罗在感情上从父亲转向母亲的外部原因，而这个原因却不能解释保罗的悲剧，因为转向母亲所象征的艺术化的有品位的生活比之投身阶级斗争本是一种更为稳妥的求得自身解放的方式，然而他最后却在一种类似做爱的行为中杀死了母亲。这只能在精神分析的角度上，将他的母亲视为既是他渴望离开家庭和煤矿的力量源泉，又是将他拖回来的强大的感情力量。的确，莫里尔夫人对他的儿子保罗与玛利亚姆的关系像一个争风吃醋的女人一样感到嫉妒，她的这种占有欲只能从性的力比多压抑中获得解释。保罗为了他的母亲而拒绝了米利亚姆，但在拒绝的同时，"他也在她身上无意识地拒绝了他的母亲"[①]，这种双重拒绝酿成了他人生的悲剧，而这正是琼斯所谓乱伦的冲动导致的母亲形象分裂造成的。

"俄狄浦斯情结"的一个重要表现是对父亲的嫉恨，因而反抗父亲权威这一乱伦母题的变形，也成为精神分析批评的关注点。与劳伦斯的《儿子与情人》一样，马克·吐温的《哈克贝利·芬历险记》中也有对父亲充满敌意的描述。小说的男主人公哈克贝利也有着"逃离"父亲的世界的选择，但与保罗的父亲是一个受侮辱与损害的矿工不同，哈克贝利的父亲被描绘为可恶的社会权威的缩影。与哈克贝利相比，保罗对他父亲的俄狄浦斯情结显得模糊不清：一方面父亲被无意识地作为一个对手而受到憎恨，但另一方面保罗又力图保护他不受自己的无意识攻击。毕竟保罗的父亲虽然有着粗心凶暴的一面，但在根本上却极为弱势，在掠夺成性的资本主义世界，他充其量只是一个生产机器上的轮齿。保罗与莫里尔夫人的乱伦关系，在他所受到的种种物质压迫之外又加上了一层精神压迫；也就是说，在《儿子与情人》那里，"俄狄浦斯情结"并没有转化为向父权制权威反抗的力量，正是在这个意义上，伊格尔顿特别点明了劳伦斯对于当时风起云涌的煤矿工人罢

① 特里·伊格尔顿：《当代西方文艺理论》，王逢振译，南京：江苏教育出版社2006年版，第170页。

工运动的忽视。与此相反,哈克贝利对他父亲的反抗,就跟他的反抗虚伪和残暴的社会的一切不公正和不人道联系在一起了。所以精神分析批评在借用“俄狄浦斯情结”而对反抗父亲权威的叙述进行阐释时,常会引入社会与文化方面的因素,将它们作为这一乱伦母题得以表现的具体语境。

事实上,在不同的社会文化环境中,“俄狄浦斯情结”主导下的乱伦母题常会采取不同的表现形式,所以揭开其伪装并还原其本来面目,就成为对作品进行精神分析解读的一个重要任务。比如前面提到的《阅微草堂笔记》中的故事,纪晓岚认为妇人之所以能摆脱嫌疑是因为她善有善报,曾经好心帮一个失贞婢女脱困。但叶舒宪却根据弗洛伊德的象征理论,将“鞋子”视为女性生殖器象征,从而“儿持母履戏”,就有了“母子乱伦”的意味。纪晓岚为何将一个母子乱伦的故事伪装成因果报应的故事呢,这是因为中国传统文化中严格的乱伦禁忌造成的①。哈尔特曼,一个德国中世纪的诗人,曾在一篇名为《格勒戈利乌斯》的叙事诗中讲述了一个类似《俄狄浦斯王》的故事,但情节却复杂多了:主人公格勒戈利乌斯的父母是同胞兄妹,但却在情欲的驱使下发生了性关系。悔恨交加的哥哥离家出走并因为相思而死在前往耶稣出生地的路上,身怀罪孽的妹妹将刚出生的孩子放在一条船上任其漂流。结果格勒戈利乌斯被渔夫所救,并在修道院中健康成长,但不幸的是他偶然得知自己原来是一个弃婴,于是决定去寻找他的生身父母。在这个过程中,他成了一名武艺高强的骑士,并在一次行侠仗义中获得一个国家的摄政女王的青睐,而这个与他结为夫妻的女王却竟是他的不曾谋面的母亲。故事的后续情节是以格勒戈利乌斯的悔罪为中心的,并且终于得到宽恕而和母亲过起了幸福的生活:一个母子乱伦的故事,虽然没有被刻意遮蔽,但却承载了骑士文化和基督教教义宣传的内容。

三　象征与母题:原始心理经验的残余

将象征和母题与被压抑的性欲冲动联系起来,常常遭到诟病,但也许正是这种种诟病反而证实了它们与无意识的联系。霍兰德曾指出,几百年来人们之所以说不清哈姆莱特何以迟迟不能杀死那个谋害他父亲并娶他母亲为妻的人,并对指出他的这种延宕与俄狄浦斯情结有关的精神分析横加指责,恰恰说明其中无意识的存在:没有经过精神分析训练的人,是不能对无

① 叶舒宪:《高唐神女与维纳斯》,北京:中国社会科学出版社1997年版,第555页。

意识做出解释和说明的[1]。当然,仅仅从“俄狄浦斯情结”角度难以解释所有的乱伦母题,何况文艺作品的母题几乎涵盖了人类社会生活的方方面面,并非全然与被压抑的无意识的性欲望相联系。对于象征来说,也是如此。尽管绝大多数的象征都可以追溯到性的根源,弗洛伊德曾借用一个瑞士语言学家斯珀伯的研究,对此做出过说明,但他也不得不承认,象征并不是以性为限的。所以,从被压抑的无意识领域的性冲动的维度对作品的象征与母题作出精神分析式解读,是难免有其局限性的,但指出其局限性却并不能否定这类解读占据了精神分析批评的主流的现实。

知识背景　集体无意识及其原型

或多或少属于表层的无意识无疑含有个人特性,作者原意称其为“个人无意识”,但这种个人无意识有赖于更深的一层,它并非来源于个人经验,并非从后天获得,而是先天就存在的。作者将这更深的一层定名为“集体无意识”。选择“集体”一词,是因为这部分无意识不是个别的,而是普遍的。它与个性心理相反,具备了所有地方和所有个人皆有的大体相似的内容和行为方式。换言之,由于它在所有人身上都是相同的,因此它组成了一种超个性的共同心理基础,并且直接地存在于我们每一个人的身上。

只有在产生了可以意识到的内容时才具备了认识心理存在的条件。因此,只有当我们能够对无意识的内容加以说明时才能够对其进行探讨。个人无意识的内容主要由名为带感情色彩的情结所组成,它们构成心理生活中的个人和私人的一面,而集体无意识的内容则是所说的原型。……为了我们的目的,这个词既适宜又有益,由于它向我们指出了这些集体无意识的内容,关系到古代的或者可以说是从原始时代就存在的形式,即关系到那些自亘古时代就存在的宇宙形象。原型从根本上说是一种无意识的内容,当它逐渐转变为意识及可以察觉时便发生改变,并且从其出现的个体意识中获得色彩。

(荣格:《集体无意识和原型》,选自《人·主体性·文学》,安徽大学学报刊社 1986 年版,第 325—327 页)

---

① 诺曼·N. 霍兰德:《莎士比亚的想象力》,印第安纳大学出版社 1968 年版,第 158 页,转引自奥尔弗雷德·L. 古尔灵等:《文学批评方法手册》,第 181 页。

然而，当我们要全面解释某一象征何以一再涌现、某一母题何以在时间和种族来源上相距甚远的神话故事和文艺创作中反复流转，就不能不意识到，除了显在的个人来源之外，它们也跟那些"被遗忘的、长久湮灭的原始心灵"有着深刻的联系。毕竟人类心理并非始自今日，其渊源要一直上溯到数百万年之前。个人意识只是一季的花果，地下的根茎却是万物之母。正是在这个意义上，荣格将象征和母题视为了人类集体无意识的重要组成部分。所谓"集体无意识"，就是"并非经由个人获得而是由各种遗传力量形成的普遍性的心理倾向"，它联系着人类在原始时期不断重复体验到的心理现实，而这些曾经的现实在后来的历史发展和文明演进中因种种原因被压抑到无意识深渊[①]。与弗洛伊德对个人无意识的论述一样，被压抑的集体无意识其能量非但没减少反而有所增强，仿佛地壳中奔突和涌动的岩浆一般，时刻寻找释放的机会，所以也会尽一切可能地借助种种伪装重现于个人意识活动中。同个人无意识一样，集体无意识并不是以抽象方式而是以形象和情景两种形式获得重现，这两种形式大致分别对应着象征和母题。获得重现的集体无意识就是荣格所谓的"原型"(archetype)，因为"原型"联系着远古人类"同一类型的无数经验的心理残迹"，象征和母题也就是人类原始心理经验的残余[②]。即便它们跟个人在不同时期受压抑的性欲相联系，但这种类似的联系早在原始时期就已存在了。因为集体无意识及其原型的存在，我们至今仍在很多方面延续着祖先的生活，当下的物象与情景不断唤起过去的记忆。集体无意识和个人无意识相互激发，有时通过梦幻、有时通过各种"动作倒错"、有时通过神经官能症等表现出来。而在文艺作品中，则是以象征和母题的形式再现出来。

当然，象征与母题作为原始心理经验的残余也广泛地参与到今天的现实中。其中持续变化的现实会不断进入与作家个人的童年创伤经验密切相关的个人无意识，而个人无意识也会掺杂到集体无意识之中，所以在作品中，我们既能看到无数传统的象征和不断重复搬演的原始母题，同时也能看到有关它们的无数新的变形。而规避传统技巧，摆脱影响的焦虑，追求艺术创新的冲动，也助长了这一变形的趋势。纯粹以原型方式重现

---

① 卡尔·荣格：《心理类型》，《当代西方文艺理论》，朱立元编，上海：华东师范大学出版社 1997 年版，第 167 页。

② 卡尔·荣格：《心理学与文学》，冯川等译，北京：三联书店 1987 年版，第 94 页。

文学作品中的象征与母题几乎是不可能的，而且大多数原型几乎都有待于批评的考察才得以显现出来。弗莱曾经指出，“完全”传统化了的艺术应该是这样一种艺术，其中的原型即可交际的单位已基本上成为一套秘传的符号，而现代作家们却致力于使原型含混化，以使原型尽可能有多方面的内涵，而不是把它们局限在一种解释之内[①]。这时候，单纯的精神分析及其技巧的运用已经显得捉襟见肘，但试图在变形的象征和母题中寻找潜在的无意识内容，却也并非完全没有可能，毕竟人的许多感情有着永恒不变的性质。

第三节　类型与结构

预读　小红帽·童话里的无意识

小红帽跑来跑去地采花。直到采了许多许多，她都拿不了，她才想起外婆，重新上路去外婆家。看到外婆家的屋门敞开着，她感到很奇怪。她一走进屋子就有一种异样的感觉，心中便想：“天哪！平常我那么喜欢来外婆家，今天怎么这样害怕？”她大声叫：“早上好！”可没听到回答。她走到床前拉开帘子，只见外婆躺在床上，帽子拉得低低的，把脸都遮住了，样子非常奇怪。

“哎，外婆，”她说，“你的耳朵怎么这样大呀？”

“为了更好地听见你说话呀。”大灰狼说。

“可是你的眼睛怎么这样大呀？”小红帽又问。

“为了更清楚地看你呀。”

“外婆，你的嘴巴怎么大得很吓人呀？”

“可以一口把你吃掉呀！”大灰狼刚把话说完，就从床上跳起来，一口把小红帽吞进了肚子[②]。

（黄颂杰主编：《弗洛姆著作精选》，上海人民出版社 1988 年版，第 267 页）

---

① 叶舒宪选编：《神话——原型批评》，西安：陕西师范大学出版社 1987 年版，第 155—156 页。

② 现存的“小红帽”童话有几百种不同的版本，而这也正符合童话的本质，它就是在一次次的讲述中被添枝加叶或不断删减的。

这是家喻户晓的童话《小红帽》的片段。一个名叫“小红帽”的小女孩有一天在妈妈嘱咐下去看望住在森林里的外婆，她被告诫不要离开大路。然而在路上她遇到一只大灰狼，骗她去看风景，结果她为了采野花而离开大路进了林子，因为她认为“给外婆带去花朵会使她感到快乐”。当她最终发觉天色不早而匆忙赶到外婆家时，已经吃掉外婆的大灰狼正在床上等她。故事讲到这里，本该是进入了最扣人心弦的地方，但作为听众的小孩或成人，却都早在以往的重复中预知了结果：精明的猎人剖开了大灰狼的肚皮，小红帽和她的外婆得救了。虽然我们无法解释小红帽和她的外婆为何在划破大灰狼肚皮之后还能活着出来，但父母们却在一次次的讲述里，孩子们在一遍遍的倾听中，收获了无穷乐趣。但是，如果深究下去的话，这个著名的童话是否隐含了什么无意识的秘密呢？

自弗洛伊德以来，已有好几位大师级人物对这篇童话进行了精神分析式解读。弗洛伊德先是在《论儿童的性理论》(1908)中，借助《小红帽》的故事解释了儿童对于生育的想象，以为对于这个过程一无所知的小孩子可能在逻辑上推定，他们就像小红帽从狼肚子里被救出来一样，是从肚脐眼里或切开的肚子里取出来的。弗洛伊德后来又在1913年将这个故事中的大灰狼解读为“父亲的替身”，而这个故事也就不仅包含“幼儿对父亲的恐惧”，而且涉及他们的弑父欲望，因为故事的最后，邪恶的狼被肚子里塞满石头倒地而死了。荣格赞成弗洛伊德有关小孩子生殖想象的说法，但同时将这一想象与人类在原始时期就已观察到的太阳的朝升夕落联系了起来[①]。既不同于弗洛伊德的“个人无意识”寻求，也不同于荣格的“集体无意识”的解答，弗洛姆在《小红帽》中发现了隐含的“社会无意识”。弗洛姆认为这个童话中充满了性的象征，比如他将女孩的“小红帽”视为月经的象征，将大灰狼及他的“观赏周围的景色”的建议理解为男性的性诱惑，而小红帽脱离大路去森林里寻找野花，也就相当于受性诱惑而脱离超我的控制，她的最后被吃掉也就意味着为此而受到的惩罚。在这个意义上，弗洛姆将《小红帽》前半部分的主题概括为性的危险。事实上，在由法国作家夏尔·佩罗所整理的最初版本中，为了让小孩子对大灰狼留下深刻的可怕印象以达到教育警醒目的，小红帽被大灰狼吞到肚子里后故事便戛然而止了[②]。

---

① 荣格：《与一个小女孩的十二次接谈》，收入《少女杜拉的故事》，弗洛伊德著，钱华梁译，北京：九州出版社2004年版，第152—153页。

② 阿兰·邓迪思：《民俗解析》，户晓辉译，桂林：广西师范大学出版社2005年版，第193页。

但现在的版本却添加了后半部分,小红帽不仅从狼肚子里被救出来,而且她在狼肚子里塞上石头及其所象征的不孕,却被赋予了女性对于男性的战争及获胜的意义①。

这些精神分析解读证明了这则貌似简单的童话实则含义丰富,而其中潜藏的多重无意识内涵,则说明了我们喜欢童话(小孩子喜欢大人们给自己一遍遍地讲述,而长成大人后则又喜欢一次次地讲给自己孩子听)的原因,并非表面看起来的那么简单,这可能正是童话不同于其他类型文学作品的地方。在精神分析的视界里,尽管任何作品都可以被看作无意识欲望的想象性达成,但却并不是所有类型的文学作品都包含了如此多样的无意识,从而能满足多方面的阐释需要。包括《小红帽》在内的许多童话,其含义并非表面上看起来那么单纯,而是包含着繁杂多样的异文。甚至同一个人在不同时间的讲述都可能大异其趣,更不用说不同的人在不同的语境中的讲述了,这就涉及作品的叙事结构问题。因此这里我们有必要介绍一下,精神分析批评是如何在不同类型的作品中发现并阐明凝结在其中的无意识的,以及这些无意识又在何种程度上决定了作品的结构模式。

理论概述　类型与结构:凝固在形式里的无意识

一　类型:无意识的显现

按照精神分析的观点,作品是无意识欲望的想象性达成,但是那些晦暗不明的无意识欲望是如何在不同类型的作品中显形的,却在众多的精神分析批评中付之阙如。比如,作为精神分析学派创立者的弗洛伊德,他对于文艺作品的分析,从玩笑到民间故事、从神话到戏剧、从诗歌到小说、从雕塑到油画,不一而足,但不管什么样的作品类型、形式或风格,都被他笼统地跟无意识联系起来,而并没有进一步区分无意识是如何利用既有的文学惯例并选择适合它的作品类型的。当然,我们也可以从弗洛伊德关于无意识特性的认识中获得某些启示。因为相信压抑的普遍存在,弗洛伊德将人的精神结构区分为意识、前意识和无意识三个层次,其中意识处于这个结构的最外层,可以被感知,并具有一定的现实针对性,前意识

---

① 弗洛姆:《被遗忘的语言》,选自《弗洛姆著作精选》,黄颂杰主编,上海人民出版社1988年版,第268页。

已经属于受到压抑的部分，但却还能游走于意识和无意识中间的灰色地带，而无意识则是被压抑最深的精神活动，其中涌动着原始的本能欲望，但却通常不为我们所知。弗洛伊德曾用海洋中的冰山来形容这个“意识体验的三层结构”。人的意识是那些露出水面的部分，但不过是冰山一角，而前意识和无意识都在水面以下，尽管不能被“意识”到，但却构成了人类精神结构的主体。无意识很难通过前意识的警戒线，然而其能量却非但没减少反而有所增强，仿佛地壳中奔突和涌动的岩浆一般时刻寻找释放机会，所以总会尽一切可能借助种种伪装出现在意识活动中。正如地下奔突的岩浆会在地壳最薄弱的部分喷涌而出一样，那些被压抑的无意识欲望也一定有办法在合适的作品类型中找到表现机会。“诗者，志之所之也。在心为志，发言为诗，情动于中而形于言。言之不足，故嗟叹之。嗟叹之不足，故咏歌之。咏歌之不足，不知手之舞之足之蹈之也。”一切表达都是从欲望中产生的，因为要不断努力满足这些欲望，各种表达手段才会不断被激发出来。所以《诗·大序》这段话说的虽然是能被意识到的精神活动，但也可以推及无意识活动的显形，肯定也存在一个内在地选择适合它的艺术形式及艺术类型的过程。

当然，《诗·大序》这段话并不能用来解释各种艺术起源的先后顺序。因为人类在发明语言之前，便应该已经尝试用“手舞足蹈”的方式交流信息了，所以舞蹈应是一种比诗歌更早的艺术门类。弗洛伊德认为无意识先于语言存在，而拉康认为这两者同时产生，但不管怎么样，舞蹈因为传达信息和情感的模糊性，比起以语言为媒介的诗歌来，显然更接近无意识。因为语言这种象征符号在对无意识的压抑上可能更为有力，并因而使无意识突破重重封锁得以显现的力量更强，所采用的伪装形式也会更多。在某种意义上，各种不同类型的作品的推进和演化，除了文学惯例及各种突破惯例的创新努力之外，很大程度上就决定于社会文明禁忌对于意识进行控制的力度：一个开化和自由的社会里，个人所受到的压抑相应减少，直抒胸臆的文艺作品就能获得更多机会，反之若文明的禁忌增多，更多的意识就会被压抑到无意识层面，它们要求显现的能量不但给文学变革以奇异的推动，而且会发展出复杂的无意识显现的技巧。这时候，看似有意隐藏的反倒成了刻意显露的。从这个角度看，我们就不难理解在古今中外的文学史上象征型、理想型和现实型作品[①]之间的轮番出现及它们相互之间的竞争了。

我们说过,任何类型的作品都包含无意识欲望的显现,但不同类型的作品对于无意识的显现是不一样的。现实型作品强调反映现实的逼真性,所以“复制”“模仿”“再现”“客观”乃至“理性”等词汇就被频繁用来概括这一类型作品,而理想型作品强调表现自我的想象性,所以“虚构”“变形”“主观”乃至“情感”也就相应成为概括这一类型的作品的常见词汇。从这个意义上说,理想型作品或许更多与无意识联系在一起,而现实型作品则因为强调理性的约束与秩序而偏向意识。这可以用来解释理想主义作品中何以经常会出现虚幻的场景,而其间的男性主人公要么是无所不能的英雄,赢得了庸碌世人的仰慕,要么是多愁善感的才子,获得了豆蔻少女的芳心,如若不然,则宣泄排山倒海一般的热情,并将一切阻挠他的环境和人形容得丑陋不堪:这全是他或她的一厢情愿,那些本来被压抑在无意识中的欲望,都随心所欲地得到实现。相反,现实型作品所写的事情和人物,不管你熟悉不熟悉,你都觉得它们应该就在哪个地方“真实”存在过,你也许不同意作者在其中发表的议论,如托尔斯泰的《战争与和平》便充满一些不合时宜的长篇大论,霍桑的《红字》也间或忍不住借某个人物之口臧否一下当时的奴隶制度,但你却不得不承认这些作品中的议论是从客观的情景和人物关系中自然引发出来的。

当然,这并不是说现实型作品中就没有无意识,理想型作品就全部是无意识的倾泻而出,实际上,无论现实型的还是理想型的,它们在传统中因袭下来的形式特征,都相当于一道阻挡无意识的栅栏,只不过形状各异,疏密不一,发生的效力有所不同罢了。在这个意义上,我们只能说理想型作品在形式上比较接近无意识,现实型作品在形式上比较接近意识。有一种“超

---

① 文学作品的类型划分,因为依据的不同,划分的结果也就各异。有的按体裁划分,于是有抒情型、叙事型和戏剧型的分类,或对应的诗歌、小说、戏剧这样的称谓;有的按风格流派划分,于是有现实主义、浪漫主义、古典主义、象征主义、现代主义乃至后现代主义等界限并不那么清晰的分类;有的参照席勒在《论素朴的诗与感伤的诗》中所提出的标准,将文学分为现实型和抒情型两类;有的从黑格尔那获得启示,从不同历史阶段的内容与形式的关系的角度,将文学分为象征型、古典型和浪漫型三种;也有的综合以上各种说法,根据“文学创造的主客体关系和文学作为意识形态对现实的不同反映方式,把文学作品概括为现实型、理想型和象征型”,并分别给出简括定义:“现实型文学是一种侧重以写实的方式再现客观现实的文学形态,理想型文学是一种侧重以直接抒情的方式表现主观理想的文学形态,象征型文学是一种侧重以暗示的方式寄寓审美意蕴的文学形态。”参见童庆炳:《文学理论教程》,北京:高等教育出版社 2008 年版,第 179—184 页。

现实主义写作”的倡导,认为可以用“无意识的自动化写作”而突破现实主义在形式上给无意识的显形所制造的障碍,但结果却只能让自己变成无法交流的狂言呓语。

知识背景　意识的审查作用

> 通常我们说一种心理活动会经历两个阶段或两种状态,在其间插有一个“检查”的关卡。第一阶段的心理活动是无意识的,属于无意识系统。如果在被检查时不能通过关卡,就无法进入第二阶段,我们就说它受到压抑,必须留在无意识中。如果它通过了检查,就进入第二阶段,属于第二系统,也就是意识系统。实际上尽管它已经属于这一系统,还不能明确地断定它就是意识。也就是说,这时它还不是意识,只是有了转变为意识的可能。只有在一定条件下,它才可能成为意识的对象。由于它具有变成意识的能力,我们可以称它为前意识。如果还能证实有一种专门机构通过检查让前意识成为意识,我们就可以更为清楚地区分前意识和意识。而现在我们要记住的是,前意识系统具有意识系统的特性。
>
> (弗洛伊德:《论无意识》,《弗洛伊德自述》,天津人民出版社 2010 年版,第 68 页)

因为形式上的阻碍、文学惯例的作用,也因为无意识本身的运作机制,无论现实型作品还是理想型作品,其间的无意识都是与意识有机结合在一起显形的,要想将它们分辨出来,需要进行一番解析工作。比如,巴尔扎克一般被当作现实主义文学大师,他的《人间喜剧》公认真实再现了 19 世纪法国的社会生活,但就在这个多部头的现实主义小说里,隐含了巴尔扎克本人许多的无意识:他多次将自己现实生活中的仇人处理成反面人物,而将自己处理成雄心勃勃而又良心未泯的拉斯蒂涅。当然,这也许是他意识到的。但在令人印象深刻的反面人物伏脱冷身上也能找到他的影子,这恐怕是他没意识到的。伏脱冷曾劝说拉斯蒂涅娶一个有可能得到大笔遗产的姑娘,而且只要拉斯蒂涅点头,他便去干掉那笔遗产的合法继承人,这样拉斯蒂涅就可以一夜暴富,而一向贪婪的伏脱冷却只要很少的报酬。伏脱冷对拉斯蒂涅所说的这番话,其实是巴尔扎克想对自己说的,而拉斯蒂涅的内心矛盾,也正是巴尔扎克自己的内心矛盾。在意识层面上,巴尔扎克要拉斯蒂涅这个化身深陷名利场的泥潭从而对充满罪恶和掠夺的社会加以控诉,但他对这个人物又有着某种偏爱，所以在葛朗台死后，他给拉斯蒂涅安排了一个幡然醒悟的结局。但在无意识里，他或许更希望不顾社会道德地去攫取金钱、爱情和名声，而这个被压抑的欲望就在伏脱冷这个反面人物身上浮现出来了。但伏脱冷最后为邪恶的勒贝尔所害，可见巴尔扎克自己也知道，要是一味听从无意识欲望，最后的下场将会很悲惨。再比如，关于李白的“仰天大笑出门去，我辈岂是蓬蒿人”，我们通常都认为是李白浪漫主义精神的集中体现，直抒胸臆是它的特征，但这个“胸臆”究竟是意识的呢还是无意识的？有人说是无意识的，因为觉得在李白狂放的个性里，他的无意识愿望一下子借助诗歌的形式和音律之美喷薄而出了；也有人说是意识的，表面上表达的是李白对官场政治的拒绝姿态，但实际上，如果结合李白的生平及他这一时期在长安宫廷里的遭遇的话，我们应该说这其中既有意识的成分也有无意识的成分。因为李白一直以来都痴迷于官场，希望能在政治上实现自己的抱负，但却毫无政治才能，于是在受了一番捉弄后才想着表达“仰天大笑出门去”的无所顾忌。但在无意识里，这或许是想借这狂放的姿态来获得回转的余地，因为在很多表述里，绝望其实正与希望相同。

至于象征型作品，因为作品的显在内容背后还存在值得注意的隐性内容，所以我们不难发现它们在形式特征上与人的精神结构有明显的相似性：表层的事件和情感，属于人的意识领域，而背后的一切则联系着无意识部分。黑格尔认为象征型艺术是人类最早的一种艺术类型，而神话则堪称这一类型艺术的最佳代表。因为神话在被创造的时候，人们就“生活在诗的氛围里，根本不用抽象思考的方式而是凭想象创造形象的方式，把他们最内在最深刻的内心生活变成认识的对象，他们还没把抽象的普遍观念和具体的形象分割开来”。所谓“最深刻的内心生活”和与之相联系的“抽象的普遍观念”，就是那些创造神话的古代人的无意识。当然，这个无意识已经无法再用弗洛伊德的“个人无意识”涵盖，因为神话创作的年代过于久远，我们已无从了解它的创作者的成长经验及其创伤，并且它们在流传的过程中，被不断地加工和改造，已经无法给它们找到一个确定的作者了。所以，那些在反复流传中仍然不变的因素，可以用荣格所谓的“集体无意识”①来加以解释，而那些虽则变化，但却仍需要在象征的形象背后隐藏起来的东西，则

① 荣格：《心理学与文学》，冯川等译，北京：三联书店1987年版，第137页。荣格认为“个人无意识有赖于更深的一层，它并非来源于个人经验，并非从后天中获得，而是先天地存在的”，它的源头在于原始时期人类经验的心理残迹，并经由“各种遗传力量形成的一种心理倾向”。

应该跟弗洛姆所谓的"社会无意识"[1]密切相关。

正如卢卡奇所指出的,"心灵深处燃烧的火焰和头上璀璨的星辰拥有共同的本性"的"幸福年代"已经一去不复返了[2],所以象征虽然作为一种艺术手段仍被频繁使用,但是作为一种黑格尔所理解的艺术类型已经不复存在。许多作品依然采用了象征的形式,但却不再必然地与神话时代的人们那样将之与固有的普遍观念联系在一起了,也不再是集体无意识借助原型的显形了。那些隐藏在象征形象背后的可能是一些"寓意",它们属于意识的领域,但也可能是一些无意识。这时候,这些无意识可能又被个人成长过程中被压抑的力比多欲望所俘获了。例如,在雪莱的《罗莎琳与海伦》一诗里,他写到海伦去拜访一个地方,那里曾有一对兄妹相爱并生下一个孩子,但那孩子随即被人们撕成了碎片。年轻的母亲被人用刀捅死,而父亲则被以上帝的名义活活烧死了。表面上看起来,他控诉了社会中普遍存在的残忍和不宽容,但背后呢,却是他曾经因为与胞妹奥古斯特·莱伊的兄妹情结所受到的压力的曲折呈现。之所以能够做出如此解读,是因为雪莱的恋妹情结已在文学史上众所周知了,而更多时候,那些借用了象征形式的现代主义作品,因为背后所表现的事物被置于不断变化的过程之中而无法得到完全的解释。

二　结构:分裂的主体

我们说过,传统的精神分析批评主要集中在作品的作者和内容这两个层面,而作品的形式结构则在很大程度上被忽略了。但弗洛伊德关于"梦的解析",却给我们理解作品的结构提供了启示。按照弗洛伊德的分析,"梦的潜在内容"包括睡觉时身体所受到的某些刺激、白天里所经历的某些事情的"残余"、从童年经验中汲取的形象以及一些成长过程中难以摆脱的情结及其所形成的无意识愿望,但梦本身却是这些素材集中转变的结果,这个转变过程就是所谓的"梦的作用"。正如伊格尔顿所评述的那样,"无意识有着一种令人赞赏的机智,像一个懒惰的、原材料不足的厨师,能把最不

---

① 社会无意识是指一个社会的多数成员共同的被压抑的意识,是这个社会不允许其成员们意识到的精神生活内容。弗洛姆认为,社会无意识是通过社会过滤器形成的,这个过滤器是一种社会认知框架,由社会结构决定,促使社会成员在认知时选择性地注意什么,不注意到什么。而且,什么属于意识领域,什么是无意识领域,也由这个过滤器来决定,弗洛姆:《在幻想锁链的彼岸:我所理解的马克思和弗洛伊德》,张燕译,长沙:湖南人民出版社 1986 年版,第 93 页。

② 卢卡奇:《卢卡奇早期文选》,张亮等译,南京:南京大学出版社 2004 年版,第 3—4 页。

同的配料搅和在一起,用一种作料代替另外一种,用那天早上市场买的随便什么东西对付一番,弄出一锅大杂烩”。梦也会随机应变地利用这些从各种途径获得的素材,通过凝聚和置换,而给它们找到一个可以理解的表现方式,并且消除可能带来的不安和恐惧。因此,梦并非无意识欲望的简单“表达”或“再现”,实际上,从梦的素材到我们实际上能够记住的梦之间,有一个“生产”或转变的过程。在这个过程中,梦经历了一个“再度矫正”的阶段,它包括“对梦的重新组织,用相对连续的和可以理解的叙述形式把梦表现出来,把梦系统化,填补它的空白,消除它的矛盾,把它的混乱成份重新安排成某种连贯的结构”。因为弗洛伊德曾经将文艺比作梦,我们也可以将文艺作品看作一种“生产形式”而不是一种反映。也就是说,像梦一样,文艺作品通过各种技巧将某些“原始的材料”转变成一种产品,经过一个“再度矫正”的阶段,把那些包括无意识在内的“原始材料”(它们涉及文学的惯例因素、时代风尚、童年情结、生活经验以及个人的或集体的无意识,因为搅和在一起而意义模糊、逻辑混乱且无法卒读)组织成一种系统地连贯起来的、可以接受的整体①。

这个整体及其与各个构成要素之间的复杂关系,就是文学作品的结构。对作品的结构进行精神分析,也就是对其中隐含的无意识欲望及其发挥作用的机制进行“解构”,在貌似统一的整体中发现其空缺、省略、歪曲和模糊的地方,从而进入它本身构成的“潜在的内容”,并解析其中的无意识冲动。我们知道,在有意识的生活中,我们总认为自己是一个统一的自我,并凭借这种感觉而行动,而文学作品也必须具有一个连贯的结构,并凭借这一点而将读者引向期待的读解。通常情况下,这个期待的读解是被有意引向作品所“阐明的事物本身”的,比如说了些什么,而不是引向“阐明的行为”,比如怎样说的,这个言说又是出于什么观点和期望达到什么目的等等。这类似于作品的有意识结构对作品的无意识所做的“再度矫正”。与此相应,绝大多数传统批评在执著追求“协调”“连贯”“深层结构”或“本质思想”时,就相当于给作品填充空白和消除矛盾,化解作品中的对立面并排解某些冲突,从而使自己变成了一种对作品进行“再度矫正”的形式。正如作品在进行“再度矫正”时,是为了让作品变得更容易阅读和理解一样,这些批评也是为了给阅读铺平道路。伊格尔顿就认为,人们对于艾略特的《荒原》所作的解释,可算是“再度矫正”的典型:“把这首诗理解为一个小女孩的故事,她

① 伊格尔顿:《当代西方文艺理论》,王逢振译,南京:江苏教育出版社2006年版,第176页。

和她的叔叔乘雪橇出游,在伦敦几次改变了性别,在追逐圣杯时被抓住,最后闷闷不乐地在一块干旱的平原上垂钓”,这样,艾略特诗中多种多样分裂的素材变成了一种连贯的叙述,而其中分裂的人类主体则被解释成一个单一的自我①。

但将人视为分裂的主体,是精神分析批评的一个重要前提。因为人的这种有缺陷的机能结构,使得各种精神病症成为可能,而作品的结构正如人的精神结构一样,也存在着意识和无意识之间的分裂。精神分析批评对于作品结构的重视,也就是通过关注那些在叙述上看起来像是欲言又止、反应过度或语言重叠的地方,来刺透“再度矫正”的层次,从而揭示那种像无意识一样既隐蔽于作品之中又被作品显形的东西,这个东西就是所谓的“潜文本”。

一切文学作品都包括一种或者多种这样的“潜文本”。例如,劳伦斯的《儿子与情人》,叙述的是出身于矿工家庭的保罗·莫里尔,从小与他的母亲亲近却处处对抗他的父亲老莫里尔。年轻的莫里尔像情人一般对母亲温存有加,以至当他成长为一个男子汉时,已无法与另外一个女人米利亚姆保持情人关系,这种厌女症显然是俄狄浦斯情结的变形。

然而,所有这些都还是就内容方面进行分析,但我们可以进一步追问,我们何以产生了赞成莫里尔的选择的情感反应?或者说母亲的可亲与父亲的可憎是在怎样的叙述结构里实现的?这个有关叙述视点的问题,是我们在精神分析解读中必须提出的。小说采用了保罗的视点,所叙述的都是他所看到的东西,所以有关他的父亲和母亲的形象,除了他的叙述之外我们找不到其他任何证据来加以证实或否定。小说中老莫里尔显然没有像他的夫人那样获得青睐,与后者相比,一个是物质的一个是精神的,一个是粗鲁的一个是优雅的,一个对孩子们缺乏耐心和爱心,而另一个却像个鸟一样将孩子们护在自己翅膀下。也就是说,作为叙述者的保罗存在突出母亲而压抑父亲的倾向,这显然是与他的无意识配合默契的。但当保罗的视点不断突出出来并成为我们认为可靠的证据来源时,我们却在小说中发现有些情况与这种有角度的叙述背道而驰。比如他不由自主流露出对父亲的同情,并不时有对母亲严苛行为的书写。伊格尔顿认为,这是因为劳伦斯虽然肯定保罗为了拥有中产阶级意识而必须抛弃狭隘暴虐的矿工意识,但他却不能对此完全地赞同。因为当时社会上处处弥漫着阶级斗争的气氛,就在劳伦

① 伊格尔顿:《当代西方文艺理论》,第177页。

斯完成这篇小说那年,英国爆发了有史以来最大的一次罢工。有两个情节可以视作小说对保罗脱离工人阶级持保留态度以及对牺牲老莫里尔而拔高母亲的做法加以弥补:一个是小说中有个类似老莫里尔的矿工与疏远他的妻子最终同归于好,一个是保罗在一次暧昧的爱的行为中杀死了母亲。所以尽管小说没有对保罗对母亲的爱恋表现出充分而尖锐的批评,然而把母亲和儿子之间的关系进行戏剧化的处理,并安排一个悲剧性结局,这也就在无意识中泄露了劳伦斯内心的焦虑和冲突。

精神分析式解读的目的之一就在于,在作品看似连贯统一的结构中找到并不和谐的"潜文本"的存在。这种"潜文本",也就是作品中所没有说出来的东西,在某种意义上可以被称为作品本身的无意识。正如我们所能意识到的自我,只是精神分析所认为的我们主体的一小部分一样,作品的结构及其所阐明的部分也只是其主体的一小部分,在它没有被阐明、被说出的东西背后,还有一个似乎不讲逻辑也无秩序的无意识领域。正如伊格尔顿所认为的,作品的洞察与它的盲目有着深刻联系,那些被明确表达的东西,和那些没有被说出的东西同样重要。通过关注其中模糊、回避或强调的征兆,就可以注意到它没有说出的东西以及为这没有说出所采用的方式,这就为理解作品的无意识提供了一条重要线索。既注意到作品说了什么,又留心它所没有说出的东西,而不再满足于对作品的叙述"再度矫正",这就不仅使我们对于作品的实际构成有所了解,而且还可以揭示那种构成的某些意义,明白其究竟在怎样发挥作用。

但这种精神分析式解读,在许多现代主义作品那里遭遇了困境。我们知道,对于绝大多数传统作品而言,它们的结构原则就是尽可能地不允许读者看出它所包含的事实是怎样挑选出来的,排除了什么东西,为什么这些事实以这种特定的形式加以组织,什么样的设想支配着这个过程,什么样的形式进入了文本的构成,所以在它们的结构中有一种压制性的力量,而我们也很容易将之与弗洛伊德所谓的人的精神结构联系起来。人靠压制他自己的形成过程而成长为自我,作品也靠着这种压制而成为可供解码的文本。但许多现代主义作品却乐于把它们的生产过程变成实际的内容的组成部分。它们并不是努力将自己变成不容置疑的东西,而是像伊格尔顿所说的那样,"把它们自己的构成的方法充分暴露出来",使得作品的结构看起来不是对作品的无意识的压制,而是成了它的无意识本身。拉康很可能就是从这样一种写作中获得启示，认为语言就是无意识，它的能指背后是不断漂浮的所指①。然而实际的情况是，无意识所表现的东西，我们是不能理解的，而在我们有意识的生活中，语言虽不能精确表达意思，但却通过压制狂烈的无意识活动而变得可以交流。现代主义作品如果真的是一种无意识，它们就根本不可能清楚地表达任何东西。而事实上，它们不过是用一种精神分析式的语言对人的精神结构进行了模拟，作品中"被阐明的东西"是属于意识范畴的，而那些"阐明的行为"则是属于无意识范畴的。正如拉康那种神秘的风格，试图借助对无意识的模仿而传达一种观念，也就是他所认为的任何想在说话或写作中传达完整无缺的意识的企图只是一种幻想一样，现代主义作品这样做，也不过是为了使它们所讲的东西不被误解为绝对的真理或真实。也就是说，它们所阐明的东西是一种"所指"，它们所自我暴露出来的阐明的方式是一种"能指"，而通过让人们注意它们叙述这些貌似真理或真实的东西时所使用的方法，正是他们要给我们传达的观念。用拉康的结构主义精神分析术语来说，就是"所指"是"能指"的一种结果，而绝不是先于这种结果的什么东西。

思考题

1. 如何理解无意识？

2. 如何理解作者的无意识、作品的无意识及读者的无意识各自的内涵及相互关系？

3. 如何理解象征的性阐释及其限制？

进一步阅读

1. 弗洛伊德:《梦的解析》，赖其万、符传孝译，作家出版社 1986 年版。

着重阅读《梦的运作》部分，可以尝试分析一部写到梦境的小说。

2. 诺曼 · N. 霍兰德:《文学反应动力学》，潘国庆译，上海人民出版社 1991 年版。

霍兰德是一位读者反应精神分析批评的重要代表，其在本书中对于读者及其阅读心理的分析非常细致，可以通过进一步阅读而掌握读者反应精神分析的精髓，并尝试将之与传统精神分析批评和结构主义精神分析做出

---

① 拉康:《精神分析学中的言语和语言的作用和领域》，选自《拉康选集》，褚孝泉译，上海:三联书店 2001 年版，第 247 页。

比较。

3. 拉康(《关于〈被窃的信〉研讨会》)、德里达(《真理供应商》)、霍兰德(《寻回〈被窃的信〉:作为个人交往活动的阅读》)。

思考几位理论家对爱伦·坡《被窃的信》的阐释,思考他们各自阐释的不同角度,并尝试从自己的角度写一篇关于《被窃的信》的精神分析式的批评。

第五章　文艺接受心理

文艺接受是与文艺创作相对应的一个环节，特别是自接受美学兴起以来，文艺接受的独立地位与价值日益受到重视。如果说文艺家是创作的主体，那么接受者就是接受的主体，文艺接受是一种再创造。马克思从艺术生产和消费的角度指出，不仅艺术生产"给予消费以消费的规定性、消费的性质，使消费得以完成"，而且消费"替产品创造了主体，产品对这个主体才是产品。产品在消费中才得到最后完成"①。因此，探讨文艺接受的心理要素、心理历程和心理效应，就很必要了。

第一节　文艺接受的心理要素

预读　俞伯牙与钟子期·知音·欣赏

伯牙善鼓琴，钟子期善听。伯牙鼓琴，志在登高山。钟子期曰："善哉！峨峨兮若泰山！"志在流水，钟子期曰："善哉！洋洋兮若江河！"伯牙所念，钟子期必得之。

伯牙游于泰山之阴，卒逢暴雨，止于岩下；心悲，乃援琴而鼓之。初为霖雨之操，更造崩山之音。曲每奏，钟子期辄穷其趣。伯牙乃舍琴而叹曰："善哉！善哉！子之听夫！志想象犹吾心也。吾于何逃声哉？"

（《列子》，景中译注，北京：中华书局 2007 年版，第 161 页）

春秋时期俞伯牙与钟子期的故事，成为知音难求的一个经典范本。俞伯牙善于弹琴。他遇到的钟子期，就是一位善于听琴之人，他总能透过琴声

---

① 马克思：《〈政治经济学批判〉导言》，《马克思恩格斯选集》第二卷，北京：人民出版社 1995 年版，第 9—10 页。

准确地捕捉到俞伯牙的内心感触。俞伯牙弹琴，想到高山，钟子期就说："好啊，高耸峻拔，犹如泰山！"想到流水，钟子期就说："好啊，浩瀚荡漾，犹如江河！"不论俞伯牙心里想到什么，钟子期通过琴音都能听得出来。每次奏曲，钟子期都能穷尽琴声中的心意。这让俞伯牙十分感慨。相传二人相约来年再会，但没想到钟子期病故，俞伯牙在他的坟头为知音弹奏一首之后，摔碎了自己的琴，终身不复弹琴。高山流水遇知音的故事，千古流传。

对于俞伯牙这样的文艺家而言，知音已不仅仅是一个善听的接受者，更是自己的良师益友和文艺生命的支柱。文艺创作是一种精神性行为，作家进行创作，是希望实现自己的人生价值，这就离不开读者的接受和理解。然而，知音善赏、知音难求，刘勰在《文心雕龙》中就慨叹："知音其难哉！音实难知，知实难逢，逢其知音，千载其一乎。"要成为作家的知音，读者本身需要具备一定的条件。

理论概述　接受动机·心理图式·接受心境

一　接受动机

对于任何一位接受者来说，他在进入实际的接受过程之前，内心都不会是一块白板。要解读和接受作品，他首先要具有自己的接受动机。

作为一个心理学术语，动机是指"激发和维持有机体的行为，并使该行动朝向一定目标的心理倾向或内部驱力"①。那么什么是接受动机？接受动机是指促使接受者进入接受过程以阅读、欣赏、分析作品的心理倾向、需要或动力。接受动机可以分为审美动机、求知动机、娱乐动机、借鉴动机、实用动机等。

在所有的接受动机中，审美动机是文艺接受的根本动机，它是指读者通过阅读、欣赏文艺作品而获得审美愉悦的需要。求知动机是指接受者为了解、认识历史、文化、社会、人生等，欣赏文艺作品以获取知识、获得感悟的心理需要。娱乐动机是因接受者出于娱乐或消遣的目的而产生的。借鉴动机的产生，是因为接受者为了提高自己的艺术水准，希望通过品味文艺作品而模仿、借鉴文艺家的手法和技巧。实用动机以特定的实用目的为核心，促使

---

① 林崇德、杨治良、黄希庭主编：《心理学大辞典》（上卷），上海：上海教育出版社2003年版，第223页。

接受者去阅读作品。虽然接受者的实用目的可能各不相同,但对于他们而言,"是否有用"成为其能否接受文艺作品的标准。

不同的接受动机可能会导致接受者在面对文艺作品时产生不同的态度、立场和评判。从求知动机出发,接受者可能会把作品当成历史和人生的教科书,知识量和信息密度会影响到他对作品的看法。从娱乐动机出发,文艺作品是否"好看""好玩",会成为接受者心中的尺度。从借鉴动机出发,接受者更关注的是艺术手法、技巧的可借鉴性。就实用动机而言,接受者会以有用性即根据自己的目的和需要来衡量文艺作品的价值。

那么,接受者为什么会产生审美动机呢?这是由人的心理结构决定的。西方哲学、心理学把人的心理、精神世界分为知、意、情三个领域,这三个领域的最高理想分别是真、善、美。人类与动物的重要区别就在于,人类不是只为生存,还有对于真善美的追求与渴望。德国哲学家康德就据此把人的心灵机能分为三种:认识功能、愉快及不愉快的情感、欲求功能;与之相应,人的认识能力也分为三种:知性、理性、判断力。康德的《判断力批判》,将判断力作为沟通知性和理性的桥梁,由于判断力是在艺术领域发挥作用,知性在自然领域发挥作用,理性则是在自由领域,因此,艺术就成为连接自然和自由的纽带,通过审美,人最终可以到达自由的境地。不仅如此,审美还是无功利性、不涉及利害关系的,康德由此从哲学的高度确立了美与美感的独立地位。

由此来看,审美是人的根本性需求之一,审美动机是人类社会活动的重要动力,文学艺术由此在社会结构中占据着重要的位置。从历史的角度看,"五官感觉的形成是迄今为止全部世界历史的产物"[①],而在当下,即使边缘化了,文艺活动仍会贯穿人类历史发展的始终,必定不会消亡。

2012年4月23日是第17个世界读书日。4月19日,中国新闻出版研究院发布的第九次全国国民阅读调查结果显示,2011年我国国民对个人阅读数量的评价中,只有1.2%的国民认为自己的阅读数量很多,50.7%的国民认为自己的阅读数量很少或比较少。对于个人总体阅读情况,有21.2%的国民表示满意(非常满意或比较满意),有20.9%的国民表示不满意(比较不满意或非常不满意)。不过,调查也显示,2011年中国18—70周岁国民各媒介综合阅读率为77.6%,比2010年有所增加。而且此次调查发现,"文学"和"日常生活"类图书是18—70周岁国民最喜欢的图书类型。喜欢

① 马克思:《1844年经济学—哲学手稿》,北京:人民出版社2000年版,第87页。

的国民均接近三成。2011 年读者最喜爱的十大作家是鲁迅、金庸、韩寒、琼瑶、郭敬明、老舍、曹雪芹、冰心、古龙和巴金,而《三国演义》《红楼梦》《水浒传》《西游记》《简·爱》《天龙八部》《钢铁是怎样炼成的》《平凡的世界》《史蒂夫·乔布斯传》和《围城》则成为读者最喜爱的十本图书。

从这些数据和名单可以看出,读者的审美动机,在文艺接受活动中是占据主导位置的。

二　心理图式

所谓“图式”,是指“知识的一种表征方式。按一定格式组织在一起,用于表征事件、事件系列、规程、情景、关系和客体等的概念群”[①]。心理图式是指人的内在认知结构。在这一方面,瑞士心理学家皮亚杰的观点,尤其值得重视。

皮亚杰创立了发生认识论,改造了行为主义心理学的“刺激──→反应”(S──→R)的单项活动模式,将其设计为“刺激⇌反应”(S⇌R)的双向作用模式。他后来又进一步提出了 S──→AT──→R 公式,也就是说,一定的刺激(S)只有被同化于认知结构即图式中(AT),才能对刺激做出反应(R)。[②]

具备了接受动机,还仅仅是接受活动的“前奏”。在接受活动中,接受者的心理并非一块白板,而是已经具有了先在的结构模式,这就是接受者的心理图式。马克思指出:“对于没有音乐感的耳朵来说,最美的音乐也没有意义。”[③]心理图式与接受者的个性气质、性格、趣味、素养、爱好、经验等密切相关,会直接影响到接受者对于对象的选择与接受。

就个体而言,心理图式带有非常强烈的个人与主观色彩,这样在欣赏文艺作品时难免会形成特定的偏好,很难做到对所有类型、特征的作品都兼容并包。接受者会更倾向于接受和欣赏与自身的爱好、趣味相接近与契合的作品,由此难免会对其他类型的作品产生一定的排斥甚至是厌弃心理。

例如,新诗产生之初,引起了巨大的争议,遭到了守旧派的嘲笑与攻击。受传统教育熏习的读者,对于讲究格律、形式齐整的古典诗词习以为常,但

---

① 林崇德、杨治良、黄希庭主编:《心理学大辞典》,上海:上海教育出版社 2003 年版,第 1266 页。

② 皮亚杰:《发生认识论原理》,王宪钿等译,北京:商务印书馆 1981 年版,第 61 页。

③ 马克思:《1844 年经济学—哲学手稿》,北京:人民出版社 2000 年版,第 87 页。

对于新诗一时无法适应。胡适《蝴蝶》一诗就是如此。据废名回忆,他还在上学时,学校新来了一位国文教师,这位教师"以一个咄咄怪事的脾气,拿了粉笔首先向黑板上写'两个黄蝴蝶,双双飞上天……'给我们看,意若曰:'你们看,这是什么话!现在居然有大学教员做这样的诗!提倡新文学!'"①但是这位对新诗很不屑的教师或许没有料到,新式课堂里的青年学生们,已经在开始接受、欣赏这些新诗作品了。

因此,刘勰在《文心雕龙》中特别提出,普通读者在接受作品时会有各自的偏好,为克服这一点,就需要做到"博观",从而能无所偏私,公正地对待、评价作品。

原典精读　刘勰论"博观"

> 夫篇章杂沓,质文交加,知多偏好,人莫圆该。慷慨者逆声而击节,酝藉者见密而高蹈;浮慧者观绮而跃心,爱奇者闻诡而惊听。会己则嗟讽,异我则沮弃,各执一隅之解,欲拟万端之变,所谓东向而望,不见西墙也。
>
> 凡操千曲而后晓声,观千剑而后识器;故圆照之象,务先博观。
>
> (周振甫:《文心雕龙今译》,北京:中华书局1986年版,第431—432页)

作为接受者在文艺接受时已经具备的内在心理结构,心理图式相当于西方学界提出的"期待视野"这一概念,接受美学的代表人物姚斯称之为接受理论的方法论顶梁柱。

所谓"期待视野",是指接受者在接受文艺作品之前所具有的先在的心理结构,可以从不同的层面来分析;就接受者个体而言,主要是接受者在已阅读、欣赏过的文艺作品中获得的经验与知识,接受者自身的个性、趣味、经历及素养等。就接受者所受影响而言,包括社会心理、时代风气与趣味、民族特色、文化传统等。在姚斯看来,"文学的历史性并不在于一种事后建立的'文学事实'的编组,而在于读者对文学作品的先在经验"。②

---

① 废名、朱英诞:《新诗讲稿》,北京:北京大学出版社2008年版,第25页。

② 姚斯、霍拉勃:《接受美学与接受理论》,沈阳:辽宁人民出版社1987年版,第26页。

知识背景 “期待视野”

“期待视野”,又译为“期待的水准”,接受美学的基本术语之一。指阅读一部作品时读者的文学阅读经验构成的思维定向或先在结构,即读者接受的主观条件。它是从“视野”一词发展而来的。胡塞尔、海德格尔、伽达默尔等都用过“视野”一词,指主体的意向性结构、前理解结构和前思维结构等。将“视野”与“期待”二词复合成一个概念者,则有哲学家波普尔、社会学家曼海姆和艺术学家冈布里奇;后者将期待视野定义为一种“思维定向,记录过分感受性的偏离与变异”,与接受美学的理解已较接近。接受美学创造人姚斯则把“期待视野”提高为他的“方法论顶梁柱”,视之为接受理论的核心范畴。作为接受主体主观条件的期待视野,包括主体在阅读中所具备的全部主观因素,如生活经验、文化素养、思想观念、性格气质以及其审美理想、审美趣味、审美能力等。期待视野是由多种因素形成的,其中主要是民族文化的传承和个人文化素养的规范,它们既有先天因素,又有后天因素。由于构成原因不同,每个人的期待视野也不尽相同。期待视野不仅对作家的创作有潜在的制约作用,更重要的意义还在于直接影响读者对作品的选择、理解、体验和评价。每个人的期待视野还伴随各个自身经历及社会思潮、时代精神等外在条件而变化;这种变化了的期待视野又会影响读者对作品的再选择和再评价。

(鲁枢元、童庆炳等主编:《文艺心理学大辞典》,湖北人民出版社 2001 年,第 490 页)

值得注意的是,由于个体与时代情况的不断变化,期待视野也处于动态的变化之中。因此,哪怕是同一个接受者,当其期待视野发生变化之后,再面对同一件文艺作品,其感受、评价也可能会发生极大的变化。

三 接受心境

接受者对文艺作品的接受,还会受到其接受心境的影响。心境是“一种较微弱而持续的带有渲染作用的情绪状态。一段时间内心理活动的基本背景。不是对某些具体事物的特定体验,具有弥散性,影响人的整个精神生活"[1]。接受心境则是指接受者在接受活动中的情绪状态。影响人的接受心境的因素有很多,可能是外部的当下状态、时令节气、环境景物,也可能是内部的身体状况、爱好兴趣等。

文艺接受活动对接受者的接受心境有一个特殊的要求,即接受者需要以审美的情绪状态进入到对文艺作品的感受、欣赏之中。波兰文论家英伽登将这种情绪称为"预备情绪"("预备审美情绪"),认为它不同于"快感"。这是接受者从"日常生活中采取的实际态度、从探究态度向审美态度的转变",是日常生活的暂时"中断"。[2]

原典精读　英伽登论"预备审美情绪"

> 预备审美情绪(在一个人的经验系列中)的出现,首先中断了关于周围物质世界的事物中的"正常的"经验和活动。在此之前吸引着我们、对我们十分重要的东西突然失去其重要性,变得无足轻重。我们会停止(虽然这停止可能只是短暂的一瞬)正在进行的活动,因为就是在这种活动过程中一种特质(它通常与一对象相联系)吸引了我们的注意力,唤起了我们的预备情绪。
>
> ……
>
> 与这种中断同时发生的还有对有关现实世界的事物的实际经验的压制乃至完全消除。我们对世界的意识范围明显地缩小,而且,虽然我们无意中仍然感到这世界的存在,虽然我们仍感到自已存在于这世界上,但是那构成我们存在特色的对现实世界的信念却已经黯然失色、无足轻重。在强烈的审美经验后期,还可能产生一种对现实世界的假遗忘状态,这是人所共知的事实。它跟由预备情绪引起的态度变化之间存在着直接联系。
>
> (胡经之、张首映主编:《西方二十世纪文论选》[第三卷],北京:中国社会科学出版社 1989 年版,第 25—26 页)

对于接受者来说,接受心境在接受活动中的表现主要有两种:

一是作品对接受者起到了较为充分的感染作用,接受者的心境为作品

---

① 林崇德、杨治良、黄希庭主编:《心理学大辞典》,上海:上海教育出版社 2003 年版,第 1387 页。

② 英伽登:《审美经验与审美对象》,胡经之、张首映主编:《西方二十世纪文论选》(第三卷),北京:中国社会科学出版社 1989 年版,第 23 页。

所引导。如明代冯梦龙在论及小说的功用时就说,说书人讲小说,能够很好地吸引听众,使得他们“可喜可愕,可悲可涕,可歌可舞;再欲捉刀,再欲下拜,再欲决脰,再欲捐金;怯者勇,淫者贞,薄者敦,顽钝者汗下。虽小诵《孝经》、《论语》,其感人未必如是之捷且深也”。①

二是以自己的心境去统摄作品,从而使得自身的情绪状态占据了主导地位。《淮南子·齐俗训》就已指出了这一点:“夫载哀者闻歌而泣,载乐者见哭而笑,哀可乐者,笑可哀者,载使然也。”

歌德的名作《少年维特之烦恼》出版后,引起了极大的反响,在社会上掀起了一股“维特热”,不少青少年模仿维特的衣着言行。特别是一些处于失恋中、陷入精神苦闷的年轻人,读了小说后更为伤感、抑郁,甚至像维特那样自杀。这样一种结果,却是作家所不愿意看到的。

对于同一个接受者来说,在人生的不同阶段、自身所处的不同境况中,即使面对同一个接受对象,他的接受心境也可能会发生很大的变化。南宋词人蒋捷的《虞美人·听雨》一词,就很生动地揭示了这一点:

> 少年听雨歌楼上,红烛昏罗帐。壮年听雨客舟中,江阔云低断雁叫西风。而今听雨僧庐下,鬓已星星也。悲欢离合总无情,一任阶前点滴到天明。

接受者心境的变化,可能会导致他情绪上的波动起伏,从而影响到对作品的接受效果。那么,接受者怎样才能保持一种相对平和稳定的心境呢?道家老子主张“涤除玄览”,即排除主观杂念,保持内心的清澈澄明,自然心如明镜。沈德潜也说“读诗者心平气和,涵泳浸渍,则意味自出,不宜自立意见,勉强求和也”(《唐诗别裁·凡例》)。

知识背景 “玄览”

“玄览”为道家学派创始人老子所提出的重要概念。道家反对人为矫饰,强调道法自然。老子的代表作为《老子》,又名《道德经》。《老子》第十章曰:“涤除玄览,能无疵乎?”河上公注:“心居玄冥之处,览知万物,故谓之玄览。”高亨先生指出,“览”本当作“鉴”字,即镜子,“玄

---

① 绿天馆主人:《古今小说序》,黄霖、韩同文选注:《中国历代小说论著选》(修订本),江西人民出版社2000年版,第225页。

鉴者，内心之光明，为形而上之镜，能照察事物，故谓之玄鉴”。[①] 老子所言，或许可以理解为人心如镜，需要时时注意清洗除尘，使其光洁明净而无瑕疵，能够洞察万物。

第二节 文艺接受的心理历程

预读 娜拉走后怎样·鲁迅的反思

但从事理上推想起来，娜拉或者也实在只有两条路：不是堕落，就是回来。因为如果是一匹小鸟，则笼子里固然不自由，而一出笼门，外面便又有鹰，有猫，以及别的什么东西之类；倘使已经关得麻痹了翅子，忘却了飞翔，也诚然是无路可以走。还有一条，就是饿死了，但饿死已经离开了生活，更无所谓问题，所以也不是什么路。

……然而娜拉既然醒了，是很不容易回到梦境的，因此只得走；可是走了以后，有时却也免不掉堕落或回来。否则，就得问：她除了觉醒的心以外，还带了什么去？倘只有一条像诸君一样的紫红的绒绳的围巾，那可是无论宽到二尺或三尺，也完全是不中用。她还须更富有，提包里有准备，直白地说，就是要有钱。

……所以为娜拉计，钱，——高雅的说罢，就是经济，是最要紧的了。自由固不是钱所能买到的，但能够为钱而卖掉。人类有一个大缺点，就是常常要饥饿。为补救这缺点起见，为准备不做傀儡起见，在目下的社会里，经济权就见得最要紧了。第一，在家应该先获得男女平均的分配；第二，在社会应该获得男女相等的势力。可惜我不知道这权柄如何取得，单知道仍然要战斗；或者也许比要求参政权更要用剧烈的战斗。

（鲁迅：《鲁迅全集》第一卷，北京：人民文学出版社 2005 年版，第 166—168 页）

挪威戏剧家易卜生创作的社会问题剧在中国五四时代曾引起巨大反响。1918 年，《新青年》4 卷 6 号推出“易卜生专号”，刊载了他的《玩偶之家》和胡适的《易卜生主义》。《玩偶之家》的主人公娜拉被视为女性解放、

---

① 高亨：《重订〈老子〉正诂》，北京：古籍出版社 1956 年版，第 24 页。

追求爱情与婚姻平等自由的典范。胡适甚至还照此创作了《终身大事》。当时的中国社会,掀起了一股空前的“娜拉热”,不仅一大批作家、知识分子赞美娜拉的精神,还有不少女性仿效娜拉出走,离开旧家庭。在这股热潮中,鲁迅对易卜生的接受值得重视。鲁迅对易卜生也是非常欣赏的。早在留学日本时期,受日本的“易卜生热”的影响,他就研读过易卜生的作品和相关评论文章。在《文化偏至论》和《摩罗诗力说》中,鲁迅都提到了易卜生的名字,认为他是一位有着勇敢反抗精神的精神界之战士。1923 年 12 月 26 日,鲁迅在北京女子高等师范学校演讲,振聋发聩地提出了“娜拉走后怎样”的问题。鲁迅肯定了《玩偶之家》所具有的现实意义,但他更清醒地指出,在女性没有获得独立、平等的经济权的情况下,即使是出走了,其结局也只能是:堕落或回来。鲁迅后来创作的小说《伤逝》,就以文学的形式,形象地揭示出了这一社会问题,可见鲁迅对《玩偶之家》,既深入理解了作品的精神,又站在一个更高的位置,对这部作品进行了深刻的反思。

理论概述　审美体验——审美反思——共通与差异

一　审美体验

在接受者具备了接受活动所需的心理条件与要素之后,他就可以进入接受过程了。文艺作品的接受过程,大体上可以分为两个阶段:“入”(审美体验)与“出”(审美反思)。接受者首先要能进入文艺作品的世界之中,切实地进行审美体验,才能真正理解文艺作品的精神意蕴。

大体来说,文艺接受的历程,与文艺创作恰好相反。刘勰在《文心雕龙·知音》中指出:“夫缀文者情动而辞发,观文者披文以入情,沿波讨源,虽幽必显。”如果说作者是“情动而辞发”,将自身的情感、体悟化为文辞,成为读者所见到的作品,那么读者就是“披文以入情”,根据文辞,调动自身的感知、想象来体会作者的情感与体悟。

审美感知是进行审美体验的初级阶段,可以分为审美感觉和审美知觉两部分。审美感觉是接受者通过感官从文艺作品所获得的最初的美感,如运用听觉可以获得对音乐的审美感觉,运用视觉可以从舞蹈、绘画、雕塑作品中获得美感,运用视觉、听觉,可以享受影视、戏剧等艺术为我们带来的愉悦。

对于文学而言,虽然不像造型艺术那样直观,但是人对语言文字的感觉,还是可以唤起内心的美感的。如吴世昌先生的《诗与语音》一文,以诗词为例，分析了语音与读者感受之间的关系。他举出陶渊明的"悠然见南山"：

> 如果我们把他改为"悠然见西山"或"悠然见北山"，或"悠然见东山"，虽然不一定比南山更坏，但总觉得不是陶渊明的诗，甚至于和他的人格身世都不相称。……"西山"二字都是以"s－"音起，宜于写凄清轻倩的感情；"东山"的"东"字以"t－"音起，山字以"s－"音起，而二字的收音都有"－n"，所以"东山"二字都是发扬宏亮之声，也就只宜于表现那一种情感。如果用"北山"，因为"北"字以"p－"音起，"p－"是爆裂音，爆裂音所表现的是迫切急遽的情感。——所以"西山""东山""北山"所引起的凄清轻倩，发扬宏亮，迫切急遽的感情，都令人觉得不与陶渊明当时的情境相称。不仅是不与他老人家的身世人格相称，即便和上文的"悠然"也不相称。只有"南"字所暗示的沉郁迂缓的情调，才能表达此老迟暮采菊的心境。[①]

文艺接受中的审美感觉是个别性的、分散的，需要上升为审美知觉，才能获得对于审美对象的整体把握。知觉是指"个体经由各感官觉知环境中物体的存在、特征及其彼此关系的过程"，"与感觉相比，它反映的是客观物体和机体自身状态的整体经验，是多种感觉协同活动的结果"。[②]

文艺接受活动不仅需要审美感知，更需要想象。想象既是文艺创作的必备条件，也是文艺接受的重要基础。华兹华斯的《〈抒情歌谣集〉1815年序言》中将"想象"作为诗歌创作的五种能力之一，他所说的想象，已经是一种创造性的能力，包括"赋予的能力、抽出的能力和修改的能力"，可以"造形和创造"[③]。柯勒律治进一步对想象和幻想加以区分：幻想"必须从联想规律产生的现成材料中获取素材"，想象则可以分为"第一位的"和"第二位的"两种，前者是"一切人类知觉的活力与原动力"，后者是前者的回声，但是在性质上与前者相同，也是为了"再创造"。[④]虽然浪漫主义作家是从创作的角度论想象，但事实上，读者在阅读、欣赏文艺作品时，同样需要这种创造性的想象。

文艺接受活动中的想象，也需要与情感相伴而行。刘勰《文心雕龙·

---

① 吴世昌：《吴世昌全集》第三卷，石家庄：河北教育出版社2003年版，第25页。

② 林崇德、杨治良、黄希庭主编：《心理学大辞典》，上海教育出版社2003年版，第1678页。

③ 刘若端编：《十九世纪英国诗人论诗》，人民文学出版社1984年版，第46页。

④ 同上书，第61—62页。

神思》讲作家创作需要“登山则情满于山，观海则意溢于海”，这同样适用于读者的接受。比如曹雪芹的《红楼梦》中就真实描写了林黛玉聆听昆曲《牡丹亭》时的心理状态：

> 这里黛玉见宝玉去了，又听见众姊妹也不在房，自己闷闷的。正欲回房，刚走到梨香院墙角上，只听见墙内笛韵悠扬，歌声婉转。黛玉便知是那十二个女孩子演习戏文呢。只是林黛玉素习不大喜看戏文，便不留心，只管往前走。偶然两句吹到耳内，明明白白，一字不落，唱道是：“原来姹紫嫣红开遍，似这般都付与断井颓垣。”黛玉听了，倒也十分感慨缠绵，便止步侧耳细听，又听唱道是：“良辰美景奈何天，赏心乐事谁家院。”听了这两句，不觉点头自叹，心下自思道：“原来戏上也有好文章。可惜世人只知看戏，未必能领略这其中的趣味。”想毕，又后悔不该胡想，耽误了听曲子。又侧耳时，只听唱道：“则为你如花美眷，似水流年……”林黛玉听了这两句，不觉心动神摇。又听道“你在幽闺自怜”等句，亦发如醉如痴，站立不住，便一蹲身坐在一块山子石上，细嚼“如花美眷，似水流年”八个字的滋味。忽又想起前日见古人诗中有“水流花谢两无情”之句，再又有词中有“流水落花春去也，天上人间”之句，又兼方才所见《西厢记》中“花落水流红，闲愁万种”之句，都一时想起来，凑聚在一处。仔细忖度，不觉心痛神痴，眼中落泪。①

可见，读者在接受文艺作品时获得的喜怒哀乐，是与其真切的体验和投入分不开的。只有在接受时产生发自内心的情感，接受者才能真正理解作家注入在作品中的情怀与感受，从而形成共鸣。

在审美体验的过程中，“同化”与“顺应”是两种重要表现。“同化”是指接受者的心理图式或者说是期待视野与文艺作品传递的信息接近或一致时，接受者的心理图式就会吸收作品的信息，原有的心理图式或期待视野就得到强化。而当接受者的心理图式或期待视野与文艺作品传递的信息不一致甚至悖逆时，接受者就需要改变、调整自己的心理结构，使其与作品协调一致，最终可能会建立起新的心理图式或期待视野。姚斯就敏锐地发现了这一点：“假如人们把既定期待视野与新作品出现之间的不一致描绘成审美距离，那么新作品的接受就可以通过对熟悉经验的否定或通过把经验提高到意识层次，造成‘视野的变化’，然后，这种审美距离又可以根据读者反

① 曹雪芹：《红楼梦》，北京：人民文学出版社 1996 年版，第 316—317 页

应与批评家的判断历史性地对象化。”①

皮亚杰在谈到人的认识问题时指出，认知结构涉及“图式”“同化”“顺应”和“平衡”。在《儿童心理学》中，他指出，刺激输入的过滤或改变，称为同化；内部图式的改变以适应现实，称为顺应。平衡则是指同化作用和顺应作用两种技能的平衡。儿童遇到新事物时，总是试图以原有图式去同化，如果成功，就获得认识上的暂时的平衡；如果不成功，儿童就会调整原有图式或创立新的图式，直至达到认知上的新的平衡。“智慧行为是依赖于同化与顺应两种机能从最初不稳定的平衡过渡到逐渐稳定的平衡。”②

通过同化和顺应，接受者可以对熟悉和喜爱的文艺作品获得更深的理解，也可以理解和接受新的文艺样式。

二　审美反思

对于接受者来说，他们固然需要进入作品之中，开展深入的体验，但是，接受者也应该注意到他们是在进行审美体验与欣赏，他们所进入的毕竟是一个虚构的艺术世界。在文艺接受活动中，有一些读者恰恰就是因为沉浸于艺术作品之中，难以自拔，从而导致了现实中的悲剧事件。陈其元《庸闲斋笔记》、乐钧《耳食录》都记载有某女子嗜读《红楼梦》而痴迷，其父母察觉后就将书烧掉，没想到该女子竟为此而死。另据鲍倚云《退余丛话》记载，杭州名伶商小玲最擅长演《牡丹亭》，也为此而忧郁成疾，一次登台演出，唱到“打并香魂一片，阴雨梅天，守得梅根相见”时，竟然气绝身亡。

文艺接受本应该唤起接受者的审美感受，引起他们对人生和人性的感悟与反思，而不应该是让接受者沉溺其中不能自拔。因此，接受者不仅要能“进入”，也要能够“出来”，应以冷静而客观的态度，审视、反思作品所反映的现实和问题，通过自身的思考，对作品做出评判。只有在这种状态下，接受者才真正成为接受活动的主体，甚至能够对作品做出创造性的阐释。因此，审美反思大致包括了两个方面的内容：一是审美理解，二是审美评价。

就审美理解而言，接受者要能对作品中所塑造的人物形象的精神、作品所展现的人生与人性的深层内涵，进行深入的挖掘和探讨。

---

① 姚斯、霍拉勃：《接受美学与接受理论》，周宁、金元浦译，沈阳：辽宁人民出版社 1987 年版，第 31 页。

② 皮亚杰、英海尔德：《儿童心理学》，吴福元译，北京：商务印书馆 1986 年版，第 7 页。

原典精读　海德格尔解说梵高画作《农鞋》

> 根据梵高的画,我们甚至不能确定这双鞋是放在哪里的。这双农鞋可能的用处和归属毫无透露,只是一个不确定的空间而已。上面甚至连田地里或者田野小路上的泥浆也没有粘带一点,后者本来至少可以暗示出这双农鞋的用途的。只是一双农鞋,此外无他。然而——
>
> 从鞋具磨损的内部那黑洞洞的敞口中,凝聚着劳动步履的艰辛。这硬邦邦、沉甸甸的破旧农鞋里,聚积着那寒风料峭中迈动在一望无际的永远单调的田垄上的步履的坚韧和滞缓。鞋皮上粘着湿润而肥沃的泥土。暮色降临,这双鞋底在田野小径上踽踽而行。在这鞋具里,回响着大地无声的召唤,显示着大地对成熟谷物的宁静馈赠,表征着大地在冬闲的荒芜田野里朦胧的冬眠。这器具浸透着对面包的稳靠性无怨无艾的焦虑,以及那战胜了贫困的无言喜悦,隐含着分娩阵痛时的哆嗦,死亡逼近时的战栗。这器具属于大地(Erde),它在农妇的世界(Welt)里得到保存。正是由于这种保存的归属关系,器具本身才得以出现而得以自持。
>
> (马丁·海德格尔:《林中路》修订本,孙周兴译,上海译文出版社2008年版,第16页)

海德格尔对《农鞋》的解说,显然已不仅仅是对这幅画作的赏析了,它更是海德格尔哲思的阐发,寄托着他对存在问题的更深刻的思考。

就审美评价而言,接受者不能仅仅满足于阐释作品,还要能够对作品进行评判。康德就认为,“鉴赏是与想象力的自由合规律性相关的对一个对象的评判能力”①。但是,文艺接受活动中的反思、评判,不是抽象的逻辑思考,它仍然带有感性的色彩,仍然要尊重文艺作品的审美特质,从审美的角度加以评判。

要想做到这一点,接受者就必须充分意识到自己是在欣赏文艺作品,不能将文艺作品展现的艺术世界、人物的悲欢离合简单地等同于现实,不能把自己等同于其中的角色。鲁迅就指出过,“中国人看小说,不能用赏鉴的态

---

① 康德:《判断力批判》,邓晓芒译,人民出版社2002年版,第83页。

度去欣赏它,却自己钻入书中,硬去充一个其中的脚色"。[①]接受者应与文艺作品保持一定的心理距离,正如英伽登所言:"在审美经验完成之后,根据记忆对已经构成的审美对象进行的认识,原则上和其他认识行为没有什么区别。但是交织在审美经验过程中的认识行为,特别是那些涉及审美对象有价值的方面及其内在结构的认识行为,似乎是一种特殊的行为,在理解力上远远超出了任何审美经验的感知因素。它们的特殊性质仍然有待于研究,这里我们只能说它们是瞬时的启发,一种特殊的直观,可以使我们对正在构成的审美对象保持一定的距离。"[②]

在如何保持心理距离的问题上,布莱希特提出了著名的"间离化"理论。

知识背景　间离化

德国剧作家、戏剧理论家布莱希特倡导的是与传统戏剧相对立的叙事剧。传统的戏剧强调演员与角色合一,使观众陷入移情体验,沉溺于剧情。叙事剧的特点就是使用了一种"使观众跟舞台上表现的事件保持距离的表演技术",他称之为"间离"(Vertremdung)技术,其目的"是使观众对舞台事件采取一种寻根究底的态度;至于它所采取的手段则是艺术的"。[③]这就意味着讲述者不再需要第四面墙,不仅舞台的背景要对舞台上发生的事变表态,舞台上的巨幅字幕唤起了对另一处地点发生的另一些变化的回忆,用幻灯文字来证实或反驳演员的言论,把抽象的交谈通过数字变得可感并易于了解,对于有形象的、但还不能把握意义的变化过程可使用数字和语句。甚至演员也不完全变成角色,而是与自己所扮演的角色要保持一定距离,从面要求人们去进行批判。

由此导致的结果是:戏剧式戏剧的观众的感受是:确实,我也感觉到了这一点——就像我这样——这确是很自然。——从来就是这样的。——这人的痛苦感动了我,因为他没有出路了。——这真是

---

① 鲁迅:《中国小说的历史的变迁》,《鲁迅全集》第九卷,北京:人民文学出版社 2005 年版,第 348 页。

② 罗曼·英伽登:《对文学的艺术作品的认识》,陈燕谷、晓未译,北京:中国文联出版公司 1988 年版,第 410—411 页。

③ 布莱希特:《间离效果》,邵牧君译,《电影艺术译丛》1979 年第 3 期,第 157 页。

伟大的艺术，因为一切都是那么自然而然，——他哭我也哭，他笑我也笑。

叙事剧的观众的感受则是：这一点我可从未想到过。——人们可不能这样干。——这太奇特了，简直令人难以置信。——这样的事必须得停止。这人的痛苦感动了我，因为他是会有出路的。——这真是伟大的艺术：因为这一切都是那么不可思议。——我对哭者笑，对笑者哭。①

接受者只有对作品进行审美反思，才能对作品的意蕴、技巧进行深入的分析，也才能总结出作品的价值与意义、缺陷与不足，甚至能够从对具体的文艺作品的评论中，抽绎出具有普遍意义的理论命题与规律。例如，恩格斯在致哈克奈斯的信中，对他的《城市姑娘》这部作品做出了切中肯綮的分析与评价。恩格斯首先肯定了这部小说"现实主义的真实性"、它所体现出来的"真正艺术家的勇气"，然后也委婉地指出了它的不足："还不够现实主义。"他进而提出了对于现实主义影响深远的一个基本原则："据我看来，现实主义的意思是，除细节的真实外，还要真实地再现典型环境中的典型人物。"《城市姑娘》这部作品，人物虽然是典型的，但是环境却不够典型。恩格斯所揭示的这一原则，对于文艺创作无疑有着重大的意义和影响，这恰恰是恩格斯在对该作品进行审美反思之后才能做到的。

三　共通与差异

前面分析的是接受者的接受历程，是就一般情况而言。事实上，接受美学在谈及接受问题时，也是设定一种"理想的读者"。然而，读者由于自身的动机、期待视野、心境等各不相同，因而对作品的接受状况不可能完全一致，甚至存在较大差异，这也需要加以分析。总体来看，接受的状况可以分为两种：一是接受者对于同一文艺作品的接受，大体上是比较接近与一致的；二是，在这种大体一致的基础上，接受者的具体感受与意见，会存在差异与分歧。

首先来看一致性问题。在文艺接受活动中，接受者的感受、意见会有一种大体的一致，甚至是时代、地域、民族、文化上的隔膜，也不妨碍人们对一些文艺作品的共同接受。例如歌德之于中国文化。据考证，歌德自 1796 年

---

① 布莱希特：《论叙事剧》，刘小枫译，伍蠡甫、胡经之主编：《西方文艺理论名著选编》（下卷），北京大学出版社 1987 年版，第 317—318 页。

起开始正式接触中国文学，读过《好逑传》之后，他在同助手爱克曼的谈话中阐述了他对中国的理解："中国人在思想、行为和情感方面，几乎和我们一样，使我们很快就感到他们是我们的同类人，只是在他们那里，一切都比我们这里更明朗，更纯洁，也更合乎道德。"不过，歌德并不认为《好逑传》是中国文学中最伟大的作品，他相信"中国人有成千上万这类作品"，"而且在我们的远祖还生活在野森林的时代就有这类作品了"。西方作品传入中国时也是如此，小仲马的名著《茶花女》由林纾与友人合作翻译后，以《巴黎茶花女遗事》为名出版，引起巨大的轰动，严复有诗云："可怜一卷茶花女，断尽支那荡子肠。"

但是，文艺接受的一致性从何而来呢？对这个问题，康德进行过深入的研究。康德在他的《判断力批判》中，从四个方面分析了鉴赏判断，得出了四个基本的规定：鉴赏判断是审美的，从质来看，"鉴赏是通过不带任何利害的愉悦或不悦而对一个对象或一个表象方式作评判的能力"；从量来看，"凡是那没有概念而普遍令人喜欢的东西就是美的"；从关系来看，"美是一个对象的合目的性形式，如果这形式是没有一个目的的表象而在对象身上被知觉到的话"；从模态来看，"美是那没有概念而被认作一个必然愉悦的对象的东西"①。

这里，第二个方面涉及鉴赏判断的普遍性何以可能的问题。康德认为审美是无概念然而又是普遍的，之所以是普遍的，是因为有"共通感"在起作用。

原典精读　康德论"共通感"

> 鉴赏判断必定具有一条主观原则，这条原则只通过情感而不通过概念，却可能普遍有效地规定什么是令人喜欢的、什么是令人讨厌的。但一条这样的原则将只能被看作共通感，它是与人们有时也称之为共通感(sensus communis)的普遍知性有本质不同的：后者并不是按照情感，而总是按照概念、尽管通常只是作为依模糊表象出来的原则的那些概念来作判断的。
>
> 所以只有在这前提之下，即有一个共通感（但我们不是把它理解为外部感觉，而是理解为出自我们认识能力自由游戏的结果），我是

---

① 康德：《判断力批判》，邓晓芒译，北京：人民出版社2002年版，第45、54、72、77页。

说，只有在这样一个共同感的前提下，才能作鉴赏判断。

（康德：《判断力批判》，邓晓芒译，北京：人民出版社 2002 年版，第 74—75 页）

康德在这里所讲的共通感，不同于知性意义上的共通感，它是普遍感性，是情感意义上的共同性与普遍性。只有具有这种共通感，才能解释为什么人的心灵相互之间可以沟通和理解。这是因为存在这种共通感，优秀的文艺作品才能够突破时空的限制，在不同的接受者那里获得认可，而不同的接受者之间，也才有了对话、交流的可能。

其次，更重要的是差异性问题。虽然有共通性作为基础，但是，接受者的个体差异也是客观存在的，不同的接受者面对同一部作品，甚至是同一个接受者，在不同的情况下面对同一部作品，都有可能得出不同的结论。这里牵涉知识背景、心理结构、立场、趣味、爱好、素养、期待、心境等各种因素。董仲舒已说过"诗无达诂"，谭献曰："作者之用心未必然，而读者之用心何必不然。"[①]鲁迅也曾经指出，一部《红楼梦》，"单是命意，就因读者的眼光而有种种：经学家看见《易》，道学家看见淫，才子看见缠绵，革命家看见排满，流言家看见宫闱秘事……"[②]

但是，文艺接受的共通与差异是辩证的关系：共通感是差异性的根基，如果没有它，接受者之间无法实现交流，文艺接受活动甚至都不可能进行，因为它实际是接受者与文艺家、作品的交流。但是差异性是更为明显和普遍的，文艺接受活动绝不可能强求一致，如果是这样，只会扼杀文艺接受的多样性和丰富性。正如王夫之所言，"作者用一致之思，读者各以其情而自得"[③]。

值得注意的是，文艺接受的差异性不能没有限度，否则就变成了对文艺作品的过度解读或随意曲解了，文艺接受虽然带有感性、自由的特点，但一切要以文本本身为依据，对其作出恰如其分的解释和评价。如果能做到这一点，即使接受者的理解和评价差异再大，也会存在着某种内在的相通性的。那么，如何才能做到这一点呢？从文本的角度讲，有德国接受美学家瑙

---

① 谭献：《复堂词录序》，《复堂词话》，唐圭璋主编：《词话丛编》，北京：中华书局 1986 年版，第 3987 页。

② 鲁迅：《集外集拾遗补编·〈绛洞花主〉小引》，《鲁迅全集》第 8 卷，北京：人民文学出版社 2005 年版，第 179 页。

③ 王夫之：《姜斋诗话》，《清诗话》（上），上海古籍出版社 1978 年版，第 3 页。

曼提到的“接受指令”。它“表示一部作品从它的特征出发潜在地能发挥哪些作用”,因为“每一部作品都有一种内在的一致性,一种它自己特有的结构,一种个性,一系列特征,它们为作品在接受过程中被接受的方式、产生的效应以及还有对它的评估预定了特定的方向”。[①]从读者的角度讲,孟子认为应该做到“以意逆志”:“故说诗者,不以文害辞,不以辞害意。以意逆志,是为得之。”“以意逆志”,一般认为是指读者以自己之意,推测作者之志。

因此,接受虽有差异,却不违背内在的共通性。波德莱尔的《恶之花》出版后,引起了巨大的争议,一些人抨击它伤风败俗、亵渎神明,雨果却称赞它是“光辉夺目的星星”,给法国诗坛带来“新的颤栗”。无论是抨击还是赞美,接受者实际上都注意到了《恶之花》的主题与手法足以惊世骇俗。因此,钱锺书认为,虽然说“诗无达诂”,但是“诗之‘义’不显露,故非到眼即晓、出指能拈;顾诗之义亦不游移,故非随人异解、逐事更端”[②],诗有多解也有确解。

第三节　文艺接受的心理效应

预读　法庭上的芙丽涅·美的力量

据有关文献的零星记述可知,在公元前 4 世纪就出现了一位著名的模特儿芙丽涅。她是当时雅典最美的女人,历史上流传着很多关于她的趣闻逸话,最著名的莫过于这个法庭上发生的故事了:传说在一般的情况下,这位美人是决不裸着身子出现在公共浴场的,她只在祭祀海神的节日里,借洗礼仪式之名,裸体从海水中跳将出来,面对着圣境的人们。但是,她却因此以渎神罪受到了法庭的传讯。富有戏剧性的是,在审判时,辩护师希佩里德斯让被告在众目睽睽之下揭开衣服裸露躯体,并对着在场的 501 位市民陪审团成员说:难道能让这样美的乳房消失吗? 最后,法庭终于宣判被告无罪。19 世纪法国画家热罗姆还以此为题材画了一幅油画《法庭上的芙丽涅》。

画面上,芙丽涅处于中心突出位置,以臂遮脸表现了刚被掀开衣裳的一刹那。芙丽涅的通体红色在辩护师的蓝色的烘托下显得格外鲜

① 瑙曼等:《作品、文学史与读者》,范大灿译,北京:文化艺术出版社 1997 年版,第 17 页。
② 钱锺书:《谈艺录》(补订本),北京:中华书局 1984 年版,第 609 页。

艳，后景和中间的幽暗部分的处理把女主角突现出来了。她显得异常洁白、妩媚、完美无瑕。她的动势是典型的希腊式，微微扭动的身子，使曲线的韵律更加丰富。由于当众裸露，她这下意识的遮掩动作使感情得到了升华。芙丽涅的表情楚楚可怜，且有几分羞涩，显得格外娇媚动人。站在一旁的辩护师的姿势和表情异常严肃、坚定，美的高尚和不可亵渎的意志均在他的姿势、表情中得到体现。众法官的怜悯、领悟或者贪婪、呆滞的目光，以及坚定的举止或失措的表情，充分显示了在美面前的人生诸相以及人性的复杂与矛盾。与此同时，也体现了希腊时期所崇尚的"美"的主题——美的纯洁、美的神圣以至美的不可战胜的力量。

（陈醉：《人体模特儿史话》，桂林：广西师范大学出版社 2004 年版，第 2—3 页）

自古以来，人类对文学艺术都是孜孜以求。就文艺接受而言，为什么人们对于文艺作品总是那么喜好？就以芙丽涅的故事而言，它不一定是真实发生过的，却广为流传。芙丽涅在这里，就是作为美的化身而出现的，她的身体、她本人就可以算是一件艺术作品。这件艺术作品散发出美的光芒，使得法官们对她的欣赏超过了对道德和宗教的虔诚。据说芙丽涅与雕塑大师普拉克西特利斯配合而创作了著名的雕像《尼多斯的阿芙洛狄忒》，成就了一件美轮美奂的艺术作品，这充分证明了美的力量。

理论概述　共鸣与差异 · 自我发现 · 人格完善

一　共鸣与差异

在文艺接受活动中，由于有共通感的存在，接受者相互之间的沟通与理解才成为可能，同样，接受者与作家、作品的沟通与理解也才成为可能。当这种沟通与理解达到较为理想的状态时，就会出现"共鸣"的现象。

"共鸣"原为物理学术语，是指"两个振动频率相同的物体因共振而发声的现象"。在文艺心理学中，是指"人在审美过程中获得美感时的一种特殊的心理现象，亦指欣赏者由于自身思想情感与审美对象所蕴含的思想情感相一致，主体被对象深深打动，从而得到一种强烈的心灵感应，体验到了一种情绪上激动"。格式塔心理学家认为，"异质同构"是造成共鸣的根本原因。在他们看来，现实中的物理场充满力的结构，人的心理场也是如此。

当心理场中的力的式样与物理场中的力的式样相似并达到一致时，人就会发生审美反应，这就是“异质同构”。可见，康德主要是从人的心理的共通性来解释审美的普遍性问题，而格式塔心理学则把考察的对象延伸到了外在的现实世界与人的心灵世界的对应关系。

共鸣类似于人文主义心理学家马斯洛所说的“高峰体验”，是指主客体完全融合为一，主体“全神贯注，并且‘倾注’到客体之中去，所以自我确实消失了”。这是文艺接受达到高潮时的状态，是接受者与接受对象生命的契合，主体陷入一种强烈的陶醉感之中。这是接受活动的一种理想的心理效应。

但是，由于接受活动的差异性，接受者也可能会出现“误读”的情况。乐黛云认为，“所谓误读就是按照自身的文化传统，思维方式，自己所熟悉的一切去解读另一种文化”①。因此，误读不是通常所理解的误解、曲解，误读有其存在的理由与合理性。它虽然是接受者与文本之间发生的错位，但它是接受者在充分发挥自身主体性的前提下发生的。美国学者布鲁姆甚至认为一切阅读都是误读，而误读就是一种创造：“一部诗的历史就是诗人中的强者为了廓清自己的想象空间而相互‘误读’对方的诗的历史。”②当然，布鲁姆的观点也过于偏激，他把文艺接受的差异性夸大到极致，就取消了差异性的限度。

知识背景　瑞恰兹的“误读”实验

英国学者瑞恰兹在剑桥大学任教时，曾做过教学实验。他把一些诗歌作品交给学生，隐去诗人的名字，让学生们评论。结果发现，著名诗人的作品受到贬斥，而不出名的诗人的作品却得到赞赏。他于是对此进行总结，分析出造成此种误读的十种障碍：

(1)了解诗中那朴素的感觉；(2)美感欣赏上的困难；(3)读诗中的视觉意象；(4)无关记忆的影响；(5)习常反应；(6)滥情；(7)抑制；(8)信奉教条；(9)技术上的先入之见；(10)批评中的先入之见。

正是这些障碍造成了读者对诗歌意义的误解和批评上的偏差。为此，瑞恰兹提出了“细读法”，对新批评派产生了重要影响。

---

① 乐黛云：《文化差异与文化误读》，乐黛云、勒・比雄主编：《独角兽与龙——在寻找中西文化普遍性中的误读》，北京：北京大学出版社 1995 年版，第 110 页。

② 哈罗德・布鲁姆：《影响的焦虑》，徐文博译，北京：三联书店 1989 年版，第 3 页。

误读其实可以分为两种类别,有意误读和无意误读。有意误读是接受者从自身的立场和需要出发,有意以自己的意图、理解来解释文艺作品,将其作为自身观念的例证,从而得出与原作截然不同、甚至是相反的观点与结论。无意误读则是接受者在接受、解释文艺作品时,在无意之中得出与作家意图、文本意义相背离的理解。前者如欧阳予倩的剧作《潘金莲》,就是出于启蒙的需要,为弘扬个性解放、女性觉醒而做的翻案文章,将潘金莲塑造成为一位具有叛逆精神、勇敢地追求自己的爱情与幸福的女性形象。后者如上述瑞恰慈所做的教学实验。从一定的意义上讲,误读也并非完全是消极的心理效应,也可能包含某种创造性。

二　自我发现

文艺接受的功用,一直是中外哲人感兴趣的一个话题。孔子就曾说过:"诗可以兴,可以观,可以群,可以怨。"孔子谈的是诗的功能,其实同时也涉及文艺接受的作用问题,因为文艺作品功能的发挥,有赖于接受者的接受、理解与欣赏。而接受、理解与欣赏,也是接受者所获得的接受效应。

在这个问题上,亚里士多德提出了著名的"净化"说(原为 katharsis,中文音译为"卡塔西斯",意译成宣泄、疏泄、净化等)。虽然在他之前,西方的宗教徒和哲学家也用过这一术语,但是亚里士多德的论述最引人注目,也引发了种种不同的解释。

> 悲剧是对一个严肃、完整、有一定长度的行动的摹仿,它的媒介是经过"装饰"的语言,以不同的形式分别被用于剧的不同部分,它的摹仿方式是借助人物的行动,而不是叙述,通过引发怜悯和恐惧使这些情感得到疏泄。①

亚里士多德认为恐惧是"一种由对不幸之事的预感而引起的痛苦或烦躁的感觉",怜悯则是"看到别人遭受了不应遭受的痛苦或损失,想到此类不幸之事亦可能发生在自己或亲友身上而产生的痛苦的感觉"。②人们之所以喜欢观看悲剧,是因为悲剧可以引发怜悯或恐惧的心情,而这两种感觉,都能使人的情感得到宣泄疏导,从而陶冶情怀,使人的心灵保持在一个稳定、健康的状态。正如朱光潜所说,净化的要义"在于通过音乐或其它艺

---

① 亚里士多德:《诗学》,陈中梅译注,北京:商务印书馆 1996 年版,第 63 页。

② 同上书,第 203—204 页。

术，使某种过分强烈的情绪因宣泄而达到平静，因此恢复和保持住心理的健康”①。

由此可以看出，文艺接受的心理效应，是一个备受关注的话题，在很早的时代就已经得到探讨。现代的文艺心理学研究在这一问题上存在多种意见，涉及多种心理效应。不过总体来看，可以把它分为自我发现和人性重建两大方面。

自我发现是与文艺活动的特点密切相关的。由于人类能进行合目的性与合规律性相统一的实践活动，因而社会实践的过程与结果，就成为人的能力、人的本质力量的展现，正如马克思所说的，“劳动的现实化就是劳动的对象化”，②劳动过程与劳动成果，成为人类反观自身本质力量的确证。

从心理学的视角来看，审美需要使得人类要从事文艺接受活动。马斯洛把人类的需要，按照其先后顺序及强度，分为不同的层次，其中就有审美需要。

知识背景　马斯洛的“需要层次论”

需要层次论（need hierarchy theory），亦称“动机层次论”。美国人本主义心理学家马斯洛提出的系统的需要理论。1943 年在《人类动机理论》一文中提出人类五层动机理论的雏形，1954 年在《动机与人格》中进一步明确和展开，后提出七个层次，1970 年又归并为五个层次，形成按由低到高不同层级排列的需要系统，依次为基本的生理需要、安全需要、归属与爱的需要、尊重需要、认知需要、美的需要和自我实现的需要。始于基本的生理需要，逐渐满足以自我实现为最高目标的元需要，以更高地达到人类本性。主要内容：(1)动机是人类生存、成长的内在动力，需要则是动机产生的基础和源泉。(2)人类需要有两大类，一类是基本需要（或称匮乏性需要），指个体不可缺少的普遍的生理和社会需求，包括生理需要、安全需要、归属与爱的需要、尊重需要；另一类是成长需要（或称衍生需求），指个体自身的健康成长和自我实现趋向所激励的需求，是在低层次的基本需要得到满足后出现的高层次的心理需要，故亦称存在需要、超越性需要，包括需要层次论中的认知需要、美的需要和自我实现需要（将知与美两种需要包括在自我实现需要之

① 朱光潜：《西方美学史》，北京：人民文学出版社，1979 年版，第 87 页。

② 马克思：《1844 年经济学—哲学手稿》，北京：人民出版社 2000 年版，第 52 页。

中，即成为五个层次）。[①]

文艺活动作为人类社会实践活动的一种，当然也具有上述特点。但是，文艺活动还有自身的特殊性。马克思指出，“人也按照美的规律来构造”[②]，这一点，又是在文艺活动中体现得最为充分。黑格尔曾经打过一个很有趣的比方：“一个小男孩把石头抛在河水里，以惊奇的神色去看水中所现的圆圈，觉得这是一个作品，在这作品中他看出他自己活动的结果。”[③]文艺创作是与之类似的。

文艺家可以通过创作活动来直观自身的本质力量、肯定自己，那么，文艺接受活动是否能够让接受者通过文艺作品来直观自身力量、肯定自己呢？答案是肯定的。鲁迅认为，“在小说里可以发现社会，也可以发现我们自己”[④]。文艺作品是文艺家创作的精神产品，包含了文艺家对人生、人性的思考和洞察，是文艺家对现实生活的体验。因此，当他们将自己的情感、体验化为艺术形象，凝结于文艺作品中时，其实就是对人的精神世界的展现，对人的灵魂的拷问。丹麦文学史家勃兰兑斯说过，“文学史，就其最深刻的意义来说，是一种心理学，研究人的灵魂，是灵魂的历史”[⑤]。他说的虽然是文学史，但是灵魂史的称号，对一切艺术史都是适用的。

当接受者面对文艺作品时，他们的心灵不是白板状态，他们依靠自己的期待视野，主动地从作品中获取他们感兴趣的信息。当文艺作品中的人物形象与他们的喜好、性格、气质甚至生活经历相似、契合时，他们就往往能从人物形象身上找到自己的影子，与人物在精神上达到共鸣。当然，这种自我发现可能是正面的，也可能是负面的。以后者而言，如鲁迅在论及《阿Q正传》的成因时，引用了高一涵的文章，提到：“当《阿Q正传》一段一段陆续发表的时候，有许多人都栗栗危惧，恐怕以后要骂到他的头上。并且有一位朋友，当我面说，昨日《阿Q正传》上某一段仿佛就是骂他自己。因此便猜疑《阿Q正传》是某人作的，何以呢？因为只有某人知道他这一段私事。……从此疑神疑鬼，凡是《阿Q正传》中所骂的，都以为就是他的阴私；凡是与登

---

① 林崇德、杨治良、黄希庭主编：《心理学大辞典》（下卷），上海：上海教育出版社2003年版，第1474页。

② 马克思：《1844年经济学—哲学手稿》，北京：人民出版社2000年版，第58页。

③ 黑格尔：《美学》第一卷，朱光潜译，北京：商务印书馆1979年版，第39页。

④ 鲁迅：《文艺与政治的歧途》，《鲁迅全集》第七卷，北京：人民文学出版社2005年版，第120页。

⑤ 勃兰兑斯：《十九世纪文学主流》第一分册，张道真译，北京：人民文学出版社1980年版，第2页。

载《阿 Q 正传》的报纸有关系的投稿人，都不免做了他所认为《阿 Q 正传》的作者的嫌疑犯了！等到他打听出来《阿 Q 正传》的作者名姓的时候，他才知道他和作者素不相识，因此，才恍然自悟，又逢人声明说不是骂他。”①

正是因为鲁迅的文学创作是为了揭露出国民性的弱点，以此警醒民众，所以他笔下的阿 Q，特别是其精神胜利法，不能不说是国民性弱点的体现，因而很多人都能在阿 Q 身上找到自己的影响，找到精神胜利法，于是就发生了这种对号入座的事情了。

当然，从正面的意义来讲，接受者在文艺作品中的人物身上，也能发现正直、乐观、积极向上的精神品质，从而受到鼓舞。2006 年播出的电视剧《士兵突击》就是一个典型的例子。作为一部军旅题材的电视剧，《士兵突击》取得了意想不到的巨大成功，掀起了一股收视热潮。人们在观看这部电视剧时，能够从许三多、成才等人身上发现自我，特别是许三多身上所体现的青春、激情、梦想、草根、励志、情谊等元素，许三多对“不抛弃、不放弃”信念的执著、对有意义的生活的追寻，契合了当下中国观众特别是年轻观众的期待，他们能够与这个人物就人生信念获得共鸣，从许三多的成长足迹中，接受者可以找到自己的影子。如果说《士兵突击》这部电视剧并未涉及爱情，那么《山楂树之恋》这部作品，就为观众们展现了“史上最干净的爱情”。这部作品以“文革”为背景，展现了在那个特殊年代里荡气回肠的一段生死恋情。对于经历过“文革”的人们而言，这部作品有着纪念性的意义，他们能从中找到属于自己的青春记忆；对于没有这段经历的人们特别是 80 后、90 后的观众而言，这部作品同样启发着他们对于爱情和人生意义的思考。

三　人格完善

美是价值论意义上的范畴。在文艺接受活动中，文艺作品的审美特性使其必然具有一定的价值倾向，接受者一般都不会仅仅满足于发现自我。更何况在自我发现的过程中，接受者有可能发现正面的因素，也可能发现负面的因素。对于接受者而言，更重要的是在接受活动中，接受者会以自己的期待视野与文本的视野实现视域融合、对话与交流，这里面就会涉及人生观、价值观的碰撞与交融。

在这个对话的过程中，接受者会希望自己的价值观、立场能获得文艺

---

① 鲁迅：《〈阿 Q 正传〉的成因》，《鲁迅全集》第三卷，北京：人民文学出版社 2005 年版，第 396 页。

家、文艺作品的回应，这是一个寻求自我认同的过程；优秀的文艺作品也会对接受者起到一定的启发、引领作用，接受者如果能够与文艺作品达到共鸣，实际就是获得了认同。

知识背景　“认同”

“认同”来自于Identity，其含义比较复杂，包括身份、相似性、相同性、一致等。在心理学中，“认同”也有不同的中文译名，如“认同”“同一性”“相似性”等，它是一个寻求身份确认、归属、信念等的过程，从而获得对于“我是谁”的解答。

弗洛伊德首先将“认同”作为一个心理学术语来使用。他认为，“认同作用（identification）是精神分析已知的与另一人情感联系的最早表现形式。它在伊谛普斯情结（即俄狄浦斯情结——引者注）的早期史上起一定的作用。小男孩会表现出对他父亲的特别兴趣：他愿意像他一样长大，并成为像他那样的，处处要取代他的地位。我们可以简单地说，他把他父亲当做典范”。①

此后，美国心理学家埃里克森（Erikson）进一步发展出自我心理学，以“认同”为他的理论的核心概念。埃里克森把“自我”提升为人格结构中一个独立的部分，把人的发展动机从潜意识提升到意识层面。他还把自我与社会、文化的变动联系起来，指出认同就是自我与社会在相互作用中实现的一个连续的、动态的过程。在他看来，人格发展的目标就是寻求认同——找到、确认自己的身份、角色、信念归属等，如果这一目标不能达成，就会造成认同危机。埃里克森首先是从个性发展的角度论述认同问题。他认为每个人的一生，个性发展可以分为八个阶段：婴儿期、儿童早期、学前期、学龄期、青春期、成人早期、成年中期、成年后期或老年期。第五个阶段即青春期是一个非常重要的阶段，因为此时是要为成年做准备，但人的生理、心理以及所面对的现实的变化，都可能引起其内心的困扰，引起认同危机。其次，从社会心理学的角度来看，认同又有个体认同和社会认同。个体认同是社会认同的基础，只有当大多数个体的认同达到较为一致和连贯的地步时，社会认同才能形成。埃里克森进而将认同扩大到了人类中的种族认同、民族认同、宗教认同、文化认

---

① 弗洛伊德：《群体心理学和自我的分析》，车文博主编：《弗洛伊德文集》第六卷，长春：长春出版社2004年版，第77页。

同等。由于其认同理论具有理论性、系统性,并且埃里克森注重从自我、社会、文化多个方面的相互作用中探讨认同问题,强调自我、认同都不是孤立、静止的概念,而是不断变动、与其他因素相互关联和影响的动态过程,因此,他的认同理论产生了很大的影响,具有重要的意义。

任何一个读者,作为社会存在,会产生自我认同的需求。而文艺接受活动,则为他们寻求认同提供了条件。从文艺作品中,他们能够就其中体现出来的人生观念、道德情操、审美理想等进行辨析,从而获得认同。

但是,文艺接受的认同,毕竟与一般意义上的认同存在区别,它有着自身的独特性,要遵从文艺活动的规律与要求。姚斯认为,接受者同样是文艺活动的主体,认同则是接受者发挥其主体性的重要途径,但审美活动中的认同却很少得到关注和研究,在《审美经验与文学解释学》中他对这一问题进行了深入的研究,将认同作为接受美学的一个关键概念,并划分出了不同的认同模式。

姚斯首先指出,审美认同并不等于消极地接受某种理想化的行为方式,"审美认同是在获得审美自由的观察者和他的非现实的客体之间的来回运动中发生的"。在这一运动中,审美主体可以采取各种态度,"他可以把某个典范楔入他个人的世界,或者只是为好奇心所诱惑,或者开始作不由自主的模仿"。[①]其次,姚斯把关注的焦点集中在接受者与主人公的认同上,他区分出了五种接受者与主人公互动的认同模式:

(1)联想式认同,它是"通过在某一戏剧行为的封闭的想象的世界里充当某一角色而十分清楚地实现自身的那种审美行为";(2)钦慕式认同,是因"榜样的完美来界定的审美态度",这样的主人公往往是英雄人物;(3)同情式认同,接受者"将自己投入一个陌生自我的审美情感",主人公是不完美的、较为寻常的人物,与接受者类似,接受者会对他们产生休戚相关的感觉;(4)净化式认同,姚斯采用了亚里士多德的净化说,强调接受者是"通过悲剧情感或戏剧快慰获得解放";(5)反讽式认同,它是"一种意料之中的认同","只是为了供人们拒绝或反讽"。它带有反权威的特点,促进读者的反思。中世纪的骑士传奇、宫廷爱情理想、小说中的英雄理想主义等,在那些滑稽模仿的作品中展现出来时,都能激起读者的反讽式认同,《列那狐的故事》、塞万提斯的《堂·吉诃德》就是其中的典范。此外,作家们的具有实验

---

① 汉斯·罗伯特·姚斯:《审美经验与文学解释学》,顾建光等译,上海:上海译文出版社 2006 年版,第 114 页。

性质的先锋技法,也可能引起读者的反讽式认同。[1]

对于接受者而言,获得认同,实际是为自己的身份、角色、价值观念等找到了归属,使自己的人格能够充分、健全地发展,为实现自己的人生理想提供条件,最终从自我发现过渡到自我实现。马斯洛的人的需求理论把自我实现的需要作为人的最高层次的需要,显然是注意到了自我实现对于个体所具有的重要性。由个体再扩展开去,如果社会中的每个个体都能具备完善的人格,则社会自然能够和谐稳定。

因此,从完善人格的高度来看,个体与社会是紧密相连的。文艺接受能够提升接受者的人格境界,使其成为人格完善的人。这一点在中外的哲学家、美学家那里已经得到了论证。孔子讲"兴于诗,立于礼,成于乐",是侧重君子人格的培养;柏拉图的"七科"教育,"诗乐"居首,是为了培养符合他的理想国要求的人才。

近现代以来,不少美学家都主张通过美的熏陶实现人格完善的目的。康德、席勒这样的哲学家和美学家,他们也是希望人自身能够成为和谐完善的整体,实现自由,这种自由不是外在的力量所赋予,而是人通过自身的努力实现的。康德认为"启蒙运动就是人类脱离自己所加之于自己的不成熟状态"[2],席勒则认为"只有各种精神力均衡地混合在一起才能造就出幸福而又完善的人"[3]。文艺接受能够使人受到美的熏陶,但要实现这一目的,一个集中而有效的途径就是美育。1795 年,席勒的《审美教育书简》发表,在这些信件中,他第一次提出了"审美教育"的主张。在他看来,美是"人性的完满实现"[4],要恢复人的天性的完整,就要依靠审美教育。这样的理论传入中国,对中国知识分子产生了很大的影响,他们将美育与启蒙、救亡、变革结合到一起,使得美育具有了特殊的时代意义——培养完全之人物。

原典精读　王国维谈"美育"

教育之宗旨何在?在使人为完全之人物而已。何谓完全之人物?谓人之能力无不发达且调和是也。人之能力分为内外二者:一曰身体

① 汉斯·罗伯特·姚斯:《审美经验与文学解释学》,第 201—231 页。
② 康德:《历史理性批判文集》,何兆武译,北京:商务印书馆 1990 年版,第 22 页。
③ 弗里德里希·席勒:《审美教育书简》,冯至、范大灿译,上海:上海人民出版社 2003 年版,第 54 页。
④ 同上书,第 120 页。

之能力,一曰精神之能力。发达其身体而萎缩其精神,或发达其精神而罢敝其身体,皆非所谓完全者也。完全之人物,精神与身体必不可不为调和之发达。而精神之中又分为三部:知力、感情及意志是也。对此三者而有真美善之理想:"真"者知力之理想,"美"者感情之理想,"善"者意志之理想也。完全之人物不可不备真美善之三德,欲达此理想,于是教育之事起。教育之事亦分为三部:智育、德育(即意育)、美育(即情育)是也。

……

三、美育

盖人心之动,无不束缚于一己之利害;独美之为物,使人忘一己之利害而入高尚纯洁之域,此最纯粹之快乐也。……要之,美育者一面使人之感情发达,以达完美之域;一面又为德育与智育之手段,此又教育者所不可不留意也。

然人心之知情意三者,非各自独立,而互相交错者。……三者并行而得渐达真善美之理想,又加以身体之训练,斯得为完全之人物,而教育之能事毕矣。

教育之宗旨
- 体育
- 心育
  - 知育
  - 德育
  - 美育

→ 完全之人物

(王国维:《论教育之宗旨》,姚淦铭、王燕编:《王国维文集》第三卷,北京:中国文史出版社 1997 年版,第 57—59 页)

王国维的《论教育之宗旨》刊于 1903 年 8 月《教育世界》56 号,这是中国现代学者第一次正式提出"美育"。此后,在中国提倡、推行美育最力、影响也最大的蔡元培先生,同样认为,"教育者,养成人格之事业也"[1]这样一种新式教育,是"以人为本位""以完全之人格为本位""以全世界人类平等之眼光为标准"[2]。在此基础上,蔡元培提出了"人道主义教育"的概念:"夫人道主义之教育,所以实现正当之意志也。而意志之进行,常与知识及

① 蔡元培:《一九〇〇年以来教育之进步》,《蔡元培全集》第二卷,杭州:浙江教育出版社 1997 年版,第 371 页。

② 同上书,第 378 页。

感情相伴。于是所以行人道主义之教育者，必有资于科学及美术”[①]。蔡元培认为，“所谓健全人格，分为德育、体育、知育、美育四项”[②]。个体人格的健全发展，与整个民族国家的前途结合在一起，因为文化“归宿到教育”，而教育的内容“不外乎科学与美术”[③]。因此，蔡元培不仅提出“美育代宗教”的口号，还提倡全民美育、终身美育。在王国维、蔡元培这样的知识分子看来，美育是立人之事业，也是实现他们的社会理想的重要途径。

由此来看，文艺接受不仅是文艺活动中的一个重要环节，能够使文艺创作的目的得以实现、文艺作品的价值得以实现，更重要的是，文艺接受能够提升人的素养、健全人的人格，为人的成长提供人文关怀，因而它也具有独特的文化意义。

思考题

1. 怎样理解接受者的主体性？
2. 接受者的心理要素包括哪些方面？它们相互之间有什么样的关联？
3. 怎样理解文艺接受的共通性与差异性？
4. 文艺接受的共鸣和误读是怎样产生的？
5. 文艺接受是如何实现自我发现和人性重建的？

进一步阅读

1. 姚斯、霍拉勃：《接受美学与接受理论》，沈阳：辽宁人民出版社1987年版。

本书由姚斯的《走向接受美学》和霍拉勃的《接受理论》两书合编而成。前者是了解接受美学的基本理论和基本方法的经典著作；后者则是对接受美学产生的条件、基本理论、发展过程、自身价值以及所产生的影响的全面研究。

2. 朱立元：《接受美学》，上海：上海人民出版社1989年版。

《接受美学》是朱立元先生在上世纪80年代末出版的，书中对接受美

---

① 蔡元培：《华法教育会之意趣》，《蔡元培全集》第二卷，杭州：浙江教育出版社1997年版，第382页。

② 蔡元培：《在北京高等师范学校〈教育与社会〉杂志社演说词》，《蔡元培全集》第四卷，杭州：浙江教育出版社1997年版，第82页。另见《普通教育和职业教育》，《蔡元培全集》第四卷，第259页。

③ 蔡元培：《美术的进化》，《蔡元培全集》第四卷，第299页。

学产生的文化背景、理论源泉、主要内容等进行了梳理与阐发。本书在努力使接受美学学科化，努力把接受美学基本思想、观念、方法应用到文学批评与研究的实践中去这两方面，做出了很大的贡献。

3. 伊瑟尔：《阅读活动：审美反应理论》，北京：中国社会科学出版社1991年版。

本书是接受美学最富建设性的代表之一。它以本文与读者双向互相作用为理论基点，吸收了社会科学最新研究成果，对文学理论中论述最少的阅读活动和接受过程做了精微细致的考察，从而为文学研究提供了新的观点。

4. 瑙曼等：《作品、文学史与读者》，范大灿译，北京：文化艺术出版社1997年版。

马克思主义者关于接受美学理论的文艺论文集，大都成文于上世纪六七十年代，里面很多对文学和读者的概括性陈述，逻辑条理清晰，富有创造性。

第六章　后现代精神分析

正如文学艺术经历了从前现代、现代到后现代的转变一样，由弗洛伊德开创的精神分析理论也经历了这样的一种转变。在前现代时期，精神分析学如创立者弗洛伊德所认为的那样，是一门与生物学、物理学、化学等同等的心理学，主要采用数学与神经学的实验方法。在现代时期，精神分析则成了一门观测学科，就像文化人类学或考古学一样。而到了后现代时期，精神分析则成了一门释义学科，它帮助我们释义做一个人是怎么回事；做一个与他人有关系的人，又是怎么回事[①]。我们认为，在后现代，意义并未就此完全终结，主体也并未就此彻底解体，后现代精神分析的出现，应对的正是这种终结论、解构论之后的意义问题、主体问题。我们可以从拉康的“镜像理论”、霍兰德的“文学反应动力学”以及德勒兹的“欲望机器理论”三方面，来了解后现代精神分析是如何回答这个问题的。

第一节　镜像阶段

预读　ATOM·铁甲钢拳

《铁甲钢拳》是 2011 年公映的由梦工厂制作、迪士尼影业发行的一部集动作、梦想、亲情与科幻于一体的励志电影。

电影讲述了在 2020 年，人类拳击已由机器人拳击所取代。作为前拳击手的查理，一直从事机器人格斗的比赛。有一次，因自己的疏忽，他的机器人被打败，而且还欠下了两万美金的债务。为了重新买机器人，他以 10 万美金把儿子迈克斯的监护权卖给了迈克斯的姨妈；但因

① 诺曼·N.霍兰德：《后现代精神分析》，潘国庆译，上海：上海文艺出版社 1995 年版，第 293—294 页。

迈克斯的姨妈要去旅游,他还得继续由查理带两个月。查理不听迈克斯的建议,结果导致他的新机器人“吵小子”一败涂地,变成一堆废铁。为了修理机器人,查理带着迈克斯去偷零件,意外捡到了一台老式的二代陪练机器人 ATOM。虽然 ATOM 很弱小,但他有影子功能,在几场比赛过后,他们开始找到感觉,坚定了打赢比赛的信心。后来,迈克斯又将查理以前的机器人中的一些系统装到 ATOM 里面,并让它具有了语音识别系统。ATOM 不仅能够完美地模仿迈克斯的舞蹈,而且还“学会”了查理以前参加拳击比赛的各种绝招。在最后与机器人“宙斯”的比赛中,ATOM 与之进行了艰苦的对决。虽然最后 ATOM 以略低的分数输掉了比赛,但它已感动了全场所有的观众,被认为是“人民冠军”(people’s champion)。

电影《铁甲钢拳》本身并没有多少对于人性、自我、认同、模仿与习得、他者等深奥哲学问题的探讨,也并没有多少弗洛伊德精神分析学影响的痕迹。作为一部成功的混搭型的类型电影,《铁甲钢拳》集中了科幻、动作、父子亲情、游戏竞技等多种类型元素,并贯穿以查理的机器人拳击比赛从失败到成功、查理与迈克斯父子感情从冷漠到深厚的双重成长性情节线索,整个影片情节感人,催人奋进。

但是从精神分析学的角度来看,由于机器人 ATOM 的介入,使得原本简单的查理与迈克斯的父子关系变得复杂起来。在电影中,ATOM 并非查理和迈克斯唯一的机器人,在此之前,还有“奇袭”(AMBUSH)、“吵小子”(NOISY BOY),但是,“亚当”(ATOM)与它们的最大不同在于,它具有影子模仿功能,也就是说,它能够通过自己的“眼睛”(摄像头)捕获对方的行为,并能够精确模仿成为自己的行动。在弗洛伊德所开展的群体心理学的研究中,他发现了一种名为“仿同”(Identification)的机制,并得到了如下的公式:“心理群体是这样一些个体的集合,他们把同一人引入他们的超我,并根据这共同的成分在他们的自我中相互仿同。”作为一种心理机制,仿同帮助人们在态度上模仿他们所仰慕的人,比如一些小孩模仿影视明星的做派、动作,甚至服饰;小孩玩“过家家”游戏时对成人世界的模仿;还有一些协会、组织,如同学会、校友会等,都是通过大家所熟悉或共有的某种特征,使大家形成彼此的认同感。那么,ATOM 对迈克斯和查理的模仿是否具有这种仿同性呢?很明显,并不具有,因为 ATOM 是一个缺乏自我意识的,或者说完全没有自我意识的机器人,即使是他对人类行为模仿得再逼真,也不会转化为它本人的自觉自主的行为。

不过,在大凡涉及非人角色(形象)的影视艺术和文学作品中,艺术的想象力往往要突破这一现实的局限。“拟人化”的艺术手法,使得非人角色或形象能够具有像人一样的行为、语言、行为,甚至情感。在影片当中有一个细节特别值得注意:ATOM 在具备了模仿迈克斯舞蹈和“学会”(输入)了查理拳击技术之后,机器人“宙斯”的制造者想要用 20 万美元把 ATOM 买过来做宙斯的陪练。就在他们讨论的过程中,ATOM 的系统没有关闭,一个人坐在房间里,这时,它发现了一面镜子,以及镜子中自己的影像。虽然这个镜头只有短短的几秒钟,但为我们提供了无限的遐想——ATOM 具有了自我意识吗?它从镜中“看”到了什么?它对镜中的自己做出了何种反应?

理论概述 “镜像期”

一 那喀索斯主义

要想讲清拉康的“镜像期”理论,还得从弗洛伊德精神分析学说开始说起。弗洛伊德在对人类几种不同的性取向的研究中,专门从精神分析学的角度探讨过自恋问题,并将之与希腊神话中那喀索斯的故事联系了起来。

在希腊神话中,河神刻菲索斯娶了水泽神女利里俄珀,生下一子,取名那喀索斯。他的父母向神请示,神提示说,“不可让他认识自己”。为此,他的父母一直不让那喀索斯看到自己的影子。直到 16 岁,那喀索斯已长成了一个英俊的小伙,并且得到了森林中众多神女的喜爱。但是那喀索斯拒绝了所有向他求爱的神女们,为此神女们向众神祈祷,“希望有一天,他爱上一个人,但永远得不到她的爱”。命运女神涅墨西斯答应了神女们的请求。有一天,那喀索斯看见了一片从来没人发现过的清澈湖水,他在水中看见了自己的影子。可是,他从来不曾见过自己的影子,还以为是水中的神,竟爱上了他。可是一旦他去触摸,水中的影子就模糊不清了。那喀索斯为此茶饭不思,郁郁而死。在那喀索斯倒下的地方,长出了一株水仙花,这就是那喀索斯的化身。

知识背景 “自恋”

自恋(narcissism),由临床描述引申而来,于 1899 年首次被纳克

(Paul Nacke)使用,指个体像对待性对象(sexual object)一样的对待自体的一种态度(attitude)。自恋者自我欣赏,自我抚摸,自我玩弄,直至获得彻底的满足。达到这种程度后,自恋便具有了性倒错(perversion)的性质,因为个体性生活的全部都为它所独占,所以具有我们所研究的性倒错的特点。

在英语中,Narcissism 既有水仙的意思,也有自恋的含义。弗洛伊德为此专门撰写《论自恋》,借这个神话讨论自恋问题。作为一种精神疾病,"自恋"一词的使用始于 1899 年,"指个体像对待性对象一样的对待自体的一种态度"[①]。这个定义揭示出了自恋的几个根本性的特点:其一,这是一种个体性的行为,这与弗洛伊德精神分析主要从个人角度分析意识结构和人格结构相一致。其二,自恋涉及与性对象(他者)的关系,这是弗洛伊德性学理论中研究的主要角度,即人的性行为和性意识一定是对象性的,即使自恋也是,只不过是其中比较特殊的一种。正是他者维度的介入,开启了后来拉康结构主义精神分析的通道。其三,自恋的特殊性在于将自体视为性对象。也就是说,自恋中的性取向仍然是一种对象化的意识,而非自反性(reflexivity)的。自反性是后现代主义中一个相当重要的概念。从词源学来看,reflexivity 由两部分组成,"re -"的意思是向后、反对、反向的意思,而"flextere"则是弯曲的意思,因此,reflexivity 的本意是"反向弯曲"。在汉语译名中,reflexivity 除了翻译成自反性之外,它还往往被译成反思性、反身性、反射性、返身性等等[②]。自恋者对待自体的态度不是反躬自身,走向对自体的否定,而是恰恰相反,是将自体转化为对象(性对象),走向对自体的爱慕(肯定)。

弗洛伊德在对自恋的研究中发现,自恋的心理机制是在精神分裂症中,原先面向外部客体的力比多撤回了,转向了自我(ego)。这个现象使弗洛伊德发现,力比多既可散发(对象贯注)又可收回,并且出现了"自我力比多"和"对象力比多"之间的对立。如果某一方面用得多,另一方面就会用得少。比如说,对象力比多发展的最高级的方面就是爱情,为了对象贯注,爱者似乎愿意放弃自己的人格,为所爱之人心甘情愿地做任何事情,作任何付出。而相反,一个倾向于自恋的人,则往往不顾忌别人的感受,对来自他

---

① 弗洛伊德:《弗洛伊德文集三:性学三论与论潜意识》,车文博主编,长春出版社 2004 年版,第 652 页。

② 详述论述参阅肖瑛:《"反身性"研究的若干问题辨析》,《国外社会科学》2005 年 2 期。

者的目光熟视无睹。

弗洛伊德还从个人与他者之间关系的角度区分出自恋型的人和依恋型的人，认为自恋型的人，所爱的可能是现在的自己、过去的自己、未来的自己或者曾经属于过他的人；而依恋型的人，其所爱的可能是养育过他的女性、保护过他的男性（当然也有替代者）。与自恋机制相类似的，弗洛伊德还提出一个“理想自我”的概念，即自恋者所确立的对象化的自体形象其实是一个“理想自我”，自恋者之所以会自我欣赏，是因为他（她）觉得自己要比别人完美、比别人优秀，自体是性欲的最佳对象。在这种心理状态下，理想自我就成为了自恋、自爱的目标，成为自我陶醉的对象。个体的自恋竭力将自身展示给这一新的理想自我。

二 镜子阶段的形成

1931年，心理学家瓦隆在前人研究的基础上作了一系列比较幼儿和动物在镜前的不同反应和行为的“镜子测验”，并于1933年出版了《幼儿性格的起源》这本书。在这本书中，瓦隆提出，只有幼儿才能领会自己与镜中影像之间的相互关系，而动物则只能将镜中影像视为环境中的一部分来看待，不可能形成与自己影像的认同。这一实验成为拉康“镜像期”理论的实验依据。拉康的“镜像期”理论与弗洛伊德对于自恋的讨论密切相关，但在此基础上提出了不同的解释。

拉康“镜像期”理论发现了一个与那喀索斯神话中那个促成那喀索斯发现自我形象并导致自恋行为的湖面具有同样功能的中介——镜子。在著名的《助成“我”的功能形成的镜子阶段——精神分析经验所揭示的一个阶段》一文中，拉康系统地阐述了这个理论①。将婴儿与猴子进行比较，他认为，虽然婴儿无论在工具手段还是智力水平上，有可能都会低于猴子，但是，婴儿却有一个猴子无法拥有的能力，即可以从镜中认出他自己的形象，并对镜中的形象做出积极的反应。“对于一个猴子，一旦明了镜子形象的空洞无用，这个行为也就到头了。而在孩子身上则大不同，立即会由此生发出一连串的动作，他要在玩耍中证明镜中形象的各种动作与反映的环境的关系

① 这是拉康于1949年7月17日在苏黎世第16届国际精神分析学会上所做的报告，其实早在13年前，即1936年，拉康就在马林巴德举行的第14届国际精神分析学会上发表了这一理论。不过，拉康的这一报告在当时没有引起任何反应，就连原稿都丢失了；而且该会的会刊也只是在索引中记录了这一名为“Looking glassphase”的小标题。

以及这复杂潜象与它重现的现实的关系，也就是说与他的身体，与其他人，甚至与周围物件的关系。”[1]从小孩出生的第6个月到第18个月期间，这种情景会经常出现，并被拉康命名为“镜像期”（或译“镜子阶段”）。

原典精读　拉康论“镜子阶段”

> 在我们看来，镜子阶段的功能就是意象功能的一个殊例。这个功能在于建立起机体与它的实在之间的关系，或者如人们所说的，建立内在世界（Innenwelt）与外在世界（Umwelt）之间的关系。
>
> 但在人身上，这种与自然的关系由于机体内在的某种开裂，由于新生儿最初几月内的不适和行动不协的症状所表露的原生不和而有所变质。金字塔形体系在构造上的不完全的客观观念以及母体体液残存的客观观念肯定了我们提出的作为人出生的特定早熟的证据的这样一个观点。
>
> ……这个发展是作为时间上的辩证过程而度过的。它将个体的形式决定性地映现成历史：镜子阶段是场悲剧，它的内在冲劲从不足匮缺奔向预见先定——对于受空间确认诱惑的主体来说，它策动了从身体的残缺形象到我们称之为整体的矫形形式的种种狂想——直达到建立起异化着的个体的强固框架，这个框架以其僵硬的结构将影响整个精神发展。由此，从内在世界（Innenwelt）到外在世界（Umwelt）的循环的打破，导致了对自我的验证的无穷化解。
>
> （拉康：《助成“我”的功能形成的镜子阶段》，《拉康选集》，褚孝泉译，上海三联书店2001年版，第92—93页）

作为精神分析学的术语，“镜像期”揭示的是主体的自我认同机制，“也就是说主体在认定一个影像之后自身所起的变化”[2]。拉康称之为完全意义上的认同过程。那么，拉康的“镜像期”与弗洛伊德的自恋有何异同？首先，从心理机制的表征上看，两者极为相似：都是通过一个中介（镜子）实现了将自体对象化，即转化为一个自我可以观察、拉开距离、对之做出反应（虽然对方也会做出相应的镜像反应）的客体化的形象；都对这一对象化的自体形象产生了积极的心理反应（爱慕和认同）。但是两者的区别仍然是

---

① 拉康：《拉康选集》，褚孝泉译，上海三联书店2001年版，第89—90页。
② 同上书，第90页。

相当明显的,两者的问题意识有别。弗洛伊德是从性学角度来讨论的,自恋中对象化的自体形象成为自我爱慕的对象;而拉康讨论的是认同问题,即婴儿在发现镜中形象之前,是缺乏自我意识的,而在发现镜中形象之后,他开始认识自我,确认自我存在的意义。其次,自恋与"镜像期"中都出现了"我"的形象,拉康也延续了弗洛伊德在自恋问题讨论中的"理想自我"的概念,认为在婴儿发现可以将镜中影像归属于自己的兴奋状态下,出现了一种典型的象征性模式,即"我突进成一种首要的形式。以后,在与他人的认同过程的辩证关系中,我才客观化;以后,语言才给我重建起在普遍性中的主体功能",拉康也将之称为"理想我",并认为"它是所有次生认同过程的根源"①。

从"理想我"的角度进一步引申,拉康强调了意象在"镜像期"认同机制中的重要性和特殊性。在拉康看来,在这种"镜像期"中,"主体借以超越其能力的成熟度的幻象中的躯体的完整形式是以格式塔方式获得的。也就是说在一种外在性中获得的"②。更重要的是,这种外在性的形式(意象)与主体的关系既相似又相反——镜中的形象一方面是自我形象的投射,但另一方面镜中的形象又正好与自我形象左右相反,因此这一"形式是在一种凝定主体的立体的塑像和颠倒主体的对称中显示出来的,这与主体感到的自身的紊乱动作完全相反"③。与此同时,镜中意象的特殊性也影响到了"镜像期"的特点。一方面,"镜像期"的功能作为意象功能的一种特例,在于建立起机体与它的实在之间的关系,即建立内在世界与外在世界之间的关系;但另一方面,镜中的形象是有缺陷的,它是真实主体形象的颠倒,也缺乏对主体的回应能力(镜中形象模仿主体形象的行动不是真正的主体性反应,而只是一种反应的幻觉),因此,"镜像期"促使镜前的主体努力要实现从残缺形象的确认到真正对完整主体的把握的冲动,而这势必要对"镜像期"的局限性形成自觉。从这个意义上说,"镜像期"所形成的主体性的认同只是一种虚假的认同、一种匮乏的认同,因此,"镜像期是场悲剧"④。

三　自我与他者

在弗洛伊德的精神分析理论中,自我与本我的关系被认为是人格结构

---

① 拉康:《拉康选集》,第 90—91 页。

② 同上书,第 91 页。

③ 同上书,第 91 页

④ 同上书,第 92—93 页。

中最重要的组成部分。弗洛伊德打过一个比方，将自我比喻成骑手，而本我则是马。如果一个骑手不想从马背上摔下来，他就得设法把马引向它想要去的地方；而自我也习惯于将本我的意志转化为行动，就好像这种意志就是自己的。再加上现实和超我的影响，自我就成为一个可怜的主体，就好像一个仆人要同时侍候三个主人。不同于弗洛伊德的地方在于，拉康引入了他者的维度，将自我的认同困境引向更为复杂的情况。

拉康所讨论的他者（Other），与我们日常语言中的"other"不同，后者只是"他人"，而"他者"则是一相对更为抽象的一般性概念，它并不是简单地指代某个具体的个人，而是一种代称、一个符号。拉康的他者理论还受到了黑格尔有关自我意识理论的影响。在《精神现象学》中，黑格尔明确指出，"自我意识只有在一个别的自我意识里才获得它的满足"[1]。为什么呢？黑格尔打了一个比方：在主人与奴隶之间是一种辩证的关系：奴隶在争取承认的斗争中不愿意冒生命的危险，也就放弃了自己的欲望而承认主人的欲望，并以主人的欲望作为自己的欲望；而主人则不惜冒生命的危险而取得了奴隶的承认，从而拥有了享受物的权力。不过，这种承认与被承认的关系是不平衡的，一方面，主人虽然占有物，但他本人并不直接劳动，奴隶虽然被迫劳动，但他却成为自然的主人，使自己脱离了自己的本性。因此，从长远来看，所有的奴役劳动所实现的可能并非主人的意志，而恰恰是奴隶的意志。奴隶最终将胜利，而主人则必然失败。黑格尔主人—奴隶辩证法的寓言给拉康带来了重要启发，使拉康意识到，自我的形成机制不是单向度的，而是复杂的、辩证的过程。

在《谈心理因果》一文中，拉康继续充实和完善了"镜像期"的理论表述。在他看来，"镜像期"最重要的因素就是镜中的形象，它显示了意象的功能。"意象在人身上出现的第一个效果是一个主体异化的效果。这是基本的一点。主体是认同在他人身上并一开始就是在他人身上证明自己。"所谓"主体异化"，就是主体转向了自己的对立面——客体。镜中的形象，就是主体异化的表现，成为一个被主体所凝视和把握的客体、对象。正因为这一异化过程，使对象化了的主体形象（意象）成为外在于主体的"他者"，由此推动了主体自我认同的过程。拉康认为，"认同是一个不可化解的现象。而意象则是那个可以定义在想象的时空交织中的形式，它的功能是实现一个心理

① 黑格尔：《精神现象学》上卷，贺麟等译，北京：商务印书馆1979年版，第120页。

阶段的解决性的认同,也就是说个人与其相似者关系的一个变化”[1]。

第二节 反应动力

预读 盗用者与女巫·幻想

年轻的董事从他公司的保险箱里拿了10万美元,去做证券交易,赔了本。现在他知道他会被人发现,毁了前程。他在绝望中向河边走去。

他正在跨越桥的栏杆时,一只瘦骨嶙峋的手搭住了他的手臂。他回过头看见一个干瘪的皱皮老太婆,披着一件黑色的斗篷,满脸皱纹,纤细的灰发。“不要跳下去,”她粗声粗气地说,“我是女巫,我将满足你三个要求,只要你小小的一个回报。”

“我已毫无希望了,”他回答说,但还是把自己的麻烦告诉了她。

“没关系,”她咯咯地笑着说,用手遮住他的眼睛,“你现在有银行存款20万美元。”她又用手遮住他的眼睛说:“这笔钱已放回了公司的金库!”她第三次用手遮住他的眼睛,“你现在已被选为第一副董事长。”

年轻人呆得说不出话来,最后才问道:“我——我给你什么——什么回报呢?”

“你必须在晚上和我做爱,”她笑着说,嘴里的牙齿全都掉光了。

一想到和这个干瘪的皱皮老太婆做爱,就使他感到厌恶,但他想到这还是值得的,于是他俩住进了附近一家汽车旅馆。早上,令人厌恶的做爱结束后,他穿上衣服准备回家,这时那个老女巫在床上翻了个身,问道:“嗨,小家伙,你多大了?”

“四十二岁,”他说,“问这干吗?”

“你相信真有女巫,年纪不是太大了一点吗?”

(选自诺曼·N·霍兰德:《文学反应动力学》,上海人民出版社1991年版,第3—4页,该故事是作者根据1964年3月《花花公子》第94页所登载的笑话改编而成。)

---

① 拉康:《拉康选集》,第188、196页。

这是后现代精神分析学家诺曼·N.霍兰德在《文学反应动力学》一书中分析的一则笑话。霍兰德想要探讨的问题是，为什么我们读者在文学阅读中会明知其假而宁信其真呢？霍兰德认为，为了得到快感，这可能是其中最重要的原因。那么，文学给我们的快感究竟是什么？在这则笑话中，“基本的隐喻是交易”。对于这个能够给人一切的老太婆来说，她缺的是青春与性感；而对于这个年轻的董事来说，尽管他已失去了一切，却正好拥有这两样东西，于是交易就达成了。但是，这里的问题是，这个女巫只是做了几个巫术的手势，而年轻董事却真正与之做了爱。于是这个年轻董事“希望得到的某种东西（钱）而不付出什么东西（性），但他发现付出某种东西（性）而没有得到什么东西（答应给的钱）。”霍兰德的分析还不止于此，他还在这个干瘪的皱皮老太婆身上辨识出“一个哺育孩子的母亲形象”，“她不应该有那样的性欲”，“从她这里得到愿望满足是正常的，但与之做爱却是‘令人作呕的’。味觉的意象与她自己没有牙齿的嘴暗示了一个有关母亲吞食（通过那个像嘴一样的生殖器）而不给孩子喂食的可怕的幻想”[1]。从这个笑话中，霍兰德感受到的快感是来自一个恋母情结的幻想。不仅如此，霍兰德还从中发现了弗洛伊德精神分析学中的移置作用：“两者都把读者的注意，或关心，或评价，从一物转到另一物”，如笑话一开始就将年轻董事的违法行为转换成他的令人同情而不是受人谴责的遭遇；女巫的出现也是以帮助者的形象出现，而不是惩罚者形象。笑话的主题从盗用和赔本转移到与女巫的交换。“女巫打破恋母情绪的禁忌掩盖了他因盗用而打破的禁忌。”经过一番分析，霍兰德总结说，“那个故事写的是一个口唇—恋母情结的幻想，它起先给人快感，然后使人焦虑，然后又给人快感。笑话的情节与形式对于驾驭这个幻想起到了防御作用，笑话的意义与‘要点’原是其理性或概念的转化”[2]。

由此，霍兰德通过对一个笑话的解读，将其后现代精神分析的研究方法——文学反应动力学——的三部分展现了出来：幻想、防御（或形式）及其意蕴。

---

① 诺曼·N.霍兰德：《文学反应动力学》，上海：上海人民出版社1991年版，第11页。

② 同上书，第13页。

理论概述　幻想、防御及其反应

一　后现代精神分析

“后现代精神分析”是由霍兰德命名的。他将这一短语用作自己一本论文集的标题，并为一百年来精神分析学发展的历程进行了阶段性的区分。在他看来，后现代主义是20世纪一切艺术领域所经历的一系列运动中的第三个也是最后一个阶段，精神分析也不例外。处于第三阶段也即后现代阶段的精神分析即所谓的“后现代精神分析”。

那么，第一个问题就是“何谓后现代”？按霍兰德的说法，后现代是相对于前现代、现代而言的。它们并非单纯的年代划分，而是有着内在的特征。所谓前现代阶段，基本可以对应于现实主义或自然主义的终结。小说领域中的自然主义、诗歌领域中的意象派诗学、绘画方面的“阿什肯学派”、戏剧上的奥尼尔等，它们的共同点是将镜头永远对准性生活和普通人的生活。到了现代主义阶段，艺术家关注的重心发生了转移，即“它从把艺术作品看作对其他东西的再现，转向艺术即是其本身目的，即艺术之自足”[①]。其代表包括艾略特、庞德、史蒂文斯、里尔克的诗歌，普鲁斯特、乔伊斯、托马斯·曼、福克纳等人的小说，绘画上的抽象表现主义、音乐上勋伯格的音乐实验等等。到了二战结束，即1950年前后，开始进入后现代阶段，这场运动“认为文本对自身提出质疑，更确切地说，它对自身与读者、观众之间的关系提出了质疑”[②]。这就是霍兰德所理解的后现代主义的含义，如文学中的荒诞派、视觉艺术中的概念派雕塑、绘画上的欧普艺术、新现实主义、电影中的“关于电影的电影”（即“元电影”）等等。由此可以看出，将受众（读者、观众）作为关注的重心，聚焦受众与文本之间的关系，是霍兰德对后现代主义的基本认识，而这一认识也直接影响到了他对于“后现代精神分析”的界定。霍兰德将这一时期自己的研究兴趣锁定在读者反应理论上，“使用精神分析和认识心理学来探索读者与作品之间的空间，文学体验就是在这一空间中创造出来的”[③]。

霍兰德认为，上述从前现代到现代再到后现代的阶段性区分对于精神

① 诺曼·N.霍兰德：《后现代精神分析》，潘国庆译，上海文艺出版社1995年版，第278页。
② 同上书，第279页。
③ 同上书，第282页。

分析学来说也同样有效。在第一阶段，弗洛伊德打破了维多利亚时代以来，人们对于性的保守主义立场，不再将性视为难以启齿的问题，而是作为普通人极为正常的生理和心理问题进行研究，他甚至将那些日常生活中的琐碎的细节，如梦境、笑话、口误等也视为潜意识的表征，受到力比多的驱动。在霍兰德看来，弗洛伊德并不满足于将精神分析等同于日常琐事、停留在经验总结的层面，他很快就为精神分析建构了一个庞大的思想体系，认为“精神分析本身或其各不同实体被视为自足的，有其自身的目的”。[1] 正是在这一阶段，弗洛伊德修正了早期将心智分为意识、无意识和潜意识的观点，而代之以本我、自我和超我的结构假说。由此，精神分析开始成为一个自主的、自纠的过程。而后现代精神分析，或者说精神分析的后现代阶段，是从推翻俄狄浦斯情结开始的。在梅拉尼·克莱因、瑞奈·斯必兹等人的努力下，他们发现婴儿出生后第一年的主要任务就是获得“自我—客体分化”，即通过区分自我与他人、他物之间的界限，获得对自我的确认。在这种框架上，快感问题也不再只是个人自身的事情，“一方面，别人满足我们的内驱力；另一方面，对快感的愿望使我们与他人相关。内驱力决定快感，但他人决定内驱力”[2]。因此，到了后现代精神分析阶段，精神分析学的研究对象和方法都发生了很大的变化，精神分析成为一门释义学科，即“它帮助我们释义做一个人是怎么回事；做一个与他人有关系的人，又是怎么回事。精神分析使我们能探索我们自身与周围他人他物之间的那个空间，其中也包括其他学科和领域”[3]。

二　反应动力的幻想、防御机制

霍兰德的文学反应动力学是接受美学与精神分析的结合，又内在地成为美国读者反应理论的组成部分。从读者与文本之间的关系角度切入，在读者阅读反应过程中展开精神分析实践，是霍兰德的基本思路。

在《文学反应动力学》一书中，霍兰德为其文学反应动力学建构了一个分析模型。在他看来，人人都有幻想，幻想渗透于文学的各个环节，这两点成为其文学反应动力学的两个假定。与其他理论思潮不同的是，精神分析学并非一种思想体系，而是一种临床方法，因此从精神分析角度来审视文学

---

① 诺曼·N. 霍兰德：《后现代精神分析》，第 284 页。

② 同上书，第 288 页。

③ 同上书，第 299 页。

和文学阅读接受活动，就带有更多的基于体验、经验而来的分析，尤其是从文学作品中发现幻想，并且视文学作品本身为幻想的产物，而文学阅读也同样是具有幻想性质的过程。不过，霍兰德并不喜欢一些精神分析家在讨论文学作品的幻想时直接运用诸如自恋、色情受虐狂和同性恋之类的术语，他更喜欢从儿童发展过程中出现的与力比多各阶段相符合的各种典型的幻想来观察作品。比如，他会将某某作家命名为"肛门作家"、将某部作品视为"口唇故事"或"性器诗歌"等。

不过，霍兰德在此并非简单地将弗洛伊德的理论与作家的创作风格进行对接，而确实在某些方面找到了两者的相似之处。比如"口唇故事"问题。根据弗洛伊德的理论，人的一生中最早的阶段是以进出于口之物为中心展开的，即口唇期。正是在这个阶段，婴儿学会了对外界做出反应，并且建立起了与自己的需求相联系的心理机制。如婴儿饿了，他便想吃奶，就要寻找母亲的乳房；如果没有找到，他就哭，从而引起他人的注意；一旦获得了满足，他就平静下来，享受成果。弗洛伊德正是在这一过程中发现，人开始首次确立一个与自我相对立的对象，这一对象是外在于他自身的，并且只有在某一特定的行为压力下才会出现。由此，自我开始从外在世界中分离出来了，婴儿开始体味自我与其周围世界之间亲密无间的关系。霍兰德受此理论的启发，也从文学中发现了类似的因素，如《花花公子》上的笑话和乔叟笔下巴斯妇的故事中，都存在着一个万能的母亲般的女人形象，这正是婴儿口唇期的重要特征；还有戈尔丁的《平切尔·马丁》中，主人公在海上遇难后在一块礁石上忍饥挨饿，却发现这块礁石是自己的牙齿。由此，我们也可以引申出来，鲁迅的《狂人日记》中，"吃人"和"被吃"的想象，也与这种口唇期的症候极为相似。

与幻想机制相对应的，还有防御机制的存在。霍兰德认为，文学中还存在防御机制。日常生活中，防御机制是一种自我无意识的策略，也就是说，一旦遇到危险信号，这种机制便会自动启动。这种危险既可能来自外部，也可能来自内部，在现实、超我、本我各个层面都可能出现。危险引发了恐惧，也促使儿童修改其最初的内驱力。"它们像一把双刃剑，既可以使人成熟并获得个性，亦可以造成病态与愁苦。艺术与生活，病症与逻辑推理，笑话与哀诉，爱与恨，几乎我们生活的一切都是内驱力与防御这两个强大对立面的某种妥协。"[①]根据精神分析学家们的发现，防御机制有各种各样，除了最

---

① 诺曼·N. 霍兰德：《文学反应动力学》，第 58 页。

基本的压抑作用之外，还有否认作用、逆反作用、逆行作用、否定作用、投射作用、摄入作用、与进攻者的认同作用、自残作用、倒退作用、分裂作用、象征作用、升华作用、文饰作用等等。这些机制在文学中广泛存在。霍兰德认为："文学作品不仅体现了精神分析所熟识的诸幻想，而且它们驾驭这些幻想所用的技巧也类似于精神分析所熟识的防御或调节策略。反讽好似逆反作用或逆行作用；省略宛如压抑作用或否认作用；故事中不可能的因果关系类似投射作用；指出寓意犹如文饰作用，等等。"①不过，文学文本与现实个人精神心理不同的是，文本所呈现的，不是原始的幻想，而是被加工过后的幻想，加工的手段就是文学的"形式"，因此，文学形式类似于这种防御机制，通过这一机制，作者决定将什么样的幻想诉诸笔端，将什么样的幻想加以伪饰以另一面貌出现，或者完全将某些欲望压抑到潜意识的最深处，阻止它浮出水面，呈现于文字。

文学的幻想及其防御机制不仅对于作家有效，对于读者同样如此。当读者翻开某部作品时，他的内心已经对这部作品即将向他呈现的内容有了某种期待，这种期待就是幻想机制发挥了作用，阅读过程中的情感的认同、成规识别的快感以及文本意蕴的发现，都始终伴随着读者调动自己内心的情感、已有的经验和分析判断的能力。同样，各种心理防御机制也在阅读过程中发挥着作用。当胆小的读者看到某些惊险场面时，会情不自禁地放下书或者跳过去，正是主动防御恐惧心理的表现；阅读过程中，读者的阅读时间也并非平均分配、等时进行的，有的章节看得仔细，阅读时间就长，有的章节看得粗略，阅读时间就短，这长短之间同样也是读者阅读反应动力的一种体现。

三　明知其假而宁信其真

对于读者而言，最大的问题是如何对此做出反应。在霍兰德看来，读者反应中最让人困惑的部分是"明知其假而宁信其真"。正如前文所举的那个准备自杀的董事的例子一样，在读者内心中存在着一种奇怪的心态，愿意接受一切不真实和不可能的东西。文学中各种恩怨情仇、嬉笑怒骂，甚至各种荒诞不经、离奇难解之事，对于读者而言，似乎并不以为不可理喻。不管是年少无知的孩童对于童话和神话的执著，还是饱经风霜、老于世故的成人对于虚构剧情的投入，都向我们提出了一个棘手的问题：为什么读者会形成

① 诺曼·N.霍兰德：《文学反应动力学》，第64页。

这种类似“剧场幻觉”的心理？霍兰德分析了人们参与娱乐作品的基本方式：“他们不再注意艺术品之外的东西；他们全神贯注于作品之中；然后——这一点尤为特殊和重要——他们开始启动自我与艺术品之间的界线。”也就是说，阅读或参观过程中，读者完全地忘我，忘掉了现实阅读情境中读者所处的世界以及自我与世界之间的关系，俗话所说的“废寝忘食”就是这种状态，中国古人所谓的“神与物游”“神驰身外”美学家分析的“与艺术品物我融合”都说的是这种状态。霍兰德关心的是，从精神分析学的角度来看，这种物我融合为什么要发生呢？它是怎样发生的？它又达到了何种程度？

原典精读　明知其假，宁信其真

> 无论怎样，我们现在能够阐述我们是怎样和为什么明知其假而宁信其真的。我们转向文学作品抱有两种意识的期望：第一，它会给我们以快感（口唇“摄入”性的），第二，它不会要求我们对外在世界采取行动。因此，文学作品在我们内心找到了一种基质，它伸展着，穿过许许多多在幻想中得到满足的体验，回归到我们最初的被动的满足的体验。这一体验发生在我们尚未认识到我们自我的独立存在之前，而文学作品则再次创造出这一尚未分化的自我：我们吸收并陶醉于文学体验。确实，正如蒂龙·格思里的例子所示，对于任何外在的现实，只要我们对之抱有这两种期望，我们都会为之陶醉，感受到快感而不必行动：音乐、绘画、小说或哲学的辩证。加缪的话揭示了“陶醉”与口唇性的关系：“由于沉浸在美之中，理智便能从虚无中获得佳肴。”
>
> 因此，尽管柯勒律治的用词很精美，但并没谈到问题的全部。我们确实明知其假而宁信其真，或者更准确地说，我们并不像在日常生活中那样去检验其真实性。但是，发生了某种更为深刻的东西。我们之所以不检验其真实性，是因为我们至少部分地不再感到我们与外在现实相分离。在某种程度上我们与文学作品融为一体。在吸收文学作品的过程中，我们亦被文学作品所吸收。
>
> （霍兰德：《文学反应动力学》，上海人民出版社 1991 年版，第页）

对于这个问题的解答，霍兰德首先是从对虚构类作品的阅读经验着手，他先举了一段文字，说是取自于中世纪史的史料。但当读者读完后，他又说，这其实来自于一本小说。从这个细节出发，霍兰德指出，“人们不能从一个孤立的段落判断出作品是虚构作品还是非虚构的作品。然而我们对于这两种体裁的反应截然不同。因此,决定我们反应的决不仅仅是段落本身。相反——或正如上面的试验所表明的——正是我们对该段落的期望决定了我们将在何种程度上用我们日常生活的经验来对之加以检验。如果我们认为这一段落说的是事实,我们就会检验其真实性。如果我们认为它说的是虚构,我们就不会去检验。"①

决定读者如何做出阅读反应还有一个重要原因,即读者对于艺术的态度。艺术是有别于现实生活的,尽管两者可能都会带来同样或相似的情感体验,但最根本的区别在于,"我们并不期望因为文学艺术体验而有所行动。相反,艺术作品,而且还有整个艺术情境以一种与功利无关的方式表现自身,并不要求我们采取任何行动"。霍兰德举古代祭祀中的饰物、求雨时的舞蹈为例,认为当它们的目的不再是祭祀而只是为了吸引游客注意的时候,它们就成了艺术。这也就是美学上所讲的"非功利化"。也就是说,"正是我们明知其假而信其真的态度以及由此产生的快感构成了文学。而不是某一特定的作品的文学性使我们明知其假而信其真"。② 由此,读者在阅读反应中会形成两种相互强化的机制:一方面,是读者的文学观念、文学阅读经验以及文学阅读的情景不断推动着读者放弃对外在世界的关注,放弃对现实生活采取行动;另一方面,则是进一步强化了读者沉浸到文学阅读活动之中,倒退到文学阅读所形成的幻想情景之中,并在精神的层面获得了情感和心理的满足。

这种"物我融合"类似于精神分析所津津乐道的婴儿时期的状态,在文学阅读中,读者回到了"自我与对象分化"之前的一种状态,回到了自我在生命之初无所不包的感觉。在这种状态中,自我与非我、内在与外在之间的界线变得模糊和不重要了。

第三节　欲望机器

预读　"粉丝"·迷·文化生产

铁打的 Fans 流水的偶像,Fans 是一种精神消费。

---

① 霍兰德:《文学反应动力学》,第 75—76 页。
② 同上书,第 78—79 页。

"我是你的Fans",这是态度,不是信仰。

在打倒了权威、取消了传承、强调了后喻文化之后,Fans对传统建构中的社会化的信仰已经"自宫"了,爱偶像其实是爱自己,嚣张地爱,爱比自己更加完美的自己。

Fans有共同的爱好团体、共同的收藏、同步的购买、默契的语言切口和多元交流平台,自愿成为标有有效期的时尚消费品的俘虏。

有多少Fans成为偶像,又有多少偶像一度是前偶像的Fans!以"我是你的Fans"的名义,永远不乏激情的Fans支撑起了亢奋的国度和亢奋的世纪。

Fans横行的社会,不同偶像孵化出的Fans小团体如同小小的趣味国度,贝克汉姆Fans国、史努比Fans国、张国荣Fans国、李小龙Fans国、布兰妮Fans国、姚明Fans国……汇成大众趣味的Fans联合国,尽情地喜爱、追随、投入与迷醉。

……

多少年后,可以想象,某一个偶像的Fans会组成一个认同的国度,超越国界,超越年龄、阶级与身份,这个国度在Fans想象的共同体中成型,他们认同完美的偶像带来理想国。在虚拟互联状态下,再加上商业的虚像,Fans国里面的"公民们"恐怕也不会太认真地计较他们的国度里究竟有多少人,自由松散、无拘无束以及共同趣味标准构成了这个国度的公民的交往关系。

在这个未来态的"Fans共和国"中,"我是你的Fans!"也许就像"你好,吃了么?"般脱口而出,不妨,我们可以从今天开始熟习之。

(选自令狐磊:《我是你的FANS》,《新周刊》2004年10月1日)

在我们的日常生活中,身边随时都可发现各式各样的"迷":从大的方面说,有"影迷""戏迷""歌迷""邮迷""收藏迷"等等,从小的方面说,任何一部电影、一部电视剧、一个导演、一个演员都可能造就不少的"迷"。这些"迷"(按现在网上流行的称谓——fans"粉丝")的基本特点就是:专注、投入、痴迷于某物的人。"迷"是笼而统之的观众中的一种亚类型,"迷"不同于普通观众的最大特点就是"狂热",即一种"过度性"。

在当代文化中,"迷"拥有巨大的文化再生产能力。一是"接近"。即对所迷对象的及时跟踪、尽可能的近距离接触、第一时间掌握其最新动态等。只要在明星出没的地方,就会有一群职业"狗仔队",他们善于捕风捉影、胡编乱造,长于制造"花边新闻",爆料"明星绯闻","娱记"也因而声名扫地。

而对于普通的“迷”们来说，他们平日只有通过媒体接触他们心中的偶像，但一旦“所迷对象”出现在了他们生活的环境中（到这个城市来演出了），便会在“迷”的日常生活中激起一阵波澜：去明星住的酒店守候，请明星为自己签名，给明星送上自己精心准备的礼物，甚至冲上去一阵热吻。二是“参与”。迷在对“所迷对象”的参与中有时还达到创造的境界。如参与剧本的讨论改编，促成剧情向自己所期待的方向发展等。而一旦这种要求不能得到满足，“迷”们马上就会采用极端的类似“自杀”的方式表达自己的意见。有的剧迷甚至积极投入到了“拯救主人公”的运动中。三是“研究”。“迷”们对所迷对象的详尽占有类似于专家从事研究时的资料收集工作，在一定程度上，这些“迷”也具有相当的“研究”的能力——当然，这种“研究”在专家们看来，肯定是小儿科，业余水平，不登大雅之堂。如有位“星战迷”的“研究”几乎与艺术欣赏沾不上边，带有明显的“科幻的考古”的性质。他专门研究《星球大战》系列电影中的武器——“光剑”。他不仅清理出了七种光剑类型，而且还分析了各自的原理、代表性功能及其与研习者的关系，最后，还煞费苦心地做了一系列的图示并设计了使用说明书。还有的“星战迷”根据剧情的发展，编制《星球大战编年史》《星球大战前传3专题年表/全星系图篇》，为这个虚构的属于未来的战争作传；还有《星际大战系列拍摄年代记》，则是这部横跨二十多年的系列电影拍摄史的纪录。

“迷”的这些种种表现，突显出一个鲜明特点：“迷”作为一个受众，不再满足于成为文化产品的接受者和消费者，而且成为文化生产者，参与到文化生产体系之中。当代文化的最重要的特点不是生产，而恰恰就在于不断地再生产。整个当代大众文化，就是一台巨大的欲望机器，不断地生产和再生产着自身。

理论概述　欲望机器·无器官身体·欲望生产

一　欲望机器

欲望（desire）是什么？它是发自于人本性的想要达到的目的或要求。欲望往往首先指的是人的生理本能，如中国古人所说，“食色，性也”。这种生理本能在人类社会发展变迁中也文化化了，被赋予了更为丰富的内涵。吃的欲望，其目的是为了延续个人自身的生命，性的欲望，其目的则是为了完成人的繁衍。在马克思主义那里，吃、喝、住、穿这些直接的物质的生活资源的生产也被视为人类社会向前发展的基本规律。不过，在西方文化传统中,这些与生理需求有关的欲望一直都属于受压抑的对象,认为人之所以为人,是因为人是理智的动物,而非欲望的动物。与理智相关的对知识的渴求、对科学的追求、对崇高的理想的追求成为一个人走向完善的标志。但是到了20世纪,以欲望为中心的主体性理论获得了长足的发展,其代表就是精神分析学。在弗洛伊德那里,"欲望"更多地被"本能"(力比多)、"愿望"之类的词汇代替,如弗洛伊德将梦视为人愿望的达成,这里的愿望既可能包括来自本能的欲望,也可能来自现实生活中被压抑的需要。欲望在拉康那里得到了正面的探讨。他严格区分了"欲望""需要"和"要求"三个概念。在拉康看来,"需要"所对应的是纯粹的生物性本能;如果"需要"通过语言获得表达,就转化成了"要求"。那么,"欲望"是什么呢?它既不是满足"需要"的渴望,也不是明确的爱的"要求",而是"要求"与"需要"之间的差数。因此,"欲望"就是一种欠缺、一种匮乏。

在德勒兹、伽塔利那里,"欲望"再度成为研究的核心对象,并被赋予了新的意义。在《什么是欲望》一文中,德勒兹认为,"你有没有认识到欲望是多么的简单?睡觉是一个欲望。散步是一个欲望。听音乐、或制造音乐或写作,都是欲望。春天,冬天,是欲望。老年也是一种欲望。甚至死亡"。从表面上看,德勒兹有着明显的"泛欲望化"的倾向,人类几乎任何行为都与欲望有关,不管是生理的,还是心理的,还是情感的,包括理智的。那么,德勒兹是否在重谈弗洛伊德"泛性论"的老调?其实不然,德勒兹与弗洛伊德在三个关键问题上有重要分歧:其一,德勒兹不认为"欲望"就像"本能"一样是属于受压抑的、深藏于人的潜意识领域之内不可告人的东西,德勒兹眼中的欲望其实是与人的日常生活一样的,坦坦荡荡,既无需掩饰,也不用张扬。其二,"欲望"必须获得某种"赋形",没有抽象的空洞的欲望,只有外在化的、具有一定表现形式的欲望,用德勒兹自己的话说,"欲望只能在组装或装配成机器时才存在"①。"机器"是用来"生产"产品的设备,因此,其三,德勒兹认为欲望是具有生产性的,而不像弗洛伊德所认为的,欲望来源于匮乏、缺失。

知识背景　德勒兹、伽塔利

吉尔·德勒兹(Gilles Louis Réné Deleuze,1925—1995),法国后现

① 德勒兹:《什么是欲望》,陈永国、尹晶主编:《哲学的客体:德勒兹读本》,北京:北京大学出版社2010年版,第206页。

代哲学家。作为20世纪60年代以来法国复兴尼采运动中的关键人物，德勒兹在人文科学领域产生了深远影响，其与伽塔利合著的《反俄狄浦斯》《千高原》等成为后现代精神分析学的经典著作，此外，他还著有《电影Ⅰ：动作—影像》、《电影Ⅱ：时间—影像》《什么是哲学》和《感觉的逻辑》等。1995年11月4日，因不堪肺病折磨，在巴黎十七区寓所跳窗自杀。

伽塔利（Pierre - Félix Guattari，1930—1992），法国哲学家，精神分裂分析和生态哲学的创始人。除了与德勒兹合著的《反俄狄浦斯：资本主义与精神分裂分析Ⅰ》《千高原：资本主义与精神分裂分析Ⅱ》和《什么是哲学?》之外，他还出版有《精神分析学与横贯性》《分子式革命》《机器无意识》和《混沌互渗》等。1992年，因心脏病去世。

这里有一个重要的问题需要辨析：德勒兹、伽塔利所说的"欲望机器"中的"机器"是比喻性的还是实体性的？在他们看来，这一"机器"首先是实体性的，其次才是隐喻性的。这与他们对"机器"的理解有关。"欲望机器"里的机器不只是工业化大生产中的钢铁、机械，人的身体、人的器官也是机器（在这里他们有意模糊了实体和隐喻的区别）。小到个人，大到社会、国家，无不是由各种欲望机器所组成。如小孩在吃奶，妈妈的乳房就是生产奶水的机器，而婴儿的口则是与之搭配起来的零件，是整个吃奶这一欲望机器的组成部分。从社会来说，电影工业也被称为"梦工厂"，就是欲望的生产系统，这里面不仅有各种演职人员、编剧、导演，还有各种拍摄机器、后期处理设备，电影制作完成之后，还有发行商、院线，还有各种制造电影衍生品的机构发掘电影中的元素，让他们的利益得到最大化的发挥。从这个角度来看，德勒兹进一步发挥了阿尔都塞意识形态国家机器的概念，将之赋予了更广泛的意义。正因为如此，他们坚持认为："它呼吸、发热、吃东西。它排便、性交。曾经说起过那个本我，这是多么大的一个错误啊！无论在哪里，它都是机器——是真正的机器，而不是比喻性的：驱动其他机器的机器，受其他机器驱动的机器，带有一切必要的搭配和联系。"①

德勒兹、伽塔利他们并不满足于将欲望机器的分析局限于精神分析领域，而是要力图让这一概念能够去分析人类社会的发展变迁。因为在他们看来，欲望机器所生产的，不仅仅只是欲望本身，而且包括整个社会现实。

---

① 德勒兹、伽塔利：《反俄狄浦斯：资本主义与精神分裂症》，汪民安、陈永国、马海良主编：《后现代性的哲学话语——从福柯到赛义德》，杭州：浙江人民出版社2000年版，第36页。

因为社会也如身体一样，是一个有机体，即“社会体”(socius)，它也是由各个器官和无器官所共同构成的一个整体。“社会体责无旁贷的主要职责始终是对欲望进行编码，把它们列入名单，对它们进行登记，查看是否有不适当的压制、疏导、调节的流存在。”他们认为，从人类历史发展阶段来看，欲望所形成的世界变化大体可以划分为三个阶段并对应于欲望机器的三种形态：原始的辖域机器(the primitive territorial machine)、野蛮的专制欲望机器(the barbarian despotic machine)和文明的资本主义机器(the civilized capitalist machine)，它们分别对应于马克思主义所划分的原始生产方式、亚细亚生产方式和资本主义生产方式。

欲望机器的第一种形态是原始的辖域机器。大地——即自然——是其“社会体”的基本形式，它实行一种身体器官(嘴、肛门、阳根、阴道等)的集体投资。也就是说，原始生产方式的特点是一种社会生产相对薄弱的生产，物质的生产基本是依靠大地，“靠天吃饭”；社会的生产基本是维持个人的生命和种族的繁衍。与之相应，乱伦禁忌成为维持社会有机体动作的极重要机制。具有生产性的牲畜、薯块这些东西就被视为有特殊的意义和价值。原始的辖域机器主要是通过亲属关系制度把人们组织起来的。个人所属的社会等级是由其所在的亲属关系中的位置所决定的，个人必须向专制君主宣示效忠。

欲望机器的第二种形态是野蛮的专制机器。专制君主成为组织社会生产的核心力量，其“社会体”的形式就专制君主的完整身体。在这种形态中，社会结构变得更加复杂和完备，欲望生产的重心已转向社会生产。专制机器用等级制度或阶级取代了辖域机器形态中单纯的以亲属关系相联系的方式，社会组织关系更加复杂，欲望机器与无器官身体之间的组装也更加复杂。其中最重要的，就是专制君主成为权力的中心，因为它引入了一种直接与神相联系的新的血缘形式，如中国封建君王，都自称“天子”，因其出身高贵而超越了凡夫俗子，因其与神灵相通，而成为人间的统治者。正因为这一特殊地位，专制君主不再受制于此前人们共同遵守的乱伦禁忌的约束，成为骄奢淫逸的特例(虽然这并非对乱伦禁忌的破除，因为所有的臣民仍然要严格遵守)。

欲望机器的第三种形式是“文明的资本主义机器”。资本成为社会有机体中决定性的因素。值得注意的是，资本并非欲望机器，而是无器官的身体。这使得文明的资本主义机器从一开始就包含着一个难解的悖论：欲望机器的生产是由无器官身体所推动的。资本对资本主义生产过程实行直接控制，人与人之间的社会关系既非由血缘关系来确定，也不再由专制君主代表神灵来统治，而是受到资本、金钱的控制，“人在金钱面前人人平等”“有钱能使鬼推磨”可以用来描述资本主义时代的“社会体”的特征。

二 “无器官身体”

德勒兹、伽塔利喜欢用一些带有多义性、隐喻性的术语，希望能够它们尽量保持意义的丰富性、增殖性。比如他们创造了一个术语——“块茎”(rhizome)，用来强调具有多元生成性的后结构主义状态。“块茎”是相对于“树状”而言的，“树状”模式是具有中心式、规范化、等级制的特点的，根、干、枝、叶，彼此区分明显，各司其职，这是典型的理性主义对世界的认识方式；而“块茎”则不同，它是非中心、无规则和多元化的，就好像土豆和野草，在地里滋生蔓延，可能最初有一粒种子，或者一个生成的起点，但随着它的生长，这个生长的起点已经不重要了。所有的部分，都具有增殖性，都可以不断滋长。在“欲望机器”的理论中，这种“块茎”式的理论表述也非常鲜明。

其中，“无器官身体”(body without organs)是与“欲望机器”相对应的一个重要概念。德勒兹、伽塔利认为，身体也是欲望机器，身体中的器官组织也是欲望机器，它们与工厂里面生产产品的机器一样，都由欲望所驱动，都以欲望的生产为目的。“无器官的身体”是德勒兹、伽塔利理论中颇为晦涩的术语之一。其中重要的是理解这一术语中“organs”的多义性。相对于“body”(身体)而言，“organs”是“器官”或“组织”，意味着身体中的某一部分。器官的特性在于，它是由几种不同的组织按一定的结构组合在一起的，它具有一定形态构造，并且能够完成特定的机能任务。因此，作为有机体，结构性以及机能性，是器官的基本特点。身体与器官的关系，就是“整体”与“部分”的关系，无器官的身体意味着没有部分的整体，没有部分的整体，我们就无从判断整体的内部构成及其关系，整体就是一个混沌，甚至一个虚无。“organs”作为一个有机体，其背后还指涉着一个重要的思想背景，就是有机论“organism”，即把活的有机物当作整个自然的模式和比喻的哲学。我们知道，“机器”概念是一个基于现代科学技术的概念，代表着冰冷的理性，也是导致现代人走向异化的“罪魁祸首”(卓别林的《摩登时代》就是对人与机器关系的形象表达)。

但是德勒兹、伽塔利要反其道而行之，赋予“机器”以“有机体”的内涵，这正是通过“无器官的身体”这一概念来完成的。德勒兹举例说，资本就是资本家的"无器官身体",也是资本主义存在的"无器官身体"。资本的物质形态是货币,本来是不具有繁殖能力的,但是,在资本主义条件下,货币不再只是流动的僵化的物质,而具有了增殖的能力——即为资本家带来剩余价值。

那么,资本作为"无器官身体",与作为欲望机器的工业生产机器之间是如何进行组装、搭配来完成欲望的生产的呢?"它让机器负责生产相对的剩余价值,同时作为固定资本在机器中体现自身。"这里就出现了最具吊诡性的一幕:资本以貌似客观的不变的因素参与欲望的生产,而其结果却是带来了自身的增殖。[①] 一方面,他们将"欲望机器"描述为"无器官身体"的对立面,认为如果"欲望机器"是生产性的话,那么,"无器官身体"就是非生产性的。他们认为,在"欲望机器"和"无器官的身体"之间有一种明显的冲突,"欲望机器"的生产是"无器官的身体"所无法忍受的,"无器官的身体"即是无欲望的身体,是对欲望的"原始压抑"——"它不是一种'抵制发泄',而是无器官身体对欲望机器的拒斥"。因此,两者之间的冲突就类似于弗洛伊德精神分析里面本能所受到的压抑一样,"欲望机器想要冲入无器官身体,而无器官身体抵制这些欲望机器,因为经验告诉它,这些欲望机器是进行全面迫害的工具"[②]。但另一面,"欲望机器"又与"无器官身体"密不可分,"无器官身体"认为它是"欲望的内在领域,欲望的一致性平台","在某个地点、某个时间,在连接性合成中,它作为生产与产品的同一性而被生产"。什么意思呢?"无器官身体"也是通过"欲望机器"所生产出来的东西,通过与"欲望机器"进行"组装",共同构成了欲望生产的全过程。正是这种悖论性的表述,德勒兹、伽塔利将两个貌似矛盾的因素糅捏在了一起:"没有器官的整个身体属于反生产的王国;但是,连接性或生产性合成的另一个特点在于这个事实,即它将生产与反生产、与反生产因素搭配。"[③]

三　欲望生产

在德勒兹、伽塔利那里,欲望就是欲望机器,欲望机器就是欲望生产。在《反俄狄浦斯:资本主义与分裂症》(1972)中,德勒兹、伽塔利认为,欲望

---

① 在此,德勒兹、伽塔利只是借用了马克思主义的"剩余价值学说",但在理解上并不是马克思主义的。

② 德勒兹:《无器官的身体》,汪民安主编:《后身体:文化、权力和生命政治学》,第111页。

③ 德勒兹、伽塔利:《反俄狄浦斯:资本主义与精神分裂症》,《后现代性的哲学话语》,第44页。

是无所不在的,欲望不仅是生产的动力、根源,而且还是生产机器本身。也就是说,欲望不仅仅是推动人们生产某些产品满足需要和欲望的动力,欲望本身也具有生产性。

不同于弗洛伊德将俄狄浦斯情结视为压抑性的因素,德勒兹他们认为,无论是考察个体、社会、自然,单独的只具有压抑性功能的事物是没有的,"一切都是生产:生产的生产,行为与激情的生产;记录过程的生产,作为参照点的分配与参照物的生产;消费的生产,感官快感、焦虑、疼痛的生产"。

原典精读　欲望生产

它无处不在发挥作用,有时进展一帆风顺,有时突发痉挛。它呼吸、发热、吃东西。它排便、性交。曾经说起过那个本我,这是多么大的一个错误啊!无论在哪里它都是机器——是真正的机器,而不是比喻性的:驱动其他机器的机器,受其他机器驱动的机器,带有一切必要的搭配和联系。器官机器与能源机器接通。一台机器产生一股流,另一台,则截断它。乳房是产生奶水的机器,口则是与乳房搭对的机器。厌食者的口摇摆于几种功能之间:其占有者尚不确知它是饮食的机器、排便的机器、说话的机器,还是呼吸的机器(哮喘发作时)。因此,我们都是零工:每个人都有台小机器。因为每台器官机器都是能量机器:每时每刻都在流动和被打断。施莱伯法官的屁股散发着阳光,那是像太阳一样的肛门。其他人曾经确信此事:施莱伯法官感受到一些东西,生产了一些东西,并能够在理论上解释这个过程。一些东西产生了:机器的效果,并非纯粹的比喻。

……欲望机器是二元机器,遵循二元法则或者一套统辖联想的规则:一台机器总是与另一台机器搭配。生产性合成,即生产的生产,在本质上就是内在连接性的:"并且……""接下来……"。这是因为总有一台流动生产的机器和与之相连接的另一台机器,中断或者抽出这个生产流动的部分(乳房——口)。还因为第一台机器反之也与另一台机器相连接,它中断另一台机器的生产流或部分地使之枯竭,无论从哪个方向看,这个二元系列都是直线性的。欲望经常与连续不断的流动和局部客体搭配,这些客体从本性上说就是破碎的和被打碎的。欲望促使流体向前流动,自身也流动,并且中断这些流动。"我爱一切流动的事物,甚至是冲走没生殖能力的精子的月经流。"羊水涌出液囊,冲出肾结石;流动的毛发;一股口水液,一股精液、粪便、尿流,它们由局部客体产出,经常被其他的局部客体切断,这些客体反过来也产生其他的流,并由其他的局部客体截断。每个“客体”都决定一股流体的连续性;每一个流体都决定客体的破碎化。每一台器官机器都无疑根据自己的流动前景、从这台机器流出的能源的角度来阐释整个世界:眼睛阐释与观察有关的任何事物——言说、理解、排便、性交。但是与另一台机器相联总是沿横向的路线来建立的,因此,一台机器截断另一台机器的流动或者把它“看作”是自己被截断的流动。

(德勒兹、伽塔利:《反俄狄浦斯:资本主义与精神分裂症》,《后现代性的哲学话语》,第36页)

这里包括以下几个问题:其一,是“过程”的含义。在德勒兹、伽塔利看来,“过程”是“生产”最重要的特点,因此,欲望生产虽然是具有特定的目的性的,但过程才是欲望最关心的。目的一旦达到,欲望也就消失了;只有在过程中,欲望才处于充满活力的生产性状态。他们将这一“过程”的特点概括为几下三个方面:(1)“在生产自身中融合了记录与消费,因此使它们成为同一过程的不同生产”;(2)“人类与自然不是两个相互对峙的相反的术语——甚至不是在因果、构思、或者表达关系(原因与结果、主体与客体等等)之中两级对立意义上的术语;而两者是同一个基本的事实,即生产者—产品。”(3)“决不能将其(过程)看作是一个自反目标或者目的,也不应该将其与自身的永恒相混淆”。其二,“欲望机器”的特点是“生产的生产”,即生产既是目的,也是手段;既是原因,也是结果;既是动力,也是过程。生产的生产成为对生产过程流动性、连续性的一种表述。换言之,欲望的生产并非为了满足所有的匮乏、欠缺,而是为了生产欲望本身。在此,德勒兹和伽塔利颠倒了欲望的主客体关系。在弗洛伊德那里,欲望是主体性的,之所以有欲望是因为客体的匮乏,因此,欲望一定是对象化的(如前所述“自恋”,虽然指向自身,但其实质也是对象化的,即将自身视对象化,作为爱恋的对象)。但是在德勒兹、伽塔利看来,欲望不缺乏对象,恰恰缺失主体。他们认为,“现实是最终产品,是作为无意识自动生产的欲望的被动合成的结果。欲望不缺少任何事物:它不缺少客体。相反,欲望中所缺失的恰恰是主体,或缺少固定主体的欲望;没有压抑就没有固定的主体。欲望与其客体是一回事:是机器,一台机器的机器。欲望就是一台机器,欲望的客体就是另一台与欲望相连接的机器”。“欲望不受需求支持,恰恰相反,各种需求来源于欲望:在欲望生产的现实中,这些需求就是反产品,缺失是欲望的反作用。”因此，“欲望机器”作为不断生产欲望的机器，成为一台“无人战机”。其三，欲望生产与社会生产之间的关系。德勒兹、伽塔利并不认为存在着欲望生产和社会生产两种类型的生产。他们认为，“只有一种生产，即真实的生产”，欲望生产和社会生产只不过是这一真实生产的两种不同的方法，“社会生产在确定的条件下主要衍生于欲望生产：这就是说自然人首先出现。但是我们还必须更为准确地说，欲望生产在本质上最初并且首先是社会的，倾向于最后解放自身：也就是说历史人首先出现”①。前者是针对人类进入文明社会之前而言的，这一阶段早已过去；后者是针对人类进入文明社会之后而言的，直到现在仍然有效。因此，所谓欲望生产其实质是社会化的欲望生产或者说是欲望的社会化生产。这就再一次与弗洛伊德将欲望归结为人的生理本能相区分了。也正因为如此，德勒兹、伽塔利才会运用“欲望机器”这一武器展开对资本主义机器的批判。

思考题

1. 拉康所描述的“镜像期”与弗洛伊德所分析的“自恋”有何异同？

2. 举例分析读者在阅读过程中的反应动力是如何形成的？

3. 弗洛伊德、拉康和德勒兹、伽塔利三者之间在对“欲望”问题的分析上有何异同？

进一步阅读

1. 拉康：《超越“现实原则”》，《拉康选集》，上海三联书店2001年版。

弗洛伊德写有著名的《超越快乐原则》，拉康的这篇文章显然是对此的反写或进一步的深化。在拉康看来，现实本身也不是铁板一块、自然而然的东西，所谓现实，亦是另外一种神经症的结构。

2. 拉康：《主体的倾覆和在弗洛伊德无意识中的欲望的辩证法》，上海三联书店2001年版。

在这篇文章中，拉康区分了需要、要求和欲望三者之间的关系，并由此打开欲望研究的维度。

3. 霍兰德：《文学家的自杀：一个风格问题》，《后现代精神分析》，上海文艺出版社1995年版。

---

① 德勒兹、伽塔里：《反俄狄浦斯：资本主义与精神分裂症》，《后现代性的哲学话语》，第39、47、48、53页。

从精神分析的角度，霍兰德指出，“在更高的抽象层次上，所有自杀都具有同样的本质动因：他整个本体或生活风格导致他在生活提供的一切可能性中选择死亡”。文中有他分析的文学史上一些著名的作家自杀的案例。

4. 霍兰德：《为何这是移情，我亦未走出移情》，《后现代精神分析》，上海文艺出版社 1995 年版。

在此，霍兰德对弗洛伊德精神分析的“移情”和“反移情”理论提出质疑，并由此探讨了文学批评家转向精神分析和让精神分析家转向文学的必要性及其存在的问题。

第七章　政治的审美救赎

审美救赎思想并不是从西方马克思主义才开始有的，它可以追溯到德国古典主义时期的康德。康德的审美无功利、无目的的合目的性等审美自主的观点，批判了理性主义，强调了审美具有解放人灵魂的作用。席勒的审美教育理论，更典型地体现了审美对分裂人格的救赎之用。后来陆续有许多思想家、理论家对这个问题展开了论述，但直到马克斯·韦伯，对文艺的审美救赎功能的论述才走向了一个更为广阔的社会文化领域。审美救赎论与西方现代社会的发展紧密相关，艺术是否能真的起到救赎现实的作用，审美救赎是否只是一场审美乌托邦的实验，需要我们进一步思考。

第一节　工具理性与审美救赎

预读　卡夫卡·《变形记》·异化

一天早晨，格里高尔·萨姆沙从不安的睡梦中醒来，发现自己躺在床上变成了一只巨大的甲虫。他仰卧着，那坚硬得像铁甲一般的背贴着床，他稍稍一抬头，便看见自己那穹顶似的棕色肚子分成了好多块弧形的硬片。被子在肚子尖上几乎待不住了，眼看就要完全滑落下来。比起偌大的身躯来，他那许多只腿真是细得可怜，都在他眼前无可奈何地舞动着。……"啊，天哪，"他想，"我挑上了一个多么累人的差事！长年累月到处奔波。在外面跑买卖比坐办公室做生意辛苦多了。再加上还有经常出门的那种烦恼，担心各次火车的倒换，劣质的、不定时的饮食，而萍水相逢的人也总是些泛泛之交，不可能有深厚的交情，永远不会变成知己朋友。让这一切都见鬼去吧！"他觉得肚子上有点痒痒，便仰卧着慢慢向床头挪近过去，好让自己头抬起来更容易些；看清了发痒的地方，那儿布满了白色小斑点，他不明白这是怎么回事；想用一条腿去搔一搔，可是立刻又把腿缩了回来，因为这一碰引起他浑身一阵寒颤。

（卡夫卡：《卡夫卡全集》第一卷，河北教育出版社 1996 年版，第 106—107 页）

这是卡夫卡的著名小说《变形记》开头的部分。小说的手法显然是荒诞的，人怎么可能变成大甲虫呢？但卡夫卡正以这种荒诞手法揭示了现代人在外在现实重压下的异化和变形，而这也正是西方众多学者所批判的。这里我们将以马科斯·韦伯的理论为主，阐述现代人在工具理性重压下的变异，以及韦伯等人为此而提出的审美救赎之策。

一　工具理性及其批判

何为工具理性？简单地说，工具理性是一种技术理性，是人类特有的一种能够以数学的形式进行计算、思考乃至预测后果的能力。德国社会学家马科斯·韦伯是首次提出这一概念的学者，他把理性分为了“工具的合理性”和“价值的合理性”，即工具理性和价值理性。按照韦伯的观点，所谓工具理性，即“通过对外界事物的情况和其他人的举止的期待，并利用这种期待作为‘条件’或者作为‘手段’，以期实现自己合乎理性所争取和考虑的作为成果的目的”[①]。也就是说，工具理性强调为达到目而选择的手段及其有效性，并不看重所选择的这一行动手段本身的价值，也不去考虑由此所带来的后果，因此它是一种以技术主义和工具崇拜为价值观的理性形式。与之相反，值理性则“通过有意识地对一个特定的行为——伦理的、美学的、宗教的或作任何其他阐释的——无条件的固有价值的纯粹信仰，不管是否取得成就”[②]，也就是说，价值理性不强调行动手段的有效性，而是注重所选行为本身的价值，甚至不去计较由此而带来的后果。

韦伯之后，法兰克福学派的诸多学者如霍克海默、马尔库塞、哈贝马斯等都对工具理性进行了分析和批判。实际上我们看到，自启蒙运动乃至文艺复兴以来，思想家们就开始高举“理性”的旗帜，以理性取代神性，反对宗教对人的桎梏。尤其是随着工业革命的迅速推进，以科技、科学为代表的工

① 马科斯·韦伯：《经济与社会》（上卷），林荣远译，北京：商务印书馆 1997 年版，第 56 页。
② 同上。

具理性几乎成了衡量一切的权威标准，也为资本主义发展带来了一系列的变化，比如生产力得到极大提高，产生了巨大的经济效益，改变了人们原有的生活、生产方式等，与之相适应的社会组织、管理方式等也建构起来，人类进入了新的文明时期。[①]

但随着社会的发展，人们发现这种由启蒙时期开始的工具理性，一方面在逐步由自然领域向经济、政治、文化等社会生活领域全面扩张和渗透；另一方面，工具理性在这种扩张和渗透中，慢慢发展成了一种新的神话，新的意识形态，它反过来又成为人类社会发展的阻碍力量，甚至造成了人的异化。于是人们开始重新反思工具理性，并批判它所造成的恶果。

霍克海默和阿多诺在《启蒙辩证法》中指出，以技术为核心的知识，随着社会的发展，已经成为一种新的统治力量，启蒙理性演变成了工具理性。它不再满足于向人们展示真理，而是更多地强调"操作"，强调"去行之有效地解决问题"，"它的目的不再是概念和图景，也不是偶然的认识，而是方法，对他人劳动的剥削以及资本"。由此，人们所想的仅仅是如何利用自然，以便全面地统治自然和他者，"这就是其唯一的目的"[②]。而由此所导致的后果，则是启蒙从解放走向了神话，成了对人的新的奴役。

技术的统治性在马尔库塞那里成了一种意识形态——技术意识形态。马尔库塞认为："技术理性这个概念本身可能是意识形态的。不仅是技术的应用，而且技术本身，就是（对自然和人的）统治——有计划的、科学的、可靠的、慎重的控制。统治的特殊目的和利益并不是'随后'或外在的强加于技术的；它们进入了技术机构的建构本身。技术总是一种历史社会的工程：一个社会和它的统治利益打算对人和物所做的事情都在它里面设计着。这样一个统治'目的'是'实质的'，并且在这个范围内它属于技术理性的形式。"[③]

知识背景　意识形态

"意识形态"（ideology）这一概念最早是由法国哲学家托拉西提出

---

① 韦伯对工具理性在西方资本主义发展中的巨大作用的阐述，参阅韦伯：《新教伦理与资本主义精神》，于晓、陈维纲等译，北京：生活·读书·新知三联书店1987年版，"导论"部分。

② 霍克海默、阿道尔诺：《启蒙辩证法——哲学断片》，渠敬东、曹卫东译，上海：上海人民出版社2006年版，第2页。

③ 马尔库塞：《现代文明与人的困境——马尔库塞文集》，李小兵等译，上海三联书店，1989年版，第106页。

的。托拉西的“意识形态”指的是观念学科，建立观念科学的目的是要人们认识到来自宗教、形而上学及其他各种权威性学说或教条的偏见。后来这一概念在马克思、恩格斯那里得到了充分阐述，并形成了马克思主义的意识形态理论。意识形态在马克思、恩格斯那里有两个基本含义，一是特指资产阶级的思想观念体系，这一思想体系并不是客观中立的，它在本质上是编造幻想、掩蔽现实关系的精神力量，是对社会现实的颠倒反映。它是统治阶级用来迷惑被统治阶级、以便更好地实施自己的统治、把自己的统治合法化和自然化的一种方式，因此，马克思的意识形态观的核心是“虚假意识”说。另一个含义偏于中性。马克思的意识形态概念在以后的西方马克思主义者那里得到了发展，比如在阿尔都塞那里，他把宗教、教育、家庭、法律、政治、工会、信息、文化等，都看做是意识形态国家机器。

总体上看，意识形态是一种和统治相关的概念，具有一定倾向性，但随着冷战的结束和经济全球化带来的世界联系的日益紧密，越来越多的人对“意识形态”这个概念产生了疑问，并提出了“意识形态终结”说，如丹尼尔·贝尔、弗朗西斯·福山等。但也有很多学者认为，在当今世界，意识形态非但没有终结，相反会以各种新的更为隐蔽的方式实施着它的强大的统治功能（对内和对外）。

技术成为一种意识形态，更具有隐蔽性，因为它是以科学的面目出现的，而科学则通常被看做是中立的，因此，作为意识形态的技术会更具迷惑力，其统治力量也就会更强，它在维护资本主义社会统治的合法性，掩盖资本主义社会的危机中，甚至会走向极权统治。

马尔库塞在《单向度的人》中，详细地考察了工具理性如何变为合理化统治乃至极权统治的过程。马尔库塞认为，在发达工业社会，技术不仅决定着社会需要的职业、技能和态度，而且还决定着个人的需要和愿望，它消除了私人与公众之间、个人需要与社会需要之间的对立。“对现存制度来说，技术成了社会控制和社会团结的新的、更有效的、更令人愉快的形式。”①“技术的合理性已经变成政治的合理性。”②而当工具理性上升为一种政治理性的时候，工具理性便成了一种极权统治和宰制力量，人人都必须服从

① 马尔库塞：《单向度的人：发达工业社会意识形态研究》，刘继译，上海译文出版社2008年版，“导言”第6页。

② 同上书，“导言”第7页。

它,从而也就失去了自由、自我,无法自己决定自己的生活。马尔库塞深刻地指出:"技术合理性是保护而不是取消统治的合法性,理性的工具主义视界展现出一个合理的极权主义社会。"①由推动社会高速发展到极权社会的形成,工具理性的危害彰显无遗。

马尔库塞对工具理性的批判,在法兰克福学派其他成员那里也都有所论述,比如哈贝马斯。在哈贝马斯看来,技术本质上是一种新的意识形态,与旧的意识形态相比,它是"隐形"的,但更加令人难以抗拒。

原典精读　哈贝马斯论"技术统治"

> 现在,第一位的生产力——国家掌管着的科技进步本身——已经成了(统治的)合法性的基础。(而统治的)这种新的合法性形式,显然已经丧失了意识形态的旧形态。
>
> 一方面,技术统治的意识同以往的一切意识形态相比较,"意识形态性较少",因为它没有那种看不见的迷惑人的力量,而那种迷惑人的力量使人得到的利益只能是假的。另一方面,当今的那种占主导地位的,并把科学变成偶像,因而变得更加脆弱的隐形意识形态,比之旧式的意识形态更加难以抗拒,范围更为广泛,因为它在掩盖实践问题的同时,不仅为既定阶级的局部统治利益作辩解,并且站在另一个阶级一边,压制局部的解放的需求,而且损害人类要求解放的利益本身。
>
> (哈贝马斯:《作为"意识形态"的技术与科学》,李黎、郭官义译,译林出版社,1999年版,第68—69页)

可以说,工具理性以其更具合法性的身份让人难以抗拒,它在阻挠人们议论社会基本问题的过程中,最终阻碍了人类的自我解放和发展。工具理性所带来的恶果实际上并不在科技或工具理性本身,而在于它已变成了一种霸权,成为衡量一切的唯一标准,并渗透进社会生活的各个领域,甚至演变成了一种新的意识形态,获取了统治的合法性,最终造成人的全面异化,这是工具理性导致严重恶果的根源。不过我们还需要注意的是,虽然工具理性的确给西方资本主义社会带来了诸多问题和恶果,但西方资本主义社会的所有问题并不能简单地归之于工具理性,这是我们必须要认识清楚的。

① 马尔库塞:《单向度的人:发达工业社会意识形态研究》,第126—127页。

二 文艺自主与审美救赎

面对工具理性带给人们的压制和异化,很多学者提出了各种救赎方案。强调艺术的审美救赎,便是其中的一种。韦伯就指出:“在生活的理智化和合理化的发展条件下……艺术正越来越变成一个掌握了其本身就存有独立价值的世界。无论怎样解释,艺术承担着一种世俗的救赎功能。它提供了一种从日常生活的单调乏味中解脱出来的救赎,尤其是从理论的和实践的理性主义那日益增长的压力中解脱出来的救赎。”①

知识背景 救赎

救赎(Redemption)原本是基督教术语,意指整个人类都有与生俱来的“原罪”,需要付出“赎价”来补偿,但人类自身无法自救,所以上帝就差遣耶稣基督来拯救人类。因此,救赎就是通过耶稣之死把人从原罪中拯救出来,获得新生。救赎后来开始具有世俗含义。本雅明提出了语言救赎论,认为人类的语言是为事物命名,虽然完善但却失去其纯粹性,为人类自己的语言所异化,我们要还原到纯粹语言才能够得到救赎。而韦伯和法兰克福学派诸思想家,面对近现代资本主义社会以理性至上为原则的启蒙现代性所造成的畸形的社会和人性的异化等危机问题,则提出了在日益理性化及工具化的社会通过审美(艺术)来拯救社会、拯救人生的审美救赎思想。

韦伯明确指出了艺术的审美救赎功能,那么,艺术为什么会具有这种功能呢?根据韦伯等人的阐释,艺术的审美救赎功能源于艺术自律(自主性)所具有的价值理性。具体来说,艺术在其合理化发展过程中,逐步与宗教分化,不断获得其独立地位,并以其价值理性来对抗工具理性对现代文化和现代人的压制与异化,从而实现其救赎功能。艺术的自主性与独立性是艺术审美救赎功能的前提和基础。没有艺术的独立,也就谈不上其救赎功能。

在韦伯看来,艺术与宗教的分化,是艺术获得其独立自主性和合法化的前提。在传统的宗教社会中,宗教具有无上的权威,艺术也必须服从于这一“宗教”社会体制,由此,艺术也就不可能独立,艺术家及艺术观念也就不可能独立。

---

① 转引自周宪:《审美现代性批判》,北京:商务印书馆2005年版,第342页。

知识背景 “自律”

“自律”(autonomy)本是康德伦理学中的一个概念,与“他律”相对,意指人的道德精神凭借主体意志自己为自己立法,而不屈服于外部权威设定的规范。他还把这一概念引进他的美学理论中,意指艺术与功利、实用等外在目的无涉。第一个正式将自律概念引进艺术领域的是德国音乐美学家汉斯立克,他认为音乐是自律的艺术和纯粹的艺术,并以自律来对抗他律。汉斯立克认为音乐作品的美是一种为音乐所特有的美,即存在于乐音的组合中,与任何陌生的、音乐之外的思想范围都没有什么关系。这就是说,他认为音乐的美就在音乐的形式本身,而不是一般所谓的音乐表现情感的观点。他的音乐美学观点是一种音乐形式本体论,是一种音乐自律论。这种音乐的自律性首先启示了审美的自律性,其次启示了对所有艺术自律性的认识,最后则是启示了对语言之自律性的看法,而语言一旦从再现论和概念论解放出来,那么文学和其他艺术也就获得了自律性的根基。由此看来,对音乐之自律性的认识,对西方美学和艺术哲学思考中“走向现代”的重要变化是一个重大的启示。

伴随着社会世俗化的不断推进、艺术自身的不断合理化的进程,宗教也走向了被不断祛魅的过程,宗教的神圣权威被不断消解,而与此相对的是,艺术不断走向自主性与自身的合法化。按照韦伯的见解,所有这一切都随着科学、道德和艺术诸领域的分化而发生了变化,那种分化源于现代生活的全盘理性化。因为在原始时代,艺术不需要根据某个逻辑上在先的畅行无阻的世界观来合法化自身(这种相同的主张也可以适用于道德和科学领域)。相反地,它可以自由自在地把自己的固有常规潜力发挥到空前的程度。结果,对韦伯来说,产生了现代意义上的“审美领域”,一个历史上独一无二的艺术家和鉴赏家网络,他们的相互作用是以一系列新的公共机构为媒介的:剧院、画廊、文艺批评专栏、评论家、公共图书馆、博物馆,等等。[①]

现代意义上的“审美领域”的产生,正体现了艺术与宗教的彻底分化,

① 理查德·沃林:《文化批评的观念:法兰克福学派、存在主义和后结构主义》,张国清译,北京:商务印书馆2000年版,第114—115页。

艺术获得了本属于自己的独立的价值理性,真正变成了一个掌握了独立价值的世界,由此可以对抗工具理性给予人们的压制和异化。马尔库塞曾指出:"审美经验将阻止使人成为劳动工具的暴力的、开发性的生产。……人的主动性超出了欲望和忧虑,成了表演,即对人的潜能的自由表现。"有国内学者进一步指出,审美现代性对工具理性的抵制,亦即抗拒那种忽略事物的自身标准,一切都要按照效益或代价—利益的分析模式来决定,将人的一切行为纳入最小投入最大产出的刻板公式之中的工具理性。审美的无功利性抵消了工具理性的功利性,审美的主动性消除了工具理性的被动性和压制性,这正是审美救赎的含义所在。①

第二节 震惊体验与审美救赎

预读 给一位交臂而过的妇女

大街在我的周围震耳欲聋地喧嚷。
走过一位穿重孝、显出严峻的哀愁,
瘦长苗条的女人,用一只美丽的手
摇摇地撩起她那饰着花边的裙裳;

轻捷而高贵,露出宛如雕像的小腿。
从她那像孕育着风暴的铅色天空
一样的眼中,我像狂妄者浑身颤动,
畅饮销魂的欢乐和那迷人的优美。

电光一闪……随后是黑夜!——用你的一瞥
突然使我如获重生的、消逝的丽人,
难道除了在来世,就不能再见到你?

去了!远了!太迟了!也许永远不可能!
因为,今后的我们,彼此都行踪不明,

① 周宪:《审美现代性批判》,北京:商务印书馆2005年版,第158页。

尽管你已经知道我曾经对你钟情！

（波德莱尔：《恶之花 巴黎的忧郁》，钱春绮译，人民文学出版社1991年版，第215页）

法国诗人波德莱尔这首名为《给一位交臂而过的妇女》的诗，典型地体现了现代人在现代生活中的那种"电光一闪"式的"震惊"体验。这也是本雅明所特别关注的，并对此做了非常充分的阐释。震惊既是现代大众的一种日常生活体验，也是本雅明理解现代艺术的一个重要概念。但现代大众在不断接受现实生活的震惊之后，却变得麻木了，由此，本雅明借鉴了柏格森、弗洛伊德等人的理论，在分析阐释波德莱尔等人的作品中，来寻找现代人的心灵救赎之路。

一　震惊体验及其表征

在从传统社会向现代社会转型的过程中，社会大众的日常体验感知一再发生着变化，"震惊"便是这种日常体验的表征之一。

首先，"震惊"是社会转型后，现代人所具有的一种普遍的社会感受和体验。随着西方机器大工业革命的迅速推进，现代资本主义社会几乎成了一个物化的世界，这与传统社会显然形成了强烈的对比，与人们原有的生存经验和感受完全相悖，使得现代大众无法完全适应这个"大规模工业化的不适合人居住的令人眼花缭乱的时代"[①]，由此而产生了"害怕、厌恶和恐怖"的感觉。震惊正是现代人这种普遍生存状态的典型体现。比如在技术上，现代技术的高速发展是人们所无法预料到的，是人们原来经验所无法消化和接纳的，除了一次次的震惊之外，别无他感。正如本雅明所说的："过往者在大众中的震惊经验与工人在机器旁的经验是一致的。"[②]具体来看，"如今，用手指触一下快门就使人能够不受时间限制地把一个事件固定下来。照相机赋予瞬间一种追忆的震惊"[③]。在来往的车辆行人中穿行，个体被卷进了一系列的惊恐与碰撞之中，"在危险的穿越中，神经紧张的刺激急速地接二连三地通过体内，就像电池里的能量"[④]。与纯粹的技术所带来的

---

① 瓦尔特·本雅明：《发达资本主义时代的抒情诗人》，张旭东、魏文生译，上海三联书店1989年版，第127页。

② 同上书，第148页。

③ 同上书，第146页。

④ 同上书，第146页。

震惊相关，在文化方面，比如新闻报道，也往往过度专注于感官的刺激，铺天盖地的新闻信息不断冲击着人们的视觉听觉，引起人们的不断震惊。

在人与人之间的关系上，本雅明认为，在现代社会中，人们之间互不相识、互不攀谈，但又必须聚集在城市这么一个狭小的空间中，这就使人产生了一种微妙而复杂的心理：在空间上相互接近，但却在心理上相互疏远，甚至相互戒备。正是在这种"戒备"中，现代大众不断体验着可能随时出现的震惊。在19世纪的巴黎，首次出现了后来作为市中心步行街楷模的拱廊街。漫步于这个专供行人通过的街上，个体遭际的是互不相识而簇拥着匆匆向前的人流，为了能在这样的人流中向前行走，个体就必须对在行走中很快出现又很快消失的各种意料不到的现象做出快速反应。正是在这种快速反应中，现代大众不断感受着由人群所带来的"惊颤体验"。

其次，震惊体验也是现代主义艺术作品的一种美学风格或追求，这突出体现在波德莱尔的诗歌中，比如《给一位交臂而过的妇女》。本雅明指出，这首诗描写的是"一个裹在寡妇的面纱里的陌生女人被大众推搡着，神秘而悄然地进入了诗人的视野"。这样的场景其实在现代都市中经常发生，但却在诗人（大众）的匆匆一瞥中，震惊体验发生了。因为这场景"给城市居民带来了具有强烈吸引力的形象"，而这一形象之所以具有如此强烈的"吸引力"，并不在第一瞥中，而是在最后一瞥中所产生的爱，而且这匆匆一瞥之后，诗人与妇女便成了再也不可能重现的"永远的告别"。由此本雅明说这首十四行诗"提供了一种真正悲剧性的震惊的形象"。可以说，现代都市为陌生人之间的相遇提供了广阔的舞台，虽然陌生人之间相遇未必都有震惊体验，但瞬间产生了爱，而这爱又因相互的离去而成为远远的过去，这才产生了震惊体验。瞬间的获得与失去，是震惊体验的一个基本特征。在本雅明看来，波德莱尔正是把握住了震惊的这一特征，把震惊经验放在了他艺术作品的中心。①

在布莱希特的戏剧中，本雅明也发现了其中的震惊戏剧效果。在本雅明看来，布莱希特的史诗剧通过独特的"间离"技巧，在情节的不断中断或间歇中，让观者作为思考者参与到舞台发生的事件中去。因此布莱希特的戏剧不是让观者陷入感情的感染中，而是启发观众去思考，这就彻底"阻碍了观众的幻觉，瘫痪了它的移情准备"②，为观众的批评反应留下了巨大的

---

① 瓦尔特·本雅明：《发达资本主义时代的抒情诗人》，第133页。

② 同上书，第321页。

空间。这样,布莱希特的戏剧就彻底打破了人们传统的审美习惯,使之在不断的受冲击中,获得震惊的戏剧效果。本雅明说得清楚:"史诗剧的表演旨在达到观众兴趣的放松,其特殊性质在于这样一个事实,即它几乎不用任何吸引力引起观众的共鸣。相反,史诗剧的艺术在于产生惊奇而非移情。要言之:观众不是与人物相认同,而应该学会对人物发生作用的环境表示惊奇。"①

诗歌和戏剧之外,本雅明也很关注电影这种新出现的艺术样式,他指出:"不知什么时候开始,一种对刺激的新的急迫需要发现了电影。在一部电影里,震惊作为感知的形式已被确立为一种正式的原则。"②

那么,电影如何带给观众震惊的体验呢?本雅明曾把观众观看电影画面与观看绘画做了比较。他指出,画布上的形象是凝固不动的,观赏者可以凝神观照,沉浸于他的联想活动中,但对于电影观众来说,观赏者却不会沉浸于他的联想中,"观赏者很难对电影画面进行思索,当他意欲进行这种思索时,银幕画面就已变掉了。电影银幕的画面既不能像一幅画那样,也不能像有些现实事物那样被固定住。观照这些画面的人所要进行的联想活动立即被这些画面的变动打乱了,基于此,就产生了电影的惊颤效果,这种效果像所有惊颤效果一样也都得由被升华的镇定来把握。电影就是与突出的生命风险相对应的艺术形式,当代人就生活在这种生命风险中"③。此外,摄影机还凭借一些辅助手段,例如通过下降和提升,通过分割和孤立处理,通过对过程的延长和压缩,通过放大和缩小进行介入,由此给电影观看形成一种陌生化效果。④ 可以说,电影观众观赏电影就像是一次"冒险性的旅行",不断感受到来自电影这个"异样的世界"的冲击,体验由此产生的震惊效果。⑤

二 震惊体验的心理学阐释

本雅明通过结合弗洛伊德以及柏格森等人的理论,从心理学角度对震

① 瓦尔特·本雅明:《本雅明文选》,陈永国、马海良编,北京:中国社会科学出版社 1999 年版,第 319 页。

② 瓦尔特·本雅明:《发达资本主义时代的抒情诗人》,第 146 页。

③ 瓦尔特·本雅明:《机械复制时代的艺术作品》,王才勇译,北京:中国城市出版社 2001 年版,第 61 页。

④ 同上书,第 55—56 页。

⑤ 同上书,第 55 页。

惊体验做了充分的阐释。

首先,本雅明借助弗洛伊德在《超越快乐原则》中意识防御机制理论,对震惊体验的产生做了阐述。根据弗洛伊德的理论,对于一个生命组织来说,抑制兴奋几乎是一个比接受刺激更为重要的功能,由此,有机体尽力运用它本身所储备的能量,抵制外部世界过度的能量影响,"这些能量对人的威胁也是一种震惊"①。而意识越快地将这种能量登记注册,它们造成伤害的后果就越小。精神分析理论力图"在它们突破刺激防护层的根子上"理解这些给人造成伤害的震惊的本质。根据这种理论,震惊在"对焦虑缺乏任何准备"当中具有重要意义。简言之,震惊就是人在陷入外界事物或能量的刺激时,毫无思想准备的心理反应。进一步,本雅明指出,"对震惊的接受由于在妥善处理刺激、回忆、梦等方面的训练而变得容易了","从而震惊就是这样被意识缓冲了,回避了,这给事变带来了一种严格的意义上的体验特征"。② 因此可以看到,震惊并不完全就是外部刺激单方面的产物,而是外部刺激与意识主体之间,在防御与冲击的斗争中获得的瞬间体验。这一斗争与意识主体的经验有着密切关系,它直接决定这震惊强度的大小。

何为经验?本雅明指出,经验"是一种传统的东西,在集体存在和私人生活中都是这样。与其说它是牢固地扎根于记忆的事实的产物,不如说它是记忆中积累的经常是潜意识的材料的汇聚"。③ 从这个界定来看,经验在本雅明那里是随着时间流逝而逐渐积淀下来,并作为一种无意识而存在的人们的心理结构图式。这是人们应对外来刺激的基础。人们正是借助于"经验"来理解和同化现实的世界、周围的材料和各种各样的情况。当外部的能量刺激突然降临,而人的内在经验对此无法同化或接受时,就会陷入束手无策的惊讶之中,于是震惊体验就产生了。

因此,震惊在本雅明那里,一是指外部突发性的强大能量对心灵产生刺激后,意识保护防御机制对此刺激进行抑制、缓冲时获得的瞬间体验;二是指人们过去的经验无法对外部刺激材料进行同化,二者由此而产生断裂时的心理体验。后者是本雅明所着力关注的,这与本雅明所看到的资本主义现代社会中经验的贫乏与贬值密切相关。

本雅明认为,在经历过第一次世界大战的这一代人身上,经验受到了

---

① 瓦尔特·本雅明:《发达资本主义时代的抒情诗人》,第131页。

② 同上书,第132页。

③ 同上书,第126—127页。

"根本性的挑战:战略经验遇到战术性战争的挑战;经济经验遇到通货膨胀的挑战;血肉之躯的经验遇到机械化战争的挑战;道德经验遇到当权者的挑战。幼时乘马拉街车上学的一代人,此时站在乡间辽阔的天空下;除了天空的云,其余一切都不是旧日的模样了;在云的下面,在毁灭性的洪流横冲直撞、毁灭性的爆炸彼伏此起的原野上,是渺小、脆弱的人的身影。"[1]由此本雅明得出结论说,在现代社会"经验贬值了。而且看来它还在贬,在朝着一个无底洞贬下去"[2]。

与现实生活中经验的贫乏相对应,某些传统的艺术类型,比如讲故事艺术,在逐步走向衰落和终结。本雅明认为,小说的作者与读者和以前的讲故事者与听众是完全不同的。"小说家把自己孤立于别人。"他既不能告诉别人自己的经验,也不能向别人提出忠告,是一个"孤独的个人"。小说的读者也是与世隔绝的,而且比其他艺术形式的读者与世隔绝更深。"小说读者比任何人都更小心翼翼地守着自己的材料。他时刻想要把材料化为他自己的东西——可以说是时刻想要把它吞进肚子里。确切地说,他是在破坏,他吞下去材料就像壁炉里的火吞噬的木柴一样。"[3]如此,小说不是在传递经验,而是在糟蹋乃至消灭经验,这是本雅明所深以为痛的。

此外,现代的传播技术,比如铺天盖地的新闻,也在极大地影响着讲故事艺术的发展,本雅明为此而沉痛地指出:"到如今,发生的任何事情,几乎没有一件是有利于讲故事艺术的存在,而几乎每一件都是有利于信息的发展的。"[4]由此所导致的后果则是:"我们变得贫乏了。人类遗产被我们一件件交了出去,常常只以百分之一的价值押在当铺,只为了换取'现实'这一小铜板。经济危机即将来临,紧随其后的是将要到来的战争的影子。"[5]

当经验越来越贫乏,越来越无法同化周围世界的材料时,体验——震惊体验便产生了。而震惊体验反过来又在不断削弱乃至加速着经验的贬值,"因为在现代生活中,意识必须如此高度警惕地防范令人厌恶的刺激或震惊的扩散,以至以前一直自然而然地当做经验的大多数记忆的痕迹都失效

---

① 瓦尔特·本雅明:《本雅明文选》,陈永国、马海良编,北京:中国社会科学出版社 1999 年版,第 291 页。

② 同上书,第 291 页。

③ 同上书,第 295 页。

④ 同上书,第 297 页。

⑤ 本雅明:《经验与贫乏》,王炳钧译,天津:百花文艺出版社 1999 年版,第 258 页。

了。结果，我们在传统意义上获得经验的能力无可挽回地被削弱了”①。而人们最后保留下来的经验只是那种最必需的、只是为了满足生存需要的经验。由此我们看到，经验之所以贫乏，并不是因为以前的经验减少或消失了，而是因为先前的经验无法适应或同化现代生活而被封闭了起来，由此而显得贫乏了。对于本雅明来说，他力图抵制震惊，重归经验，这是他审美救赎方案的一部分。

三　回忆与经验的回归

本雅明借助柏格森哲学和弗洛伊德心理学，通过分析普鲁斯特的小说，提出了以非意愿性回忆来回归经验的方案。

本雅明指出，自19世纪末以来，哲学进行了一系列的尝试，试图通过诗歌、自然乃至神话来把握一种“真实”经验，“这种经验同文明大众的标准化、非自然化了的生活所表明的经验是对立的”②，比如狄尔泰的《体验与诗》，就是这种努力的最早表现。后来，柏格森在《物质与记忆》中对此做了深入的探索，并提出“纯粹记忆”的概念。而普鲁斯特在《追忆似水年华》中，把柏格森的纯粹记忆变成了一种“非意愿记忆”，并直接对立于“意愿记忆”。本雅明又借助弗洛伊德的理论，对这两种记忆做了阐释。

根据弗洛伊德的理论，人在受到外部刺激时产生的兴奋过程，并不都会进入意识之中，显然还有很多是处在意识之外，或被压抑在无意识中，但这些记忆残片“常常是最强大、最持久的”。人类的记忆(或意愿性记忆)往往只专注于意识部分，而忽视那些强大的被压制在无意识中的记忆残片。这其中的原因在于，记忆是一种理智的活动，它保护意识，并消解着那些记忆残片印象，因此记忆所保存的并不是真实的经验。而回忆(非意愿性记忆)则不同，它是一种非理性的工作，是印象和外界信息的保护者，“只有那种尚未有意识地清晰地经验过的东西才能成为非意愿记忆的组成部分”③。因此，只有非意愿记忆以一种无意识的方式，才能够真正回忆起真实的经验。

---

① 理查德·沃林：《瓦尔特·本雅明：救赎美学》，吴勇立、张亮译，南京：江苏人民出版社2008年版，第233页。

② 瓦尔特·本雅明：《发达资本主义时代的抒情诗人》，第126页。

③ 同上书，第130—131页。

原典精读 《追忆似水年华》·小点心

这已经是很多很多年前的事了，除了同我上床睡觉有关的一些情节和环境外，贡布雷的其他往事对我来说早已化为乌有。可是有一年冬天，我回到家里，母亲见我冷成那样，便劝我喝点茶暖暖身子。而我平时是不喝茶的，所以我先说不喝，后来不知怎么又改变了主意。母亲着人拿来一块点心，是那种又矮又胖名叫"小玛德莱娜"的点心，看来象是用扇贝壳那样的点心模子做的。那天天色阴沉，而且第二天也不见得会晴朗，我的心情很压抑，无意中舀了一勺茶送到嘴边。起先我已掰了一块"小玛德莱娜"放进茶水准备泡软后食用。带着点心渣的那一勺茶碰到我的上颚，顿时使我混身一震，我注意到我身上发生了非同小可的变化。一种舒坦的快感传遍全身，我感到超尘脱俗，却不知出自何因。我只觉得人生一世，荣辱得失都清淡如水，背时遭劫亦无甚大碍，所谓人生短促，不过是一时幻觉；那情形好比恋爱发生的作用，它以一种可贵的精神充实了我。也许，这感觉并非来自外界，它本来就是我自己。我不再感到平庸、猥琐、凡俗。这股强烈的快感是从哪里涌出来的？我感到它同茶水和点心的滋味有关，但它又远远超出滋味，肯定同味觉的性质不一样。那么，它从何而来？又意味着什么？哪里才能领受到它？我喝第二口时感觉比第一口要淡薄，第三口比第二口更微乎其微。该到此为止了，饮茶的功效看来每况愈下。显然我所追求的真实并不在于茶水之中，而在于我的内心。茶味唤醒了我心中的真实，但并不认识它，所以只能泛泛地重复几次，而且其力道一次比一次减弱。我无法说清这种感觉究竟证明什么，但是我只求能够让它再次出现，原封不动地供我受用，使我最终彻悟。我放下茶杯，转向我的内心。只有我的心才能发现事实真相。可是如何寻找？我毫无把握，总觉得心力不逮；这颗心既是探索者，又是它应该探索的场地，而它使尽全身解数都将无济于事。探索吗？又不仅仅是探索，还得创造。这颗心灵面临着某些还不存在的东西，只有它才能使这些东西成为现实，并把它们引进光明中来。

（普鲁斯特：《追忆似水年华(1) 在斯万家那边》，李恒基、徐继曾译，译林出版社 1989 年版，第 46—47 页）

对于普鲁斯特来说，他起初一直囿于听从注意力的记忆的提示（即意愿性记忆),因此他的记忆是贫乏的,因为意愿性记忆"所提供的过去的信息里不包含一点过去的痕迹"。但当一天下午,一种叫"小玛德莱娜"的小点心的滋味把他带到了过去之后,记忆的闸门被迅疾打开,一下接通了过去的鲜活的真实经验,"在严格意义上的经验之中,个体过去的某种内容与由回忆聚合起来的过去事物(材料)融合了起来。他们的庆典、仪式、他们的节日不断地制造出这两种记忆成分的混合体。它们在某一时刻打开了记忆的闸门,并在一生的时间里把握住了回忆"①。

很显然,在本雅明理论中,经验是与回忆(非意愿性回忆或记忆)相对应的,而本雅明正是希望通过非意愿性的回忆,自然而然地建构起对过去事物的联想能力,与经验接通,进而实现对经验的拯救,这其实也是本雅明审美救赎的一方面。但本雅明也清楚地认识到,经验的贫乏与消散在当时社会已经成为一种不可阻挡的必然趋势,仅仅依靠非意愿回忆并不是一种完全可行的方案。正视现实,从现代艺术的震惊美学中实现救赎,是本雅明不得不面临的一个现实问题。

四　震惊的救赎功能

震惊作为现代艺术普遍性的美学风格,在本雅明那里具有政治性的救赎功能,这主要体现在以下几个方面:

从普遍意义上说,现代艺术的可技术复制特征,改变了艺术与大众的关系,从根本上实现了艺术的民主化,这为现代艺术的政治救赎功能的实现奠定了基础。关于现代艺术的复制特征,本雅明有非常详细的阐述。在本雅明看来,技术复制能把原作的摹本带到原作本身无法达到的地方,能随时随地为人所欣赏,这虽然消解了传统艺术的"光韵"(aura,有的译为"灵韵""光环"等),但却实现了世间万物皆平等的意识,这也就有可能让艺术走向更广大的受众,而"大众具有着改变所有制关系的权力"②,由此,现代艺术也就在走向大众,实现了艺术的现实批判的功能。此外,技术复制把所复制的东西从传统领域中解脱了出来,第一次把艺术品从它对礼仪的寄生中解放了出来,使艺术失去了以前的膜拜价值,而复制品则能被接受者在其自身

① 瓦尔特·本雅明:《发达资本主义时代的抒情诗人》,第129页。
② 瓦尔特·本雅明:《机械复制时代的艺术作品》,王才勇译,北京:中国城市出版社2001年版,第67页。

的环境中去加以欣赏,因而它就赋予了所复制的对象以“现实的活力”①。而这正是现代艺术能够实现其救赎功能的基础。

原典精读　本雅明论“光韵”

究竟什么是光韵呢?从时空角度所作的描述就是:在一定距离之外但感觉上如此贴近之物的独一无二的显现。在一个夏日的午后,一边休憩着一边凝视地平线上的一座连绵不断的山脉或一根在休憩者身上投下绿荫的树枝,那就是这座山脉或这根树枝的光韵在散发,借助这种描述就能使人容易理解光韵在当代衰竭的特殊社会条件。光韵的衰竭来自于两种情形,它们都与大众运动日益增长的展开和紧张的强度有最密切的关联,即现代大众具有着要使物更易“接近”的强烈愿望,就像他们具有着通过对每件实物的复制品以克服其独一无二性的强烈倾向一样。这种通过占有一个对象的酷似物、摹本或占有它的复制品来占有这个对象的愿望与日俱增,显然,由画报和新闻影片展现的复制品就与肉眼所亲眼目睹的形象不尽相同,在这种形象中独一无二性和永久性紧密交叉,正如暂时性和可重复性在那些复制品中紧密交叉一样。把一件东西从它的外壳中撬出来,摧毁它的光韵,这是感知的标志所在。它那“世间万物皆平等的意识”增强到了这般地步,以致它甚至用复制方法从独一无二的物体中去提取这种感觉。因而,在理论领域令人瞩目的统计学所具有的那种愈益重要的意义,在形象领域中也重现了。这种现实与大众、大众与现实互相对应的过程,不仅对思想来说,而且对感觉来说也是无限展开的。

(本雅明:《机械复制时代的艺术作品》,王才勇译,中国城市出版社 2002 年版,第 13—14 页)

现代艺术的审美救赎功能,根本在于其通过震惊美学使现代人从无聊刻板乃至漠然的日常生活中解脱出来,甚至进而与过去丰富的经验接通,从而达到救赎心灵的作用。在本雅明看来,现代大众在不断遭受震惊体验之后,却又归于无聊呆板乃至漠然的生活状态中,这是现代大众无法用经验来同化震惊体验之后的一种自我保护。本雅明曾引用瓦雷里的话说:“住在大城市中心的居民已经退回到野蛮状态中去了——就是说,他们都是孤零

① 瓦尔特·本雅明:《机械复制时代的艺术作品》,第 10 页。

零的。那种由于生存需要而保存着的赖依他人的感觉逐渐被社会机器主义磨平了。”[①]之所以如此，正源自外界频繁的刺激，诗人见怪不怪，而变得麻木了。不断的机器训练（驯化），也使得现代大众在不断重复的机械动作中，仿佛已经使自己适应了机器，并且只能机械地表现自己了。这也使他们的行为成为一种对震惊的条件反射。如果被人撞了，他们就谦恭地向撞他的人鞠躬。[②]

可以说，震惊之后的麻木、单调、机械，实际上也是一种异化，而现代艺术也正是通过艺术的震惊效果，让大众反思自己的现实生活，进而警醒大众，达到救赎的功能。这也被人看作是一种以毒攻毒的疗救之法。美国学者沃林曾就此指出：“人们可以把这种现象描述成一种共同的意象、心态或审美敏感性，亦即对有‘限情境’和极端的普遍热衷，津津乐道于把审美现代性的基本体验——震惊、分裂、体验的直接性、醉心于恐怖被禁忌的事物以及‘恶之花’——转移到日常生活层面上来，因而将热情和活力注入那些已变得刻板而无生命的机械之物中来。”[③]

本雅明在对具体的现代艺术的分析中，明确揭示了其中所蕴藏着的革命潜能及其救赎功能。比如对于超现实主义，本雅明就指出，超现实主义不仅仅是一种文学思潮，更是一种政治主张，乃至革命宣言。超现实主义通过对逝去事物的描绘，既为我们展现了一个在现代飞速发展的社会中令人震惊的景象，也在这种展现中蕴藏了极大的革命能量。他明确指出，超现实主义在对已经过时的东西的描写中，如从第一批钢铁建筑里，从最早的工厂厂房里，从最早的照片里，从已经灭绝的物品里，从大钢琴和五年前的服装里，从已经落伍的酒店里等，“看到了革命的能量”。超现实主义们“比任何作家都更了解这些事物与革命的关系”，他们在对这些事物乃至对火车（铁路已经开始老化）旅途中的凄惨见闻的描述中，都有可能“转变成革命的体验，甚至革命的行动。他们把这些事物中蕴藏的巨大的‘大气’压力推到爆炸的临界点”。[④] 在这里，临界点显然蕴藏着巨大的革命力量，它在批判资本主义社会时，也在实现着自我的救赎。

对于电影，本雅明更是突出强调了其对这个牢笼般世界摧毁性的革命

---

① 瓦尔特·本雅明：《发达资本主义时代的抒情诗人》，第 146 页。

② 同上书，第 148 页。

③ 转引自周宪：《审美现代性批判》，北京：商务印书馆 2005 年版，第 426 页。

④ 瓦尔特·本雅明：《本雅明文选》，第 192—193 页。

力量。本雅明说，电影通过特写、长镜头、短镜头等技术手段的使用，“一方面是对主宰我们生活之必然性发展的洞察，另一方面给我们保证了一个巨大的、料想不到的活动余地”。也就是说，电影延伸了我们的感知空间，让我们更为直观地看到了我们这个牢笼式的世界，比如我们的小酒馆和大都市的街道、我们的办公室和塞满家具的房间、我们的火车站和工厂等等，这些“完全囚禁了我们”，而“电影深入到了这个桎梏世界中，并用 1 /10 秒的甘油炸药炸毁了这 54 个牢笼般的世界，以致我们现在深入到了它四处散落的废墟间泰然进行冒险性的旅行”。[①] 换句话说，“电影的‘震惊效果’通过镜头的不断转换切断了观众的常态视觉，它撕裂了传统的线性过程，而这，就是电影‘激励公众’的政治功能”。[②]

总之，对于本雅明而言，他一方面希望通过非意愿回忆，拯救贫乏和贬值的经验，抵御现代艺术的震惊体验，进而获得救赎；但另一方面，他又在极力推崇现代艺术的震惊体验，并从中发掘革命的潜能，从而获得救赎。这是一种矛盾，这也许与他站在传统社会与现代社会的十字路口，站在两个历史交接点上有着密切的关系[③]，但也正是在这种矛盾中，本雅明的理论呈现出了现代性的张力和魅力，引领我们思考现代社会转型的迷思。

第三节　新感性与审美救赎

预读　奥林匹克·审美·游戏

> 如果人在满足他的游戏冲动的这条道路上去寻找人的美的理想，那么人是不会迷路的。希腊人是在奥林匹克运动会进行力量、速度、灵巧的非流血竞赛中以及才能的高尚竞技中才感到欢欣，而罗马人却对被杀死的角斗士或他的利比亚对手的决死角斗感到快慰，我们由这唯一特征就可以理解，为什么我们不从罗马那里寻求维纳斯、朱诺和阿波罗的理想形象，而却要从希腊那里寻求这些形象。理性现在要说，美不应只是生命，也不应只是形象，而是活的形象。也就是说，只要美向人

---

① 瓦尔特·本雅明：《机械复制时代的艺术作品》，王才勇译，中国城市出版社 2001 年版，第 54—55 页。

② 杨小滨：《否定的美学》，上海三联书店 1999 年版，第 81 页。

③ 沃林：《文化批评的观念》，北京：商务印书馆 2000 年版，第 232 页。

暗示出绝对形式性和绝对实在性的双重法则,美就存在。因此理性也在说:人应该同美一起只是游戏,人应该只同美一起游戏。

(席勒:《美育书简》,徐恒醇译,北京:中国文联出版社 1984 年版,第 89—90 页)

席勒的《美育书简》(有的译为《审美教育书简》)影响很大,它揭示了现代人的人格分裂,并希望通过美育重建人性,这其中很重要的一点就是重建人的感性。在此基础上,席勒提出了“游戏说”,他的名言“只有当人在充分意义上是人的时候,他才游戏;只有当人游戏的时候,他才是完整的人”[①]说的正是这个意思。席勒的思想对马尔库塞影响很大,但席勒的美育与感性解放思想,主要着眼点是人性问题,而马尔库塞提出的新感性,则具有极强的革命性和救赎的特点,这是马尔库塞深切关注现实的结果。

一　新感性理论的提出

马尔库塞新感性理论的提出,源自感性在西方资本主义社会受到了全面的抑制,这主要体现在以下几个方面:

一是西方发达工业社会中技术理性对感性的抑制。马尔库塞对西方现代社会的批判,主要是从技术理性的压抑性着眼的。这其中就包括技术理性对感性的全面抑制。马尔库塞认为,技术理性已经成为西方发达工业社会的统治理性、政治理性,甚至发展成了一种极权,渗透到了生活的方方面面,使社会完全趋向于同一化,并借助“肯定文化”维持着这种同一化,抑制社会的变革和前进。在马尔库塞看来,资本主义社会的统治就是一种抑制性的统治和管理,它抑制人的自由发展,使人处于一种奴役状态,异化状态,成为新的奴隶。马尔库塞说,技术“使整个的人——肉体和灵魂——都变成了一部机器,或者甚至只是一部机器的一部分”,“整个的人——他的智慧和感觉——都变成了一个管理对象”,“在技术的面纱的背后,在民主政治的面纱的背后,显现出了现实:全面的奴役,人的尊严在作预先规定的自由时的沦丧”。[②] 正是在这种奴役状态下,个体原本应有的敏感、活跃、带有超越性精神的感性变得愚钝、麻木、僵化了,“人们仅以事物在现存社会中所给予、造就和使用的形式及功用,去感知事物;并且他们只感知到由现存

---

① 席勒:《美育书简》,徐恒醇译,北京:中国文联出版社 1984 年版,第 90 页。

② 马尔库塞等:《工业社会和新左派》,任立编译,北京:商务印书馆 1982 年版,第 90 页。

社会规定和限定在现存社会内部的变化了的可能性”[1]。

知识背景　肯定文化

所谓肯定的文化，是指资产阶级时代按其本身的历程发展到一定阶段所产生的文化。在这个阶段，把作为独立价值王国的心理和精神世界这个优于文化的东西，与文明分隔开来。这种文化的根本特性就是认可普遍性的义务，认可必须无条件肯定的永恒美好和更有价值的世界：这个世界在根本上不同于日常为生存而斗争的实然世界，然而又可以在不改变任何实际情形的条件下，由每个个体的“内心”着手而获得实现。只有在这种文化中，文化的活动和对象才获得那种使它们超出日常范围的价值。接受它们，便会带来欢快和幸福的行为。

（马尔库塞：《审美之维：马尔库塞美学论著集》，李小兵译，生活·读书·新知三联书店 1989 年版，第 8 页）

对于马尔库塞来说，感性对人的解放和发展具有基础性的作用。“人类自由就根植于人类的感性之中。”[2]马尔库塞通过批判马克思主义的革命理论指出：“马克思主义着重强调政治意识的发展，极少表现出对个体中的解放根基的关注，也就是说，它不是从个人最直接和最彻底地体验着他们的世界和他们本身的地方，即从他们的感性和他们的本能需求中，去寻找社会关系的基础。”[3]由此，马尔库塞把感性看做是社会关系的基础，社会革命的基础，其他的革命都需要建立在这个基础之上；没有感性层面上的变革，变革是不可能取得成功的。因此，感性革命在马尔库塞那里才有原初性的革命：“个体的感官的解放也许是普遍解放的起点，甚至是基础。自由的社会必须植根于崭新的本能需求之中。”[4]为此，马尔库塞指出，要建立健全自由的社会，就必须“与世界的习以为常的经验决裂，与被肢解的感性决裂”，“发展激进的，非顺从的感受性”，[5]“复活被压抑的经验向度”[6]。也正是在

---

① 马尔库塞：《审美之维：马尔库塞美学论著集》，李小兵译，北京：生活·读书·新知三联书店 1989 年版，第 143 页。

② 同上书，第 43 页。

③ 同上书，第 133—134 页。

④ 同上书，第 143 页。

⑤ 同上书，第 134 页。

⑥ 马尔库塞：《单向度的人：发达工业社会意识形态研究》，刘继译，上海译文出版社 2008 年版，第 207 页。

此基础上，马尔库塞提出了新感性的概念，希望从根本上、从原初上进行变革，解放人的本性。

二是在理论上，感性也一直遭受到理性的压制而无法获得其独立和自由。马尔库塞在《爱欲与文明》中对西方哲学史上的理性存在论有一个评述："西方哲学以理念始，也以理念终。无论在其开端（亚里士多德）还是在其终端（黑格尔）那里，最高形式的存在、最高形式的理性和自由，都表现为努斯，表现为精神。无论在其开端还是终端，经验世界都是一种否定性的东西，是精神的、或精神在世间的代表的材料和工具。……在开端与终端之间存在的，是作为统治的逻辑的理性的发展，即通过异化而达到的进步。"①自黑格尔，尤其是尼采之后，感性的地位才开始提升，"与以逻各斯为基础的存在观相抗衡，出现了一种以非逻辑的东西即以意志和快乐为根据的存在观。这股逆流也想努力表明其自身的逻各斯，即满足的逻辑"②，于是传统的本体论遭到了非议。在这一遭受非议的发展历程中，弗洛伊德的理论在马尔库塞看来具有重要意义。马尔库塞在《爱欲与文明》中集中讨论了爱欲的解放，这为其提出新感性概念打下了基础。对弗洛伊德来说，文明与压抑是联系在一起的，或者说，人类文明的历史正是一部理性压抑本能——生存本能和死亡本能的历史。但马尔库塞对此做了自己的分析。他在弗洛伊德压抑概念的基础上，区分出了基本压抑和额外压抑两种压抑方式。在马尔库塞看来，基本压抑是人类为了文明的建立和发展对本能所做的必要的不得不实施的压抑，是不可避免的。但马尔库塞认为，随着社会的发展，这种基本压抑开始变得不那么重要，而额外压抑开始突显出来。所谓额外压抑，是在一定的历史阶段，统治阶级为维护自己的统治而对人们强加的压抑。在对压抑进行区分的基础上，马尔库塞希望能建立一种与压抑性文明不同的非压抑性文明，这就是爱欲的解放。在弗洛伊德那里，爱欲与性欲是不加区分的，但马尔库塞则把两者严格区分开来，认为爱欲即可包括性欲，也包括食欲、休息、消遣等其他生物欲望，可以说囊括括了人类的一切感性活动。在马尔库塞看来，爱欲是性欲的升华，"爱欲的目标是要维持作为快乐主—客体的整个身体"，是不断完善有机体，加强其接受性，发展其感受性，而"这个目标还产生了爱欲自身的实现计划：消除苦役，改造环境，征服疾病和衰

① 马尔库塞：《爱欲与文明》，黄勇、薛民译，上海译文出版社2005年版，第84页。

② 同上书，第89页。

老，建立安逸的生活”[①]。由此，在马尔库塞那里，爱欲并不必然造成社会的混乱和文明的毁灭，相反，爱欲具有“文化建设力量”，是一种非压抑的升华。

总之，马尔库塞希望人们能认清额外压抑带给人们的压抑，而不能把所有压抑都看做是必然的基本压抑，最终看清的是资本主义社会所给予人们的压抑和奴役；另外，也要看到人的本能并不必然都是性欲，都是混乱反社会的，把爱欲从额外压抑中解放出来，而不是像弗洛伊德那样压制下去，这正是马尔库塞所设想的非压抑性文明的方案，也是人类解放的根本之路。

三是与现实的革命运动有关，这主要体现在传统革命主体无产阶级和工人阶级革命意识的单薄和学生运动的失败。这是来自马尔库塞对学生运动所体现出的新感性特质的积极回应。在马尔库塞看来，由于资本主义社会的全面抑制性管理，工人阶级在逐步地被同化，革命意识在逐渐淡薄，革命的激情在衰减，甚至成为保守的、反革命的力量。正如马尔库塞所说的："工人阶级的绝大部分被资本主义社会所同化，这并不是一种表面现象，而是扎根于基础，扎根于垄断资本的政治经济之中的：宗主国的工人阶级从超额利润，从新殖民主义的剥削，从军火和政府的巨额津贴中分得好处。"[②]

可以说，工人阶级已经失去了反抗的力量，他们在被逐步同化中，享受着资本主义社会所带给他们的物质上乃至精神上的需求和享受。与此相对，马尔库塞在20世纪60年代兴起的学生运动中，看到了新感性建设的可能性。

在马尔库塞看来，在60年代学生运动及其他一系列运动中，在反对暴行和压迫中，新感性已经诞生了。他还把青年人对日常意义的颠倒，如向警察献花的“花权”、抗议歌声中的爱欲挑战、披头士的长发给人的感觉及通过形体卫生来使肉体洁净等做法称为新感性的政治表现。黑人“夺取”了西方文明中某些最崇高和最高雅的概念，青年人对日常意义的颠倒等都是新感性的政治表现。[③] 他们“就是想用一种新的方式去看、去听、去感受事物；就是要把解放与惯常的和机械的感受的消亡联系在一起”。他们与现存体制的语言天地决裂，反抗现存现实文化，“还反抗着这种文化中的美，

① 马尔库塞：《爱欲与文明》，黄勇、薛民译，上海译文出版社2005年版，第155页。

② 赫伯特·马尔库塞等：《工业社会和新左派》，任立编译，北京：商务印书馆1982年版，第184页。

③ 郑春生：《拯救与批判：马尔库塞与六十年代美国学生运动》，上海三联书店2009年版，第197页。

反抗着这个现实文化中所有过于升华、分割、有序、和谐的形式"。今天,他们对传统文化的否定,对自由的渴求是"一种在方法上的反升华"。这种文化的歪曲的、野蛮的、滑稽的反升华恰恰构成了青年学生激进实践活动的根本成分。[①] 后来,学生运动虽然失败了,但马尔库塞依然认为,60 年代的学生运动,"意在迅猛改变人的主体性、本性、感性、想象力、理性。这场运动开启了认识事物的全新视野,开启了上层建筑对基础的渗透"[②]。

二 何谓新感性

何谓新感性?马尔库塞并没有下一个确定的定义,但在《论新感性》中,马尔库塞说:"新感性,表现着生命本能对攻击性和罪恶的超升,它将在社会的范围内,孕育出充满生命的需求,以消除不公正和苦难;它将构织'生活标准'向更高水平的进化。"[③]从这里,我们其实可以看出马尔库塞新感性概念的两个基本维度,一是从心理维度上看,新感性是人的一种生命本能;二是从政治维度上看,新感性具有政治解放的功能。

就心理维度上看,新感性与古典美学的感性不同,它是爱欲的升华,是对单一向度的人的否定,马尔库塞强调新感性综合性的感受能力,也正体现了这一点。马尔库塞把新感性也称为"激进的感性"。他指出,新感性"并非仅为被动的、接受的:他们具有自身的'综合'能力,它们导领着经验的原初材料",而且,这些综合并非仅仅是康德认为的那样,是不变地、先验地组织着感觉材料的纯粹"直观的形式"(空间和时间),它们是另外一种更加具体、更加"物质化"的综合形式,这种综合形式或许包含了经验的(即历史的)先验经验条件。[④]

新感性所体现的生命本能,是以自由为核心,是非压抑文化的体现,它消除了想象与理性、高级能力与低级能力、诗歌与科学思维之间的对立,最终,"一种崭新的感性将同一种反升华的科学理智,在以'美的尺度'造物中,结合在一起"[⑤]。可以说,新感性是人的感性的解放,它消解了感性与理性的基本对立,使得两者真正和谐相融,塑造一个自由的新感性的人。总

---

① 转引自郑春生:《拯救与批判:马尔库塞与六十年代美国学生运动》,上海三联书店 2009 年版,第 208 页。

② 马尔库塞:《审美之维:马尔库塞美学论著集》,第 229 页。

③ 同上书,第 106 页。

④ 同上书,第 134 页。

⑤ 同上书,第 107 页。

之，新感性把人从奴役状态中解放出来，真正实现人的自由，恢复人的生命本能的丰富性。新感性的政治功能体现在新感性的反抗性、否定性上。马尔库塞说："新感性并非仅仅是在群体和个体中的一种'心理现象'，而是使社会变革成为个人需求的中介，是在'改变世界'的政治实践与追求个人解放之间的调节者。"①

在马尔库塞看来，人的解放必须建立在新感性的基础上，他说："新感性已经成为实践：新感性诞生于反对暴力和压迫的斗争，这场斗争，在根本上正奋力于一种崭新的生活方式和形式；它要否定整个现存体制，否定现存的道德和现存的文化；它认定了建立这样一个社会的权利：在这个新的社会中，由于贫困和劳苦的废除，一个新的天地诞生了，感性、娱乐、安宁和美，在这个天地中成为生存的诸种形式，因而也成为社会本身的形式。"②

总之，所谓新感性，是相对于被理性压抑的旧感性而言的，是一种自由的和"活"的感性，它在否定和抑制技术理性对人性的压抑中，使人的感性获得解放，自由感重获回归。

三　新感性与审美救赎

在马尔库塞那里，要建立新感性，解放爱欲，就必须依靠审美、依靠艺术，这是艺术审美活动的本质所决定的。在马尔库塞看来，艺术以其异在性，在审美形式中实现着其否定性的功能，进而达到其革命性的救赎目的。

"艺术即异在"，这是马尔库塞对艺术异在性的最直接的表达。马尔库塞说："无论艺术是怎样地被现行的趣味和行为的价值、标准，以及经验的限制所决定、定型和导向，它都总是超越着对现实存在的美化、崇高化，超越着为现实的排遣和辩解。即使是最现实主义的作品，也建构出它自己的现实：它的男人和女人，它的对象，它的风景和音乐，皆揭示出那些在日常生活中尚未述说、尚未看见、尚未听到的东西。"③所谓艺术的异在性，是指艺术外在于现实存在，与现实相异、疏离，不被社会现实所束缚，进而在批判现实中超越现实。"艺术的异在使得艺术作品、艺术天地在根本上成为非现实的了。艺术创造出一个并不存在的世界，一个'显现'、幻想、想象的世界。"④

---

① 马尔库塞：《审美之维：马尔库塞美学论著集》，第130页。

② 同上书，第108页。

③ 同上书，第194页。

④ 同上书，第170页

艺术正在建构这样一个世界中，与现实异在，并由此成为一种否定性的力量，拒绝、否认并超越现存秩序。马尔库塞说："艺术无论仪式化与否，都包含着否定的合理性。在其先进的位置上，艺术是个拒绝，即对现存事物的抗议。"①

艺术对现实的否定并不是简单的取消，而是通过否定达到一种新的升华，建构一个新的现实，进而获得对现实的全新的认识，这就是艺术的超越性。正如马尔库塞所说的："当艺术愿意作为一个非现实的世界，而不是既定的世界时，另一种新的现实才会产生。艺术正是在这种转化中，才能使自己保留下来，并且超越它的阶级性。艺术的这种超越，并不在于达到一个虚构的空幻的王国，而在于抵达一个具体可能性的天地。"②也就是说，艺术的超越不是走向虚幻的不切实际的世界，而是要一个真正异在于现实的具体的世界。在艺术的超越中，也实现了艺术的革命功能，但这一功能的实现，是通过审美（艺术）形式实现的。

马尔库塞在《审美之维》开篇便指出，"我认为艺术的政治潜能在于艺术本身，即在审美形式本身"③。它还说："艺术正是借助形式，才超越了现存的现实，才成为在现存形式中，与现存现实作对的作品。这种超越的成份内在于艺术中，它处于艺术本身的维度上。"④那么何为审美形式？根据形式主义美学的界定，形式就是艺术之所以成为艺术的根本特质。在马尔库塞那里，形式并不是与内容相对的一个概念，其本身是一个有机的整体，形式即内容，内容即形式。审美形式在马尔库塞那里，是艺术发挥革命作用的根本所在，这主要体现在两个方面，第一，"狭义上看，假如一门艺术的风格和技巧表现出根本变化，那么就可以说它是革命的。这种变化也许就是真诚的先锋派的成就，即预示和反映着整个社会的实质性变革"⑤。在这里，马尔库塞强调即便是这样的变革，往往也会预示着垄断资本主义的灭亡，甚至预示着崭新的彻底变革目标的出现。第二，"艺术作品借助审美的形式变换，以个体的命运为例示，表现出一种普遍的不自由和反抗的力量，去挣脱神化了（或僵化了）的社会现实，去打开变革（解放）的广阔视野，那么，这

① 马尔库塞：《单向度的人：发达工业社会意识形态研究》，第52页。
② 马尔库塞：《审美之维：马尔库塞美学论著集》，第159页。
③ 同上书，第203页。
④ 同上书，第121页。
⑤ 同上书，第204页。

样的艺术作品也可被认为具有革命性"[1]。马尔库塞认为,在这个意义上,每一真正的艺术作品,无论是古典主义戏剧还是布莱希特的剧作,都是革命的,即它倾覆着知觉和知性方式,控诉着既存的社会现实,展现着自由解放的图景。[2]

马尔库塞对审美形式的强调和他对想象与唤醒的关注是相连的。在马尔库塞看来,幻想与想象不仅仅是一种创作手法或心理,而是有着更为重要的功能,它反抗着人的理性的发号施令,让感性和理性达到和谐,进而产生一种革命的政治行动。对马尔库塞来说,艺术的审美王国正是通过艺术幻象建立起来的,而正是这个王国,给人们创造了一个感性与理性、人与自然、自由与道德的自由世界,从而可以与现实存在对抗,实现艺术的审美的救赎功能。

第四节　审美幻象与审美救赎

预读　幻象·审美

他(诗人)创造了一种幻象,就如同纸上的一组线条、乐曲中延续的节奏及舞蹈者初挪舞步时力的闪动等等所创造的空间幻象一般,完整而又直接。他凭借词语创造了幻象,而词有声音,有意义,有发音法,有拼写法,有方言形式,有同源词;词是衍生的产物,又是衍生他词的母体,即它有历史渊源,也有潜在影响;词有古义,有今义,有便义,有喻义。不过,诗人创造的并不是一串连缀起来的词语,词语仅仅是他的材料,用这些材料他创造了诗歌的因素。这些因素则是他写诗时所调遣、所平衡、所拓展、所强化或所营造的东西。

(苏珊·朗格:《情感与形式》,刘大基、傅志强等译,北京:中国社会科学出版社 1986 年版,第 241 页)

苏珊·朗格对艺术幻象或审美幻象的分析具有一定的代表性,他的阐述主要是从形式主义符号学的角度进行的,但对于阿多诺来说,则更强调艺术的审美幻象的否定性的意义和价值,这与其革命思想是紧密相连的。在阿多诺那里,审美幻象是艺术的本质要素之一,蕴藏着艺术精神及其真理性

---

① 马尔库塞:《审美之维:马尔库塞美学论著集》,第 205 页。

② 同上。

内容，实现着对外在现实的批判，抵御着外在现实的同一化进程。审美幻象的救赎也是艺术的救赎，对当代社会堕落的非人性的救赎。阿多诺的审美救赎方案带有乌托邦的色彩，但对于阿多诺来说，乌托邦恰恰是救赎所必需的，乌托邦的实现反而正预示着救赎的失败。

一　审美幻象

何为审美幻象(illusion)？幻象与幻想、虚构、虚幻等概念有什么区别？阿多诺在其理论著作，尤其是在《美学理论》中并没有给出一个明确的界定，但从其相关的阐述中，我们可大致从以下几个方面来理解这个概念：

第一，审美幻象是一个本体性的概念。阿多诺在《美学理论》中指出，“幻象不是形式上的而是实质性的艺术作品特征”[①]。这是从本体论意义上对幻象的定位，这也就使它与一般的幻想、虚构、虚幻等概念区分了开来。对于阿多诺来说，幻象是艺术本身本质要素之一，这类似于人要有灵魂一样。人若没有了幻象，也就等于人没有了灵魂。所以阿多诺说：“那些完全失去幻象的艺术作品仅仅是些空壳而已，甚至还要更糟，因为它们毫无用处，不像空壳”[②]，空壳尚且还可用来装东西。阿多诺还说：“现代艺术的辩证法在很大程度上试想摆脱其幻象特征，就像似乎想要抖落鹿角的动物一样。”[③]这同样体现了幻象对于艺术的本体论意义。我们也可以说，阿多诺的审美幻象有点类似于本雅明的艺术灵韵。灵韵是传统艺术所呈现出来的独一无二的品性，但对于阿多诺来说，它所指的审美幻象主要指的是现代艺术的特质，因为对于他来说，传统艺术的灵韵体现的是一种和谐，绝对的和谐，而现代艺术则打破了这种和谐的灵韵而呈现出一种主体与客体、外在世界与内在世界、形式与内容等之间无休止地整合、互动、否定、对抗。正是在这一互动的对抗过程中，艺术的审美幻象才呈现出来。这是阿多诺非同一样性哲学的体现。

知识背景　否定辩证法

否定辩证法是法兰克福学派基于对当代资本主义批判而提出的一种共有的哲学方法或观点，后经阿多诺的全面阐述而广为传布。否定

---

① 阿多诺：《美学理论》，王柯平译，成都：四川人民出版社1998年版，第190页。

② 同上书，第144页。

③ 同上书，第183页。

的辩证法的实质是一种非同一、绝对否定性的反辩证法,是对"同一性"哲学的批判。阿多尔诺总结了同一性的几种含义:一是指个人意识的统一性;二是指逻辑学上的普遍性思想;三是指思想对象与自身的等同,以及以同一律(A = A)为基础的思维方式;最后是指认识论上的主体与客体的和谐一致,不管是如何被中介的,主体始终对客体显示出压倒性的优势。在这四个含义中,阿多诺更多的是批判最后一种。阿多诺认为,同一性是虚假的,并不能真正反映事物的真相,相反,同一性还以其霸权话语消解甚至取消了个体、特殊与多样性,甚至由此形成了对人的控制、支配,使人都服从于同一性的要求和管制。阿多诺在绝对否定同一性中坚持非同一性,坚持辩证双方永远存在着矛盾及对抗,而也正是在这种矛盾与对抗中,事物才呈现出其本来的面目,而不会被同一性所同化。

第二,审美幻象对于艺术来说,是一种"盈余"或"增殖"。阿多诺针对艺术作品指出:"艺术作品之所以成为艺术作品,是因为它们产生那种盈余(surplus),这正是它们的超越性(transcendent quality)。"[①]艺术作品的精神是其增值或盈余——事实上,在显现过程中,艺术作品便超出自身。将艺术作品界定为精神实体的正是下述事实:由于自身组织,作品要比其组织的材料或原理意味着更多的东西,故一旦组成,作品便给人一种非由人为的幻象。[②] 从这些阐述中我们可以看到,艺术作品并不仅仅是一种对外在世界的客观呈现,不仅仅是一种客观的存在物,它有盈余或增值,而这个盈余或增值,在阿多诺看来,就是艺术的精神,而这一精神又是通过艺术的幻象性体现出来的,或者说,审美幻象正是艺术的盈余或增殖的结果。

阿多诺特别强调艺术的超越性,并以此与传统艺术区别开来,因为只有有了这种盈余,艺术才可以与外在现实进行对抗,也才可以抵御外在现实的同一性同化。也就是艺术在盈余中,在与外界现实对抗中体现出来了艺术的特质。因此,审美幻象是艺术所必需的,否则艺术就退回到传统艺术的灵韵中而不能抵御同一性的同化。

第三,幻象是一个不断建构的历史过程,是一次次的"瞬间显露"。阿多诺说:"将每件艺术作品凝结为客观存在的过程,不可完全固定为这个(thisness),该过程会再次分化,返回它的起点。艺术作品表明它们对客观

---

① 阿多诺:《美学理论》,第 140 页。

② 同上书,第 227 页。

化的要求是假的。幻象一直是这样深深地被灌注在作品之中;这包括那些没有复制的作品。"[1]艺术作品一旦定型,具有自身的外观的时候,艺术的过程性也就被封闭起来看不到了,但对阿多诺来说,他更倾向于把艺术作品看成在历史中存在的功能性实体,是一个不断建构的过程。艺术作品在历史过程中的不断显现,是一次次"瞬间显露",而这些瞬间显露,正是艺术作品客观存在过程的一个个幻象,阿多诺曾用烟火作比喻:"焰火乃是精妙的幻象。它们是一种经验主义表象。不受一般经验主义存在、也就是那种具有绵延性的东西的连累;它们是天堂但也是人工制品的标记;它们也是危机紧迫的征兆,昙花一现,转瞬即逝。"[2]或者说,艺术作品的客观存在之物虽然是恒定不变的,但它的审美幻象则是不断变化的,不同的时期会有着不同的幻象,这也正是艺术作品历史过程的本性所在。与其说艺术作品本身是一个不断建构的过程,不如说艺术作品的审美幻象是一个不断呈现和建构的过程。审美幻象的这一呈现过程,也正是艺术作品与外界现实在不同时期对抗的体现。

总之,审美幻象是艺术作品在其历史发展过程中一次次的瞬间显露状态,是艺术作品与外界现实不断对抗与和谐的结果,它保证了艺术的非同一性,是艺术超越性的体现。

二　审美幻象的危机

审美幻象的危机也就是艺术的危机,而危机的根源在于同一化的压抑。在《美学理论》中,阿多诺指出,艺术的危机具有两种表现形式:意义的危机和表达的危机[3],而这两种危机与审美幻象是紧密相连的,甚至也可以说,艺术的危机也就是幻象的危机。因为幻象就包含着艺术的意义及表现。意义的危机是对意义的有意识的否定,意义变得贫乏,甚至被消解,成为主观意志的虚假产物,因为它已经把自己交付给受理性法则支配的管理化世界。阿多诺说:"意义被主观化态势所抹杀,这虽非思想史上的偶然事故,但却反映出当代的真实状态。"[4]

阿多诺还举例荒诞派作品,从反面证明了意义的危机。阿多诺说,这类

---

① 阿多诺:《美学理论》,第 180 页。

② 同上书,第 145 页。

③ 同上书,第 471 页。

④ 同上书,第 265 页。

作品“通过否定意义,从而获得了一种实质性的类似。彻底否定意义的作品就像已经建立意义的作品一样”,[1]荒诞派作品通过否定意义来建构意义,由此也正显示了意义的危机。

在表现危机方面,阿多诺从艺术发展的过程出发,指出,随着主体性的被压抑,艺术一方面以所谓“科学艺术”姿态,以一种幼稚无知的虚假模仿,表现出“赤裸裸的物理主义的处理材料的方法”及“各种参数之间可靠关系”的运用,艺术沦为纯粹的外在客观再现的泥淖;另一方面,那些反现实主义流派也支持对幻象的反叛,由此只寻求对真实心态的不变形的表现方式,向心理图象模式靠近。但无论哪种艺术流派,在阿多诺看来,最终带来的后果是,“艺术正处在回归到单纯物质的时刻,就好像因其妄想成为比艺术更多的东西而遭到报应似的”[2]。

三　审美幻象与救赎

阿多诺说:“艺术中的每种激进的解决方式,包括所谓的荒诞派方式,最终都具有一种与意义的类似性,这实则是艺术的奥秘之一和对艺术之逻辑力量和气势的一种明证。……而这则是艺术之虚幻特质的明证。艺术是幻象,因为它无法逃避在意义普遍丧失后对意义的催眠性暗示。”[3]

这里体现出一种后现代主义的解构策略,一方面审美幻象在否定外在现实、否定意义存在,但另一方面则又在召唤这意义的到来,正所谓“催眠性暗示”。阿多诺还用蒙太奇做了比喻,他说:“否定意义的艺术作品也一定能够将中断的东西连接起来;这是蒙太奇技术发挥作用的地方。蒙太奇手法通过强调部分的不一致而拒绝承认整一性,但与此同时又重新肯定整一性为一种形式原理。”[4]

蒙太奇正是在不一致中召唤着艺术的整一性,这与审美幻象是相通的。也正是在这种二律背反中,艺术坚定地肩负起批判社会、抵御同一性的任务。对于阿多诺来说,传统艺术由于过分追求延续性、完美形式和永恒价值的观念,从而使自身变成了自足的存在,把自己封闭了起来;而现代艺术正好反传统艺术之道而行之。它们自觉放弃作品的外在延续性,断言艺术形

① 阿多诺:《美学理论》,第 267 页。

② 同上书,第 183 页。

③ 同上书,第 268 页。

④ 同上。

式的不完满,追求自身内在的逻辑性。以作品内在逻辑性的有无作为衡量作品真假的主要标准,这就等于承认了艺术幻象的地位。现代美学正是要把艺术幻象的这一地位确立下来。[①]

阿多诺推崇贝克特,认为他的作品通过表现荒诞而实施对意义的否定,把意义的虚无作为作品的主题直接摆在观众的面前。这些剧作是荒诞的,但并非因为它们缺乏意义(假如它们没有意义,那就不是荒诞而是毫不相干了),而是因为"它们把意义放在议事日程上,追踪其历史"[②]。贝克特使他的艺术作品从意义中得到解放,在审美素材中实现自身,从而变得具有"审美"意义了。由此,现代艺术在坚决摒弃和解现象的同时,依然紧紧抓住这个对抗性世界中的和解理念不放。该和解理念也即乌托邦的可能性。阿多诺指出,在贝克特的《残局》的帷幕徐徐升起以前,人人都在期待这一种幻象的出现。

现代艺术一方面通过对传统艺术意义的否定,成功地抵制了传统艺术的幻象,另一方面它又通过对乌托邦的向往完成了新的幻象的建构,实现了"通过幻象抵制幻象"的目标。前后两个"幻象"虽为同一词,却有着本质的差异。传统艺术的幻象所体现的和解能够被一体化现实同一化,而现代艺术的幻象所体现的否定的和解(否定的乌托邦)却无法被同化,因而阿多诺认为,作为一体化社会的"社会对立面"的现代艺术像一枚钉子插入一体化社会现实,成为这一现实永远的痛。阿多诺却在现代艺术的"幻象"身上寄托了深深的厚望:即使再微弱的抵抗也代表着艺术和人类的希望。

此外,阿多诺还突出强调了审美幻象的接受心理或体验。阿多诺说:"对艺术的合乎情理的反应是一种关切感。关切是由伟大的作品激发出来的。关切感不是接受者的某种受到压抑并由于艺术的作用而浮到表面的情绪,而是片刻间的窘迫感,更确切地说是一种震撼。在这一片刻中,他凝神贯注于作品之中,忘却自己的存在,发现审美意象所体现的真理性具有真正可以知解的可能性。这种直接性(在该词最好的意义上),即个人与作品那融合无间的关系,是一种调解的功能,或者内在的、广泛的体验功能。体验于瞬刻间凝聚一起,为达此目的,需要调动整个意识,而不是单方面的激情和反应。体验艺术的真假,不仅仅是主体的'生命体验'所能涵盖的:它还

---

① 参见孙利军:《作为真理性内容的艺术作品——阿多诺审美及文化理论研究》,长沙:湖南大学出版社2005年版。

② 阿多诺:《美学理论》,第266页。

标志着客观性渗入到主观意识之中。客观性即便在主观反应最为强烈之际,也对审美体验起一种调解作用。”①

阿多诺对震撼的审美体验显然与康德的崇高有着密切的联系,阿多诺也说“康德令人信服地把主体力量描写成崇高的先决条件”②。但阿多诺的震撼与康德的崇高显然又是不同的。康德的崇高是主体生命力在遭受短暂阻滞之后,由痛感转化而来的愉悦。但对于阿多诺来说,震撼体验一则没有经过受到压抑这样的痛感阶段,二则震撼并不是单纯的情感体验,而是一种主客体相互渗透交融,在这一交融中,始终充满着双方的对抗、张力,以及相互调解的努力,处在和谐与不和谐的斗争中,也正由此,艺术带给受众震撼,并在其中提升主体的自我意识。

总之,对于阿多诺来说,希望能够通过幻象来抵制幻象,这也是他审美救赎观念的体现。沃林曾深入分析阿多诺的审美救赎策略,他认为对阿多诺而言,“艺术有一种类似于拯救的功能。对他来说,艺术也代表着同‘理论的和实践的理性主义’的压迫相对应的某种救赎形式。那些压迫在日常生活中占据着主导地位。而且,在阿多诺的美学中,艺术在某种更加强烈的意义上变成了救赎的工具。作为和谐生活的某种预示,它起着强制性的乌托邦作用。……只有艺术能够提供把令人苦恼的社会整体性重新引导到和谐的道路上去的前景”。③

但对于阿多诺来说,它的审美乌托邦的救赎方案是不能也不应当实现的。阿多诺说:“今日艺术的主要矛盾之一,便是它想成为并且务必成为乌托邦似的东西……但与此同时,艺术为了担负那种提供慰藉与幻象的罪责,而又不能成为乌托邦似的东西。艺术乌托邦若果成为现实,那么艺术将会终结。”④也就是说,乌托邦实现的那一刻,正是艺术消亡的一刻,也是救赎失败的一刻,因为艺术永远是一种否定性的存在,永远是处在与同一性对抗的状态,它只能作为对一体化现实的否定而出场。乌托邦的实现也是同一性胜利的时刻,非同一性失败的时刻。阿多诺正是在保持着对抗的历史过程中,不断启示着现代人的心灵和人性,为人类保存希望之光。

---

① 阿多诺:《美学理论》,第417页。

② 同上书,第419页。

③ 沃林:《文化批评的观念》,张国清译,北京:商务印书馆2000年版,第115—116页。

④ 阿多诺:《美学理论》,王柯平译,成都:四川人民出版社1998年版,第57—58页。

思考题

1. 何谓工具理性？如何理解工具理性的扩张及其所带来的恶果？
2. 如何理解震惊体验的救赎功能？
3. 何谓新感性？如何理解新感性的审美救赎功能？
4. 如何理解审美乌托邦与审美救赎的辩证关系？

进一步阅读

本章主要从文艺心理学的角度，对以法兰克福学派为代表的西方马克思主义的审美救赎理论进行了阐述和分析，相关的著作很多，首先是相关思想家的经典原著（中文译本很多，本章所选译本都是经典性的），如马科斯·韦伯的《新教伦理与资本主义精神》，霍克海默和阿道尔诺的《启蒙辩证法——哲学断片》，马尔库塞的《审美之维：马尔库塞美学论著集》《爱欲与文明》和《单向度的人：发达工业社会意识形态研究》，哈贝马斯的《作为"意识形态"的技术与科学》，瓦尔特·本雅明的《发达资本主义时代的抒情诗人》和《机械复制时代的艺术作品》，阿多诺的《美学理论》等。这些都需要认真研读。其次是关于法兰克福学派的研究之作，即包括对单个思想家的研究，如理查德·沃林的《瓦尔特·本雅明：救赎美学》，也包括对整个法兰克福学派的研究，如马丁·杰伊的《法兰克福学派史：1923—1950》（单世联译，广东人民出版社，1996 年）。这些著作对我们理解法兰克福学派的审美救赎理论具有重要的参考价值。另外，关于审美救赎方面的理论著作如周宪的《审美现代性批判》，也值得参考。

第八章　文艺中的性别世界

性别问题,对每个人而言皆具有重要意义。从古至今,无以数计的文人、诗人、艺术家、科学家、心理学家、人类学家等都曾对此类问题进行过探寻,他们相互之间虽各有侧重,表述方式各异,但所关注的问题始终集中于性别的属性与特征、男女的同异、两性之间的关系、彼此之间相爱的基础等。要理解这些问题,我们需要通过古今中外的各种文本进入一个复杂的性别的世界。

第一节　性别的神话与现实

预读　性别的神话

每一种人的样子此前都整个儿是圆的,背和两边圆成圈,成圆形,有四只手,脚也有四只,在圆成圈的颈子上有一模一样的两张脸,属同一个脑袋,只不过方向刚好相反;耳朵有四个,生殖器则有一对,可以想象,所有别的器官也都是双的。走起路来时,此前的每一种人也像我们一样直着身子,不过可以任意向前向后,想要跑快时,能把腿卷成一团向前翻滚,像现在的人翻斤斗,八只手脚一起来,翻滚得飞快。

从前之所以有三种性,乃因为男人原本是太阳的后裔,女人原本是大地的后裔,既男又女的人则是月亮的后裔,因为月亮自己兼有两者。既男又女的人体形都是圆的,像生他们的父母一样。这种人的体力和精力都非常强壮,因此常有非分之想,竟要与神们比高低。正像荷马所讲的埃非阿尔特斯和奥托斯那样,他们想冲到天上去和神们打一仗。

于是,宙斯和其他神们会商应付的办法……宙斯说,“我想出了个法子……把人们个个切成两半”……宙斯说到做到,把人切成两半,像人们切青果做果脯或者用头发丝分鸡蛋。每切一个,他就吩咐阿波罗把这人的脸和半边颈子扭到切面,人看到自己的切痕就会学乖点;然后,宙斯又吩咐阿波罗把伤口医好。阿波罗把人的脸扭过来,把切开的皮从两边拉到现在叫做肚皮的地方,像人们封紧布袋口那样在中央处整个儿系起来,口子就是现在说的肚脐眼。阿波罗把其余的皱疤搞得光光生生,把胸部也弄平整,用的家什,就像鞋匠在鞋模上打平皮革用的那东西。不过,阿波罗在肚皮和肚脐眼周围留了几条皱,提醒人此前遭过的罪。人的自然被这样切成两半后,每一半都急切地欲求自己的另一半,紧紧抱住不放,相互交缠,恨不得合在一起;……两个人变成一个,早就求之不得。个中原因就在于,我们先前的自然本性如此,我们本是完整的。渴望和追求那完整,就是所谓爱欲。

(柏拉图等:《柏拉图的〈会饮〉》,刘小枫等译,北京:华夏出版社2003年版,第48—52页)

本段行文出自古希腊喜剧作家阿里斯托芬的长篇讲辞,作者以戏谑的口吻论及人起初的模样、男女属性的来源及爱欲的本质。以现代人的眼光来看,阿里斯托芬的这种说法既无人种学上的依据,也无进化论上的依据,但他时而玩笑时而严肃的虚构说辞却触及数个重要、复杂而令人费解的问题:人的性别类型、性别之间的关系、人的双性特征、男女两性相爱的根由等。他凭借直觉,领悟出其间隐含的奥秘,并充分发挥想象力,通过喜剧性的叙事给出了自己的解释。假如不只从字面上理解,而从隐喻的意义上来解读,我们即可发现,他的这种叙事显示出一种慧眼独具的真知灼见。

阿里斯托芬似乎开启了后人对性别问题的长远思考。美国两性专家约翰·格雷就认定,男女系全然不同的类属,彼此之间迥然相异,其经典表述为“男人来自火星,女人来自金星”;持相反主张的人则相信,男女之间并无太大差异,相异的外表之下,男女各自皆有着与对方相同的内在构成,作家张贤亮将其概括为一部小说的名称:《男人的一半是女人》。男女之间的关系是人世间形态复杂的关系之一,相互间的了解与真情能让他们成为生死相依的至爱,灵魂的伴侣,生出管道升的《我侬词》中表达的“生同一个衾,死同一个椁”那种意愿;误解与不和则会让双方变得不是形同陌路,就是彼此憎恨,令尼采说出“你要到女人那儿去吗,不要忘了带上你的鞭子”这类绝情而残酷的话语。文人、艺术家凭直觉相信,男女之间相爱,源于生命最深处的强烈爱欲,科学家称爱情由生理成熟期出现的性内驱力所致,心理学家则认定,男女之爱源自力比多抑或原始生命力,由内心深处的异性灵魂像所导引。他们各有自己的讲述方式。在其叙事中,各自以自己擅长的表达方式来展现自己的主张。

理论概述　叙事形态中的男女

一　男男女女

男人与女人,作为有性差异的存在,既是生物学事实,也是社会、心理、文化事实。科学家注重从生物学的视角探讨男女的性别属性,认为所有其他一切差异、相似与相同,皆源于生物学的事实基础。

科学研究成果表明,男女的差异取决于染色体与性激素,男女双方各有23对染色体,其中22对为一样的常染色体,一对是有差别的性染色体,女性的性染色体用XX标示,而男性的则用XY标示。当父代给予子代生命时,需要男女双方的参与,两者创造生命的初始形式是受精卵即配子,配子为XX型的即是女孩,而XY型的则是男孩。性染色体决定彼此的初始差异,而性荷尔蒙则是双方爱欲活动的动力和源泉,是左右男女第二性征显现的关键要素。特别值得注意的是,男女双方体内皆产生雄性荷尔蒙与雌性荷尔蒙,只是所含比例不同而已。科学研究成果证实,无论男女,在这一方面,皆为双性同体的人,这为有关两性的心理叙事、文学叙事、社会叙事及文化叙事提供了内在的依据。

爱欲驱使男女双方寻觅自己的意中人,完成双方融为一体的永恒追求。在爱欲活动中,男女实现从灵魂到肉体的结合,并创造新的生命。新的生命个体既承载着父亲的基因,也承载着母亲的基因,具有不可磨灭的双性特征,每一个生命个体,无论是儿子还是女儿,从内到外,皆具有其双亲的生命遗传属性,并在身体上呈现出来。有趣的是,通常在外观上,儿子较多地显现母亲的特征,女儿则好多地显现父亲的特征。古人很早就注意到了这种双性现象,将其称之为雌雄同体(Androgyne),并创造出相关的神话及双性特征的神话人物形象赫马佛洛狄特斯(Hermaphrodites),在爱欲的对象化的过程中,这种双性特质驱使人将爱欲投射到其内心原型所指向的对象身上,寻求实现双性一体化的现实形态。

深度阅读　雌雄同体原型意象

> 如同其他原型一样，雌雄同体，作为原型曾从人类集体无意识深处浮现出来，可作为潜在不朽生命的暗黑拟象，从未被人完全认识……在今天，我们认识到，世界上存在着两种性别的人，男人与女人，然而，雌雄同体的意象，作为集体无意识的首要组元却铭刻在灵魂深处。事实证明，雌雄同体原型的确存在，它不时以多种伪装的形态浮现，并现身于世界的各个地方。研究其所有显现形态耗时费力，然而，若进入雌雄同体在其间发挥重要作用的世界，稍作考察，我们即会感受到，这一原型无处不在，且影响力深远。
>
> （玖恩·辛格：《雌雄同体——探索一种新的性别理论》英文版，第111页）

栖身于灵魂深处的雌雄同体原型，驱使男男女女投身于爱的活动之中，寻找自己的另一半，并与对方结合为一体，其终极要义即在于此。这一原型是人世间爱情的源头，它为爱情生活提供万世不竭的动力，让人在茫茫人海中寻找一生一世的恋人，将原本陌生的人变成最亲的至爱。它造就了生活的最为重要的维度，使爱情成为生活最为重要的内容，也使其成为文学艺术表现的永恒的主题，诗人、艺术家不遗余力地讴歌爱情，爱的主题几乎现身于所有文艺作品之中，从汉乐府民歌《上邪》到民间传说故事《梁山伯与祝英台》，从曹雪芹深描宝黛之恋的《红楼梦》到张洁书写坚守生命理想的《爱是不能忘记的》，无一不体现了中国文人对这一主题的执著表达；而从奥维德的《恋歌》、莎士比亚的《罗密欧与朱丽叶》、歌德的《少年维特的烦恼》、卢梭的《新爱洛伊丝》直至辛格的《市场街的斯宾诺莎》等，则始终在展现西方文学家对表达这一主题所怀有的执著而持久的热情。

男女虽在多个方面彼此相异，但在寻求永恒至爱这一方面则高度一致，相爱成为他们的基本生命活动形式之一，对他们而言，爱是维系生命欢乐、人生在世的意义的基础，是人活在人世的最为重要的理由，为了爱情，他们可以同生共死，生死相依。“问世间情为何物，只教人生死相许。”为了爱，女人会发出“上邪！我欲与君相知，长命无绝衰。山无陵，江水为竭，冬雷震震，夏雨雪，天地合，乃敢与君绝！”这样的心声，男人会像歌德笔下的少年维特一样至死深爱绿蒂，会像诗人叶芝那样终生热爱毛岗那朝圣者的灵魂：“多少人爱你欢畅优雅的时辰/爱慕你的美艳/假意或真心/惟有一人挚爱你那朝圣者的灵魂。”

男女爱情这种从身体到灵魂的至爱，之所以刻骨铭心，无法舍弃，其根本原因在于，那所爱对象并非他人，实乃自己不可分割的组成部分。“当妻子与母亲同时坠入河中时先救谁？”男人通常会面对这种略带戏谑意味的问题而难于做出回答。然而这看似玩笑，却意味深长。回答的艰难确因两者无法选一，母亲是生命的给予者，妻子是自己的另一半生命（the better half），西谚有曰：“你是我的一半，让我成为完整的人。”

二 阿妮玛与阿尼姆斯

古今中外，有过无数一见钟情的例子。意大利文艺复兴时期初期著名诗人但丁，初次在老桥上邂逅贝雅特丽齐，即堕入情网，他当时仅9岁。尽管在其后岁月里，他有过多次恋情，但其一生中所爱之人始终是贝雅特丽齐，他在《神曲》《新生》等作品中，不遗余力歌颂其永恒之恋。无独有偶，稍后于他的著名诗人彼特拉克在阿维农遇到20岁的劳拉，即使他与别的女人生儿育女，但始终认定劳拉是其终生的至爱，他前后为劳拉写下了数百首十四行诗，表达对她的思念与爱恋。诗人、艺术家们相信，男女间的爱情产生于双目凝视相互吸引的瞬间，而心理学家则解释说，爱情始于异性原始意象与现实对象的对应。爱的过程即是将此意象对象化的过程。作为初始范型的异性原始意象从内心中主宰着人们喜欢的异性类型，这种性别指向化的雌雄同体原型引导着人们去寻找与之相合的现实中的异性。瑞士心理学家荣格将其称之为男女性别的灵魂像。男人心目中的女性灵魂像称为阿妮玛，女人心目中的男性灵魂像称为阿尼姆斯。

知识背景　男女内心中的异性原型

阿妮玛与阿尼姆斯是荣格分析心理学原型理论中的两个重要概念。依照荣格派心理学家冯·弗朗兹的界定，阿妮玛是男人心灵中所有女性心理倾向的化身，其中包括暧昧不清的情感与情绪、预言性征兆、对非理性的接纳、个体爱情的巨大容量、趋向自然界的感情、自身与其无意识的关系等。阿尼姆斯则是女人心灵中所有男性心理倾向的化身，其具体的内容与阿妮玛的内含相对应。

按照荣格派分析心理学家的释义，阿妮玛是男性心理中女性的一面，阿尼姆斯则是女性心理中男性的一面。每一个人天生皆具备异性的某些特质，既有生物学性质的，如皆分泌雄性及雌性荷尔蒙，更有心理学性质的，人无论男女，其情感和心态总是兼有两性倾向。阿妮玛与阿尼姆斯原型由无数代男人与女人交互作用的生命经验积淀而成。男性与女性会不由自主地根据积淀于内心深处的此类原型建构自己的理想异性意象，并将这种意象投射到对象身上。但丁与彼特拉克的永恒之恋都是这种理想意象投射的结果。

阿妮玛与阿尼姆斯形成的过程极为漫长。男人通过与女人的无数代的接触、交往、互动与结合，形成了他的阿妮玛原型，同样，女人通过与男人的无数代的接触、交往、互动与结合，形成了他的阿尼姆斯原型，经历无数个世纪的共同生活和相互交往，男人和女人皆获取了异性的特征，这种异性特征为两性之间相互的理解、和谐生活奠定了坚实的基础，业已形成的阿妮玛原型与阿尼姆斯原型积淀到男女各自的心灵深处，成为他们生命的组成部分。

原典精读　与另一半自我共生

> 每一个男人心中都携带着永恒的女性心象，它不是这一个抑或哪一个特定女人的形象，但却是一种清晰的女性心象，这一心象根本就是无意识的，是镂刻在男人生命有机体组织内部的遗传要素，是祖先有关女性全部经验的印痕抑或“原型”，它仿佛是在浓缩的、心灵适应的遗传系统中女人所曾经给予的全部印象的积淀。即使没有实在的女人出现，也始终可能在任何既定时间里，从这种无意识意象中一丝不差地推导出女人如何在内心里与之共同相处。女人的情况与之完全一样：她同样也具有自己与生俱来的男性心象。事实上，我们从经验中得知，将这种心象描述为一种男人的意象更为确切，而在男人那里，则被确切地描述为女人的意象。因为这种意象是无意识性的存在，它便总是被无意识地那被爱的人的身上，而且这也是产生激情四射的吸引力或者极度厌恶感的主要原因之一。……阿妮玛有着一种性感的、情绪化的特征，而阿尼姆斯则具有一种理智化特征。因此，男人所谈论的大部分关于女人性感特质的那些东西，特别是他们所谈论的有关女人情感生活的那些东西，来源于他们自己的阿妮玛的投射，还有与之相应的扭曲变形。另一方面，女人所做的有关男人的所有那些假想以及幻想，来自她们的阿尼姆斯的活动，这一活动源源不断地生产出诸种非逻辑的观点与虚妄的释义。

（卡尔·古斯塔夫·荣格:《荣格文集》英文版第17卷,第198页）

从结构上分析,阿妮玛与阿尼姆斯界有着复杂的构成,内含多维度的构成要素。二者有着诸多的内部面相。阿妮玛与阿尼姆斯虽是普同的无意识原型,但在每一个承载者身上皆有着不同程度的个性化,这种个性化主要体现在个体对这类原型内含的诸多构成要素所做的天然选择,阿妮玛作为男人内在的女性的一面,包含着女性的全部属性,其中某些属性对具体的男人天然具有吸引力,因而会本能地让其浮现出来,而令其不快甚至厌恶的属性则会遭到压抑,这就是为何不同男性个体在异性的选择上会有着个人化的偏好,令一个男人迷恋不已的女性对象在另一个男人看来不一定具有吸引力,不仅如此,阿妮玛在其构成上,既有实体经验积淀而成的成分,也有心理经验的积淀成分,其中包括男性以经验为基础的关于女性的想象、幻想、期待与理想化。主导男人爱情选择的,正是阿妮玛的这类构成,它们凝聚成女性的理想意象。意象引导他们去寻求与之相符的女人,寻找意象的化身。事实上,他们真正钟情的,是其理想意象。意象始终不变,对象则可能变幻不定。在女人的世界里,情况也是如此。音乐家贝多芬执著于内心永恒的爱人,却将其意象分别投射到了茱丽娅、约瑟芬、乔娜、特蕾丝等人身上,法国女作家乔治·桑一生追求真爱,但她却分别爱过缪塞、肖邦、于勒·桑多、帕热罗等人,在爱欲的维度上,爱的意象的重要性,远大于爱的对象的重要性。

三 错综复杂的灵魂像

雌雄同体的性指向化的原型概念,阿妮玛与阿尼姆斯,既可用来解释男女之间的异性恋,也可用来解释男同之恋与女同之恋。随着《春光乍泄》《霸王别姬》《断背山》《蓝宇》《花吃了那女孩》《吻我》之类电影的上映,同性之爱通过影视媒介进入大众视野,日益为人们所关注。大多数人虽对其尚不理解,但人们注意到,同性之爱,如同男女异性之间的爱情一样热烈、深沉、持久、充满激情。

女同之爱的鼻祖萨福有诗为证:“哦/她是如此温柔/她即将用爱/将我杀死。”男同之爱与女同之爱虽是同性之间的爱情,但稍加观察即可发现,同性之爱遵循的基本上是异性恋的模式,无论在行为上还是心理上,依然遵循着刚柔相合的模式,抑或互补性模式。

在男同与女同之中,通常一方扮演主动的角色,另一方扮演被动的角色,从外在形象与行为举止上看,男同中被动的一方常表现出某种程度上的女性化倾向,《霸王别姬》中的程蝶衣形象、韩国电影《假面》中李尹西的形象即是其艺术体现,而女同中的主动方则显示男性化倾向,其中有些还刻意在形象、装束、行为举止上模仿男性,如剪短发、穿着中性服装或男性服装、着意彰显力量感、说话声音低沉等,《花吃了那女孩》中的斯宾塞(Spencer)及《想爱就爱》中的吉姆(Kim)的形象可视为其艺术写照。

文艺作品在展示这一亲密主题时,通常惯于采用拟性别角色定位分明的表现方式,可在实际生活中,除了从形象上易于分辨其主动—被动角色的群体外,另有一些同性爱群体仅从外观上不太容易识辨。他们虽遵循刚柔相合或阴阳互补的模式,但主动—被动的角色在他们中间有可能是互换的,只是这种互换多为游戏性的互换,在大多数时间里,他们相互约定的性别身份是固定的。

延伸思考　性别认同转变

有一半的男同性爱者和3/4的异性爱者具有典型的男子气概,无论从他们的自我认知、兴趣还是外表上看。另一半男同性爱者与1/4的男异性爱者与上述特征不一致。同样,有1/5的女同性爱者与1/3的异性爱者有典型的女人味(Bell et al. 1981)。因此,性别认同转变暗示了但并不证明其性心理定势。

性别认同转变者的夸张表现形式就是我们所熟知的同性爱者的形象:娇柔无力、嗲声嗲气、佩戴珠宝、撒满香水和扭捏作态的男同性爱者;昂首阔步又爱说话、谈吐粗俗、男子气十足的男人婆,听话而又温柔的娘娘腔男人等。这些特征是真实的,但仅仅适用同性爱者中的一部分人。同性爱者还用显眼的服饰、装饰语言和行为等来表现自己。但这些只是同性爱者交往时做信号用的方式和习惯。因此当你看到人们为同性爱者与邻无异样的外表感到震惊时,也就不足为奇了。

(荷兰特·凯查杜里安:《性学观止》,世界图书出版公司2007年版,第381页)

在实际生活中,同性之恋很少为人们发现,除其因恐遭歧视而刻意掩饰外,其中一个主要原因是,相当多的同性爱者本身并无明显的可识别标志,他们的私密恋情也通常不为人知。

同性爱是错综复杂和难解的,执著于这种自古有之的爱的人数通常占总人口比例的3%左右,关于这一现象的探索始终没有停息,研究结论多种多样，归结起来，其成因主要有三种：生理成因、心理成因及社会文化成因，且三种成因常交织在一起。现有研究成果表明，同性爱并不会从上一代遗传给下一代，然而，找到证据的可能性始终存在，这类证据或许就存在于基因的排列、编码与重组、性荷尔蒙的复杂来源与比例以及与之相对应的深层心理结构之中。

美国汉默 1993 年的研究表明，同性恋与基因的结构高度有关。他指出，男性同性恋者和有同性恋倾向的人在其 X 性染色体长臂顶端区域有一个叫做 Xq28 的基因，这一基因似决定着男人同性恋的性指向。1999 年哈佛大学一研究小组发现了俗称“女性基因”的 Wnt - 4 基因，动物实验证明，此基因可诱发“女性同性恋”。而由韩国技术学院帕克教授主导的一项研究表明，作为单拷贝基因的 FucM 基因的变化，会影响雌激素的水平，删除此基因，即会导致动物的“女性同性恋”行为。此外另有研究表明，miR - 941 基因是统计学意义上的男同关联基因，而 rs31480 基因则是统计学上的女性同性恋基因。

依据物理、生理与心理的同型原理，可推测三者间存在着内在高度的对应性，物质性存在为生理活动奠定了基础，也为心理活动规定了范围与指向，我们甚至可以用同构对等来描述三者的关系。天真的医师满怀信心对同性爱者实施行为矫正的努力之所以失败，关键在于他们并不真正明白，同性爱并非单纯的性心理指向问题，这种异于异性恋的性心理取向深深地扎根于相对应的生理性的结构之中。

然而，无论是异性恋还是同性恋，其核心始终是爱。爱源于需要，源于对自我匮乏解除的渴望，爱者所追求的是心身的完整，这完整是阴阳共体的完整，是刚柔相济的完整，无论在其外观上表现为异性恋还是同性恋。同性恋与异性恋一样，追求阴阳共体的完整，从其心理身份认同上可证实这一点。从心理学的意义上看，异性恋与同性恋在爱的追求上并无质的根本差异。同性爱者一生寻找的，同样也是爱的意象中的自我的另一半。

第二节　性别的历史进化

预读　杜十娘怒沉百宝箱·男女不同的爱情表现

十娘推开公子在一边，向孙富骂道：“我与李郎备尝艰苦，不是容易到此。汝以奸淫之意,巧为谗说,一旦破人姻缘,断人恩爱,乃我之仇人。我死而有知,必当诉之神明,尚妄想枕席之欢乎!”又对李甲道:“妾风尘数年,私有所积,本为终身之计。自遇郎君,山盟海誓,白首不渝。前出都之际,假托众姊妹相赠,箱中韫藏百宝,不下万金。将润色郎君之装,归见父母,或怜妾有心,收佐中馈,得终委托,生死无憾。谁知郎君相信不深,惑于浮议,中道见弃,负妾一片真心。今日当众目之前,开箱出视,使郎君知区区千金,未为难事。妾椟中有玉,恨郎眼内无珠。命之不辰,风尘困瘁,甫得脱离,又遭弃捐。今众人各有耳目,共作证明,妾不负郎君,郎君自负妾耳!”于是众人聚观者,无不流涕,都唾骂李公子负心薄幸。公子又羞又苦,且悔且泣,方欲向十娘谢罪,十娘抱持宝匣,向江心一跳。众人急呼捞救,但见云暗江心,波涛滚滚,杳无踪影。可惜一个如花似玉的名姬,一旦葬于江鱼之腹。三魂渺渺归水府,七魄悠悠入冥途。当时旁观之人,皆咬牙切齿,争欲拳殴李甲和那孙富。慌得李孙二人,手足无措,急叫开船,分途遁去。李甲在舟中,看了千金,转忆十娘,终日愧悔,郁成狂疾,终身不痊。孙富自那日受惊,得病卧床月余,终日见杜十娘在傍诟骂,奄奄而逝。人以为江中之报也。

明代冯梦龙的小说集《警世通言》中有一篇《杜十娘怒沉百宝箱》,描述了风尘女子杜十娘对李甲情真意切,换来的却是李甲的薄情寡义。无独有偶,在西方,茨威格的小说《一个陌生女人的来信》也描写了一个作家风流成性,而女主人公却痴爱着他,矢志不渝。可见,在爱情实践中,男女既显现出共性,也会因个体差异,表现出彼此独具的特性。矢志不渝还是多情善变,实在因人而异,可在日常生活中,“女子痴心,男人负心”现象时有发生,似具某种规律性,文艺作品对此亦多有表现,这就使人不得不相信男女在爱情方面的确存在着性别差异。而根据对现实的观察,男女的差别不仅表现在爱情上,也表现在生活的诸多领域。心理学家为此著书立说,热衷讨论两性的差异,列举彼此的性别特征,诸如男人理性,女人感性;男人强悍,女人柔弱;男人主动,女人被动;男人善断,女人善变等,并试图将其解释为两性恒在乃至天生的特征。

针对这类主张,不少女性学者发出了截然不同的声音。她们承认这些特征的现实存在,但不认同其释义,在她们看来,多数所谓的女性特征并非女人天性使然,实为社会造就。女性学家希尔·海特依据其团队的调查得出结论说:男人总是要求女人应该是什么,而不在意她们原本是什么;西蒙·德·波伏娃在其《第二性》中公开宣称:女人不是天生的,而是后天造成的。

女人类学家玛格丽特·米德则通过对阿拉佩什、蒙杜古马和德昌布利三个部落的性别与气质的实地考察,证明性别特征并非皆源于天性,其大多为社会、文化及习俗所塑造:"一个性别中的某些成员所表现的特征往往被强加给该性别所有成员。表现在这个成员身上的特征不允许表现在另一性别成员身上。性别差异的界定史告诉我们,社会文化在这方面是专断的,这种按社会意志的编排,在学术和艺术领域尤为突出。……德昌布利社会至少已经意识到了性差异的重要意义。他们根据鲜明的性别差异去编排、塑造社会人格。当然,相对我们而言,他们正好是一幅倒置的性别差异图景。然而,完全有理由相信,并不是所有的德布昌利女人生来就是盛气凌人、乐于支配他人的;也不是生来就有组织能力、管理气质的;更不是生来就是大胆接近异性、在两性关系上积极主动、占有欲极强、敏捷、看问题注重实际、不受感情所驱使的。但是,很多德昌布利的女孩子长大成人后总要表现出这些特征。而更多的德布昌利男孩子长大后则把多数时间消耗在向女人卖弄风情、搔首弄姿上,显示了多情、柔顺的性格倾向,尽管他们生来并非如此。这情形说明,德布昌利的性别人格观念与我们传统社会的通常设定恰恰相反。所以,显而易见,德布昌利文化也是专断地把一些人格特性规定在女性身上,同时把另一些人格特性规定在男性身上。"[①]米德认定性别特征并非先天所赐,而是社会、文化塑造的结果。在她眼里,人类天性无比柔顺,极具可塑性,可极为精确地应答周围多变的文化环境刺激。性别特征的成因不能用种族、地域饮食、自然选择等理论来解释。根据其收集的资料,米德立论说:"两性人格特征的许多方面(虽不是全部方面)极少与性别差异本身有关,就像社会在一定时期所规定的男女的服饰、举止与生理差别无关一样。"米德在书中提供的具体例证具有很强的解释力,但她无法说明的是,为何德布昌利人的生存样式与性别特征模式并不具有普遍性,而普遍存在的则是与之相反的模式。

---

① 玛格丽特·米德:《三个原始部落的性别与气质》,宋践译,浙江人民出版社1988年版,第272—274页。

理论概述　性别差异的两种视域

一　男女视域的分歧

在性别特征的释义上,男女学者存在巨大的分歧,男性学者多倾向于将两性的特征视为生物—社会—历史发展进化的必然产物,而绝大多数女性研究者却更倾向于将其看作文化塑造、文化规驯与文化顺应的结果。男性学者相信,从配子形成之时就一次性决定了男女的生理结构功能和外形上的差异。这既是男女分工的起点,也是性别差异性审美的始基。男性与女性的许多性别特征皆可从生物学上找到解释的终极依据;可女性学者则认为,这一切皆源自文化的"监制",所谓男女性别特征,是人所创造的文化的产物,是人为的结果,而非所谓历史的必然。

延伸思考　性别进化之根

> 男人用一种方式行事,女人用另一种方式行事。这种与性别有关的行为范围很广,从服饰到工作常规和谋生方式,从礼节和仪式到家庭劳动分工。这种多种多样的立体式的男人怎样女人怎样的差别最终可能是源于最基本的性别的差异,从小便姿势、月经、怀孕、泌乳、身材、体重和肌肉力量等,但常规本身也受习惯的制约,也可能具有随意性,还可能随时尚而突然变化或随着文化类型的变化而缓慢地变化。它们是要变,这不说明什么问题,重要的是它们在任何特定的实践和地点都存在。
>
> (J. 莫尼、H. 穆萨弗编著:《性学总览》,王映桥等译,天津人民出版社 1992 年版,第 78 页)

追根溯源,男女性别特征的差异的归因,总是要回到生物学的层面,社会生物学家爱德华·O·威尔逊在其著述《社会生物学》一开卷就写道,"文化进化实质上建立在生物特征的基础上",以此为本,他也谈到了生物进化与社会的互动,"大脑的生物进化,特别是大脑皮层的生物进化,受制于一定的社会背景"。一些文化学者与女权主义者反对这种主张,他们坚持认为人是无限的可能性,男女性别特征完全由文化塑造,拒绝承认文化塑造得以实施的生物学的基础。然而,事实并非因人拒认而不存在,实际生活中存在着的男女差异始终具体而鲜活,明确无疑地呈现在人们面前。

与女人相比，男人天生体格高大，身体强壮，肌肉发达，体能、体力上优于女人，在体力占主导地位的生命实践活动中发挥着重要作用。耕种、狩猎、争夺领地的角逐、战事等活动，对体能有着较高的要求。在此类活动中，男人扮演着主要角色，他们保卫自己的疆土，获取食物，保护女人和孩童。在漫长的生存活动与生命实践中，勇敢、无畏、刚毅、坚定、强悍、威猛、富于竞争性、勇于担当，逐渐成为他们的性别特征。

与男人相比，女人的优势是生命力旺盛，身体平衡系统优，耐受力好，新生儿中女童的成活率高于男童，在无需体力优势的活动中，女人的作为如果说不优于男人也绝对不亚于男人。在母系氏族社会里，女性一度成为人类社会的主导者，其历史功绩尽已载入史册，但随着体能、体力甚至蛮力在生命实践活动中变得越来越重要，男人遂成为主角，取代女人原有的地位，女人虽心有不甘，全力拼争，如同神话传说中亚马逊女战士的彪悍作为，为了打仗射箭方便，不惜割去右乳，可她们终因体格、体能和体力上的劣势，不得不退居其次，从此父系氏族社会拉开了帷幕，男权开始了其征程，在其漫长的征程中，男人进入社会世界，在领地的扩张、资源的争夺、利益的角逐、权力的捍卫、权利的协商、讨价还价过程中，他们越来越多地诉诸理性与实效，依据理性与功用行事。

女人在强力主宰的世界的失势，迫使其退避到家庭世界之中，成为孩童的生养者、哺育者、家庭成员的呵护者，与此同时更为充分地展示自身优势——自然天成之美，并以此作为路径，获取权力与卓越地位。与动物界雄性比雌性美的情形相反，女人天生就是美的载体。美让女人成为魅力的化身，令男人迷恋、陶醉。男人靠强力征服世界，女人用魅力征服男人，男人将征服的世界心甘情愿地奉献在其面前。

无论在家庭世界还是在维系美的世界中，女人更多使用的是丰富的感性，而非理性。用进废退，在漫长的进化过程中，女人的感性变得高度发达，爱美、敏感、直觉能力、感悟能力超强、富于同情心、仁慈、坚韧、乐于倾听、善解人意等，遂成为其正面的性别特征。

二　性别的战争

男人和女人共同拥有这个世界，他们感受着对方具有的力量，体验着对方给自己带来的感受，并不断为对方进行定位，他们都自以为了解对方，但他们的自以为是却让彼此深深地误解对方，相互之间战火不断，纷争不息，使得曾经是自己另一半的那一方变成了亲密的陌生人，互生怨恨，变成又爱又恨、却彼此无法真正分离的欢喜冤家。

了解彼此是男女双方的共同愿望,可他们彼此却往往深深地误读对方,原因固然多种多样,但我们可以尝试从被情绪遮蔽、被道德审判拒斥的真相入手,暂时中止对彼此品行的评判,去除遮蔽,直面真相,并设身处地,站在对方的立场上,真正地理解对方,而非审判对方,无论对方曾经是多么令人失望、令人心痛和甚至令人心生怨恨。

男女的世界是文艺作品着墨最多的世界,而"痴心女子负心汉"又是文艺作品着力表现的主题之一,从《卫风·氓》《邶风·谷风》、敦煌曲子词《望江南·天上月》、贺铸的《生查子·陌上郎》到电影《一江春水向东流》等,表现这一主题的作品可谓不计其数,从某种意义上看,这也是实际生活的一种写照。男人似乎总是辜负女人的一往深情,这让女人对男人极度失望、怨恨,以致大加讨伐,的确,男人的负心与多情理应从道德上加以谴责,文艺作品的立意原本也在于此。

然而,道德谴责无助于解释这一现象何以经常发生。要揭示男人的负心与多情,除了要留意其注重功利与得失外,更要关注其负心多情行为背后的生理—心理机制。

知识背景　男人作为雄性动物的多恋取向

> 男性是有性的人,也是雄性动物。动物学研究表明,作为雄性的哺乳动物,其天生就具有四处传递自己遗传基因的本能,它们随机播撒自己的种子,以增大繁育后代的几率,据动物研究者的统计,在哺乳动物中,有超过80%的雄性拥有多个异性伴侣,人虽然比其他哺乳动物进化程度更高,但其作为动物的本能却始终未有改变:复制自我、繁衍后代的原始冲动始终永居第一位。男性的多情与风流看似品行不端,实则亦是其受动物性本能驱策而未加自我控制的一种行为结果。

人虽经莎士比亚的神妙之笔,自诩为"宇宙的精华,万物的灵长",但始终未能脱离动物界。男女的世界中彼此虽有"海枯石烂永不变心"的山盟海誓,有永远忠实于对方的爱之神圣律法,却总也抵挡不住来自本能巨大力量的冲击,从两性的理想关系的最高点,跌入动物性王国的深谷。两性对等的神圣权利承诺,换来的往往是某一方的失信,而且通常是男方的毁约与背叛。究其原因,恐怕与人的生物进化的归路密切相关。爱德华·O.威尔逊指出,"人类基因型和其进化的生态系统都是在极不公平的情况下形成的。”有着公平、权利对等内涵的道德是文明世界的产物,其出生时间较晚,良知自律虽有内生性依据,可大于良知的道德,尤其是社会性道德他律的主要构成是外源性的,道德本身带有强烈的社会理想色彩,尽管颇具感召力,可与本能的力量相遇时却无法与之抗衡,在本能面前通常显得力不从心。

原典精读　回到男女性别特征的原点

> 所有的雄性动物,从其本能上说都希望将自己的种子广泛播撒以延续自己的遗传因子;与此相反,雌性动物为了确保生育出具有优良遗传因子的后代而对其交配对象严加挑选。换句话说,雄性动物注定是饥不择食的,雌性动物则注定是精挑细选的,两者互补平衡,使得物种得以绵延不断。人类作为自然中的一员,理所当然也具有这种本能,如果单单只是从道德的层面对此进行非难,等于否定人类也是动物这一基本事实。
>
> 这两者的关系在精子与卵子的结合过程中也得到了显著的体现。卵子受精的那一瞬,就像一出精彩的雌雄攻守大战。……所有的精子都具有一门心思涌向卵子、进入卵子的本能,而卵子则有着从无数精子中选择其一的本能。这就是性的原点。
>
> 男人的性欲求与交合欲望,可以说是先天被注入雄性 DNA 中的一种本能,这样说一点也没有夸大其词。当然,由于人类受到种种限制与道德制约,其行为不可能像其他动物那样随心所欲,但是我们仍应清楚地认识到,男人的性好奇以及挑战欲望都源自于这一本能。
>
> (渡边淳一:《男人这东西》,陆求实译,作家出版社 2010 年版,第 66—68 页)

暂且终止道德判断,回到生物的层面,尤其是回到物种繁衍的层面,我们看到,男性的多配偶的行为取向与女性对配偶的精挑细选,以及由此而生的男人的进取性、攻击性和女人的持守性、养育性为主的性别特征,实乃出自造物主的设计,男女之间看似对立冲突的行为倾向,恰恰引致了一种绝配的互补平衡,使物种得以绵延不息,亘古不断。

然而,在物种繁衍这一事件中,男女的付出绝不对等,女性付出的代价大得惊人。未孕女人每月仅产一个卵子,男人每月生产的精子则不计其数,卵子比精子大许多倍,远较精子稀缺,且配子形成后要在女人体内孕育 9 个月,从婴儿诞生到断乳前,女人需一直对其哺乳喂养。相比之下,男人的付出可谓微不足道，他一次可抛洒上亿的精子，并可随处寻欢，而女人则必须节制自我，放弃欢乐，为孕育和抚养后代要付出心血、精力和时间，有时甚至是生命。

生育对女人来说如同造化之手设下的陷阱，令其深陷其中。好在这种对女人极不公平、将几乎所有苦难与重负都加诸女人身上的繁衍活动只是一种活动，人类两性之间的关系早已跨过这种关系形态，在超越生育的爱情活动中，女人享有与男人同等的自由与选择，而没有不应期的身体反应能力，使其享有比男人更多的性娱的欢乐。

男人是文化的动物，在漫长的进化过程中，虽不时仍会受本能的困扰，为其驱使，成为欲望的奴隶，但许多个世纪的道德规训与文化塑造卓有成效，不断地在令其发生改变，造就出了为数众多的好男人。文学作品中既有好色的登徒子、唐·璜，也有坐怀不乱的柳下惠，有只爱祝英台的梁山伯、痴情于林妹妹的贾宝玉、与朱丽叶共生死的罗密欧，更有现实版的用爱创造奇迹、令瘫痪多年的爱侣伊丽莎白·芭蕾特·布朗宁重新站起来的英国诗人罗伯特·布朗宁。

三　男性的焦虑与恐惧

人与人之间深层意义上的理解总是困难的，对其间横亘着一条性别之沟的男女而言更是如此。女人无法理解男人如何能够把爱与性分开；男人觉得女人的内心无法捉摸，性情不可理喻。在共处的世界里，男人对女人的感情复杂而矛盾，虽自觉理性上胜女人一筹，但女人的非理性的超感知觉能力、直觉的智慧却令其自愧弗如，他们为此感到焦虑和恐惧，这种焦虑与恐惧通过其文化所塑造的诸多先知先觉的女巫形象显现出来，莎士比亚在《麦克白》中所刻画的三女巫可谓其典型。有意思的是，文化艺术中不时现身的女巫皆具非凡的预言能力，可似总与厄运携手。比女性的直觉更令其感到焦虑与恐惧的，是女性美与性的魔力，西方男性文化塑造的“致命的女人”形象，即是其焦虑与恐惧的集中体现。而中国男性文化塑造的以“红颜祸水”著称的妲己、杨玉环、潘金莲等形象，可谓西方“致命的女人”的东方翻版。

男人对女人的态度是双向矛盾的，他们将最好的与最坏的属性同时赋予了女性，其内心深处有关女人的“圣母—娼妓”“天使—荡妇”“明星—婊子”等矛盾情结总难消解，他们将女人偶像化，又将其玩偶化，矮化，甚至妖魔化，污名化，画家毕加索直白地说，“女人不是天使，就是蹭脚垫。”经验是观念的支撑,实际生活中也确有可用来显示男性优越的所谓证据,如坚强、理性、具有原创性、责任感等,尽管并不充分,亚里士多德曾温和地表达了男性相对于女人的优越,莎士比亚则在其《哈姆雷特》中借哈姆雷特之口说,“脆弱,你的名字是女人”,并塑造哈姆雷特的母亲葛楚德与恋人奥菲莉亚等柔弱的形象,以图解女性的脆弱。尼采、魏宁格、斯特林堡更是不予余力地宣扬男性优于女性;斯特林堡甚至声称,女人是被阉割的男性。古往今来,男人矮化、妖化女人的作品比比皆是,在《危险的性——女性邪恶的神话》一书里,海斯让我们见识了男性如何系统地将其内心的焦虑与恐惧投射入其所塑造的女性形象之中,如何有意无意地将女性妖魔化与污名化。

针对男性的误视、误读与污名化,为数众多的女性给予了有力的回应。伊丽莎白·戈尔德·戴维斯在其著述《第一性》中,通过对生物学、神话学、人类学及大量史料与文献的考察,证明女性非但不弱于男性,而且优于男性,女性是第一性,而非第二性;她指出,女性系本源,生物学意义上的男人是女人的一种突变异种,Y 染色体是发育不良的 X 染色体,历史上人们最早膜拜的神是女神,女性最早发现了艺术与科学,最早行进在朝向文明的征途之上。

原典精读　女性作为第一性

在全世界各地的神话中,从太阳升起的最为遥远的亚洲海岸,到太阳落山的浩瀚太平洋最远端西方的群岛,所有地区神话的造物主都是女神。她的称谓如同她创造的人们与膜拜她的人们一样众多,变化多样,人们将她尊奉为第一始动因。在后来的神话里,她被男神置换——时常是有意为之,如同耶和华取代阿娜特;有时名字不变,但故意改变其性别,像是叙利亚的伊娅神,印度的湿婆神,波利尼西亚的阿提亚神;有时则是发生一种渐进的转换变形,如墨提斯转换变形为菲尼斯。

苏珊·迈克尔墨描述过一种鸟,其雌性同时具有卵巢与睾丸,在各种各样的情境中,两种器官都可变得活跃。这一现象暗示人类身体的组织构造——男性与女性存在于同一个女人身体内。当其一半被分离时,两种性别出现。柏拉图有关人类性别分离的种族记忆之说,或许象征性地表述了那一灾变:它引致了男性的突变,造成 X 染色体的断裂,抑或发育障碍,进而形成形变的 Y 染色体。

最初的男性是突变的产物、非常态之物，由疾病抑或太阳辐射撞击引发的基因的某种损伤所致。男性仍是与基因损伤相连的如色盲、血友病等基因特性的隐性性状载体。……如果说 Y 染色体是 X 染色体的劣质化与畸变，那么男人就是劣质化和畸变的女人。

在古代世界的各地，流行着这样一种传统：女人掌握着自然的种种奥秘，她们是通向智慧和知识的唯一途径，通过她们，世世代代的智慧和知识源源不断地流淌涌出。女性神谕、女预言家、女祭司、西比尔的女巫、德尔斐的女祭司、酒神巴克斯的女祭司、厄里倪厄斯、女通灵师等的高居首位，将这一传统信念体现出来。

女人是一切文化的原创者及丰富宝藏，是初始文明的源头……神话、传奇以及传统皆将装饰性艺术的发明归于女性，考古学与人类学证实这一作法正确无误。与之相似，神话的研究也将音乐、歌唱、制陶、舞蹈的源头追溯至远古时代的女性。

（伊丽莎白·戈尔德·戴维斯：《第一性》，企鹅出版社 1972 年版，第 35—46 页）

戴维斯认定，女性从第一性沦为第二性，源于历史上人类的野蛮化过程。波伏娃则引入另一种解释视角，她指出，女人的本质由选择决定，女人的性别特别是其社会性别由其存在境遇塑造，父权制以来加诸于女人的政治、经济、文化、习俗、观念等种种社会束缚，使女人只能在其限定的范围内进行选择，无法单独成就伟业，被迫成为依附性的存在，沦为次一等性别的人。假如能清除这类束缚，女人能自由进行选择，其潜质能得以释放，自身的优势得以展现，她们将拥有全然不同的性别身份与命运。当前女性表现出的形象，完全是男人将其主权强加给女人的一种结果。

原典精读　沦落的命运与解放之途

女人不是生就的，而宁可说是逐渐形成的。在生理、心理或经济上，没有任何命运能决定人类女性在社会的表现形象。决定这种介于男性与阉人之间的、所谓具有女性气质的，是整个文明。

使女人注定成为附庸的祸根在于她没有可能做任何事这一事实；所以她才通过自恋、爱情或宗教孜孜不倦地、徒劳地追求她的真实存在(being)。当她成为生产性的、主动的人时，她会重新获得超越性；她会通过设计具体地去肯定她的主体地位；她会去尝试认识与她所追求的目标、与她所拥有的金钱和权利相关的责任。

艺术、文学和哲学，是试图以人的自由、以创造者个人的自由，去重建这个世界；一个人要有这种抱负，就必须从一开始就毫不含糊地接受他是一个有自由的人的这种地位。教育和习俗强加给女人的种种束缚，正是限制着她对世界的把握；当在这个世界找到自己的位置的斗争过于艰巨时，无疑人们会脱离这种斗争。目前，如果有谁想去尝试重新把握这一斗争，谁就必须首先从这一斗争进入一种主权者的孤独状态：女人首先要痛苦地、骄傲地开始她在放纵和超越方面——即在自由方面的实习。

（西蒙娜·德·波伏娃：《第二性》，中国书籍出版社 1998 年版，第 309、771—772、805—806 页）

性别原本并无优劣，也无第一性与第二性的等级之分。只是由于历史的原因，男性获取了主导地位，并一直试图维持这种地位，刻意构造出了有利于巩固其支配地位的文化，诱使或胁迫女性处于从属地位，使之依照男性的意愿接受规训，接受次一等的性别身份。在文艺世界中，我们得到的直观印象是，女性少有原创性，她们的成就多在表演艺术方面，原创艺术家几乎清一色是男性。然而，这种表面的现象遮蔽了另一种真实：即男权社会的诸种清规戒律压抑、限制女性的原创力展示的地界，同时将表演艺术领域向女性开放，进而造就了大量的女性表演艺人。然而，一些女性不甘于此，她们顽强地展现自己的原创力，并成为与男性齐肩的杰出艺术家，萨福、紫式部、弗吉尼亚·伍尔芙、艾米丽·狄金森、伊莎朵拉·邓肯皆为其中的佼佼者，加上 2009 年得奖的赫塔·米勒，诺贝尔文学奖女性得主也有十几位之多。

女性的原创力其实并不低于男性，只是女人常止步于幕后，人们不知真相而产生男人更具原创性的错觉。世人皆知创立著名的戏剧表演体系的布莱希特才华横溢，却不知他的剧作的灵感与构思大部分来自他的女性伴侣伊丽莎白·霍普特曼、玛格丽特·斯德芬等人；人们都知道古代希腊著名政治家伯里克利的演讲举世闻名，却鲜有人知道其大部分演讲稿的撰写者是其美艳而聪颖过人的情人阿斯帕西娅。据称，伯里克利与苏格拉底皆为阿斯帕西娅的学生。而且，她既是他们学识方面的导师，也是他们研习爱之艺术方面的导师。

第三节　男女心理征象与行为

预读　亚当和夏娃·性别权力关系

耶和华神用地上的尘土造人,将生气吹在他鼻孔里,他就成了有灵的活人,名叫亚当。耶和华神在东方的伊甸立了一个园子,把所造的人安置在那里。……耶和华神说,那人独居不好,我要为他造一个配偶帮助他。……耶和华神使他沉睡,他就睡了。于是取下他的一条肋骨,又把肉合起来。耶和华神就用那人身上所取的肋骨,造成一个女人,领她到那人跟前。那人说,这是我骨中的骨,肉中的肉,可以称她为女人,因为她是从男人身上取出来的。因此,人要离开父母与妻子连合,二人成为一体。……天起了凉风,耶和华神在园中行走。那人和他妻子听见神的声音,就藏在园里的树木中,躲避耶和华神的面。耶和华神呼唤那人,对他说,你在哪里。他说,我在园中听见你的声音,我就害怕。因为我赤身露体,我便藏了。耶和华说,谁告诉你赤身露体呢,莫非你吃了我吩咐你不可吃的那树上的果子吗。那人说,你所赐给我,与我同居的女人,她把那树上的果子给我,我就吃了。耶和华神对女人说,你作的是什么事呢。女人说,那蛇引诱我,我就吃了。耶和华神……对女人说,我必多多加增你怀胎的苦楚,你生产儿女必多受苦楚。你必恋慕你丈夫,你丈夫必管辖你。又对亚当说,你既听从妻子的话,吃了我所吩咐你不可吃的那树上的果子,地必为你的缘故受咒诅。你必终身劳苦,才能从地里得吃的。地必给你长出荆棘和蒺藜来,你也要吃田间的菜蔬。你必汗流满面才得糊口,直到你归了土,因为你是从土而出的。你本是尘土,仍要归于尘土。亚当给他妻子起名叫夏娃,因为她是众生之母。耶和华神为亚当和他妻子用皮子作衣服给他们穿。耶和华神便打发他出伊甸园去,耕种他所自出之土。于是把他赶出去了。

(《圣经》中记载的亚当和夏娃的故事)

无论从何种意义上谈论男女心理与行为,性别间的权力关系都是无法回避的中心话题。从母系社会、父系社会到当今社会,人们最为关注的始终是,男女在权力关系之中各居何种地位,相应制度体系为何种样态,其形成缘由及其如何影响男女的心理与行为。从历史进程上看,男性在特定时期因具社会生产能力及权力角逐上的优势而取得统治地位，通过系统建制，构筑男权社会，经由权力的最为集中的表现形式——政治，全方位地为两性划定彼此的疆域。同时利用话语权力传播途径，编造诸如夏娃是亚当的肋骨做成的此类神话，宣扬男性优越的性别意识形态，让女性接受并认同其第二性的地位。

在要求女性内心贞洁、性格柔顺、外表贤淑、行为端庄的同时，男权社会对女性生命活动的空间做出了种种限制，设定重重禁区，竭尽全力关闭女性直接通往权力与社会成就的路径，为她们仅留出了通往爱情、亲情、家庭与个人生活的天地，于是爱情、亲情、家庭与个人生活也就成了女性尽情施展自我的空间，女人把注意力更多地投向容颜、爱情、婚姻、家庭、儿女、时尚、服装、化妆品、首饰等，很少关心权力与社会、政治与经济。吕雉、武则天、叶赫那拉·杏贞等虽不驯服，她们竭尽所能，打破禁忌，开辟自己的社会生存空间，终达权力与地位的顶峰，可她们获取的骂名远多于赢得的赞誉。在文学艺术领域，女性艺术家表现的主题亦多集中于爱情、情感及个人生活的天地，李清照、鱼玄机、薛涛、西尔维娅·普拉斯、弗吉妮娅·伍尔芙、女画家维热·勒布伦等人的作品即为典型的例证，即使像是乔治·桑、紫式部之类的女作家，虽亦表现较大的社会生活场景，但其表现的主要仍是爱情主题。

理论概述　权力、爱欲与命运之途

一　权力与爱情

权力关系在两性关系中至关重要。以性别政治研究著称的凯特·米利特依据研究成果告诉人们，男权社会借助看似正常的两性交往活动，在行动层面与话语层面，不断显示男性的优越，将男性优越的观念灌输给女性，使之认同、内化这一观念，逐渐成为这一观念的不自觉的维护者，并接受男性依照其需要及价值观对两性的性别气质、角色、地位及活动范围所做的诸种规定。所谓的女性气质，与其说与生俱来，毋宁说源自父系社会对女性的性别规训，而且这种女性气质与女性的社会角色、社会地位紧密相关。男权社会根据女性气质、女性角色与女性地位对女性进行塑造与限定，将其变成自己的欲望对象及性别等级制度构成的重要组成部分，并让女性自己从内心中自觉接受被设定的性别等级身份与地位。

原典精读　性别世界权力的格局

性政治通过两性的"交往"获得对气质、角色、地位这些男权制的基本手段的认同。说到地位，对男性优越这一偏见的普遍赞同保证了男尊女卑的合理性。第一个因素气质涉及按照固定的性类别("男性"与"女性")界限划定的个性。这些个性的依据是占统治地位的群体的需要和价值观，是其成员根据自身的长处以及可轻而易举地在从属身上获得的东西规定的。男子的个性是积极进取、智慧、力量和功效，女子的个性是顺从、无知、"贞操"和无能。第二个因素是性角色对气质作了补充。性角色对男女两性各自的行为、举止和态度作了繁复的规定。性角色将料理家务、照管婴儿之事划归女性，其他的人类成就、兴趣和抱负则为男性之责。女性的有限作用往往使她停留在生物经历这个层面上。因此，几乎一切可以明确称为人类而不是动物行为(动物也同样会生育，照顾幼仔)的活动都属于男性。当然，这种分工又会引出第三个因素——地位问题。如果我们分析一下这三个因素，我们也许会认为地位属于政治范畴，角色属于社会范畴，气质属于心理范畴。但是，毋庸置疑的是，它们相互依存，形成了一个链。

(凯特·米利特:《性政治》，宋文伟译，江苏人民出版社 2000 年版，第 34—35 页)

但是，在男男女女的生活里，始终处于中心地位的不仅有权力也有爱情。权力能让自我居于首位去支配他人、实现自我欲求，爱情则按照人是自由的意愿，将生命最深处的爱欲对象化。追逐梦想、实现自我总是围绕权力与爱情的获取进行，权力与爱情为追逐梦想的人提供行动的目标，原始生命力则为其提供内在的动力和源源不断的生命能量。梦想常在人的生命的最远方，原始生命力驱使人奋进，勇往直前。男女因具体的境遇异样，在追逐权力与爱情的进程中，会做出各自不同的选择，采取彼此殊异的行动，而等待他们的，也将是不一样的命运。即使是同一性别的人，在追逐梦想的征程中，亦因具体情势的变动，或一路通畅，行进于康庄大道，或途经艰难险阻，遭遇挫折与失败。然无论如何，原始生命力，作为一种与生俱来的生命力，都会驱策人们继续前行，去谱写自己的人生乐章，成就梦想，选择自己的命运之途。

深度阅读　原始生命力

原始生命力是每一个生命内部存在的内驱力，它力图肯定自身，确证自身、增强自身，让自身永生不灭。一旦它强行控制整个自我，忽视自我的统一性，不关注他人的欲望、独有形态以及其统一性的需要，原始生命力就变成邪恶的力量，随之它就会以极度的攻击性、敌意、残酷的形态呈现——那些最让我们感到畏惧的有关我们自己的一切，那些一旦我们有能力就尽力压抑的东西，抑或，那些我们最有可能投射到他人身上的东西，就会即刻现身。然而，这些只是激发我们创造力的同一自我确证的反面表现形式。所有的生命皆在原始生命力的这两种导向之间来回流动。我们可以压抑原始生命力。但是我们无法回避压抑造成的冷漠的伤害，无法规避这样的压抑在激活它的时刻导致的随着而来的爆炸。

（罗洛·美:《爱与意志》，诺顿出版公司 1969 年版，第 123 页）

权力与爱情是实现自我梦想的两个最具原型意味的价值目标，对于男女两性来说，权力与爱情同样皆具吸引力，两性不约而同地愿将其原始生命力纳入这两个导向。但在具体的社会情境中，男女拥有各自的生存空间，两者的选择表现出显著差异。男性由于占据优势地位，可最大限度地使用社会资源，其追逐权力与爱情的道路畅通无阻，女性直接追求权力的途径则受到种种封限，自父权制社会以降尤为如此，于是像埃及女王克里奥佩特拉、希腊名媛阿斯帕西娅这类女性，只能选取迂回曲折的路径来获权，克里奥佩特拉用美艳征服恺撒与安东尼来保全王位，阿斯帕西娅则用智慧和媚术赢得伯里克利的心，站在他背后来施展其巨大的影响力。

然而，多数女性在其所置身的社会中，自幼就接受规训，远离权力的竞技场，与此同时，社会为其获权设置重重障碍。事实上，对于缺少权力资本的男性而言，情况亦是如此，所以他们将注意力转向其他领域，寻求适于自己的价值目标。依据人格心理学家的解释，人在价值取向上各有偏好，大致集中于权力、财富、审美、爱情、道德、信仰等，进而会成为执著于其偏好的那种类型的人。圣雄甘地与特里莎嬷嬷最重道德价值的践行，最终成为人们敬仰的圣者，但大多数人还是更为偏重于爱情，并将赢得美满的爱情作为一生幸福的保证。

德国诗人歌德是爱情至上的推崇者，宣称能否获得爱情是决定是否快乐、幸福的关键。他一生收获爱情的累累硕果，生活美满幸福，却未曾料到，他所推崇的爱的理念会带来悲剧和灾难。他表现真爱无果的《少年维特之烦恼》，曾将其同时代的无数失恋的男男女女送进了坟墓。

将爱情置于生命价值的首位，始于价值偏好。从常态化的生活角度分析，爱情至上是一种逾常，甚至是一种疾病。这一偏好促生超价观念，将超出应有价值的价值赋予爱情本身，令人迷狂，产生爱情至高无上，其他的一切都无关紧要的意识，其直接结果是导致生命活动的单向度化，将生命能量完全导入这一向度，令人走极端。要么成功，生活充满意义，要么失败，生活毫无价值。这也是为何在生活中本来就无太多选择的女性为何对于爱情为何如此执著，如此奋不顾身、甚至以死相拼的原因。

《安娜·卡列尼娜》中安娜的悲剧，虽可从多个角度释义，但主因还是她与沃伦斯基的爱不对等。对安娜来说，爱意味着一切，若不能达成她渴望得到的那种爱，她宁愿自毁。文艺作品中与现实生活中因爱之求之不得而自尽的男男女女，亦可视为这种生命单面化的牺牲品。

生命单面化的爱之悲剧有多重形态，其中一重表现为因爱生恨进而导致杀戮。欧里庇得斯的《美狄亚》是这一形态的典型。美狄亚痴爱伊阿宋，为此她背弃自己的父王，为救情郎脱险，她不惜杀死自己的弟弟，当伊阿宋另结新欢，她由痴爱者变为复仇女神，她杀死了他们的两个孩子，杀死了伊阿宋的新欢，并最终致伊阿宋抑郁而亡。

单面化令生命能量聚集于生命的一维，其他维度生命能量被抽空，导致生命常态活动的失衡，单面化在具有理想化特征的超价观念的引导下，的确有时能让人创造奇迹，但单面化带来更多的，是生命的逾常与变态，多易导致悲剧性的结局。

二　爱的抉择与走向

爱情领域是人们最为关注、投注精力最多的领域之一，也是最能充分体现男女心理特征及强度的领域，其间有着诸种相同与不同，造成男女心理与行为这诸种相同与差异的，既有生物性的缘由，更有社会、文化、历史性的原因，通常，所有这一切交织在一起，影响着男女在爱情上的选择、走向及命运，总体而言，男性享有更多的自由选择空间，在具体行为上表现为多情，女性则显得较为专情。若双方拥有同等的选择自由，男女在心理与行为上则会表现出一定的趋同性倾向。

延伸思考 爱欲的对象化

> 爱情的动力是爱欲，作为内驱力的爱欲是一种原始生命力，它时刻寻求着对象化，在对象化的过程中，它表现出生命本质的自由取向，寻求一切与主体内心爱之灵魂像相契合的现实异性的对象化。最终成为现实的爱欲对象化的一与多，既取决于对象化的人与主体内心爱之灵魂像的契合程度，亦取决于生物性的差异、文明的规训、利害的取舍、社会的压力、制度的限定、性别的契约关系、道德与良知的力量。

在当代社会里，爱情与婚姻紧密联系在一起，相爱的人们最终通常携手走向婚姻，婚姻成为爱情的终极归宿。一夫一妻制普遍盛行于文明世界，这种制度要求男女双方彼此在情感上与行为上忠实于对方，彼此皆拥有法律规定的独享对方情感与性器官使用的权利。对婚姻制度的遵守，女性普遍好于男性，这是因为，女性对于亲密关系的忠实程度相对较高，在她们看来，亲密行为是爱情的体现，她们很难将情感与欲望分离开来；更为重要的是，女性若违反婚姻制度的规定，所遭受的惩罚要远远重于男性。

相比之下，男性对婚姻的忠诚度低于女性。究其原因，除了偏离婚姻契约所受惩罚较轻外，还有生物性与心理需求方面的差异。由于种系繁殖本能的作用，如同为提高遗传几率的雄性动物一样，男性在进行爱欲活动时行为上趋于多元，此外，男性的爱欲自然生发，具有主动性，一旦出现，就有要求满足的趋向，若当事人缺少足够强的控制力，爱欲的冲动就会呈现为不可遏制的力量，强烈地要求给予满足，这就是为何有些男性在明知如此的爱欲满足会伤及深爱他们的女性，但依然还是要满足自己欲望的原因；女性对此无法理解，另一点令女性无法理解的，是男人竟能将情感与欲望分离，在没有感情的情况下，也能发生亲密行为。男人的这种行径时常让女人觉得男人缺乏道德感。

不仅如此，视觉、触觉、心理上的厌倦，也有可能是破坏原有亲密关系的元凶。以人为实验对象，论证心理厌倦与爱欲能力的变化的实验尚未有人做过，但埃默里大学的研究者做过罗猴实验，证实了罗猴效应的存在，即心理厌倦导致爱欲活力下降。罗猴是灵长类动物，与人最为接近，罗猴实验的结果或许对解释两者之间的关系是一种颇有价值的参照。

知识背景　罗猴实验

为揭示爱欲能力和厌倦之间的联系，埃默里大学的研究者以罗猴为对象进行实验，给四公四母八只猴子注射药物，使其保持性亢奋状态，猴子们随之无休无止地交合。但数月过后，公猴开始失去兴趣，每当母猴靠近，公猴就后撤，躲避母猴。研究者随机进行检查，结果发现，约有2/3的公猴性能力下降。实验接着继续进行，研究者将四只母猴牵走，放进四只新母猴，公猴见状立即振作起来，以前那种欢乐场面再次出现。一个月左右的时间过后，公猴再次失去兴趣，研究者将新母猴牵走，再将它们老女友牵进来，对老女友的归来，公猴根本不予理睬，若母猴靠近，公猴便躲开。实验结果表明，漫无节制的性生活会导致性能力低下，能力的下降不仅是生理性的，更是心因性的，更换对象有效，但只能起到短时期的效果。

由此看来，厌倦心理是症结的关键所在，如何消除厌倦心理，是研究者面临的最难解决的课题，简单地更换对象，只能暂时起效，要一劳永逸地解决问题，还需尝试其他方法。

事实上，抛开上述的理由，一夫一妻制与人类本性间的关系问题，也是我们应该悉心关注的问题。宛如民主制度并非完美制度一样，一夫一妻制同样也并非最为理想的处理人类爱情关系的制度形式，只是在当前社会中，这种婚姻制度形式能够最大限度地满足人们多方面的需求，保障彼此的公平权利。若仅从爱欲满足的角度思考，这种婚姻制度设定的目标与人的爱欲追求并不完全对应、契合，爱欲本身追求意愿自由的对象化，趋向于历时性的多元，与追求一生不变的忠诚的一夫一妻制之间存在着某种程度上的矛盾。这本身也反映出人自我的冲突，人之需求的自相矛盾：既想要安全，又渴望冒险，既向往自由无羁，又渴望信守永生不变的承诺。既追求一生一世不变的爱情，又渴望爱的自由、变化、新奇与刺激。关于婚姻与人的爱欲本质特征，社会学家费孝通的论述及他引用的性理学家沃克与蔼理士的论断颇具启示意义。

深度阅读　爱欲自由取向与婚姻的冲突

社会关系是行为的模式，是一种轨道，贵在能持久。若是天天要变，也就没有什么轨道可说了。因之，社会总是不太鼓励社会关系的改

> 变的。性爱这种感情不但可以在任何两个男女之间发生,不易拘束,而且一旦发生了性爱的男女,这种感情又是不太容易持久的。沃克说得很彻底:人类婚姻的对象尽管只是一个,可是在感情上男女都能在夫妻之外另有眷恋的,因为人实在是个 poly-erotic(多元性感)的动物。哈夫洛克·霭理士也说:“每一个男子或女子,就基本与中心的情爱来说,无论他或她如何的倾向于单婚,对其夫妇而外的其它异性的人,多少总可以发生一些有性爱色彩的感情;这一点事实,我们以前是不大承认的,到了今日,我们对它的态度却已经坦白得多了。”因之,若是让性爱自由的在人间活动,尤其在有严格身份规定的社会结构中活动,它扰乱的力量一定很大。它可以把规定下亲疏、嫌疑、同异、是非的分别全部取消,每对男女都可能成为最亲密的关系,我们所有只剩下了一堆构造相似,行为相近的个人集合体,不成其为社会了,因为社会并不是个人的集合体,而是身份的结构。
>
> 这样说来,维持社会结构的安定和完整,不容它紊乱和破坏,性这个力量,无论如何得加以控制了。不论人是怎样的多元性感,还是要设尽方法把性关入夫妻之间;更立了种种禁律,限制可婚的范围,生活上密切合作的已有结构决不容性的闯入……
>
> (费孝通:《生育制度》,天津人民出版社 1981 年版,第 48—49 页)

爱欲在对象化的过程中遵循其自身的轨迹,其自由的取向,常会对稳定的关系构成威胁,于是社会便采择婚姻制度对其进行规训与管理,人类漫长的婚姻的历史就是规训爱欲、管理欲望的历史。婚姻有限度地满足爱欲的对象化要求,为其限定范围与对象,并运用法律和道德手段,将责任和义务加诸于有婚姻关系的男女。然而,爱欲不满于这种限制性的满足,它要求更多的自由。为了规避这种限制,满足爱欲的寻求,人们要么绕开婚姻,如福楼拜和莫泊桑,选择单身,以便轮流追求他们所称的大自然赋予人间的美;或如伊莎多拉·邓肯、乔治·桑那样完全听从爱欲的召唤,无论其缔结的亲密关系是否指向婚姻;或身处婚姻关系之中,如雨果、歌德,但从不拒绝品尝婚姻之外的爱欲之果。爱欲以其自己的方式寻求着对象化。

一夫一妻制的婚姻虽能给人带来安全感,但却无法保证爱情永在。《犹太法典》有言:“婚姻比爱情更长久。”其言谓爱情有生命,且婚内爱情寿命短于婚姻。爱情与婚姻的根本矛盾在于,爱情本质上是自由的,婚姻则是守成的,爱情是内心意愿的现实,婚姻则是固化的社会关系的限定模式。因爱而走到一起的男女同为灵肉一体的伴侣,由婚姻连为一体的男女则是利益共同体。爱情与婚姻有重合的部分,但本质不同,纯粹的爱情源于自由的选择,而婚姻的缔结则出自利益的考量,并要求当事人履行法定义务,承担道德责任。

与泸沽湖摩梭族人的走婚相比,一夫一妻制的魅力显然不敌。没有法定义务和道德责任,无需承担家务,无需考虑经济问题,摩梭族人只需两情相悦,即可结为伴侣,一旦爱情不再,便可重寻新人。他们的爱始终处于自由状态。因此,摩梭族男女一生多伴是寻常之事。他们的走婚之旅显示出了爱情本色。相比之下,一夫一妻制的婚姻要求身居其间的男女恪守一生忠实于对方的承诺,履行家庭责任和义务,任何偏离与此的感情与行为,都被视为背叛,都将受到惩罚。即使如此,它也无法驯服爱欲的自由本性。婚外恋情即是爱欲显示力量的明证。

爱欲的力量难于抗拒。政治家、富商、艺术家等享有比普通大众更多的自由,他们也比大众更少地遵循婚姻的誓约与承诺,肯尼迪、罗斯福、密特朗、希拉克、霍华德·休斯、希腊船王奥纳西斯等人的婚外恋情世人皆知,而有着溢出婚姻的恋情的像玛琳·黛德丽、伊丽莎白·泰勒这样的艺术家更是多得不胜枚举,他们并不名誉的私生活从反面证明了爱欲力量的强大。

在生活中,女人通常比男人更信守婚姻的誓约、一生一世忠实于对方的承诺。但享有崇高生活声誉与地位的女人与普通女人的做法并不相同。世界著名歌舞巨星麦当娜的爱欲生活令人难以想象得丰富多彩,而被誉为"美国公众良心"的著名女作家苏珊·桑塔格在接受《卫报》的采访中,公开承认自己有过九段恋情,五段女同性恋,四段男女异性恋,其中世界顶尖级女摄影大师安妮·莱柏维茨,是其生命晚期铭心镂骨的同性恋情里的女主人公。

三　爱欲的禁忌与解放

"饮食男女,人之大欲存焉。"与生俱来的爱欲,作为一种原欲,天生自由无羁,它始终在寻求着对象化,其能量在不停地寻觅着所有可以流经的渠道,正常的与逾常的途径,找寻着一切可能的释放空间。

人天性热爱自由,作为爱欲的持有者,在爱欲对象化的过程中,会极力凸显自己的偏好,彰显自己的个性,与此同时,人又存在于具体的社会之中,为文化、社会、历史环境所塑造,其爱欲的对象化必然受相应的文化、社会、历史、宗教、道德、法律、习俗等制约。

在爱欲的对象化中,人有着与食欲对象化的多样化一样的诉求,爱是人生欢乐的源泉，丰富多样的爱能给人带来无尽的快乐，古代印度的《欲乐经》、阿拉伯的《芳香园》、中国的《玉房秘诀》、罗马的《爱的艺术》犹如食谱一样，指导人们去获取爱的欢乐。然而，食欲对象化是人作用于物的对象化，饮食多样化不会导致社会关系的改变，绝少负面作用，因而社会对食欲多样化少有禁忌；爱欲的对象化则是作用于人的对象化，其多样化会带来复杂难解的格局，危及社会秩序，因此，近代社会对"饮食、男女"的态度大不一样，一方面鼓励"饮食"的多样化，另一方面，则对"男女"设定了诸种禁律。

若不加限制，爱欲在开放的空间里会像食欲一样有着丰富多样的对象化形式，无论是从性学之父伊万·布洛赫的《人类奇异性实践的人类学研究》中，还是从古希腊罗马艺术表现中，皆可看到爱欲丰富多样的形态，古希腊的瓶绘上甚至可以看到人与动物爱之亲近。克拉夫特·埃宾的《性的心理病理》、金赛性学报告、海特性学报告等，更是将所有在历史上出现的各种爱欲实践都记录在案。然而，自近代文明社会以降，除了男女的异性恋，尤其是婚姻之中的男女爱欲活动受到鼓励之外，其余的一切爱欲行为都在禁忌之列。社会力推异性恋，特别是一夫一妻制，其原因在于，异性恋及其婚姻既担负着人类种族繁衍的使命，又可卓有成效地管理人的欲望，既满足人的爱欲，又把爱欲限制在夫妻的栅栏里，保持社会井然有序。

深度阅读　爱欲的压抑与禁忌

> 性经验被小心翼翼地贴上封条。它只好挪挪窝，为家庭夫妇所垄断。性完全被视为繁衍后代的严肃的事情。对于性，人们一般都保持缄默，惟独有生育力的合法夫妇才是立法者。他们是大家的榜样，强调规范和了解真相，并且在遵守保密原则的同时，享有发言权。上自社会，下至每家每户，性只存在于父母的卧室里，它既实用，又丰富。
>
> 一切没有被纳入生育和繁衍活动的性活动都是毫无立足之地的，也是不能说出来的。对此，大家要拒绝、否认和默不作声。它不仅不存在，而且也不应该存在，一旦它在言行中稍有表现，大家就要根除它。……这就是压抑的实质，它有别于刑法的简单禁令：虽然它也是禁止对象存在，但是它还是保持沉默的命令、对禁止对象的肯定，而且证明对性不仅不要去说，还不要去看和了解。
>
> （米歇尔·福柯：《性经验史》，余碧平译，上海人民出版社 2004 年版，第 10—11 页）

爱欲压抑与禁忌实施的直接作用，是人们在表面上显得循规蹈矩，一切不被允许的爱欲活动转入地下。爱欲并未因此而消失，只是它的存在变得更为隐蔽，在极端时期，爱欲的实现方式时常仅为当事人自知，旁人无从知晓，一旦时机成熟，它又会顽强地表现出来。《十日谈》《僧尼孽海》《都兰趣话》等文学作品形象地向人宣示，宗教的禁欲主义阻止不住爱欲的奔涌。在人类历史上，除了在绝大多数文化中被禁止兽恋、乱伦外，诸如包括双性恋、易性癖、物恋、窥恋、娈童、萝莉之恋在内的多种爱欲形式普遍存在于人类社会之中，其中又以虐恋、同性恋的存在尤为惹人注目。

虐恋分为施虐之恋与受虐之恋，以 SM 字母为其简称，SM 分别是两位作家萨德(Sade)和马索克(Masoch)名字的起首字母，萨德以写诸如《朱斯蒂娜》《闺房哲学》等施虐作品著称，而马索克则以写作《穿裘皮的维纳斯》的受虐作品而闻名于世，表现受虐之恋的著名作品还有波莉娜·雷阿日的《O 娘的故事》。虐恋是一种激情之恋，既与权力有关，也与快感的某种特定形式“痛快”有关。

爱在相爱的人之间隐含着一种轻度施虐的权力，爱的强度需要用“力”来表现，伴侣之间留有吻痕的用力接吻、强有力的拥抱、极乐状态下的抓痕与咬痕，皆为这种用力的写照。力的施加者使用的力越大，伴随而来的快感也就越强烈。有趣的是，施虐的一方以对方的痛而乐，受虐一方在痛中获乐，这种乐即所谓痛快。施虐一方仿佛要用强力证明对对方的爱，受虐一方通过接纳对方的强力来印证对方爱自己。不过，极端的施虐通常伴随着一定程度的暴力，而极端的施虐则需要这种强度的力，不然就无法获取期待之中的极度的快感。典型的施虐者与典型的受虐者是理想的一对。他们的快感获取方式异于常人，其感受超出了常人能够承受的限度。就性别而言，男女在虐恋的取向上多少有所不同，男性作为爱之游戏中的施虐方占比例较大，或许这与身体地理学相关，与男性的主发性、主动性与攻击性有关。

言及爱情，人们常将其等同于奉献，其实，爱既是奉献，也是索取。唯有献出，方能去爱，唯有索取，方能确证爱，将爱欲完整地对象化。爱在献出自我的同时也要求对方献给自己，从某种意义上讲，爱意味着一种权力的施加，一种对占有的追逐。极端的爱会导致一种极端的占有，时而显出爱温柔的一面，时而展露爱残酷的一面。大岛渚的《感官生活》对此做了绝好的诠释。女主人公阿部定深爱着吉藏，不容他人与之分享。为了完完全全地占有他，她温柔地与其做爱，在他享受性窒息的极度快感后将他勒死，为使吉藏永远和自己在一起，她将其阳物割下，精心珍藏，贴身携带，直至警察将其抓捕。

爱、欲望常与权力、施虐、残酷、疯狂紧密关联。电影《西西里的美丽传说》(《玛莱娜》)、《美丽》表现了它们之间错综复杂的关系。女主人公玛莱娜因美丽而不幸,她的美唤起无数男人的爱与欲念,招致女人的嫉妒与仇恨,男人利用权力,想方设法占有玛莱娜,女人寻找时机对其肆意羞辱,恶意施暴,她因此沦为被侮辱与被损害的对象;《美丽》表达的内容更为复杂,剧中的恩英美艳动人,引来多个仰慕者,他们为其疯狂,对其充满欲望,以爱的名义欺侮、虐待、强暴她,恩英不堪忍受,奋起自卫,杀死施虐、强暴她的人,最后在与警察的对峙中遭枪击身亡。此剧表现了爱与罪的残忍主题:美引发爱与欲望,引致犯罪,带来死亡。

与虐恋相比,同性恋的受关注程度更高。同性恋与异性恋一样古老,普遍存在于人类社会之中,其形象在历史上几经变换,从多种爱欲形式中的一种,嬗变为一种罪恶,后演变为一种性变态,一种需要治疗的疾病,接着又变身为酷儿(queer 的音译,意为怪异性取向),而今又变换为并非异常的与异性恋取向不同的爱欲取向。这种爱恋形式唤起人们极为复杂的感情。在不同的地域的社会中,人们对其接受程度显示出明显差异。

深度阅读

> 同性恋,抑或渴望与某个和自己性别相同的人在身体上亲近,在一生中的某一时刻如此、或始终如此,可以被视为一种自然的、"正常的"类型的生命经验。惟有当你坚持如此这般的立场:认为惟有意在繁衍后代的性活动才是"正常的"和"健康的",同性恋才是"不正常的"。讨论一个人为何成为"异性恋",所达成的是与此一样的没有结论的结论。认定一切非生育性的性行为皆为"大自然的错误",是一种极其狭隘的观点。
>
> (希尔·海特:《海特报告:全国范围的女性性行为研究》,德尔出版有限公司 1981 年版,第 393 页)

爱欲行为的标准是一种历史范畴,一种人为的、带有地域特征的设定,同性恋形象的历史演变正是其真实写照。4000 年前,古埃及人将男同爱欲行为视为神圣之事,法老的守护神荷鲁斯与战神赛特即行男同之好。古时的印度人、美索不达米亚人、迦太基人、亚述人、西徐亚人、诺曼人等皆有关于同性恋之好的记述,而古玛雅人据称对同性之爱甚至超过异性之爱。希腊公元前6世纪至4世纪，是其文化最为繁盛的时期，也是同性恋最为流行的时期，政治家梭伦、阿尔西比亚德将军等皆为著名的同性恋者，更不用说被誉为“第十位缪斯”的萨福这样的诗人了。当时的史学家色诺芬将男同之爱称作“古老、崇高和理智的爱”，柏拉图对男同做出了比这更高的定位，认定“圣神之爱”仅存于男性之间，惟有男同之爱才是灵魂之爱，高贵之爱，他言称男同之爱激发出的炽热情感，可用于寻求更高层次的美与善。中国从商至汉对同性恋一直持开明态度，“龙阳”“余桃”“断袖”等是不同时期对同性恋颇具诗意的称谓。

然而，作为西方文化的另一个源头的希伯来文化对同性恋则持相反的态度，犹太教徒与基督教徒皆认为同性恋是可憎的，《圣经》的“利未记”“士师记”“列王记”“罗马书”“哥林多前书”“提摩太前书”“犹大书”等章节中，将同性恋斥为神憎恶的罪。中世纪的欧洲承袭希伯来文化的这一传统，甚至将同性恋视为与行淫、抢人拐卖、谋杀、弑父母一样的罪。到了近代，同性恋终于脱离了罪恶之域，却又被打上变态疾病的烙印，同性恋被赫然列在了精神病教科书的性变态的专章之中，在进行了超过一个世纪之久的徒劳无益的治疗后，1990年5月1日，世界卫生组织将同性恋从精神病名册中除名，改称其为自然性取向。

从古至今，文学家艺术家始终在关注、表现同性恋这一主题，历史上表现同性恋内容的作品颇多，其中大家比较熟悉的作品有托马斯·曼的《魂断威尼斯》、三岛由纪夫的《假面的告白》、波德莱尔的《累斯博斯》、雷德克利芙·霍尔的《孤独之井》、库尔贝的《梦乡》等，一些作家、诗人本身就是同性恋者，如王尔德、纪德、蓝波、魏尔伦等，他们亲身经历了其身份给他们带来的诸种异样体验，王尔德因其同性恋取向而坐牢；纪德则因此遭人谩骂围攻，可这位诺贝尔奖得主依然在《田园牧人》上发表为同性恋辩护的文章，并称其为一生最好的作品；魏尔伦深爱蓝波，他为阻拦蓝波的离去，竟开枪打伤了恋人。魏尔伦的做法或许令人从另一面看到了同性恋者之间感情的炽烈与深厚。与异性恋相比，同性恋的情感似乎更为浓烈，也更为精神化，彼此在身体上和心理上更为亲密，对此，黄真真执导拍摄的影片《女人那话儿》《男人这东西》通过镜中人物的对话给出了经验性的解释：同性恋因为同构，对彼此的身体、欲望、精神诉求了如指掌，故相合程度高，互相也易爱得更深，精神上更易融为一体。

男同与女同有共同之处，也有所不同。相比而言，犹如异性恋情形一样，男同似有多伴侣倾向，而女同则趋向固守单一伴侣。

作为一种存在，同性恋如同其他形式的爱恋一样，注定会出现在我们的社会生活之中，如何对其做出反应，当由每个人自己抉择。目前，国内对同性恋的接纳程度并不算高，人们习惯于将其与罪错和过失联系在一起，这应是人们长期接受的那种褊狭的性教育观念所致。由李小冉主演的《植物学家的女儿》再现了20世纪八九十年代中国人有关同性恋的观点，片中的陈教授认定同性恋是可怕的致命疾病，判决女同性恋者安安、李明死刑的审判长直言同性恋是必须严惩的于国法、天理、人情、社会不容之罪。值得庆幸的是，时代在进步，今天的年轻人对同性恋的接纳程度已大大高于年长的人。时至今日，那些观念陈旧的人们或许应该更新自己的观念，对人类固有的多种爱欲活动形式持开放、健康、悦纳的心态，正视其存在，解除社会的错误界定对这一群体造成的不应有的压抑。正视同性恋的存在绝非倡导同性恋，而是用健康的心态看待他们，设身处地地理解他们，公正地对待他们，将属于他们的权利还给他们，让他们能够按照自己本性的指向选择自己的生活，不受干预地选择自己的爱之伴侣，让属于大家的世界变得健康、自由、丰富多彩。我们应该营造这样一种社会氛围：让每一种人都能不受阻碍地依本性行事，找到自己生命的另一半，获取此生属于自己的生命的欢乐。

思考题

1. 性别在神话和现实中是如何呈现的？
2. 性别是如何历史地形成的？
3. 如何理解两性关系？
4. 权力和爱欲在性别关系中有着怎样的作用？

进一步阅读

1. 西蒙娜·德·波伏娃：《第二性》，上海译文出版社2012年版。

波伏娃的名作，存在主义女性主义的代表作，提出“女性是社会建构的，而不是天生的”。

2. 凯特·米利特：《性政治》，江苏人民出版社2000年版。

米利特的惊世之作，将女性主义理论进一步深化。

3. 李银河：《两性关系》，华东师范大学出版社2005年版。

本书在借鉴西方性别问题研究的基础上，描述和分析了世界和中国的两性关系状况以及引起最多争论的焦点问题。

第九章　文艺的大众心理

现代社会,随着博客、微博、微信等"自媒体"的出现,人们似乎是作为一个独立个体在发声,享受自由表达自己意见的权利。然而,事实上人们却更多地是以群体而存在的,表达的也是某种群体性意见。无论是由杰出人士组成的群体,还是由普通甚至平庸者组成的群体,都具有一些相同的特性。具有完全不同的职业、身份、地位的个人因为某些原因聚集在一起时,也会表现出某种共通性。群体与个体显然有着截然不同的特点,这一点在文艺活动中也有体现。那么,在文艺活动中,作为群体的大众到底体现出何种心理特征,这是我们想要探讨的。

第一节　文艺群体事件中的乌合之众

预读　《明朝那些事儿》· 文艺群体性事件

2006 年 3 月,一个 ID 为"当年明月"的写手在网上的"天涯"社区发表《明朝那些事儿》,从朱元璋建国开始,直到崇祯皇帝时期明朝灭亡,以戏谑笔法讲述中国明朝发生的历史故事。"当年明月"的写作迅速引起了广泛关注,到 5 月份,他的帖子已经超过了 100 万的点击,超高的点击率引起了该论坛某些人的质疑。这些人使用极其恶劣的言辞诽谤污辱"当年明月"及"明矾"("当年明月"的支持者们),并用网络技术恶意阻挠"当年明月"作品的上传。由于版主对此事的不作为态度,"明矾"发起了持续三个月的大规模"倒版运动",最终导致三名版主被免职。这起网络群众性事件在"天涯"社区、甚至整个中文网络都产生了巨大的影响。它从一个侧面显示了文艺活动中网民作为乌合之众所具有的巨大能量和特殊的心理状态。

理论概述:乌合之众与大众心理

一　大众心理的特征

“乌合之众”指的是在某种狂暴的感情的影响下,成千上万孤立的个人也会获得一个心理群体的特征。在这种情况下,一个偶然事件就足以使他们闻风而动聚集在一起,从而立刻获得群体行为特有的属性[①]。

从一般意义上来讲,群体是指个体的聚集体,至于他们从属于哪个民族、从事什么职业、具有何种性别以及出于什么原因走到一起则无关紧要。但是,从心理学角度看,当成千上万的人偶然聚集在公共场所,由于没有任何坚定的目标,他们实质上并不足以构成一个群体。因此,偶然性群体向组织化群体转变的首要特征是:自觉个性的消失以及观点的明确转变。组织化群体并不总是需要一定数量的个体同时出现在某个地点。有时在某种强烈情感的作用下,数以千计的孤立个体也可能获得心理学意义上的群体特征,如民族事件。在这种情况下,一个偶发事件就足以促成他们聚集起来展开行动,从而立刻获得群体特有的特征。有时候,五六个人就能构成一个心理学意义上的群体,而偶然聚集在一起的数百人却算不上。此外,虽然不可能看到整个民族聚在一起,但在某些影响的作用下,他们也会成为一个群体。

在群体心理中,有的特征与孤立个体所具有的特征是相同的,而有的特征则完全为群体所特有且只能在群体中看到。心理群体最显著的特征是:构成群体的个体无论是谁,无论他们的生活方式、职业、性格或智力水平是否相同,他们成为一个群体的事实使他们获得了一种群体心理。与他们处于孤立的个体状态相比,这种群体心理使他们的情感、看法以及行为方式变得和平时迥然不同。若不是形成群体,某些观念或看法在个体身上根本不会发生,或根本不会付诸行动。心理群体是一个由各种要素构成的暂时现象,当他们聚集在一起时,就如同细胞重新组合构成新生命体一样,重组的新体表现出的某些特点与单个细胞所具有的特点大不相同。一般来说,群体的特点可以概括为以下几个方面:

第一,群体的冲动、易变和急躁。群体的行为主要不是受大脑,而是

① 本文关于“乌合之众”的相关理论论述,主要来自古斯塔夫·勒庞所著《乌合之众:大众心理研究》,冯克利译,中央编译出版社2000年版。

受脊椎神经的影响，几乎完全受着无意识动机的支配。在这个方面，群体与原始人非常相似。他们的行为并不受大脑的支配，个人是按照他所受到的刺激因素决定自己的行动的。所有刺激因素都对群体有控制作用，并且它的反应会不停地发生变化。群体是刺激因素的奴隶。孤立的个人就像群体中的个人一样，也会受刺激因素的影响，但是他的大脑会向他表明，受冲动的摆布是不足取的，因此他会约束自己不受摆布。也就是说，孤立的个人具有主宰自己的反应行为的能力，但群体缺乏这种能力。刺激群体的因素多种多样，群体总是屈从于这些刺激，因此它也极为多变。因此，群体根本不会作任何预先策划。他们可以先后被最矛盾的情感所激发，但是他们又总是受当前刺激因素的影响。他们就像被风暴卷起的树叶，向着每个方向飞舞，然后又落在地上。群体不仅冲动而多变，而且像野蛮人一样，它不认为在自己的愿望和这种愿望的实现之间会出现任何障碍，数量上的强大使它感到自己势不可挡。在成为群体的一员时，他就会意识到人数赋予他的力量。因此，对于群体中的个人来说，不可能的概念消失了，人类的机体能够产生大量狂热的激情，体现为一种群体急躁。

第二，群体的易受暗示和轻信。群体心理的一个普遍特征是极易受人暗示。通常群体总是在期待中关注某事，因此很容易被暗示，尽管人们认为这点不值一提。最初的暗示经过相互传染后进入群体所有成员的大脑，接着群体态度趋于一致并很快成为既成事实。当所有个体处于暗示作用的影响下，进入大脑的念头很容易转变为行动，无论是纵火焚毁宫殿还是自我牺牲，他们都一样毫不犹豫。他们所做的这一切取决于刺激的性质，而不像独立个体取决于受到暗示的行为与全部理由之间的关系。因此，群体永远徘徊在无意识边缘，随时接受一切暗示的指挥。他们所表现出的所有强烈的情感是缺乏理性、批判力、极端轻信的人所独有的。对于群体而言没有不可能这个概念，群体具有编造并传播各种神话故事的能力。这不仅仅源于他们极端轻信的禀性，还是群体奇思妙想、过度歪曲的结果。受到群体关注的最简单的事很快会变得面目全非。因为群体往往会通过形象思维将一连串前后毫无逻辑的形象联系在一起。就如同我们有时因为回想某件事情而引出一连串的联想一样，群体的这种状态很容易被理解。理性告诉我们这些联想是零散且不连贯的，而群体不仅无视这一点，还将扭曲的想象与真实相混淆。群体很少对主客观的概念加以区分。他们把头脑中出现的虚幻形象当作真实的，尽管这些假象常常与我们看到的事实之间仅有一丝微弱的联系。群体永远漫游在无意识的领地,会随时听命于一切暗示,表现出对理性的影响无动于衷的生物特有的激情,它们失去了一切批判能力,除了极端的轻信外再无别的可能。

第三,群体情绪的夸张与单纯。群体情感不论好坏都会呈现出双重性——极端简单与夸张。群体成员作为个体出现时,与原始人类是相似的。因为他们无法对事物作出细致的区分,只能从整体上观察事情,从而忽视中间的发展过程。任何情感态度的表露,都会通过暗示和相互传染迅速传播开来,从而强化群体夸张的情感。群体夸张而简单的态度使他们对任何事情都不曾产生怀疑和犹豫。他们会一下子陷入极端,怀疑一说出口,立刻会被视为不容置疑的证据。厌恶或对立的情绪不会对独立个体产生很大影响,却会在群体中立刻引起强烈的憎恶。特别在异质群体中,这种剧烈的情感又会因责任感的缺失得到强化。他们知道即便做错事也不会受到惩罚,而且人数越多这一点越肯定,这种由于人数上的优势而会获得巨大力量的想法,会使群体产生独立个体不会有的情绪和行为。群体中愚蠢、无知和心怀嫉妒的人会摆脱自己卑微无能的感觉,从而产生残忍、巨大的短暂力量。遗憾的是,群体夸张的情感常常与反面情绪有关。这些情绪是原始人天性返祖遗传的残留,孤立且有责任感的个体会因为害怕惩罚对此加以克制。因此,群体易于做出极端恶劣的事情。

第四,群体的偏执和专横。群体对待各种意见、思想和信念,要么全盘接受,要么一概否决,要么视其为绝对真理,要么视其为绝对谬误。他们在对待通过暗示加以诱导而不是通过推理得出的信念时通常亦是如此。一方面,群体不知道何为真理何为谬误;另一方面,由于他们意识到了自己力量的强大,于是让自己的突发奇想变得偏执而专横。个体能够接受矛盾并展开讨论,而群体绝对不行。在公开集会上,演说者哪怕流露出丝毫要提出辩驳的迹象,立刻就会遭到群体的怒吼和痛骂,如果演说者继续坚持自己的观点,很快就会被拳打脚踢地轰下台。如果没当权者代表在场管制,反驳者多数时候会被打死。另外,群体和原始人类一样有着坚不可摧的保守本能。他们对一切传统有着绝对神圣的尊崇,对一切有可能改变其生活状态的新事物,内心却藏着深深的无意识恐惧。

群体的精神结构与个体有着较大的区别。他们的情感、思维以及推理模式,都与单个个体存在较大的区别,下面从群体对观念的接受、群体的推理和群体的想象力等方面,对群体的精神结构进行阐述。

无论给群体提供何种观念，只有当这些观念十分绝对、坚定而且简单时，才能产生效力。因为只有这些观念被披上形象化的外衣后，才能被群体接受。在这些形象化的观念之间没有任何逻辑上的相似性与连续性，它们可以相互取代，就像放映者从幻灯机中取出的一张张叠加在一起的幻灯片一样。这解释了为何最矛盾的观念可以同时并存于群体之中。只有简单明了的观念才能被群体接受，因此当观念经过彻头彻尾的改造后变得通俗易懂时，才会受到大众的欢迎。特别当我们遇到有些高深的哲学和科学观念时，为了迎合群体低下的智力水平，需要对这些观念进行深刻的改造。无论一个观念最初有多么伟大或正确，为了能够被群体理解并对其产生影响，其中那些崇高而伟大的成分最终会被剥夺殆尽。但是，即使当某种观念经过改造被群体接受了，也要等到它进入无意识范围内成为一种态度后才能产生影响。而一旦某种观念逐渐渗入到群体心里时，它便具备了支配群体的无穷力量，并会产生一连串的影响，这时同它的抵抗就是徒劳的了。

从逻辑上看，群体推理采用的论证以及能够影响他们的论证都十分拙劣，因此，他们所谓的推理只能算是一种简单的类推。正如高级推理一样，群体所采用的低级推理同样以各种观念的联想为基础，所不同的是，群体所采用的联想的各种观念之间，只存在表面的相似性或连续性。群体推理的特点是把彼此不同但表面上有联系的事情混在一起，然后将具体事物普遍化。知道如何操纵群体的人提供给群体的正是这种论证模式。这也是唯一可以影响他们的方式。群体根本无法理解一连串的逻辑论证，因此，从这个角度看，我们可以说群体不擅长推理或只会错误推理，而且也不受推理过程的影响。在阅读某些演说词时，往往会发现很多让人吃惊的破绽，但是，即使是这样，其对听众依旧有很大的影响力。因为这些演说词是用来说服群体的，而不是写给哲学家阅读的。那些跟群体有密切交流的演说者可以找到各种有诱惑力的想象吸引群体。如果他做到了这点，他的目的就达到了。对于群体来说，经过深思熟虑的 20 篇高谈阔论的长篇演讲，往往抵不上能够说服大脑、有号召力的几句话。

正如缺乏推理能力的人一样，群体形象化的想象力不仅十分强大、活跃而且易受影响。某个人、某件事或某个意外在他们脑海中引发的种种形象，全都栩栩如生。从某种意义上说，群体有如一位暂时失去推理能力的睡眠者，脑中会出现一幅幅十分鲜明的形象，一旦他开始思考，这些形象便立即烟消云散。只会形象思维的群体仅受各种形象影响，只有形象会使他们感到害怕或受到吸引，从而成为他们行为的动机。因此，凡是能够塑造出鲜明生动人物形象的戏剧演出,总能对群体产生巨大的影响力。

对群体各种想象力起作用的因素几乎没有什么能与戏剧表演相媲美。1946年,张家口保卫战激烈进行,华北联大文工团到前线慰问演出歌剧《白毛女》。当戏演至杨白劳被恶霸地主黄世仁强迫在卖掉亲生闺女的文书上按了手印,悲愤服毒身亡,穆仁智强拉喜儿抵债时,台下观众群情激奋,口号震天,纷纷向台上扔砖头土块,其中一块正好击中"黄世仁"的左眼,饰"黄世仁"的演员陈强顿时变成了"乌眼青"。因为扮演黄世仁,陈强还险些丢掉性命。一次到冀中解放区河间县演出,台上喜儿诉苦,台下战士泣不成声。突然"咔嚓"一声,一个刚参军的战士把子弹推上枪膛瞄准了陈强,千钧一发之际,班长迅疾夺下枪才避免了一场大祸。此后,凡是看《白毛女》演出,部队都规定子弹一律不准上膛,经检查后方可入场。

因此可以看到,在文艺活动中,观众共同体会相同的情感,如果这些情感没有立即变成行动,那是因为最无意识的观众也能意识到自己只是幻觉的牺牲品,他们的喜怒哀乐都是那个虚幻离奇的故事引起的。然而有时候,形象暗示引起的强烈情感很容易变为行动,就像暗示通常起的作用一样。

二　大众心理的形成

在研究了群体心理的构成之后,我们将研究群体意见和信念是如何形成并确立的。一般来说,影响群体意见和信念形成的因素有两种:间接因素和直接因素。

群体某些想法的迸发与实施有时突然得令人瞠目,但这只是表面现象,背后必定有种持久的准备性因素在发挥作用。这种因素使群体接受某种信念后就对其他信念具有绝对排斥性,这就是间接因素。一般来说,间接因素主要包括以下几种:一是种族。勒庞认为,种族的因素必须放于首位,因为它的重要性远远超过其他因素。种族的族群特点一旦形成,它就通过遗传规律创造信仰、制度和艺术天赋,而文明的所有构成要素仅仅是种族特征的外在表现。二是传统。传统是以往观念、需求和情感的表现,它是种族综合作用的产物。人类一直受传统支配,当他们形成群体时,更是如此。表面看来,他们可以轻易改变传统,但实际上他们改变的只是传统的名称或外在形式。三是时间。无论是社会学还是生物学,时间都是影响它们最有力的因素之一。正是时间,为群体意见和信念的产生提供了各种准备,至少为它们的生长提供了土壤。同样,面对群体各种危险的欲望以及由此将会带来的破坏和动荡,我们感到不安,可是时间可以让这一切事物恢复平衡。四是政治和社会制度。任何民族都受其固有的特征支配,所有与特征不符的制度都只能是一件虚假、短暂的外衣。为了强行建立某种制度,血腥战争和暴力革命一直都在发生,并且仍将继续。从某种意义上可以说,制度引起的大动荡是由于其对群体心理产生的反作用。五是教育。教育能够使一个国家的年轻人知道这个国家的未来发展趋势。群体思想是提高还是堕落,教育确实能够起到部分作用。

在这种准备性因素长期、持久的作用下,间接因素就会发展成为劝说群体的积极作用,即间接因素变成了直接因素。如果缺少之前的准备性作用,直接因素便不会发挥作用。因此,直接因素是指能够促使某种想法形成、实施并产生作用的因素。直接因素会使群体决议突然被执行,骚乱的爆发、罢工决议的制定,甚至绝大多数人授予某人权力推翻政府的行为,皆可归因于此。

影响群体意见和信念的直接因素,大致包括以下几种:一是形象、词语和套话。群体更容易受形象的影响,但这些形象并不总是出现在人们的生活中,更多的时候需要通过机智的语言和套话刺激来产生。经过技巧润色,这些语言毫无疑问拥有了魔术般的神奇力量。它们可以掀起群体内心最可怕的风暴,但是同样也能平息风暴。推理与论证无法同某些话语和套话相抗衡。面对群体,一旦话语和套话以庄严肃穆的口气说出来,所有人便会立刻肃然起敬,俯首倾听。二是幻觉。自文明出现以来,群体便一直处在幻觉的影响之下。他们为制造幻觉的人建造神庙、竖立塑像、设立祭坛,对他们的信仰崇拜超越了对其他任何人。不论是曾经占据人们思想主导的宗教幻觉还是现在风靡的哲学和社会幻觉,这些令人畏惧的无上力量总能在我们星球上的文明中心找到。勒庞认为,推动民族发展的主因往往是谬误,而非真理。群体从未渴求过真理。对于不顺眼的证据,他们避而不谈;若是受到谬误的诱惑,群体更愿意相信它们。凡是为他们提供幻觉的,就会轻易成为他们的主人;凡是试图毁灭他们幻觉的人或者物,都会沦为他们的牺牲品。三是经验。经验几乎是唯一能够使群体确立坚定的真理、消灭危险的幻想的有效方法。要想达到这个目的,经验必须在非常大的范围内不断重复发生。通常一代人的经验对后代起不到任何作用,这就是以史实作为证据而达不到目的的原因。它唯一的作用就是证明:经验只有在一定范围内一代代地重复发生才能产生作用,才能撼动群体根深蒂固的错误观念。四是理性。理性是作为影响群体心理因素的消极作用而存在。群体不受理性影响,他们只能理解那些随意联想到的观念。想用严密的逻辑规律来吸引群体是根本不可能的，因此懂得如何影响群体的演说者，总是试图引起他们的情感共鸣而理性共鸣。

原典精读　断言·重复·传染

如果想在很短的时间里激发起群体的热情，让他们采取任何性质的行动，譬如掠夺宫殿、誓死守卫要塞或阵地，就必须让群体对暗示做出迅速的反应，其中效果最大的就是榜样。不过为了达到这个目的，群体应当在事前就有一些环境上的准备，尤其是希望影响他们的人应具备某种品质，对于这种有待于做深入研究的品质，我称之为名望。

但是，当领袖们打算用观念和信念——例如利用现代的各种社会学说——影响群体的头脑时，他们所借助的手段各有不同。其中有三种手段最为重要，也十分明确，即断言法、重复法和传染法。它们的作用有些缓慢，然而一旦生效，却有持久的效果。

做出简洁有力的断言，不理睬任何推理和证据，是让某种观念进入群众头脑最可靠的办法之一。一个断言越是简单明了，证据和证明看上去越贫乏，它就越有威力。一切时代的宗教书和各种法典，总是诉诸简单的断言。号召人们起来捍卫某项政治事业的政客，利用广告手段推销产品的商人，全都深知断言的价值。

但是，如果没有不断地重复断言——而且要尽可能措辞不变——它仍不会产生真正的影响。“我相信拿破仑曾经说过，极为重要的修辞法只有一个，那就是重复。”得到断言的事情，是通过不断重复才在头脑中生根，并且这种方式最能够使人把它当做得到证实的真理接受下来。

只要看一看重复对最开明的头脑所发挥的力量，就可以理解它对群体的影响。这种力量是来自这样一个事实，即从长远看，不断重复的说法会进入我们无意识的自我的深层区域，而我们的行为动机正是在这里形成的。到了一定的时候，我们会忘记谁是那个不断被重复的主张的作者，我们最终会对它深信不疑。

……如果一个断言得到了有效的重复，在这种重复中再也不存在异议，就像在一些著名的金融项目中，富豪足以收买所有参与者一样，此时就会形成所谓的流行意见，强大的传染过程于此启动。各种观念、感情、情绪和信念，在群众中都具有病菌一样强大的传染力。这是种十分自然的现象，因为甚至在聚集成群的动物中，也可以看到这种现象。马厩里有一匹马踢它的饲养员，另一匹马也会起而效尤；几只羊感到惊恐，很快也会蔓延到整个羊群。在聚集成群的人中间，所有情绪也会迅速传染，这解释了恐慌的突发性。头脑混乱就像疯狂一样，它本身也是易于传染的。在自己是疯病专家的医生中间，不时有人会变成疯子，这已是广为人知的事情。当然，最近有人提到一些疯病，例如广场恐怖症，也能由人传染给动物。

每个人都同时处在同一个地点，并不是他们受到传染不可或缺的条件。有些事件能让所有的头脑产生一种独特的倾向以及一种群体所特有的性格，在这种事件的影响下，相距遥远的人也能感受到传染的力量。当人们在心理上已经有所准备，受到了我前面研究过的那些间接因素的影响时，情况尤其如此。这方面的一个事例是1848年的革命运动，它在巴黎爆发后，便迅速传遍大半个欧洲，使一些王权摇摇欲坠。

（古斯塔夫·勒庞：《乌合之众：大众心理研究》，冯克利译，北京：中央编译出版社2000年版，第102—105页）

第二节　大众审美的虚假需要

预读　《极品家丁》·屌丝逆袭·大众心理

年轻的销售经理林晚荣，到泰山旅游时意外坠崖，结果时光变幻，穿越到了古代，成为萧家大宅里一名屌丝家丁“林三”，并由此展开了一段神奇的屌丝逆袭之旅。从振兴萧家开始，到灭“白莲”，轰“圣坊”，斗砚秋，戏康宁，金陵赛诗会，山东救官银，气煞玉德仙坊老院主，智护萧家大院“新”夫人，奇袭突厥皇宫，活捉突厥小可汗，为苗族人民除去贪官。林三运用现代人的生存智慧，左右逢源，风流快活，最终抱得美人归。

人气网络小说《极品家丁》创作于2007年，全篇共计六百多个章节，三百多万字。这部穿越小说首发于“起点中文网”，情节离奇，人物众多，文笔戏谑，在网络上拥有超高人气。穿越小说与玄幻小说、网游小说、魔幻爱情小说等往往被视为媚俗文学。所谓媚俗文学，特指作家放弃了传统写作原则而去主动迎合世俗风气。之所以会出现这种情形，原因可能有二：一是作家为了名利、地位、金钱、物质生活而主动放弃对美的追求,趋炎附势,以“美”娱人;二是外界期待的压力过大,只好与之妥协,不惜拿“美”去做交易。《极品家丁》这部作品就多方面迎合了世俗社会追求成功、幸福、享乐的心理。它能获得超高人气,很大方面就是因为满足了大众平民实现屌丝逆袭的“虚假需要”。

理论概述 虚假需要

一 虚假需要与真实需要

“虚假需要”是马尔库塞在《单向度的人》一书中提出的概念。马尔库塞认为,在资本主义社会里,技术进步创造了财富,满足了人们物质生活的需要。人们的需要得到满足,生活安定富裕,在这种状态下很容易为现存社会制度所驯服操纵,盲目按照外界宣传去追求物质需要。虽然个人在物质上的需要和对它的满足大大增加,但是这种需要却不是人的原始需要,而是占统治地位的意识形态的消费模式从外面强加于人的。技术进步使发达工业社会对人的控制可以通过电视、电台、电影等传播媒介无孔不入地侵入人们的闲暇时间,从而占领人们的私人空间,也使发达工业社会可以在富裕的生活水平上,让人们满足于眼前的物质需要,以牺牲自由为代价去换取一种舒舒服服但不自由的生活。他指出,追求物质享受并不是人的本质特征,物质需求的满足并不能给人带来幸福。为更好地说明这一点,马尔库塞将人的需要区分为真实需要和虚假需要。

所谓真实的需要,它是人本身存在和发展所必需的那些需要,只有那些无条件的要求满足的需要,才是生命攸关的需要——即“在可达到的物质水平上的衣、食、住。对这些需要的满足,是实现包括粗俗需要和高尚需要在内的一切需要的先决条件”[①]。真实需要为出自人的本性自主的需要,它是和社会为了维护现存制度而推行的“整体主义”相悖的,因而总是要受到社会的控制与压抑。马尔库塞认为,如果说是由于物质生活水平低下,“是为使人类在文明中永久生存下去而对本能所作的必要限制”,然而当代工业社会已经是富裕社会了,这种对真实需要的压抑就变成了剩余压抑。剩余压抑是为社会统治所必需的限制,对社会来说,它不是有利于维护和发展

---

① 马尔库塞:《单向度的人:发达工业社会意识形态研究》,刘继译,上海:上海译文出版社 1989 年版,第 7 页。

文明，而是有利于现存社会继续存在下去；对个人来说，它带来新的紧张和负担超过了文明发展的需要，因此是必须冲破的。马尔库塞认为在发达工业社会中，对真实需要的压抑是通过制造虚假需要来达到的。所谓虚假的需要是由于滥用人类的物质资源和知识资源，使人的本能遭受严重压抑和摧残的需要，是社会把对个人进行压抑的整体利益，通过种种手段变成个人的并非出于自主的需要。马尔库塞说："为了特定的社会利益而从外部强加在个人身上的那些需要，使艰辛、侵略、痛苦和非正义永恒化的需要，是'虚假的'需要。大多数现行的需要，诸如休息，娱乐，按广告宣传来处事和消费，爱和恨别人之所爱和所恨，都属于虚假的需要这一范畴之列。"①

一个健全的社会应该为个人创造物质基础和文化基础来满足个人的需要，使个人的能力得到充分的发展，而不是牺牲个人真实的、多样化的需要来抑制个人的发展从而满足社会的发展和经济的发展。大众传媒把特殊的社会利益作为个人的利益来兜售，把社会的需要变成个人的需要和愿望，这些需要的满足有利于商业和公共福利事业的发展，从而惠及于民，这貌似是一个理性的社会，但事实并非如此。在发达工业社会中，人们的需要及其满足也达到了一个前所未有的发展高度。人们的基本需要不断被扩大、精细化，满足需要的手段也更加细致、多样化，令人感到舒适、自足。然而在这样舒适的生活中，人们却迷失了自我而不自知。在传统社会中，虽然生产力不那么发达，物质生活不如消费社会丰裕，但人们在素朴的生活中却了解自己朴素而真实的需要，然而在物质丰裕的消费社会中，人们已经不再知道自己真实的需要是什么。人们的需要不是自身产生的真实需要，而是虚假的需要，正如鲍曼在《被围困的社会》中所说的，"'真正的'或合法的需要同'虚假的'或应谴责的'伪'需要之间神圣的界限已经被取消"②。

那么，为什么在发达工业社会中人们的需要不是内在自发的真实需要，而变成了社会控制下的虚假需要？马尔库塞认为那是在极权社会下，人的需要被控制和利用。一方面，极权社会控制人的需要，压抑人的真实需要、压抑人的本能需要。马尔库塞吸收和改造了弗洛伊德的文明的发展压抑人的本能的观点，把文明的发展对人的本能需要的压抑区分为基本压抑和额外压抑。在经济匮乏的状态下，文明的发展需要对人的本能需要加以限制、节制和延迟，这是一种基本的压抑，具有一定的合理性。但是当匮乏不再，

① 马尔库塞：《单向度的人：发达工业社会意识形态研究》，第 6 页。

② 齐格蒙特·鲍曼：《被围困的社会》，郇建立译，南京：江苏人民出版社 2005 年版，第 131 页。

基于某种统治利益的要求对人的本能需要的压抑就是额外的压抑,是不合理的。极权社会对人进行了全面的控制,包括政治、经济、文化、思想、社会生活各个领域,这个社会成了一个全面管理的系统,人们在这个社会中全然没有自己的活动和原则,连人的需要都变成了被操纵的对象。发达工业社会遏制人们要求自由的需要,把过度的生产和消费的需要、使人麻木的工作的需要变成人的本能的需要。这个极权社会下,人变成了单向度的人,已不知道自己究竟需要什么。由于发达工业社会意识形态的灌输和操纵,人们已经不再处于自治的状态,他们不知道自己真实的需要是什么,已分辨不出虚假的需要与真实的需要,这些虚假的需要已变成了他们的近乎本能的需要。马尔库塞所描述的社会抑制人们的真实需要的大致程序是:利用发达的工业技术,通过电视、电台、电影、收音机等传媒工具无孔不入地侵入人们的闲暇时间,从而占领人们的私人空间,也使人们在富裕的生活水平上满足于眼前的物质需要,以牺牲自由为代价去换取一种貌似舒服但不自由的生活。当人们的需要被满足时,他们批判反抗的理性就被消解了,变成了统治阶级消极的工具。这样可以使社会中曾存在的观点相异、有利益冲突的所有人得到同一化的生活,得以消除冲突。统治阶级用这种“强制性消费”满足人的虚假需要,实质是来掩盖人的真实需要,使人们受特殊利益的支配。

原典精读　马尔库塞论虚假需要

> 我们可以把真实的需要与虚假的需要加以区别。为了特定的社会利益而从外部强加在个人身上的那些需要,使艰辛、侵略、痛苦和非正义永恒化的需要,是“虚假的”需要。满足这种需要或许会使个人感到十分高兴,但如果这样的幸福会妨碍(他自己和旁人)认识整个社会的病态并把握医治弊病的时机这一才能的发展的话,它就不是必须维护和保障的。因而结果是不幸之中的欣慰。现行的大多数需要,诸如休息、娱乐、按广告宣传来处世和消费、爱和恨别人之所爱和所恨,都属于虚假的需要这一范畴之列。
>
> 这样的需要具有社会的内容和功能,它们取决于个人所无法控制的外力;这些需要的发展和满足是受外界支配的。无论这些需要有多少可能变成个人自己的需要,并由他的生存条件所重复和增强;无论个人怎样与这些需要相一致并感觉到自己从中得到满足,这些需要始终还是它们从一开始就是的那样——要求压制的势力占统治地位的社会

的产物。

抑制性需要的流行是一个既成的事实,是人们在无知和失望中所接受的事实,同时也是为了个人幸福、为了所有以痛苦为其满足代价的人的利益而必须加以消除的事实。只有那些无条件地要求满足的需要,才是生命攸关的需要——即在可达到的物质水平上的衣、食、住。对这些需要的满足,是实现包括粗俗需要和高尚需要在内的一切需要的先决条件。

对于任何意识和良心,对于任何不把流行的社会利益作为思想和行为的最高准则的经验,已确立的各种需要和满足都应以它是真实的还是虚假的这一尺度来加以检验。这些尺度完全是历史性的,它们的客观性也是历史性的。在一定条件下,对各种需要及其满足的评价涉及一些具有优先地位的标准,这些标准指的是最充分地利用人类现有的物质资源和智力资源,使个人和所有个人得到最充分的发展。这些资源是可以计算的。需要的"真实"与"虚假"在下述意义上指明各种客观条件:根本需要的普遍满足和辛劳、贫困的逐渐减轻成为普遍有效的标准。但是,作为历史的标准,它们不仅因地区和发展阶段而异,并且只能在同现行标准(或多或少)相矛盾的意义上来加以说明。那么,什么样的法庭可以自称拥有决定性的权威呢?

归根到底,什么是真实的需要和虚假的需要这一问题必须由一切个人自己来回答,但只是归根到底才是这样;也就是说,如果并当他们确能给自己提供答案的话。只要他们仍处于不能自治的状态,只要他们接受灌输和操纵(直到成为他们的本能),他们对这一问题的回答就不能认为是他们自己的。同样,没有任何法庭能正当地自认有权来决定哪些需要应该发展和满足。任何这样的法庭都是应该受到指责的,尽管我们强烈地坚持这一看法并不排除下述问题:人们自己既然已经是颇有成效的统治的对象,又怎能创造自由的条件呢?

抑制性的社会管理愈是合理、愈是有效、愈是技术性强、愈是全面,受管理的个人用以打破奴隶状态并获得自由的手段与方法就愈是不可想象。的确,把理性强加于整个社会是一种荒谬而又有害的观念,但嘲笑这种观念的社会却把它自己的成员变成全面管理的对象,这样做的正当性是大可怀疑的。一切解放都有赖于对奴役状态的觉悟,而这种觉悟的出现却往往被占主导地位的需和满足所阻碍,这些需要和满足在很大程度上已成为个人自己的需要和满足。发展的过程往往是用另一种制度取代预定的制度；而最可取的目标则是用真实的需要代替虚假的需要，抛弃抑制性的满足。

发达工业社会的显著特征是它有效地窒息那些要求自由的需要，即要求从尚可忍受的、有好处的和舒适的情况中摆脱出来的需要，同时它容忍宽恕富裕社会的破坏力量和抑制功能。在这里，社会控制所强求的正是对于过度的生产和消费的压倒一切的需要；对于实际上已不再必要的使人麻木的工作的需要；对于抚慰和延长这一麻木不仁状态的缓和方式的需要；对于维持欺骗性自由的需要，这些自由是垄断价格中的自由竞争，审查制度下的自由出版，以及商标和圈套之间的自由选择。

（马尔库塞：《单向度的人：发达工业社会意识形态研究》，刘继译，上海译文出版社2008年版，第6—8页）

二　虚假需要的危害

马尔库塞尖锐地指出了虚假需要所带来的危害。一旦将虚假需要强加于人们之后，就出现了人们与现存社会制度的一体化现象，人成为单向度的人。他认为，解除物质上的匮乏，使物质需要得到满足，本来应是其他各种自由的前提，现在却成了生产性奴役力量。当人们的需要得到满足，他们持异议和抗议的理由被消除，丧失了思维判断能力，被动地在现存制度下变得同一化了。所以，“在发达工业文明中盛行着一种舒适的、平滑的、合情合理的，民主的不自由”①。由于人们的需要得到满足，生活安定富裕，人们就很容易为现存社会所驯服、操纵，按照广告、电视、电影、广播等传媒上不断涌现的刺激性宣传去追求社会强加在他们头上的虚假需要，从而失去个性，失去自主力，失去反抗及否定能力。例如某些大众传媒中虚假广告的愈演愈烈，已经成为现代都市生活中的公害，造成了现代都市生活的公共空间日益被挤压和侵占的局面。人在技术的支持下，感觉自己可以控制一切的时候，突然发现自己什么也控制不了。

我们把虚假的需要看作自己的真实需要的原因在于，在媒介强大的声音中我们很轻易地把社会需要转化为自己的需要。在这里，社会控制所强求的正是对于过度的生产和消费的压倒一切的需要。在商品社会中，我们把自由等同于自由选择，而对于个人能够选择什么和实际选择了什么却缺

① 马尔库塞：《单向度的人：发达工业社会意识形态研究》，第19页。

少相应的反思。我们所能做的只是在一种生活方式中选来选去,在众多的商品中选来选去,而以这种“自由”放弃了对这种生活形式的批判,例如趣味。古人说“趣味无争辩”,它指的是个人有独立选择自己趣味类型的自由。但在当代大众文化心理中,趣味已不是一个人的事情,它的群体趣味症貌使个人趣味极易受到外界影响,并且由于个体自我价值判断能力的减弱,因而容易走入趣味迷误,形成一种虚假需要,例如媚俗文学。

20世纪末开始出现了一种现象:大量作家放弃了传统写作原则而去主动迎合世俗风气,如现在非常流行的玄幻小说、穿越小说等。从文化产品生产的角度看,它迎合大众趣味,过度追求趣味的通俗性,并把低级的娱乐当作审美,把平庸化的东西当作新潮。趣味的媚俗倾向是对主体人格和精神价值的自动背弃,是对外物、功利目的和低俗欲望的屈从。无论是大众文化产品还是大众审美行为,都因没有形成稳定而坚实的精神根基而导致审美判断的迷乱和盲从。在追求商业效果与成名效应这种急功近利社会氛围的影响下,大众审美行为失去自主意识和理性精神,追踪浮华和流行,为许多感性的假象方式所迷惑,在热热闹闹的刺激感应中,以主体自我根基的丧失沉潜于趣味追逐的浪潮中。同时,“某种风格的艺术作品的反复感知,也促进了控制这些产品生产的那些规则的无意识内化。就像语法规则一样,这些规则本身并不为人们所理解,它们也很少被明确指出,甚至是无法说明的:比如,一个古典音乐的爱好者并不知道也不具备以下规则的知识,但他已经习惯了这种声音艺术所要求的规则”①。反复感知某种风格的作品,必然会对它产生熟悉感和归属感,会形成一种趣味偏向。大众读者具备一定的趣味与鉴赏能力,但是由于其教育的限制,通常缺乏专门的艺术体验和鉴赏训练。加上商业社会和消费社会的意识形态作用,追求娱乐性和感官性文化消费的取向有普泛性,对短暂的流行风尚的热衷参与是必然选择。

第三节　亚文化群体的仪式抵抗

预读　崔健·摇滚乐·仪式抵抗

1989年,崔健《新长征路上的摇滚》发表。这一引起轰动的专辑,

---

① 潘知常:《反审美——在阐释中理解当代审美文化》,上海:学林出版社1995年版,第15页。

推开了中国摇滚的大门。专辑名中出现的“摇滚”一词,是这一词汇在中国出现的起点。此后,越来越多的人念出这个词。摇滚乐、摇滚音乐人、摇滚乐队,自此出现。

出于追认的习惯,媒体把中国摇滚的诞生日定格在1986年——崔健首次唱出《一无所有》的日子。

1986至1989年,整个社会呈现出泛政治、泛先锋又举国崇拜的色彩,四处弥漫着精神解放、艺术探索和启蒙主义的味儿,人们眼里满含着普遍的委屈,全社会热情、激动、激进而严肃,关注着国运,忧国忧民。摇滚乐是文化英雄的一部分,不止是它,诗歌、小说、艺术、电影、哲学也分别有它的英雄,代表着精神解放的力量,有一种意义不明虚张声势的大气,有一种欲说还休又诉说不尽的苦闷、反抗和发现的狂喜。摇滚乐手不像是音乐家倒像是战士,摇滚乐场景不像是演唱会倒像是神坛,充满了象征和仪式意味。

这个时期,摇滚乐与文化界的其他部分一样,出现了全国性的狂热场景。1992年以降,在崔健、“黑豹”、“唐朝”、张楚、窦唯、何勇的个别成功示范下,外地乐手疯狂涌入北京死磕。外地乐手渴望着进入中心舞台,文化盲流渴望着进入历史,整个中国充满了梦想和幻觉的气场。

话说1989年,北京青年崔健出版了《新长征路上的摇滚》,全中国人渐渐知道了这个新名词——“摇滚”。在这盘专辑中,崔健唱了《一无所有》,还唱了《出走》:“望着那野菊花,我想起了我的家。那老头子,那老太太,哎呀……我闭上眼没有过去。我睁开眼只有我自己。我恨这个,我爱这个,哎呀,哎呀……”中国人想向外走,想走出去。走出什么?这儿。走到哪里?不知道。总体的感受是,我恨这个,我爱这个。当歌手在前台痛苦地嘶吼时,音乐在背后走向了另一面。以忧郁起首的萨克斯管,渐至沉思然后升向宁静,宁静之极转向自由和热情,再到一种光明盖顶的感觉。最后,键盘和人声全部汇入到一大片的阳光之中。

《新长征路上的摇滚》把崔健推上时代代言人的位置。这大陆摇滚的第一张唱片,既充满困惑,又激情昂扬,显示了那个启蒙时代的精神。此时,崔健将反抗置于极高的地位,反抗是他的关键词,也是整个中国摇滚的关键词。他当时有一句名言:“我不知道我要的是什么,但我知道我要反抗的是什么。”

[李皖:《六十年三地歌之7:摇滚中国(1989—2009)》,《读书》,2011年第8期]

理论概述　亚文化与仪式抵抗

一　亚文化与青年亚文化

亚文化，特别是青少年亚文化，正日益受到人们的重视和引起社会的关注，成为当下文化的焦点。正如美国心理学家埃里克森所说的，“在任何时期，青少年首先意味着各民族喧闹的和更为引人注目的部分”[①]。那么，什么是亚文化呢？亚文化既可以指有特殊行为方式的一群人，也可以指一种特殊的生活方式。亚文化群体早在西方现代化进程开启之时就已经存在，一直被描述为偏离主流社会、无固定住所、无生产力的寄生者或反叛者。芝加哥社会学学派强调偏离人群形成的社会原因，伯明翰学派则着力从阶级、种族、年龄和性别等方面揭示青年亚文化群体的特殊生活方式或风格所蕴含的象征性政治反抗意义，而“后亚文化理论”强调亚文化与符号消费、虚拟消费等当代场景的混杂关系。一般来说，它是指一种与占主导地位的文化(dominant culture)相对、由某一群体所共享的价值和行为方式。当社会中的某一群体形成了一种区别于占主导地位的文化特征、具有了其他一些群体所不具备的文化要素的生活方式时，这种群体文化便被称为亚文化。例如，从西方 20 世纪中期以来的无赖青年、光头仔、摩登族、朋克、嬉皮士、摇滚派到愤怒的青年、迷惘的一代、垮掉的一代、烂掉的一代……再到中国的知青文化、摇滚乐、漫画迷、涂鸦、追星族、大话文艺、恶搞文化、美女写作、春树等 80 后写作……诸如此类，都可算作亚文化的表现形式。

在伯明翰学派之前，青年亚文化往往被看做是社会的“麻烦”，是消费社会的结果，是青年与父母之间的代沟过深的结果。伯明翰学派则不然，他们坚持从社会结构和社会矛盾的视角看待青年亚文化。赫伯迪格对英国 20 世纪后半期诸多的青年亚文化，如 1950 年代的无赖青年、1960 年代的摩登族、光头仔和粗野男孩(ruddy boys)等进行了系统的研究。他认为，亚文化具有抵抗性，即某些社会群体遭遇到了某种特殊处境，与更广泛的文化(主导文化和父辈文化)发生了“具体矛盾”，呈现出异端、越轨的倾向。因为生活环境、生理结构等先天条件的不可更改性，为青年亚文化群体的产生增添了某种不得已而为之的无可奈何的色彩。一些不愿意承受主流文化压力的青年，开始追问自身价值存在的合理性，在这些“先知者”的带领下，青

---

① 埃里克森:《同一性:青少年与危机》，孙名之译，杭州:浙江教育出版社 1998 年版，第 12 页。

年亚文化群体逐渐拥有了与主流文化对抗的力量。在追求被认同的过程中,青年亚文化群体的反抗不断推陈出新,但是这种激情与他们易冲动的生理特征结合后往往容易走上盲目、虚无的"为反抗而反抗"的道路,产生了一些"过度社会化"的现象。

伯明翰学派的亚文化理论里出现频率很高的一个关键词是"风格"。"风格"问题在伯明翰学派的亚文化理论中是一个非常关键甚至是核心的问题。"伯明翰学派实际上是把亚文化看做一种巨型文本和拟语言现象,对其风格(文体)的抵抗功能和被收编的命运进行解读"①,正如霍尔等人所说的那样:"风格问题,更确切地说是一个时代的风格问题,对战后青年亚文化的形成至关重要。"②亚文化的抵抗采取的不是激烈和极端的方式,而是较为温和的"协商",主要体现在审美领域、休闲、消费等领域,是"富有意味和不拘一格的"。工人阶级青年亚文化群体的一些生活行为(如光头、飙车等),就被伯明翰学派的一些理论家阐释成以象征性的、想象性的方式进行的"仪式抵抗"和政治反叛。在伯明翰学派看来,自二战以后到1970年代中期在英国出现的各种青年亚文化群体和亚文化现象,基本上都具有明确的"仪式抵抗"意识和身份认同诉求。也就是说,青年亚文化群体都试图以自己独特的生活方式去挑战和颠覆那些占支配地位的阶级所拥有的文化"霸权"。他们甚至认为,青年亚文化是以想象的方式,象征性的方式"解决"现实政治社会难题(由阶级、代际、种族、性别等现实不平等要素造成)的一种特殊生活方式。

原典精读　亚文化、文化和阶级

> 我们认为,工人阶级亚文化形成于附属阶级的社会和文化的阶级关系这一层面中。亚文化在其中不仅仅是意识形态的建构,也为青年赢得了空间:邻里和体制中的文化空间,休闲和消遣的真实时间,街上或街角的实际空间。它们旨在标记和盗用在当地的"版图"。它们集中于社会互动的关键场合:周末、迪斯科和银行假期旅游,在"活动中心"的夜晚外出,周末晚上的"无所事事",周六比赛。它们集中在特殊

---

① 迪克·赫伯迪格:《亚文化:风格的意义》,"中译本序",陆道夫、胡疆锋译,北京大学出版社2009年版,第4页。

② Stuart Hall, Tony Jefferson, eds. *Resistance through Rituals*: *Youth Subcultures in Postwar Britain*, London: Hutchinson, 1976, p. 52.

的场所。它们演变出成员之间互换的被建构的关系的特殊节奏:青年人和老人之间,老手与生手之间,风格化的与四平八稳之间。他们探索着对这一群体的内部社会来说是核心的“焦点关注”:总是“被做”或“从来不做”的事情,一套社会礼仪,它们强调着他们的集体认同,把他们作为一个群体界定,而不是只作为单独的个体的集合。他们接纳和改变了物质客体——商品和财物(占有物)——把它们重组进独特的“风格”,表达了它们作为一个群体而存在的凝聚性。这些关注、行动、关系和物质,呈现在关系、机会和运动的礼仪中。有时,从语言学的角度看,通过术语或一种暗语可以描绘出这个世界,这些术语和暗语区别开了外在于他们的社会各界,只是在群体中产生着意义,并维持着它的边界。这也有助于他们在当前行动之前,逐渐形成在即将出现的未来的一种远景——计划,设计,要去填充时间、去探索要做的事……它们也是具体的、可以识别的社会构成,它们被作为面对所在阶级的物质和被定位的经验的一种集体反应,而被建构出来。

尽管不是“意识形态”,但亚文化具有一种意识形态的特点,在战后困难重重的局势下,这种意识形态的成分更为突出。在传达出它们所来源的特殊阶层的“阶级困境”时,这种不同的亚文化为工人阶级青年的一部分(主要是男孩)提供了协商它们的集体存在的一种策略,但是他们的非常仪式化和风格化的形式表明,他们也试图对经历的难题提出一个解决方案:由于主要是符号层面,这种解决注定要失败。附属阶级经历的难题能被“体验”,协商或抵抗,但不能在这个层面或通过这些方式得到解决。对于工人阶级小伙子来说,不存在“亚文化的职业”;对于这一阶级关键的建构中的经历所产生的问题而言,也不存在亚文化背景下的“解决方案”。

对于工人阶级青年的失业、教育不利条件、被迫失去教育机会、没有前途的工作、劳动的周而复始和被特殊化、低报酬和失去技术而言,也不存在着“亚文化的解决方案”。对这些整体的阶级来说,亚文化策略不能匹配、满足或回答出现在这一时期的建构中的特点。于是,当战后的亚文化传达出它们的阶级体验的困境时,它们经常这样采取的方式是:再生产出在真实的协商和符号层面被代替的“解决方案”之间的差距和矛盾。他们“解决了”,但是以一种想象的方式,在具体的物质材料层面依然未解决的问题。因此,“无赖青年”征用了一种上层阶级的服装风格,要“填平”大部分上是体力的、非技术的、几乎是无业游民的职业和生活机会与周六晚上“衣冠楚楚却无处可去”的体验之间的鸿沟。因此，“摩登族”本身在对消费和风格的征用和迷恋中，跨越了永不休止的周末和周一重新开始的让人厌烦的、没有出路的工作之间的距离。因此，在一种典型的、“象征的”的工人阶级服装形式的复活（但事实上是不合时宜的）中，在足球比赛被替换的焦点和足球“终场”的“消遣”中，光头仔重申了（不过是在“想象中”）一个阶级的价值观，一种风格的本质，一种工人阶级成人很少会赞同的“粉丝资格”：它们“重新再现”了一种被规划者和投机商正快速摧毁的属地感和当地感——他们活生生地“宣布”一种运动正在被商业化、职业化和投机化。“光头仔（制定）规则，好吧。”好吗？但是，“意识形态所反映的不是人类同自己生存条件的真实的关系，而是他们体验这种关系的方式。这就是说，既存在着真实的关系，也存在着‘想象的’和‘体验的’关系。在这种情况下，意识形态是……人类真实生存条件的真实关系和想象关系的（多元决定）的统一……这种关系表现为一种意志……一种希望，或者一种留恋，而不是对显示的描绘。”

（节选自《通过仪式抵抗：战后英国年青人的亚文化》[Stuart Hall, Tony Jefferson, eds. *Resistance through Rituals*: *Youth Subcultures in Post-war Britain*, London: Hutchinson, 1976]中第一章“Subculture, culture and class”，胡疆锋译）

二　仪式抵抗

现代社会中，每个人都要应对巨大的社会生存压力，个人在疲于应对压力的同时，必然会产生各种形式的反应与反抗，这是当下社会文化中普遍存在的一种情绪特征。当下最大的压力被转嫁给年轻人，以尊重年轻人的自主意识为由，从孩提时代就要做出一系列的选择，在择校、择业和被社会评估的过程中，造成了成长过程中持续的紧张和压力，由此只要有可能，一代代年轻人会选择脱离原有的运转体系。

80后青春文学写作正是在这个新维度上触及了时代的神经，由此引发了一系列的震颤。其忧伤、冷漠的写作姿态是“有意为之”的符号系统，其亚文化意义在于抵抗。抵抗社会、家庭、学校将焦虑的多次转嫁；抵抗应试教育体制对青少年主体性的忽视；抵抗成人独霸的关于青少年的话语权；抵抗束缚他们自由与自由表达的一切。随着80后青春文学日渐成为一种引起强烈关注的社会文化现象，80后青春文学写作对于既有文学秩序甚至文化观念造成了冲击,主流文化秩序遭到了某种程度的挑战。由此,个性少年和叛逆性格反而获得了成人世界的某种关注甚至沉默性的尊重,固有的成人社会秩序由此有了松动,原有的僵化秩序获得了某种异质的吸纳和补充。抵抗作为青少年解决问题的方法,不是一种直接的现实地解决问题的方式,更不是现实的对抗,而是在想象的层面上来解决问题的方式。因而,80后写作以亚文化的抵抗方式为主流文化提供了积极的建议,它提醒人们关注青少年的成长环境,改革现行教育体制,反思青少年主流文学关于青少年生活的想象方式。尤其是在青少年文学写作方面,80后写作打破了青少年文学界创作主体(成人)与接受主体(青少年)分离的陈规,他们以自己的写作实践说明青少年可以自己书写自己的生活;弥补了主流青少年文学关于边缘青少年生活的题材表现不足的缺陷,提供了青少年生活的另一种想象方式。

与"更广泛的文化"相比,亚文化的主体多处在边缘、弱势以及"地下"等"特殊地位"(如青少年、下层阶级、草根阶层、少数民族、原住民、移民、女性、同性恋等),如伯明翰学派所说:"工人阶级亚文化在人数上看属于少数。"①亚文化的风格产生以后,支配文化和利益集团不可能坐视不管,它们对亚文化进行了不懈的遏制和收编(incorporation)。赫伯迪格在《亚文化:风格的意义》中表明,亚文化的表达形式通常以两种主要的途径被整合和收编到占统治地位的社会秩序中去:第一种是商品的方式,即把亚文化符号(服饰、音乐等)转化成大量生产的物品(即转换为商品的形式),第二种则是意识形态的方法,即支配集团——如警察、媒介、司法系统等(即意识形态形式)——对异常行为贴上"标签",并重新加以界定。也就是说,所有亚文化风格的抵抗性,最终都会被时尚工业所收编或者商品化,都会失去战斗锋芒而变成折衷的东西。

事实上,青年亚文化与主流文化处于一种既对抗又合作的状态,它对主流文化的抵抗往往会创造出主流文化的新形式。这一方面是因为主流文化考虑到传统价值观对社会大众的影响,而另一方面则是因为"人的生存价值究竟何在"成为人必须面对的问题。"不管我们口头上对容忍多样性和尊重差异多么的强调,我们仍不得不从他人与我们的一致性的角度来衡量

① Stuart Hall, Tony Jefferson, eds. *Resistance through Rituals: Youth Subcultures in Postwar Britain*, London: Hutchinson, 1976, p.14.

和评价他人。”[①]青年群体作为社会中的成员，也期望获得主流社会的认同。但是，先天条件的不可更改，与传统价值观的背离，使青年趋向于以标新立异的方式快速、显著地使自己受到关注，这就容易使他们走上暴力、极端的道路。反观80后及其他青春文学的写作，他们写作的抵抗与妥协相混杂，其隐蔽的价值观的表达作为抵抗的核心内涵常常借助主流价值观的力量，有时非现实的抵抗还会让位于现实的妥协。例如，当社会将80后看成是60后、70后作家创作的后续，用主流文坛的包容抵消了80后作为亚文化抵抗性的一面时，“80后写手们也接受了，并纷纷表示愿意接受专家们的指导，渴望得到主流文坛的承认。这一方面说明主流文坛的有效性，另一方面也显示了亚文化的一种妥协”[②]。

总之，在伯明翰学派亚文化理论中，亚文化对主文化（主导文化、主流文化、主体文化）和霸权的抵抗是一个核心问题。亚文化代表着边缘群体和弱势群体如工人阶级、黑人、亚裔、女性的特殊抵抗方式，不仅不是颓废和道德堕落的表现，而且恰恰相反，青年亚文化表现了一种反霸权的意识形态，是与他们生活真实状况之间的“想象性关系”。例如，中国20世纪90年代的“新新人类文学”，它是当时一种独特的文化景观，形成了90年代文学的激情反叛的特征。有学者就认为，90年代“新新人类文学”的反叛抵抗只是一种绝望的仪式，虚弱的抵抗最终淹没在暴力、商品和泛滥的情欲中。

思考题

1. 群体为什么会有编造并传播各种神话故事的能力？

2. 在发达工业社会中，人们的需要为什么不是内在自发的真实需要，而变成了社会控制下的虚假需要？

3. 从文艺心理学角度来看，亚文化与主导文化是一种什么样的关系？

进一步阅读

1. 马克·布坎南：《隐藏的逻辑——乌合之众背后的模式研究》，天津教育出版社2011年版。

在《隐藏的逻辑——乌合之众背后的模式研究》一书中，作者布坎南(Mark Buchanan)告诉我们，在人类社会正在上演一场“量子革命”。物理

---

① 陶东风、胡疆锋编：《亚文化读本》，北京大学出版社2011年版，第7页。

② 苏文清：《80后写作的多维透视》，北京：中国社会科学出版社2011年版，第103页。

学法则开始为我们描绘出一幅有关人或“社会原子”的崭新图像，而且与现实存在的个体自由意志毫不冲突。混乱的原子活动能够组合成精准的热力学，人类的自由个体也同样能组合成可预测的模式。社会物理学家能剖析潮流的变化，能预测企业是成是败，能解释犯罪增多的原因。了解群体组织的规律是我们这个时代面临的主要挑战。《隐藏的逻辑》例证丰富，论点尖锐，容易理解，充满了智趣的游戏和刺激的实验，为我们看待人的社会行为提供了一个全新的视角。

2. 马尔库塞：《审美之维》，广西师范大学出版2001年版。

马尔库塞的《审美之维》总结了20世纪左派激进运动衰落的实践，重新在理论上对人的本能解放进行了强调。在对资本主义批判、对马克思主义美学和现代艺术进行考察的基础上，系统阐述了以下论点：艺术的社会政治作用与它的审美形式功能，始终保持着辩证的关联，人的本能解放这一乌托邦构想，要凭借艺术—审美的方式才能达到。只有以艺术、文学为中心的“审美之维”的革命才能在根本上造就崭新的人的心理—观念结构，从而实现人的解放。

3. 霍华德·贝克尔：《局外人：越轨社会学研究》，南京大学出版社2011年版。

霍华德·贝克尔（Howard Becker）的《局外人：越轨社会学》（*The Outsiders*: *Studies in Sociology of Deviance*, Free Press, Glencoe, 1963）是越轨研究领域公认的“经典”之作，至今仍是互动模式（transactional method）中的最好范例之一。按照这一方法，越轨群体的建构被解释为一种动态的过程，在这一动态进程中，当权者通过“贴标”（labelling）的办法来确定行为的接受与否之界限（例如，抽大麻的人等同于懒惰、长发、有潜在暴力倾向的不满现状者等）。贝克尔在这本书中的理论阐述，以及对1940年代和1950年代“爵士乐生活”的描述都是相当有趣和迷人的。

4. 陶东风、胡疆锋主编：《亚文化读本》，北京大学出版社，2011年版。

《亚文化读本》按照从宏观理论到个案研究的顺序，将亚文化研究论文分为了“亚文化的一般理论”“亚文化与风格”“性别、种族和亚文化”“后亚文化理论与中国亚文化”四个部分。第一部分“亚文化的一般理论”主要选译了阿尔伯特·科恩的《亚文化的一般理论》、霍华德·贝克尔的《局外人》、奥布赖恩和西泽曼的《大众文化中的亚文化和反文化》等六篇论文；第二部分“青年亚文化与风格”主要收录了伯明翰学派和文化研究学者对亚文化的风格的研究论文。这些论文从亚文化的风格入手讨论了嬉皮士、摩登族、无赖青年、足球流氓、光头仔、朋克、涂鸦等亚文化；第三部分“女性、种族与亚文化”收录了安吉拉·麦克卢比的《〈杰姬〉：一种未成年少女的意识形态》等五篇论文；第四部分收录了“后亚文化理论”（后伯明翰时期的亚文化研究）和研究中国亚文化的论文。

第十章　文艺的心理价值

鲁迅称《红楼梦》“单是命意,就因读者的眼光而有种种:经学家看见《易》,道学家看见淫,才子看见缠绵,革命家看见排满,流言家看见宫闱秘事”,网上搜索一下人们对《红楼梦》的关注,会发现鲁迅的列举实在是太过简略了。这部被视作中国古典小说巅峰的文艺作品俨然成了一部“百科全书”:“植物世界”“职场人生”“节日礼俗”“饮食养生”“理财秘诀”“家事艺术”“国学智慧”“政治斗争”……举凡人世万事万物,无不可以从中解读出来。与其他任何一种拥有明确界限和独立领域的知识不同,文学和艺术的影响几乎是无处不在的,人类的历史同时也是一部文艺活动的历史。文艺不仅有多重价值,更似乎有无限价值的可能。在这种似乎无从说起的态势下我们该如何讨论文艺的价值呢?文艺作品一旦生成就离开了创作者的控制,就约束不了人们的解读视角。据说达·芬奇的名画《最后的晚餐》,被人们从中发现隐藏了一首乐曲,而市场上一个再普通不过的小便池却可以被大画家杜尚拿到展览馆里作为艺术品展出。但是从文艺作品里读出何种知识,以及从各种事物中读出何种艺术元素,并不是我们这里要关注的问题。要理解这些千头万绪的文艺价值问题,我们还是要回到最基本的文艺与人的关系上来。文艺作品对人,首先是个体的人,能起什么样的作用?这些作用是怎样发生的?又会对整体的人类社会产生什么样的影响?这些才是我们在此要着重探讨的问题。

第一节　文艺与情感健康

预读　梅亚斯的挽歌·痛苦中诞生的诗歌

他到桑坦德后,独自关上门哀悼梅亚斯。自从在塞维尔相识,他们成为好朋友。梅亚斯老了,发福了,但他宁愿死在斗牛场,也不愿意死在自己床上。听说梅亚斯重返斗牛场,洛尔加对朋友说:“他对我宣布了他自己的死亡。”在桑坦德,他和一个法国作家散步时说:“伊涅修之死也是我自己的死,一次死亡的学徒。我为我的安宁惊奇,也许是因为凭直觉我预感到这一切发生?”

1934年10月底,洛尔加开始写他一生最长的一首诗《伊涅修·桑切斯·梅亚斯的挽歌》。他起稿于格林那达和马德里两地之间,最后在聂鲁达的公寓完成。这首长诗是洛尔加的巅峰之作。……“没有人认识你。没有。而我为你歌唱……我用呻吟之词歌唱他的优雅,/我记住橄榄树林的一阵悲风。”那么简单纯朴,人间悲欢苦乐都在其中了。在西班牙乡下到处都是橄榄树,在阳光下闪烁。那色调特别不起眼,却让人惦念。橄榄树于西班牙,正如同白桦树于俄罗斯一样。梅亚斯曾对洛尔加讲述过他的经历。16岁那年,他从家里溜到附近的农场,在邻居的牲口中斗牛。“我为我的战绩而骄傲”,斗牛士说,“但令人悲哀的是没人为我鼓掌。当一阵风吹响橄榄树林,我举手挥舞。”

……1936年元旦,洛尔加收到从牛郎喷泉寄来的有镇长和近50名村民签名的贺年卡,上面写道:“作为真正的人民诗人,你,比他人更好地懂得怎样把所有痛苦,把人们承受的巨大悲剧及生活中的不义注入你那深刻之美的戏剧中。”

(北岛:《时间的玫瑰》,中国文史出版社2005年版,第28—29、34—35页)

1898年,西班牙在与美国的战争中惨败,出生于动荡年月的西班牙诗人洛尔加似乎注定要用他一生所经历的战乱和苦难来滋养他的艺术创作。早年对他影响最大的钢琴老师虽然缺少音乐方面的天才,却立志终身侍奉音乐。他的一句“我没够到云彩,但并不意味着云彩不存在”,让洛尔加领悟到,“艺术并非爱好,而是死亡的召唤”。[①] 挚友梅亚斯的逝世,使洛尔加写出了杰作,而他戏剧中替家乡百姓道出的共同痛苦,又使他的乡亲们大受感动。在马查多的诗集扉页上,洛尔加写了首诗,称诗歌是“看不见欲望的可见的记录,是灵魂的神秘造就的肉体,是一个艺术家所爱过的一切的悲哀遗物”。在某些时候,艺术确实可以起到逗人发笑或供人消遣的娱乐作用,

① 北岛:《时间的玫瑰》,北京:中国文史出版社2005年版,第5页。

但是消遣和娱乐,远远不够解释艺术家们在创作艺术时所付出的心血以及为艺术着迷的人在欣赏艺术作品时所受到的震动。洛尔加介绍聂鲁达时,称赞他是"离死亡比哲学近,离痛苦比智力近,离鲜血比墨水近"的作家,他们对艺术中的真情实感的重视可见一斑。不仅是作家,画家梵高、音乐家贝多芬……历史上还有数不胜数的把自己的血肉和最深的情感灌注到艺术作品中的艺术家,当然,还有更多的被这些作品所感动过的人们。那么情感与文艺到底有着什么样的关系?

理论概述　净化、升华与高峰体验

一　悲剧净化说

审美有其独特的情感价值的观念在西方有着悠久的历史。古希腊哲学家亚里士多德认为,悲剧有一种它"特别能给的快感",即"由悲剧引起的我们的怜悯与恐惧之情"[①]。完美的悲剧应该摹仿足以引起恐惧与怜悯之情的事件。在这一事件中,"怜悯是由一个人遭受不应遭受的厄运而引起的,恐惧是由这个这样遭受厄运的人与我们的相似而引起的"[②]。我们在观看一本小说或一部悲剧电影时都有过这样的体验,故事里的主人公遭受到某种委屈,我们也感到非常难过,为他打抱不平,与他感同身受。而且这些故事并不一定要我们都亲身经历过,我们可能都没有做过 *The Legend of 1900* 里的海上钢琴师,但是,放弃不忍心放弃的,选择不得不选择的;放弃过往生命历程中最重要的体验,应对猝然而临的一无所知的新生活——可能是我们每一个人都有可能遭遇或体验到的时刻。所以当钢琴师的大船要被炸毁,我们跟他一样恐惧,同时又为他所遭遇的命运而感到怜悯。

不过这里有一个问题,既然悲剧带来的是痛苦的"怜悯与恐惧",为什么说这是一种快感呢?亚里士多德说,"经验证明了这样一点:事物本身看上去尽管引起痛感,但惟妙惟肖的图像看上去却能引起我们的快感……我们看见那些图像所以感到快感,就因为我们一面在看,一面在求知"[③]。而这种快感的价值在于悲剧能够"借引起怜悯与恐惧来使这种情感得到陶冶

① 亚里士多德:《诗学》,朱光潜译,北京:人民文学出版社 1962 年版,第 43 页。

② 同上书,第 38 页。

③ 同上书,第 11 页。

(katharsis)”[1]。这就是有名的“净化说”了。

知识背景 净化说

“净化说”是欧洲美学史上非常重要的一个概念,此后的很多文艺心理学理论都受过它的影响。同时它也是美学史上长期争论的问题之一,争议的焦点在于对 katharsis 一词的理解。它可以作宗教术语,意为“净洗”,也可以作医学术语,意思是“宣泄”或“求平衡”,由此衍生出了“净化说”和“宣泄说”两大类解释。前者按所净化的对象又可分为净化恐惧与怜悯中痛苦的坏因素、利己的因素和剧中人物的罪孽几种,后者也可按宣泄的方式分为以毒攻毒的治疗、通过发泄来满足这些情感以达到平静以及重复激发来减轻它们的力量几种。翻译家罗念生先生在参考了亚里士多德的伦理学著作后发现,“亚里士多德认为人应有怜悯与恐惧之情,但不可太强或太弱。他并且认为情感是由习惯养成的”[2]。因此,怜悯与恐惧之情太强或太弱的人多看悲剧演出,都可以养成一种新的习惯,在这个习惯里形成适当强度的情感。

其实按照亚里士多德对快感来源于求知的表述,我们在此还可以推出一个解释。悲剧能引起怜悯和恐惧,是由于我们通过观赏悲剧,体验了与我们相似的人所遭受的不应遭受的厄运。这样,我们就对自身也可能遭受的厄运有了认识,同时也确认了自己心头原本难以名状的情绪。对情绪的认识当然能有助于对情绪的疏导和控制,可是即便达不到认识这一层面,情绪的表现本身,即情绪所伴随的一定的筋肉和器官的变动,也能带来情绪的缓和。

原典精读 朱光潜论艺术表现和情绪缓和的关系

艺术表现归根结蒂应该被看成一种情绪表现,就像哭、笑、发抖、脸红等等一样。但艺术表现不仅仅是郁积能量的宣泄,而且还有别的因素,那就是同感。艺术不仅表现艺术家的主观感受,而且要传达这种感受。情感一旦传达出来,就被大众分享,这种同感的反应对情感本身也会起作用。人们说:“快乐有人分享,是更大的快乐,而痛苦有人分担,

---

① 亚里士多德:《诗学》,第 19 页。
② 同上。

就可以减轻痛苦。”艺术表现像教徒的祈祷和忏悔一样，有双重的作用：它既是减轻心上的负担，也是吁请同情。后一种快乐可以大大增加前一种快乐。我们可以说，情绪不仅得到表现，而且被别人分享时，便是得到了双重的缓和。

情绪缓和的本质就是这样。那么，在多大程度上我们可以说悲剧能造成情绪的缓和呢？要弄清楚这个问题，最重要的是必须记住，怜悯和恐惧像其他各种情绪一样，不是心中随时存在的具体事物，而是心理作用。它们只有在某种客观事物刺激之下才会出现。它们在刺激产生之前和之后都不存在。在刺激产生之前，它们只是本能的潜在性质，这类潜在性质在适当时候可以使人产生一定的情绪。例如，怜悯只有在面对着值得怜悯的对象时，才会产生，恐惧也是一样。怜悯和恐惧总要有对象，在没有什么值得怜悯或恐惧的时候，说怜悯和恐惧就毫无意义了。

显然，当我们说悲剧“激起怜悯和恐惧，从而导致这些情绪的净化”时，这里的怜悯和恐惧只能是看见悲剧场面时激起的怜悯和恐惧，更确切地说，得到宣泄的只能是与怜悯和恐惧这两种情绪相对应的本能潜在的能量。情绪本身并没有宣泄，而是得到了表现，或只是被感觉到了。于是，亚理斯多德那段有名的话就等于说：悲剧激起怜悯和恐惧，从而导致与这些情绪相对应的本能潜在能量的宣泄。在这个意义上说来，认为悲剧是情绪缓和的一种手段无疑是正确的。悲剧比别的任何文学形式更能表现杰出人物在生命最重要关头的最动人的生活。它也比别的任何文艺形式更能使我们感动。它唤起我们最大量的生命能量，并使之得到充分的宣泄。它使我们能在两三个小时里，深切体验到在现实生活中不可能体验的强烈情感的生活。它是最使人激动的经验，而我们的快感的最大来源也在于此。在剧院里，我们的合群本能得到满足，也增强这种审美快感。艺术表现，正如我们所说，是呼吁同情。不仅艺术家和观众之间有感情的交流，在观众与观众之间也有感情的交流。能找到别人分享自己对同一对象感到的快乐，永远是一种更大的快乐。在看戏时，鼓掌得不到其他观众的响应，自己的快乐也会受影响。假设一出最动人的悲剧在一个大剧场里对着一名观众表演，无论演员们多么卖力，那个观众看到周围全是空椅子，没有一个人和他一起共同欣赏，也一定会深感遗憾。一般人上剧院不仅为了体验情感的激动，也为了和同胞们共同体验这种激动。因此，悲剧中情绪的缓和不仅是自己感到情绪，而且是和别人分享自己的情绪，从而导致紧张状态的松弛。

（朱光潜：《悲剧心理学》，人民文学出版社1983年版，第179—181页。）

美学家朱光潜认为，我们的本能可以看成是潜在能量的积蓄，本能冲动及其引发的筋肉活动作为情绪被我们感觉到，本能冲动有时会为社会力量所压抑，造成潜在能量的郁积。艺术表现可以帮助我们把平时郁积的能量宣泄出来，使得情绪得到缓和。这样，亚里士多德的话就可以改写为"悲剧激起怜悯和恐惧，从而导致与这些情绪相对应的本能潜在能量的宣泄"①。值得注意的是，朱光潜在这里不仅说明了艺术表现和情绪缓和的关系，还进一步指出了这种缓和还与同他人一起分享有关。

二 文艺升华说

把净化解释为情绪的缓和性宣泄，这种思想已经和弗洛伊德的文艺观念非常接近了。弗洛伊德对宣泄作了更为具体的描述。他认为，宣泄而产生的愉快"一方面是彻底的发泄而带来的放松，另一方面是伴之而来的性兴奋"，"性兴奋是作为情感唤起时的副产品而出现的，它让人们感觉到他们的心理潜能提高了"②。弗洛伊德用性本能来解释文艺现象的说法有失偏颇，遭到了后世的许多学者的评判，但他毕竟为人进行文艺活动的动机和心理过程提供了一种比较深入的研究路径，是后来许多理论的基础。

知识背景 人的本能与文学艺术

弗洛伊德把人格分为本我、自我和超我，其中本我表现的是本能活动，受快乐原则支配，寻找即刻满足以发泄原始冲动。本能又可以分为生本能和死本能。前者同种族延续和自身生存保护有关，后者指激发一个人回到生命之前的无机体状态中去的本能。性本能是生本能中一个非常重要的概念，它背后有一种潜在力量叫里比多（Libido），其特点是促使人们追求性欲的满足和快乐。弗洛伊德认为里比多是从事文学艺术创造的原动力，文学艺术则是里比多的升华。

在我们内心深处，有着不受任何约束和控制的本能欲望，当我们的欲望

① 朱光潜：《悲剧心理学》，北京：人民文学出版社1983年版，第180页。

② 弗洛伊德：《弗洛伊德文集》第四卷，车文博主编，长春：长春出版社2004年版，第348页。

与现实社会的各种规范发生矛盾,自我就会压抑本我,通过“现实原则”来控制“快乐原则”,使个体避免不被社会容许的经验。由此我们无意识中的很多本能就受到了压抑,强烈的冲动得不到宣泄,人的痛苦也就由此而生。为了消解矛盾,既要释放本能,又要使其不违背社会习俗和规范,人们就创造了文学艺术作为满足本能的替代形式,亦即“里比多的转移”①。人在外部社会无法实现的本能欲望转而通过在内部的、精神的过程中寻求满足,如此便能不被外部世界所挫败。“幻想的动力是尚未满足的愿望,每一个幻想都是一个愿望的满足,都是对令人不满足的现实的补偿。”②

那文学艺术是怎么做到这一点的呢?这得靠人们对文艺作品中的人物的“认同”作用。平常人的生活是琐细无聊的,我们不甘于这种平淡的生活,又苦于没有机会,也不一定真的有能力去实现我们心里的英雄梦。同时,我们的生命只有一次,而心里的梦想却可以是无限的,就算我们的梦想在现实生活中是可能的,一种愿望的实现与满足必然意味着更多的其他愿望的失落,做了科学家就没机会再去做警察,更不要提愿望与现实的落差,以及新生出来的其他愿望了。而不计其数的艺术作品却可以满足我们对生活的所有幻想,今天我们可以是阿加莎·克里斯蒂小说中的大侦探波洛,明天我们又可以成为电影《127 小时》里无所畏惧的探险家……通过认同作品中的英雄人物,我们可以享受当伟人的乐趣,同时又不需要承担把英雄行为付诸现实所需要付出的磨难,因而“可以心安理得地放纵自己平时在宗教、政治、社会和性的方面压抑着的冲动,在舞台上表现的生活中的各个重大场景里任意地发泄。”③在艺术作品中,我们的本能欲望得到了疏导,并从低级类型升华到高级类型。这就是弗洛伊德的艺术“升华说”。

除了文艺作品的这种“认同”作用,弗洛伊德还分析了“心理剧”。英雄人物并非超人,不光会遭受来自外部世界的挑战,有些艺术作品中的主角也会有内心的冲突,弗洛伊德就把这类作品称为心理剧。剧中造成痛苦的是主角心灵中不同的冲动之间的斗争。前面已经介绍过,弗洛伊德认为我们的内心充满了各种本能欲望,这些本能欲望又受到“自我”的压制,有些欲望的压制过程并不是由我们自己的意识来控制的,而是在我们自己都不知道的情况下由一部分“自我”悄悄完成的。长此以往,我们的心里就会堆积

① 弗洛伊德:《弗洛伊德论美文选》,张唤民、陈伟奇译,上海:知识出版社 1987 年版,第 170 页。
② 弗洛伊德:《弗洛伊德文集》第四卷,车文博主编,第 429 页。
③ 同上书,第 349 页。

起一些莫名其妙的冲突。心理剧中,主角的内心斗争常常是发生在自已有意识的冲动与被压抑的冲动之间,像《搏击俱乐部》中的杰克,一个现代都市的典型角色,对老板唯唯诺诺,绝对服从而丧失自我,在刻板的生活里压抑着内心的反抗愿望。这一隐秘愿望终于过分强大到超越了杰克自我的控制,变成了另一个人——组织"搏击俱乐部"、筹划"大破坏行动",勇于追求自由最后却迷失在破坏中的泰勒。极端如《致命 ID》里相互冲突的内心角色居然发展到了十个人物之多。这种心理剧一般都是以对立冲突中的一方或多方的消灭来解决。观看这样的心理剧能够揭示我们心中被压抑的冲动,使我们获得解脱的快乐,从而起到治疗我们自己心中的心理症状的作用。

三　审美需要与高峰体验

人类的本能与现实文化互相冲突是弗洛伊德的一个基本观点,人本主义心理学家马斯洛则不同意这一点,他认为人在本质上是好的,具有合作性的,我们可以通过文化得到满足而不仅仅是受到挫折。他把艺术对生命本能的肯定导向了对人类满足自身需要的分析。

马斯洛把人的需要分成多个层次,从底层向上依次为生理、安全、归属、自尊及自我实现。这些需要是有等级序列的,只有当较低的基本需要得到至少是部分满足后,高一级需要才会产生,而自我实现的需要是人类需要发展的顶峰。马斯洛非常重视对自我实现者的研究。在自我实现者,也即健康人身上,心与灵、理性与本能或认知与意动之间由来已久的对立消失了,他们的"本我、自我和超我是相互协作的,彼此之间并不发生冲突"①。马斯洛甚至认为他们与普通人之间的差异大到足以催生一种专门的自我实现者的心理学。

既然自我实现者如此完善,我们应该要如何趋向自我实现呢?马斯洛为我们指出了八条途径。其中有两条与文艺活动有关,首要的就是"无我"(selflessly)体验。马斯洛认为,"自我实现意味着充分地、活跃地、无我地体验生活,全神贯注,忘怀一切"②。其后,他又谈到了高峰体验。高峰体验是马斯洛非常重视的一个概念,它是马斯洛在对健康人的研究中发现的。

---

① 马斯洛:《动机与人格》,许金声等译,北京:中国人民大学出版社 2007 年版,第 188 页。

② 马斯洛等:《人的潜能与价值》,林方主编,北京:华夏出版社 1987 年版,第 259 页。

原典精读　马斯洛谈“高峰体验”

我注意到这些人常常说自己有过近乎神秘的体验。这种体验可能是瞬间产生的、压倒一切的敬畏情绪，也可能是转瞬即逝的极度强烈的幸福感，或甚至是欣喜若狂、如醉如痴、快乐至极的感觉（因为“幸福感”这一字眼已经不足以表达这种体验）。

在这些短暂的时刻里，他们沉浸在一片纯净而完善的幸福之中，摆脱了一切怀疑、恐惧、压抑、紧张和怯懦。他们的自我意识也悄然消逝。他们不再感到自己与世界之间存在着任何距离而相互隔绝，相反，他们觉得自己已经与世界紧紧相连融为一体。他们感到自己是真正属于这一世界，而不是站在世界之外的旁观者。

最重要的一点也许是，他们都声称在这类体验中感到自己窥见了终极的真理、事物的本质和生活的奥秘，仿佛遮掩知识的帷幕一下子给拉开了。艾伦·华兹曾这样表达过这种感觉，“噢，原来如此！”这好像是我们的最终目的地，而现在我们终于达到了，这就是目的地！这就是我们艰苦奋斗的终点，是我们渴求期待的成就，是我们愿望理想的实现。每一个人都有过这种时候，即我们感到迫切需要某种东西，但又不知道究竟是什么；而这种朦胧模糊的未能如愿以偿的渴望则可以通过我们的这些神秘体验得到最充分的满足。产生这种体验的人像突然步入了天堂，实现了奇迹，达到了尽善尽美。

（马斯洛等：《人的潜能与价值》，林方主编，北京：华夏出版社 1987 年版，第 366—367 页）

我们可以从马斯洛的描述中总结出高峰体验的几个特征：其一，高峰体验是短暂的，无法持续很久；其二，它是一种极度强烈的欢乐感觉；其三，人们在高峰体验中感觉到高度的认知自由；其四，高峰体验能使人们深深地联结起来。对此，马斯洛还有过这样的描述：“心灵确实是孤独的，它被躯体包裹起来而与外界隔绝。两个如此相互隔离的心灵能够越过其间的巨大鸿沟而彼此沟通起来，这似乎是一个奇迹，而这奇迹竟真的发生了。”[1]这不禁让我们想到了朱光潜论述的人们在由艺术唤起的激动情绪中分享彼此的感情的现象。

---

① 马斯洛等：《人的潜能与价值》，第 373 页。

在对高峰体验做了详尽的描述之后，马斯洛还谈到了它的另外两个特征：一个是高峰体验不由人所控制或支配，意志力对它是无效的。另一个是高峰体验并不独属于健康人，几乎可以说每个人都有这种体验。而关于高峰体验的来源，则有爱情、与大自然的交融和体育运动等许多因素，审美感受和创造激情是其中非常重要的部分。

最后值得一提的是，在国内外教材对需要层次理论的介绍中，有的只讲了五个基本层次，有的还加上了认知和审美两大需要。实际上，这些分歧里包含着马斯洛自己对认知和审美需要看法的演进。前五个层次属于基本需要，它们在层次系列里具有优势递进的性质。而认知和审美需要虽然很重要，但却可以在不同的层次上表现出来，很难被归入层次序列。晚年的马斯洛突破了以人为中心的局限，更加注重终极关怀，提出"以宇宙为中心"的"后人本心理学"，并把认知和审美需要归入了"超越性需要"（metaneeds），把它们看成是对自我实现的一种超越。

第二节　文艺与人格自塑

预读　堂吉诃德·文艺对人格的塑造

> 长话短说，他沉浸在书里，每夜从黄昏读到黎明，每天从黎明读到黄昏。这样少睡觉，多读书，他脑汁枯竭，失去了理性。他满肚子尽是书上读到的什么魔术呀、比武呀、打仗呀、挑战呀、创伤呀、调情呀、恋爱呀、痛苦呀等等荒诞无稽的事……总之，他已经完全失去理性，天下疯子从没有像他那样想入非非的。他要去做个游侠骑士，披上盔甲，拿起兵器，骑马漫游世界，到各处去猎奇冒险，把书里那些游侠骑士的行事一一照办：他要消灭一切暴行，承当种种艰险，将来功成业就，就可以名传千古。
>
> （塞万提斯：《堂吉诃德》上册，杨绛译，北京：人民文学出版社 2003 年版，第 13 页）

英国哲学家洛克在《人类理智论》一书中将事物的性质分为两种，一种是广延、体积、形状等固定不变的属性，他称之为第一性质；其次是依赖于人对事物的接受而表现出来的属性，如颜色、气味等。在洛克的划分基础上，美学家桑塔耶纳又提出了第三种性质说，即情感。因为我们在面对事物时常常也会不自觉地进入一种情绪状态中,比如我们会说“阴沉沉的天空”“愤怒的大海”“温柔的春风”之类。这是一种移情作用,既是主体的静态向对象的投射,以将主体变成精神境况的外化,也是对象对主体精神意向的唤起。

情感不仅是审美活动的生发之源,也是成就事业的创造动力。没有对电脑编程的痴迷,就不会有后来的微软;没有对生命的真正热爱,就不会有国际红十字会。正是这样的情感活动将我们携入一种价值情境当中,从而强化或改变价值态度。塞万提斯笔下的堂吉诃德就是因为读骑士故事入了迷,去模仿骑士漫游各地行侠仗义的。

法国美学家塞斯兰说:“鉴赏力的最高和最可敬的产物,可能就是造就了某一种类型的人——他们是特别自由的。他们是通过艺术才变成这个样子的。”[①]鉴赏文艺首先是获得生命体验,除了从中获得一种特殊的愉悦,或者群体共同感等等外,其最大意义,在于生命态度和观念的陶冶与升华。

理论概述　从模仿到“自由意志”的唤醒

亚里士多德认为悲剧可以宣泄、疏导人的不良情绪,弗洛伊德则进一步认为文学艺术可以使人们被压抑的本能得到升华,马斯洛眼中的高峰体验更是人类自我实现的方式之一。从上一节的分析中我们可以得知,文艺对个人的情感有着不可替代的价值。接下来我们要进一步讨论的是,文艺对个人情感的作用是如何发生,又是如何超越一时的情感宣泄,导向人格的完善乃至社会群体价值的。

一　情感的激发与模仿

文艺首先是一种审美实践活动,而审美活动对人的影响与指向明确的功利目的的单纯教育活动不同。我们固然是通过学习技巧而学会了作画,通过练习而学会了奏乐,但当我们被逼迫着去画一个个不知就里的圆圈,固定在键盘前敲打着一个个单调的音符时,和因为被一幅画作、某支乐曲激起了铭心的感动,从而满怀激情地去画、去弹,是有着质的差异的。文艺作品固然可以给人以创作的技巧、审美的能力、社会的体认乃至人生的启迪,但这一切都不是强制的,而是一种润物细无声的潜移默化,主体在不知不觉中

---

① 塞斯兰等:《美学译文》第一卷,中国社会科学院哲学研究所美学研究室编,北京:中国社会科学出版社1982年版,第208页。

主动地投入进去,其前提则是由对象所激起的愉悦、迷恋,一切的所得,都是通过情感的激发而实现的。

这里的问题是,文艺一定会对人的情感发生作用么?这种作用一定是如所预期的?只有文艺作品才能调动其接受者的情感活动么?有了情感活动,就可以改变人的价值态度?除了道德意义,文艺还能给人带来别的什么益处?如果可以,又是怎样的状况?

汤显祖创作的《牡丹亭》在那些对美丽人生怀着无限期待的青年女子们那里激起了强烈的共鸣,同时也因为这种期待的遥不可及使她们更加陷入无尽的失望与伤感。“冷雨凄风不可听,挑灯闲看牡丹亭。世人亦有痴于我,岂独伤心是小青。”[①]有的甚至舍命以殉。焦循在《剧说》中就记录了这样一个故事:“(内江女子)自矜才色,不轻许人。读《还魂记》而悦之,往访汤显祖,愿奉箕帚。见汤皤然老翁,乃叹曰:‘吾平生慕才,将托终身,今老丑若此,命也。’因投于水。”

从这些例证来看,似乎文艺作品发生作用的机理就在于情感的激发,由此而不自觉地产生模仿的冲动,是这种模仿意识才推动欣赏对象去行动。上文所引作者范小青不仅咏叹同命,而且在自知生命将尽时也模仿《牡丹亭》情节请来画师为其写真。这就将情绪的渲染外化为行动的抒情。那么模仿是如何发生的?

将文艺价值理解成仅仅为人提供模仿范本,则是将问题过于简化了。据说上个世纪80年代由香港李翰祥导演的电影《少林寺》引得许多少年离家出走少林寺。读了骑士故事就去做骑士,但总不能读了《西游记》就去花果山,看了《狮子王》就去做狮子。故事里自杀的情节很多,更不能模仿人物去自杀了。作品本来就是想象力的产物,神魔鬼怪星球大战无所不有。况且,如果文艺的价值途径在于激起情感反应,那么作为一种原理应该对所有人都适用,然而并不是所有与娜拉命运相似的人读了《玩偶之家》就出走的。此外激起行动的因素不只有情感,理性和欲望都可以促成行动。文艺所引起的行动有何独特性呢?

行动只是文艺价值的间接性结果,作为审美活动的阅读与观看首先引起的不是行动,而是某种可能导向行动的意愿。行动可以是意愿的直接性的现实,也可能差别悬远。这种心理趋向也是一种里普斯、谷鲁斯他们所讨论的“内模仿”行为。主体在阅读、观审过程中,不自觉地产生对作品中的

① 冯梦龙:《情史类略》第十四卷,湖南:岳麓书社1984年版。

某些人或事予以认同和行动的意欲。

一个对象引起的模仿可以有很多层面。基本来说,模仿的浅层是对对象形象的模拟。《少年维特之烦恼》出版后引起了一股灼人的"维特热",青年们模仿维特穿起黄裤子、黄马甲,外面罩上蓝色的外衣,身上涂着"维特香水",连喝水的杯子也要是"维特杯"才行。对于那些不满足于这种肤浅的表层模仿的人们,更重要的是像作品中的人物那样去行动。前文所说堂吉诃德读小说而做骑士的行为即是如此,而看了电影去少林寺,读了武侠去仗义,"维特迷"们有的甚至模仿维特在爱而不得的痛苦中去自杀,都是文艺接受过程中受到影响而行动的例子。当然,作品激发于人的更多是一种精神上的模仿,一种人生价值的直观,从而开启一种人生境界,"幼时读《××》,立志长大了要做××样的人",相信读者对这样的句子不会陌生。《狂人日记》激起了多少反抗旧礼教的青年;不论是烽火遍地的抗日时期还是河清海晏的和平年代,只要《松花江上》的旋律响起,总会唤起国人记忆中屡遭侵略的民族之痛与流离异处的绵绵乡愁。而海明威为人们贡献的"硬汉精神",贝多芬所激起的顽强抗争,曹雪芹告诉我们的人生哲思……每一个文学形象都为读者敞开了一个充满意义和价值的世界,阅读即是获得这样的世界,人生的丰富性即源自这些世界。

二　情感的激发与人格的完善

模仿到了精神的层面,其实已经不只是单纯的模仿,而是需要依靠更持久的个体自身的人格上的内化来支撑。我们中华民族对自然美的欣赏就常与人的精神道德情操相联系,用人的伦理道德观点去看自然现象,把自然现象看作人的某种精神品质的对应物。松竹梅被称为"岁寒三友",因为其岁寒而不凋,后人就把它们比德于君子,寓以正直长青之意。梅、兰、竹、菊又有"四君子"之说,冬梅凌寒独放,春兰生发幽谷,夏竹宁折不弯,秋菊中和恬淡,"四君子"不仅涵盖对时间、秩序和生命的象征意义,还包含对人类品德和社会风尚的情感寄托。正因如此,中国书画家对艺术的追求常以涵养心性为先决条件,对书画的欣赏品评也很重视作品中所表现出来的风神气度。宗炳在《画山水序》中提出"澄怀味象",认为山水以美的形式载道,不能亲自游历山川,也可以作山水画来"畅神"。谢赫将魏晋时期的人物品藻风气引入绘画理论,提出著名的"六法",把"气韵生动"置于首要位置。荆浩认为绘画不是一般认为的色彩鲜艳就行了,而要"度物象而取其真",喜欢画云林山水,就要明白它们的本原。为了说明这"物象之原",荆浩在《笔法记》中写“古松赞”曰:“不凋不荣,惟彼贞松。势高而险,屈节以恭……以贵诗赋,君子之风。风清匪歇,幽音凝空。”

类似这样的对自然美的感悟和艺术表达,不可能只是对自然界事物的简单模仿,而是在山水和书画中涤荡心灵,在自然中发现人格美,又把这人格美内化为自身部分的过程。那么,这种人格的内化是怎么发生的?文艺作品在其中起到了什么作用?要搞清楚这个过程,就不得不对文艺作品欣赏的心理机制作一分析。

前面说到,要产生模仿行为,首先要有情感的激发。文艺作品为什么能激发情感呢?我们知道,心理学家常常把情感拆分为像快乐、悲伤这样一些具体的种类以及感觉、联想这样一些心理作用。对此,柏格森很不满意,他认为活生生的情感一经拆分就不再是情感了。依靠这样的办法来认识心灵是在用人为复制物代替心灵中所发生的具体现象。我们平时也常常不自觉地犯这个错误,为了现实的需要对情感加以分析,抑制了自己的情感。我们平时所使用的语言就是这个压抑过程的表现。“语言对于恋爱与怨恨以及激动灵魂的千百情绪只能掌握其客观的、不属于私人的方面。语言已把种种情感与观念这样地降低到一个平凡的、共同的境界。”①文学语言则与现实语言不同,是对现实语言的解放。文学家“企图在他的描述中一再增加细节,以恢复情感与观念之原有的、活生生的个性”②。

原典精读　柏格森论情感的压抑与激发

> 强烈的恋爱或沉痛的悲哀会把我们的心灵全部占据:在这时候我们会觉得有千百种不同因素在互相溶化与互相渗透,它们没有明确的轮廓,丝毫不倾向于在彼此关系上把自己外在化;所以这些因素是那样独特新奇。但是一旦我们在这些因素的混沌一团之中辨别了数目式的众多性,则我们就已歪曲了它们。我们若把它们彼此分开并且排列在一个纯一的媒介里(随你高兴,称这媒介为时间或为空间都可以),则在这时候它又会变成怎样呢?一会儿以前,每个因素都染上了它四周一种不可言状的色调;到现在,它变成无声无臭而准备接受一个名称。情感自身是一种活着的、发展的东西,因而时刻在变化;不然的话,情感怎能逐渐使得我们做出一个决定来呢?我们的决定即刻会被采用。但

① 柏格森:《时间与自由意志》,吴士栋译,北京:商务印书馆1958年版,第122页。
② 同上。

是情感所以活着，乃是由于有它在其中发展的绵延，是一种其中各瞬间彼此渗透的绵延。我们一把这些瞬间彼此分开，一把时间散布在空间之内，我们就已使这情感失去它的生气与它的色调。所以我们现在是站在自己的阴影前面；我们以为自己已经对自己的情感加以分析，其实不知我们已把一系列无生气的状态代替了它，这些状态可被译成言语，每个状态是整个社会在指定情况下所得到的种种印象之共同的因素和非私人性质的渣滓。而这正是我们所以对于这些状态作出种种推论以及所以把简单逻辑应用到它们身上去的理由。我们会把它们彼此分开，并仅通过这个事实就把它们每个都变为一个类别；既然这样，我们就已把它们准备好了，以便日后进行推演时好使用它们。如果现在有一位大胆的小说家，把惯有性的自我所组织得很巧妙的这个帐幕揭开，把逻辑表层之下的基本荒谬向我们指点出来，并在这系列的简单状态之下指出千百种不同印象之无穷渗透（而这些印象一被人们加上名称就即刻不再存在）：如果有这样一位小说家，则我们将称赞他，说他对我的了解比我们对自己的还较透彻。但是事实并不是这样的。这位小说家把我们的情感散布在一个纯一的时间内，又用言语表达情感的种种因素。仅仅这个事实就可证明，他自己所献给我们的也不过是情感的阴影而已。可是他把这阴影排列成一个样子，致令我们可猜疑到那把这阴影投射出来的原物具有异乎平常的、不合逻辑的性质。被表达出来的因素，其本质是矛盾，是互相渗透；他把这种本质多少表达出来一些，因而促使我们进行思索。我们受了他的鼓励，就把那介于我们意识和我们自我之间的帐幕拉开了一会儿。他曾把我们引到我们自己的真正面目之前。

（柏格森：《时间与自由意志》，吴士栋译，商务印书馆 1958 年版，第 98—99 页）

柏格森所说的小说家献给我们的“情感的阴影”，也就是文学作品中的情感的暗示，这种暗示通过有节奏的形象来展现。文学家“把情感发展为形象，又把形象发展为字句，而字句把形象翻译出来，同时遵守节奏的规律。读者在心目中陆续看到这些形象，于是就有了诗人有的情感”[①]。其中，节奏的作用在于便于进入暗示的准备工作。“节拍使我们的注意力摇摆在指

① 柏格森：《时间与自由意志》，第 11 页。

定的时刻之间,从而使感觉与观念的日常流动停顿起来……节奏的抑扬顿挫麻痹了读者的心灵,使他忘记一切,使他如在梦里一样跟着诗人一样想和一样看。"[①]不仅是文学,造型艺术的固定性也有类似节奏的效果。总之,"艺术的目的在于麻痹我们人格的活动能力,或宁可说抵抗能力,从而使我们进入一种完全准备接受外来影响的状态;我们在这种状态中就会体会那被暗示的意思,就会同情那被表达的情感"[②]。

当我们欣赏完了一部艺术作品,我们从中感觉到的情感以及对自我情感的认识并不会消失,而是进入我们意识的绵延。柏格森把它解释为一种"有机体式的演化"[③]。这里可以用胡塞尔的内在时间的"演替"(sukzession)来进一步说明。在胡塞尔看来,我们的意识就像一条河流,它是许多感觉及其演变的统一,其中有些新的感觉开始("原感觉"),有些感觉在变异中延续("滞留"),有些感觉消失不再。如果我们可以让这条意识流停下来,观看其中的一个横截面("相位"),那么它会包含着之前的各个新的感觉和延续的感觉。如果我们让它继续流动,我们就可以看到一条流逝中的统一的意识流,刚刚的那个横截面开始发生变化,延续的感觉有了新的延续,这条意识流"作为现象而在自身中构造起自身"[④]。

如上图所示,假设 OE2 是意识流中的一段,在 O 向 E2 流动的过程中,出现了新的感觉 E1,同时 O 在变异中延续。接着又出现了新的感觉 E2,同时 E1 在变异中延续为 E1',O 的延续又产生了新的延续 O'。此时 E2 、E1'与 O'在一个瞬间,即截面 E2 O'中得到统一。我们在艺术作品中感受到的形象,对作品中所暗示的情感的体验和认识都会经历这样一个过程,融为我们自身的一部分。

当然,真正的意识流比这里图示的结构还要复杂得多。意识在当下永远是一个统一的整体,当新的感觉进入这个整体时,所发生的远不止一加一这么简单,而是意识在整体上的相互渗透。我们在阅读诗歌时被其中的形象所打动的那一瞬间,新的形象会唤醒我们自身意识中拥有相似结构的部

① 柏格森:《时间与自由意志》,第 11 页。

② 同上书,第 10—11 页。

③ "在我们之内的绵延是什么呢? 它是一种性质式的众多体,跟数目没有丝毫相像的地方;它是一种有机体式的演化,而这演化尚未成为一种正在增长中的数量;它是一种纯粹的多样性,其中没有彼此判然有别的性质。简言之,内在绵延的各瞬间并不是外于彼此的。"柏格森:《时间与自由意志》,第 169 页。

④ 胡塞尔:《内时间意识现象学》,倪梁康译,北京:商务印书馆 2009 年版,第 117 页。

分。这个瞬间被巴什拉称为“回响”(retentissement),在其中,“主客二分被重新划分,彼此映射,不停地来回颠倒”[①]。巴什拉认为,回响是“诗歌形象的真正存在形式”[②],通过回响,能达到“读者灵魂中的诗歌创造力的真正苏醒”[③]。

原典精读　巴什拉论“回响”

诗歌形象在其新颖性和主动性中具有一种特有的存在,一种特有的活力…正是由于形象的突然巨响,遥远的过去才传来回声。

共鸣散布于我们在世生活的各个方面,而回响召唤我们深入我们自己的生存。在共鸣中,我们听见诗;在回响中,我们言说诗,诗成了我们自己的。回响实现了存在的转移。仿佛诗人的存在成了我们的存在。因此共鸣的多样性来自于回响的存在统一性。

……正是在回响之后我们才能够感受到共鸣、情感的反射、往昔的忆起。然而形象在感动表面之前已经触动了内心深处。这在读者的一次普通经历中就能真实体会到。对诗的阅读所提供给我们的形象确确实实变成了我们自己的。诗歌形象在我们心中生了根。我们接受了它,但我们获得新生,就好像我们本来就可以创造它,我们本来就应该创造它一样。诗歌通过把我们变成它所表达的东西从而表达我们,换句话说,它既是表达的生成,又是我们存在的生成。在这里,表达创造存在。

(巴什拉:《空间的诗学》,张逸婧译,上海译文出版社2006年版,第2、8—9页)

弗洛伊德补充了亚里士多德的净化说,认为文学艺术可以帮助人们满足在现实生活中无法实现的欲望,并使其得到升华。巴什拉则认为,弗洛伊德的“升华不过是垂直方向上的弥补,是向高处的逃循,正如弥补是一种侧面的逃循”[④],用对欲望的分析来解释文艺现象是用“肥料来解释鲜花”[⑤]。

---

① 巴什拉:《空间的诗学》,张逸婧译,上海译文出版社2006年版,第5页。

② 同上书,第2页。

③ 同上书,第9页。

④ 同上书,第16页。

⑤ 同上书,第17页。

巴什拉认为,“诗歌中的升华高悬于有关俗世间不幸灵魂的心理学之上”[1],它应该是一种“纯粹升华”(sublimation pure)。“读者灵魂中的诗歌创造力的真正苏醒”就与“纯粹升华”有关,因为“纯粹升华”的关键是“超越”和“绝对的创造”,要“体验未曾体验过的东西,并向语言的开放敞开自身”[2]。与柏格森相似,巴什拉也认为文艺能帮我们超越现实的束缚,他说:“诗将现实与非现实交织在一起,在诗歌中,现实条件不再起决定作用。随着诗歌,想象力来到边缘地带,正是在那里,非现实功能前来诱惑或者惊扰(常常是唤醒)沉睡于习惯动作中的存在。当我们进入纯粹升华的领域中,最狡猾的习惯动作,即语言这一习惯动作,将会失去作用。”[3]

比柏格森更进一步的是,巴什拉还提出“形象先于思想”,“灵魂”(seele)不同于“精神”(geist)。因为灵魂“表示气息”,“即使‘形式’已经在‘约定俗成’中被认识,被感知,被塑造,在受诗的内部光线照亮以前它只不过是精神的单纯对象。而灵魂将会开创形式,居住其中,怡然自得”[4]。这就是为什么,文艺作品应该且能够“救赎一个受激情折磨的灵魂”,而欣赏文艺作品的“回响”作用能够在潜移默化中拓展我们自身的存在,丰富我们的人格和灵魂。

三　审美与意志的自由

到这里,我们已经了解到文艺可以通过情感的激发来拓展人格的境界。但是要从审美通向人格的完善,产生道德上的价值,还有一个环节,那就是审美对自由意志的唤醒。

自然是通过知性来认识的,通过时间、空间、因果、必然等等对自然现象予以分析和概括。从阿基米德到牛顿到爱因斯坦,人类在认识自然方面不断地跃进。我们懂得了物体运动的规律,明白世界变化的通则,知道时间在速度中的变形……然而所有这一切都只是由知性而指向自然本身,都是关于自然的知识,前提和结论都存留于自然领域。但有些领域却是超出自然的。

知识既不能告诉我们为什么要研究自然现象,也无法告诉我们什么是

---

① 巴什拉:《空间的诗学》,第 17 页。
② 同上书,第 18 页。
③ 同上书,第 22 页。
④ 同上书,第 8 页。

幸福。“百川东到海，何时复西归”与“少壮不努力，老大徒伤悲”之间只是一种修辞的联系，两者并不存在任何逻辑上的必然性因果，我们关于水流的知识再多，也无法从中推理出人生要努力的结论来。农牧科学家可以告诉我们怎样将一匹马养得膘肥体壮，却无法告诉我们为什么要将这匹马送上战场或屠场。即使在文艺领域里也是如此，艺匠熟悉雕刻大理石的各种工具和技艺，而一尊长蛇缠死父子三人的雕塑为什么是《拉奥孔》，为什么说蒙娜丽莎的微笑是最迷人的，这些是自然科学所无法告诉我们的。知性只能处理自然现象，通过定义、定理、公式、逻辑等等告诉我们现象来自于一个怎样的世界，为人类解除一切技术上的困惑，然而却不能回答生命的意义何在。

知识背景　人的三种心灵能力

康德把人的心灵能力划分成认识、欲求能力以及情感上的愉快和不快三个部分，认知活动是对对象的属性、功能、特征等等的解读，主体由此获得有关对象的种种知识。欲求能力指向意志，属于理性。其目的被理性所规定，主体由此获取关于道德实践的律令。对于愉快和不愉快的情感，康德认为其背后是人的审美判断能力。

现象的世界由知性所把握，意义和价值判断则依赖于实践理性，道德的，也即自由的世界由理性所把握。凡现实性的存在都服从因果规律的制约，都是有条件的，事物的变化和结果都是条件的控制下发生的，算不上真正的自主，自然也就无法通往道德，因为道德首先要保证主体是自由的。从因果世界中只能得到知识，知性是一切经验知识的保证，但经验知识推论不出道德。一个人拥有再多的化学知识，未必就会成为环保主义者；拥有再多的“仁”的知识，难说一定会成为“君子”；一个文学批评家，拥有全部的文学技术，未必会成为一个人文主义者。反过来，自由也无法成为现象，因为一涉及现象就落入了因果性之内，就不再是自由的了。自由代表目的王国，自然代表自然王国。而自由里无自然因果，自然里无自由，自由就变成一个高悬于空中无法落实下来进入现象世界的东西。如此一来，现象世界也就无法与自由世界发生关联。一个在天上，一个在人间，两者之间隔开了一条似乎永远不能消除的鸿沟。

然而，在人类看来，现象界（包括所有自然与社会的一切现象）并不是一盘散沙，不是零乱的、彼此无关的，而是一个巧妙绝伦的系统化的整体。

对于这个如此复杂,同时又如此有序、和人类有着依赖性与共通性的世界,所有的现象似乎都朝向着一个总的目的,顺应着一个善的意志。也就是说,自然的存在应该是被一个总的目的所引导着的。这样自由和自然两个世界不应该没有关联,因为自然世界受到自由意志的引导。但自由属于理性,它没有现象,只能通过人的行动去实现自己。目的的最后根源在道德,所以道德法则是自由的存有根据,是自由的认识条件。行动即现象,自由意志通过行动进入现象界,落入自然王国,它决定了自然的最高目的。通过这样的逻辑,自然和人类活动都被统一到目的的王国。

审美鉴赏活动与认识和欲求的行为都不同。游览一处风景,参观一个画展,阅读一部小说,聆听一场音乐……如果我们不是从中获得生活知识或某种教义,换句话说,当我们以审美的态度去欣赏这些事物时,主体是处在一种极为自由的状态。在审美活动中,除了欣赏,对对象没有任何认识或实践上的行动。美不是对象的属性,审美判断是纯粹的主观活动,既不增加关于对象的知识,也不是为了道德目的去赞美对象或改造对象,主体从中得到的只有愉快。换句话说,只有当主体对对象既没有知识要求,也没有欲求意向的时候,才有发生审美愉悦的可能。拥有花的知识并不能增进对一朵花的美感,同样无论我们多么同情和崇敬夸西莫多,却总不能说他是位美男子。另一方面,美是不可传递的。一个人无论怎样传神地描述一朵花的美,对于欣赏者来说,如果不是亲自到场观察,是无法真正享受到花的美的。一篇小说、一部影视、一幅画……无不皆然。你可以被一个人讲述的电影激起无限的神往,但不前往电影院,仍然无法领略作品的美。至于被一个讲述所感动,乃至痛哭流涕,则更不是审美情感,它只是道德上的同情。即使是美感,对象不过是讲述者所讲述的内容,严格说来听到的仅仅是讲述者的作品,要领略原作的魅力,仍然还得亲自去观看。

审美愉快只是审美鉴赏的伴随现象,而不是审美活动本身,更不能等同于美。也就是说,审美伴随着愉快,但愉快却不是审美。感官的适意、道德上的善都会促生出愉悦感,但这些愉悦感的获得都是有条件的。"长江绕郭知鱼美,好竹连山觉笋香"就表层意义说是口腹欲望所引起的愉快,"我自横刀向天笑"是一种慷慨赴义的愉快,两种愉快一个是直接欲望的满意,一个是理性思考之后的满意,一个是感官的,一个是价值理性的,但有一点是共同的,就是这种愉快里都内含了主体和对象之间的欲求关系。而审美愉悦则纯然是静观的,既无感官的偏嗜,也无理性的愿望,是一种必须在场的,无知识活动、无目的要求的完全自由的愉快。

依照这样的思路,美看起来与道德毫无关系。"江流天地外,山色有无中","明月松间照,清泉石上流",我们看到这样的景象,读到描绘这种景象的语句都会升起一种美感,会变得心情愉快,但似乎看不出其中蕴含有什么道德内容。然而事实并非如此。审美首先仍然是一种判断。同样的牡丹,我们会说这棵开得很美,那棵开得不漂亮;同样的林黛玉,我们也会说这个演员演得像演得好,那个演得不好甚至是丑化。既然是同类的对象,又无目的与概念左右其中,为什么会出现这样的判断上的差异呢?其背后必然存在某种判断的依据。这个依据要到审美活动的发生机制里寻找。康德认为,审美愉悦只发生在人类中,当主体处于审美状态时,活跃着的是人的知识能力和想象能力,二者相互协作自由无束。一朵花今天是美的,明天因为枯萎就不美了;它在绽放时也比花苞时更美。这种美的级别的划分,奠基于对象符合主体判断的程度。也就是说,想象力冥冥之中其实受到形象经验的引导,在这个空间内,想象力的活跃愈自由,形象认知也同时受到想象力的激发而自由生新。二者的协作愈谐和,伴随的愉快也就愈轻松。康德说,主观方面的认知能力和想象力能够运动,而且运动得如此巧妙,如此和谐,一定冥冥中顺应、合乎一个目的性,目的即道德。美的对象其实是一种无目的的合目的性,无概念的认知。要使审美活动得以发生,首先必须将主体从知识的、功利的目的中解放出来,获取最大限度的自由;审美活动既要求自由,也体现了自由。审美判断打开了自由之门,可以启发出自由世界。也就是说,审美沟通了真和善,使真善美获得了统一,因此康德说:"美是自由的象征。"审美判断虽然不直接属于道德,却通向了道德。

审美活动与道德判断拥有共同的基础。道德的前提是意志的自由,道德境界的高低也反映着自由境界的广狭,道德境界也就同时可以促进和决定着审美境界。因此,不但审美快感与道德感的心境相通,甚至美与道德在评判上使用着同一种表述话语。"我们把建筑或者树木称做雄伟的和壮丽的,或者把原野称做欢笑的和快乐的;甚至颜色也被称做贞洁的、谦虚的、温柔的,因为它们所激起的那些感觉包含着某种与一种由道德判断造成的心灵状态的意识相类似的东西。"[①]人们也常常将卑鄙说成丑,称英勇为壮烈,人们在审美和道德评判之间如此随便地转换跳跃,却并没有觉得不自然:审美判断可以自然过渡向道德判断。至于文艺作品,则更是从属于善的。

---

① 康德:《康德著作全集》第五卷,李秋零主编,北京:中国人民大学出版社 2007 年版,第 369 页。

文艺作品是最复杂的审美对象,技术的、语言的、情景的、事物运动的可能性的、道德的等等因素都彼此融合相得益彰地存于其中。文艺活动是审美的高级形式,具有更强的道德性。“美的艺术和科学即便不能使人在道德上得到改善,但它们通过可以普遍传达的愉快,通过对社会生活的精益求精和文雅化,而使人有教养,极大地克服着感性偏向的专制,由此就为人类准备了一种唯有理性才应有力量支配的统治权。”[①]换言之,艺术和科学是人类意识到并发展自身的途径。

第三节　文艺与社会

预读　钢琴师·音乐与人性

一天,他又摸进一个厨房,正埋头在撤离的主人没能带走的坛坛罐罐里聚精会神地翻找,没有听到身后的脚步声。突然一声德语问话,让他惊跳起来:“你在找什么?你不知道德军参谋部要驻扎到这里来吗?”大难临头,衰弱不堪的瓦迪斯瓦夫已无力逃跑,他绝望了:“随你把我怎么处置吧!”“你是谁?”军官又问,他正是维尔姆·霍桑菲尔德。“一个钢琴家。”维尔姆指了指隔壁屋里的一架钢琴:“弹吧!”瓦迪斯瓦夫在钢琴前坐下,开始弹奏肖邦的《升c小调夜曲》。飘荡在瓦砾堆上的优美旋律令上尉动容。“我帮助你出城,送你到乡下一个小村子去,”维尔姆建议,“在那里就安全了。”“可是……我出不去。”维尔姆猜到了:“你是犹太人?”钢琴家把自己的隐蔽处指给上尉。在此后的几个月里,维尔姆多次回来,给他带来面包和大衣。一天,钢琴家问他苏联军队到了哪里。“已经到了维斯瓦河东岸的普拉加,华沙的一个区。你一定要挺住!最多只有几个星期了,战争不会拖过春天。”

维尔姆最后一次回来是在1944年12月12日,带着面包和被子。道别前他告诉钢琴家:“我的部队要离开华沙了,俄国人随时可能过来。”1945年1月17日,维尔姆·霍桑菲尔德被苏联红军俘虏。

(钱苹:《历史上的〈钢琴家〉》,《世界博览》2003年第2期)

因为一些偶然的契机,与不算太相熟的朋友聊起各自喜爱的音乐,突然心潮

---

① 康德:《康德著作全集》第五卷,第433页。

澎湃,两眼放光,一下子拉近了两个人的距离。这样的事情在我们的日常生活中一定不会陌生。民族、国家、阶层……靠这些联结起来的人们之间的关系,是被动的、复杂的。而在音乐与其他文学艺术中产生共鸣的人们却是脱离了现实利害考虑的,在共鸣中深深地体验到彼此的共在。这就是为什么,在硝烟四起的战火中间,一个热爱音乐的德国军官可以不顾自己的身份,不计较得失,去救助一个波兰犹太人钢琴家。这个真实的故事被钢琴家瓦拉迪斯罗·斯皮曼写进了自己的回忆录,其后又被导演罗曼·波兰斯基拍成了著名的电影《钢琴家》。影片将钢琴家在二战时期所经历的各种幸运与不幸的遭遇娓娓道来,展现出了人性的多个侧面。

理论概述　从审美教化到爱欲解放

文艺能够对个体的人的情感发生作用,自然也会对社会群体产生影响。在第一节中,我们已经了解到亚里士多德认为文艺可以将人积贮于内的情感有效地宣泄出来,从而实现心灵的净化。这一思想后来被改造成著名的"寓教于乐"原则。为了考察"教化"是如何发生的,我们又在第二节中分析了文艺是如何通过激发情感来唤起个人的自由意志的。有了这两样准备,现在我们可以看看文艺到底有着怎样的社会价值。

一　审美的教化功能

早在先秦时期,孔子就在《论语》里提出:"诗,可以兴,可以观,可以群,可以怨。"点明了文学作品的社会作用。《毛诗》"大序"称:"诗者,志之所之也,在心为志,发言为诗……故正得失,动天地,感鬼神,莫近于诗"。至南朝钟嵘在《诗品》序文中又进一步发展了这一观念,称"气之动物,物之感人,故摇荡性情,形诸舞咏……动天地,感鬼神,莫近于诗。"强调的是诗可以摇荡性情的特殊质性。也就是说,文艺之所以能够拥有"正得失""成教化"的功能,在于其可以"移人情性",社会价值是通过情感价值来实现的。总之,不论东方西方古代现代,也不论是反映现实还是表现心灵抑或纯属游戏,文艺在改造和培养某种生命态度方面的价值都受到一致的肯定,而实现这种塑造功能的途径,也不约而同地集中在了情感的培育上。简单来说,就是文艺可以通过影响接受者的情感态度而改造人,进而发挥着改造社会的功能。

知识背景　“兴观群怨”说

“兴观群怨”,是孔子的美学观点,是对诗的美学作用和社会教育作用的深刻认识。孔子的美学思想是中国文艺心理学的基础之一。“兴”,孔安国注为“引譬连类”,朱熹注为“感发意志”,这是说诗是用比兴的方法抒发感情,使读者感情激动,从而影响读者的意志;“观”,郑玄注为“观风俗之盛衰”,朱熹注为“考见得失”,这是说诗歌是反映社会现实生活的,因此通过诗歌可以帮助读者认识风俗的盛衰、社会的得失;“群”,孔安国注为“群居相切磋”,朱熹注为“和而不流”,这是说诗可以帮助人沟通感情,互相切磋砥砺,提高修养;“怨”,孔安国注为“怨刺上政”,这是说诗可以用来批评指责执政者为政之失,抒发对苛政的怨情。“兴”“观”“群”“怨”这四者是紧密相连、不可分割的。其中“兴”是前提,它包含了孔子对诗的整体作用的概括,所以“观”“群”“怨”离不开“兴”。而且将“兴”置于首位,充分注意到了艺术的感发作用。

教化功能是文艺在传统中受到重视的最根本的原因,蔡元培就直接提出“以美育代宗教”的主张。这也就是说,文艺不仅拥有宗教、历史和哲学的价值含蕴,而且似乎比宗教等等有更好的价值实现功效。这种思考的依据何在?

科学和哲学都是超越个体的,都是对普遍原理的探求。但对于个体而言,对公共性的遵守是依赖法律维持的。而法律只能禁止作恶,却无法促使人们必然地向善。一个人可以因为罚款而不去闯红灯,但这种停留在监督和惩罚层面上的秩序意识并不等同于情感上的认同,不能保证在没有监督的境况下继续保持秩序的自觉。科学可以给人类生活带来便利,却很难给人们带来幸福。哲学可以告诉人们幸福是什么,但却无法给人以独立的体验和理解。生命所以作为生命在于它的活性,H_2O 只是知识意义上的水,雨雪冰霜才是存在的、生命意义上的水。幸福存在于道德和宗教领域,在这里一切理性的证明(宇宙论和目的论证明)都不是最终可靠的,只有“倾听内在的情感的声音才是一个最高智慧的无法拒绝的证据”[①]。不论法律、道德、哲学、历史抑或宗教,如果只停留在知识层面,而不是进入人的内心化成

① 卢梭:《爱弥尔》,李平沤译,北京:商务印书馆 1978 年版,第 392 页。

为人的主体性，就不可能发挥它应有的作用。幸福不能是纯粹的知识，只有在人的体验中，在喜怒哀乐中，它才是存在的。文艺被赋予知识与个体作为生命的存在之间无可替代的价值，在于其本然的体验性。

然而事情并非如此简单，就算文艺可以通过特有的体验性对人类生活发生影响，可谁也不能保证，这种影响一定是积极的。文艺对人类是否有用？有什么用？怎样有用？这貌似简单的问题其实并不简单，关于它的回答也颇为纷纭。周公制礼作乐为的是昌建文明，合和万邦，“度制于是改，而民和睦，颂声兴”（《史记·周世家》）。这种礼乐观念经过孔子的阐释成为历代的治国圭臬，从而使分蘖而出的文章、音乐、绘画等等无不携带了成德教化的基因。文章是“经国之大业，不朽之盛事”（曹丕：《典论·论文》），“先王以是经夫妇，成孝敬，厚人伦，美教化，移风俗”（《毛诗正义·序》）；音乐乃“君子反道以修德，正德以出乐，和乐以成顺，乐和而民乡方矣”（《吕氏春秋·音初》），图画则“比雅颂之述作，美大业之馨香”（陆机：《演连珠》），“成教化，助人伦，穷神变，测幽微，与六籍同功，四时并运”（张彦远：《历代名画记》），林林总总，无不强调文艺之于社会道德与社会和谐的重大意义。梁启超甚至在《论小说与群治之关系》中将文学活动直接视为启智化民强国兴族的妙药，蔡元培更是直接提出以美育代宗教。

可是在西方，柏拉图则觉得“完全有理由拒绝让诗人进入治理良好的城邦”，应该“在他头上涂以香油，饰以羊毛冠带，送他到别的城邦去”①。卢梭甚至将艺术和科学一起列为败坏人类德行和风俗的祸首，认为它们导致古希腊和罗马由健康强盛沦于堕落与衰败：“科学和艺术都是由我们种种的坏思想产生的”，“科学、文学和艺术……泯灭了人们对他们为之而生的自由的热爱，使他们喜欢他们的奴隶状态”，“浪费时间固然是一大过错，而文学和艺术造成的祸害，比浪费时间的罪过要大得多”②。当然，中国也有“商女不知亡国恨，隔江犹唱后庭花”的不祥之论。所谓“忽人君之大道，好雕虫之小艺……文笔日繁，其政日乱”（李谔：《上隋文帝论文书·本传》），“前代兴亡，实由于乐”（《贞观政要·礼乐》）。

面对如此截然的对立双方，我们如何看待文艺之于人生的、民族的、人类的存在意义和价值？

---

① 柏拉图：《理想国》，郭斌和、张竹明译，北京：商务印书馆1986年版，第404、102页。

② 卢梭：《论科学与艺术的复兴是否有助于使风俗日趋纯朴》，李平沤译，北京：商务印书馆2011年版，第25、10、28页。

二　美的中介作用

面对类似美通过迷人的外表诱惑人离开严肃的工作这样的指责,席勒在《审美教育书简》中进行了正面反驳。席勒也承认,审美修养的发展和普及未必与政治的自由携手并进,它的养成是以"牺牲性格的潜力为代价而换来的,而这种性格的潜力是促成人类一切伟大而卓越的最有力的原动力"[①]。然而对席勒来说,一般的审美修养与他所要提出的能起到教育作用的美并不是一回事。此外,席勒也意识到,现实中的艺术作品并非铁板一块,我们这里所讨论的美的价值只能是理论上能起到的作用,而实际的艺术作品所能起到的效果自然会受到多方面因素的制约和影响。

为了说明美的作用,席勒先区分出了好几对成对的概念:状态与人格;感觉与自我意识;自然性格与伦理性格……这些其实都是人的感性与理性的不同表现形式。当然,席勒所说的感性与理性并不像一加一等于二这么简单,回忆我们在上一节中所描述的人的意识流状态就可以理解,这里的感性状态是不断变动中的意识的具体展开,而理性人格则更像是纵向贯穿意识流始终的绝对观念。感性为人提供活动力,而理性使人的活动成为自己的,二者协调统一才是对人性概念的完满实现。

在此基础上,席勒又提出了"感性冲动"(Sinnlichertrieb)与"形式冲动"(Formtrieb),前者是"由人的物质存在或者说是由人的感性天性而产生的,它的职责是把人放在时间的限制之中,使人变成物质"[②],而后者"来自人的绝对存在和理性天性,竭力使人得以自由,使人的各种不同表现得以和谐,在状态千变万化的情况下保持住人的人格"[③]。为了保证人的完善和谐,两种冲动都要有所限制。因此,文明的任务就是要一方面防备感性受理性的干涉,另一方面面对感觉的支配保持人格。然而,要同时控制好这两种冲动并不容易,必须同感官进行艰苦的斗争,克服由于天性的怠惰和心灵的怯懦而造成的接受教化的障碍。为了打通一条由心而及头脑的路,席勒提出了"游戏冲动"(Spieltrieb)。席勒的名言"只有游戏才使人成为完全的人,使人的双重天性一下子发挥出来"[④],就是在这个意义上来讲的。

---

① 席勒:《审美教育书简》,冯至、范大灿译,上海:上海人民出版社2003年版,第83页。

② 同上书,第96页。

③ 同上书,第98页。

④ 同上书,第122页。

不过，要正确认识“游戏冲动”还要注意两点。首先，审美游戏不同于普通的游戏，它是对游戏的一种飞跃，在其中，“想象力使用一种自由形式……立法的精神干预盲目本性的活动。想象力的任意活动服从于它的永恒不变的一体性”①。也就是说，它使理性与感性得到了统一。其次，理性与感性在这里的统一并非简单整合，而是在承认二者对立的基础上再来进行扬弃，这样才能“在时间中扬弃时间，使演变与绝对存在、变与不变合而为一”②，“作为宁静的形式缓和粗野的生命，为从感觉过度到思想开辟道路；以活生生的形象给抽象的形式配备上感性的力，把概念再带回观照，把法则再带回到情感”③。

席勒在这里的表述与我们先前所介绍的“忘我”状态和“回响”状态非常接近，“当我们因美而感到赏心悦目时，我们就分辨不出主动与被动之间的这种更替，在这里，反思与情感完全交织在一起，以至于使我们以为直接感受到了形式。因此，美对我们来说固然是对象，因为有反思作条件，我们才对美有一种感觉；但同时美又是我们主体的一种状态，因为有情感作条件我们对美才有一种意象”④。

审美能协调控制两种冲动，是创造了一种对两种冲动都具有支配力的自由意志，即“为思维创造了可以根据思维自身的规律来进行外显的自由”⑤。在审美过程中，“感性冲动随着体验到生活（即随着个体性的开始）而觉醒，理性冲动随着体验到法则（即随着人格的开始）而觉醒，只有在这时，即两种冲动都成为实际存在以后，人的人性才建立起来。直到人性建立起来之前，人身上的一切都是按照必然的法则发生的，现在人脱离了自然的保护，由他自己来维护自然在他身上设置并开启的人性。也就是说，只要两种基本冲动在人身上一活动，这两者就失去了他们的强制，两种必然的对立成了自由的产生源泉”⑥。

真正的政治自由的建立也就建基于此，席勒认为，“人们在经验中要解决的政治问题必须假道美学问题，因为正是通过美，人们才可以走向自

---

① 席勒：《审美教育书简》，第 231 页。
② 同上书，第 113 页。
③ 同上书，第 138 页。
④ 同上书，第 267 页。
⑤ 同上书，第 150 页。
⑥ 同上书，第 155 页。

由"[1]。我们前面说过,自由的理性人格是我们意识流中贯穿始终的绝对观念,也就是个体中具有普遍性的部分。个人实现了人格完满,也就能够理解社会中的他人。"人永远是孤独的,在自身之外从来没有找到过人性。只有当人在自己的小屋里静静同自己交谈,一旦走出小屋就同所有的人交谈,美的可爱的蓓蕾才会开放。"[2]因此,审美就不仅在个人自己的理性与感性间起到了协调统一作用,还在人与人之间起到了中介作用。

原典精读　席勒论审美的中介作用

强力国家只能使社会成为可能,因为它是以自然来抑制自然;伦理国家只能使社会成为(道德的)必然,因为它使个别意志服务于普遍意志;惟有审美国家能使社会成为现实,因为它是通过个体的天性来实现整体的意志。尽管需求迫使人置身于社会,理性在人的心中培植起合群的原则,但只有美才能赋予人合群的性格。只有审美趣味才能把和谐带入社会,因为它在个体身上建立起和谐。一切其他形式的意向都会分裂人,因为它们不是完全建立在人本质中的感性部分之上,就是完全建立在人本质中的精神部分之上。惟独美的意象使人成为整体,因为两种天性为此必须和谐一致。一切其他形式的沟通都会分裂社会,因为它们不是完全与个别成员的私人感受发生关系,就是完全同个别成员的私人本领发生关系,因而也就是同人与人之间的区别发生关系,惟独美的沟通能够使社会统一,因为它是同所有成员的共同点发生关系的……惟有美,我们是同时作为个体与族类来享受的,也就是说,作为族类的代表来享受的。……惟有美才会使全世界幸福,因为谁要是受了美的魔力,谁就会忘记自己的局限。

(席勒:《审美教育书简》,冯至、范大灿译,上海人民出版社 2003 年版,第 236—237 页)

这里所用的"中介"一词来源于席勒的"中间心境"(mittlere stimmung)。因为人始于单纯的生活,感觉先于意识,心绪要想从感觉过渡到思想必须经过一个中间心境,在这种心境中感性与理性同时活动,既不受物质

① 席勒:《审美教育书简》,第 21 页。
② 同上书,第 213 页。

的也不受道德的强制,因此也称自由心境。[①]席勒以后,哈贝马斯也非常重视审美的中介作用,并发展出了自己的交往行为理论,他认为:"在这个中介里,分散的部分重新组成一个和谐的整体——发挥催化作用,生活世界的审美化才是合法的。只有当艺术把在现代已分裂的一切——膨胀的需求体系、官僚国家、抽象的理性道德和专家化的科学——带出到同感的开放天空下,美和趣味的社会特征才能表现出来。"[②]除此之外,巴什拉也表达过审美的类似作用,他说:"在接受一个新的诗歌形象之时,我们体会到它的主体间性(intersubjectivity)价值。我们知道,我们将重新说出它,以此来传递我们的情感。"[③]

三　文艺与共同体

回想一下我们看过的奥运会,获得奖牌的运动员站在领奖台上边听着国歌边看着自己国家的国旗缓缓升起,都会情不自禁地流下眼泪,想象一下在异国他乡的街头,突然看到一个和自己有着同样肤色、发色的人心中油然而生的亲切感。明明是互不相识的两个人,会因为都刻印在记忆里的一首摇篮曲、一道美食,甚至只是几句土话而激动万分,觉得像碰到了老熟人。这就是"想象的共同体"的作用。学者本尼迪克特·安德森提出这一概念来解释"民族"观念,他认为民族"是一种想象的政治共同体——并且,它是被想象为本质上是有限的,同时也享有主权的共同体"。安德森对"想象"还有进一步的说明:"说它是想象的,那是因为,即使是最小的民族,其成员也多半不了解这个民族其余大部分人,甚至连听都没听说过他们。然而在每个人的心灵深处都有一种团体归属的意识。"[④]

我们现今早已习以为常的"民族"概念,实际上经历过一个复杂的历史发展过程。中世纪以来,人们理解世界的方式发生了根本的变化,宗教共同体、王朝以及神谕式的时间观念的没落使我们对"民族"的想象成为可能。使用同一种方言并进一步形成特定的"印刷语言"的群体酝酿了"民族共同体"的原型,18 世纪初兴起的小说与报纸,又为这种共同体结构的再现提供了舞台。人们通过共同的民族语言、民族史的叙事建构起对共同体的想象,

---

① 席勒:《审美教育书简》,第 161 页。

② 哈贝马斯:《现代性的哲学话语》,曹卫东等译,南京:译林出版社 2005 年版,第 58 页。

③ 巴什拉:《空间的诗学》,第 10 页。

④ 本尼迪克特·安德森:《想象的共同体》,吴叡人译,上海:上海人民出版社 2003 年版,第 5—6 页。

又通过这种想象激发出强烈的依恋之情和无私的自我牺牲精神，甚至愿意前仆后继为之献身。

把“民族”视为“想象的共同体”，一方面解构了“民族”不容置疑的权威地位，因而为重新考察每一个不同民族的文化身份和文化认同问题留下了空间。文化研究学者霍尔认为，“文化身份就是认同的时刻，是认同或缝合的不稳定点”，“它总是由记忆、幻想、叙事和神话建构的”[①]。文艺活动，正是在这一层面上参与到文化身份的建构中去的。另一方面，这一概念也给了“民族”在人类深层心理上的依据。“民族主义”可能是18世纪的发明，而某一“民族”在特定自然环境下的诞生则要早得多。安德森强调“想象”并非“捏造”，重要的不是“共同体”虚假与否，而是客观理解每一种想象的独特风格。

与“民族”观念的建构一样，文艺作品的创作有其特定时间和空间下的自然环境和社会基础。法国哲学家丹纳的《艺术哲学》就是从地理环境和民族性格的角度出发分别阐释了意大利、尼德兰和古希腊的艺术发展状况及其特征。中国美学家李泽厚也在人类经过漫长历史进程后产生的共同人性，即人类独有的文化心理结构的基础上提出了“积淀说”，并以此分析了中华民族把“蛇”“鸟”“鱼”等写实的动物形象“积淀”为“龙”“凤”等民族象征和装饰用的几何纹样的过程。

原典精读　李泽厚论“原始积淀”

> 什么叫原始积淀？原始积淀，是一种最基本的积淀，主要是从生产活动过程中获得，也就是在创立美的过程中获得……由于原始人在漫长的劳动生产过程中，对自然的秩序、规律，如节奏、次序、韵律等等掌握、熟悉、运用，使外界的和规律性和主观的合目的性达到统一，从而才产生了最早的美的形成和审美感受……虽然原始人群的集体不大，活动范围狭隘，但他(她)们之所以不同于动物的集体，正在这种群体是在使用、制造工具的劳动生产过程中建立起来的“社会”关系。只有在这种社会性的劳动生产中才能创建美德形式。而和这种客观的美的形式相对应的主观情感、感知，就是最早的美感……它们也是积淀的产物：即人类在原始的劳动生产中，逐渐对节奏、韵律、对称、均衡、间隔、

---

① 斯图亚特·霍尔：《文化身份与族裔散居》，陈永国译，《文化研究读本》，罗刚、刘象愚编，北京：中国社会科学出版社2000年版，第212页。

重叠、单复、粗细、疏密、反复、交叉、错综、一致、变化、统一、升降等等自然规律性和秩序性的掌握熟悉和运用，在创立美的活动的同时，也使得人的感官和情感与外物产生了同构对应。

（李泽厚：《华夏美学 · 美学四讲》，北京：三联书店 2008 年版，第 307 页）

一个民族的特定自然条件和时代状况为当时的文艺创作打上民族风格和时代精神的烙印，而文艺作品和审美活动又反过来参与民族共同体的建构，使得人们对自己的民族文化产生深层次的认同。可以说，文艺与共同体有着相互依存的紧密关系。然而，文艺活动固然要受到民族特性的制约，却又有着超越时间与空间的普遍价值。正是这种普遍价值使得本节预读中德国军官搭救犹太钢琴家的动人故事成为可能，也使得席勒所说的美的中介作用能超越一时一地的现实狭隘，带人进入“同感的天空”。

在尼采将上帝判了死刑之后，传统伦理价值系统的崩溃使美学由一个分支学科跃升为生命存在的本体，审美活动变成了人类认知、理性、道德等一切精神活动的根本。“只有作为审美现象，生存和世界才是永远有充分理由的”，“我们今日称作文化、教育、文明的一切，终有一天要带到公正的法官酒神面前”。[1] 尼采所开辟的这条生命美学本体化的道路成为西方思想家解除现代、后现代精神与道德危机的优选之路。

马尔库塞作为其中之一，进一步阐发了席勒的审美教育理论，把它导向批判资本主义社会的一条艺术革命之路。马尔库塞的审美理论是借助艺术作品中的审美形式解放每个个体的感性、想象和理性，使个体具有反抗和重建的潜能，从而实现普遍的解放和非压抑的文明。他认为，想象力经过了发达工业社会对它的禁锢，将会迎来解放，转向对经验世界的彻底重建。在这个重建中，美学的历史地位将得到改变，美将在对生活世界的改造中表现出来。

思考题

1. 艺术有哪些情感方面的价值？
2. 文艺对人格的完善起着怎样的作用？
3. 如何理解审美与道德价值的关系？
4. 艺术是如何实现社会价值的？

---

① 尼采：《悲剧的诞生》，周国平译，北京：生活 · 读书 · 新知三联书店 1986 年版。

进一步阅读

1. 亚里士多德:《诗学》,朱光潜译,北京:人民文学出版社 1962 年版。

要搞明白亚里士多德“净化说”的原意,与其在众多转述与争论中迷失方向,不如直接读一读这本薄薄的小册子。

2. 巴什拉:《空间的诗学》,张逸婧译,上海:译文出版社 2006 年版。

巴什拉的作品既是哲学又是诗,读起来本身就是一种享受。空间并非填充物体的容器,而是人类意识的居所,读这本书可以让人领略栖居的诗学。

3. 席勒:《审美教育书简》,冯至、范大灿译,上海:上海人民出版社 2003 年版。

席勒是古典美学向现代美学过渡的重要人物,这本书是他的经典美学著作,可以通过本书来进一步了解审美对个人和社会的作用。

4. 本尼迪克特·安德森:《想象的共同体》,吴叡人译,上海:上海人民出版社 2003 年版。

这本书从文化和情感的角度来理解共同体的建构,颠覆了学界对民族主义课题的思考角度,是深入理解文艺的社会价值的基础性著作。

后　记

本教材的编写得到上海市精品课程建设项目、上海大学中文教育高地建设项目和上海大学重点教材建设项目的支持。

在本教材的编写过程中,也得到了全国多家从事文艺心理学及其相关课程教学的专家学者的大力支持。2007 年 5 月和 2012 年 4 月,上海大学中文系先后召开两次文艺心理学学科建设与发展学术研讨会,徐中玉、钱谷融、王先霈、鲁枢元、朱立元、赵宪章、王鸿生、蔡翔、杨文虎、殷国明、祁志祥、王文英、喻大翔、陆扬、王光东、葛红兵等对课程建设和教材编写提出了宝贵意见和建议。本教材由曾军、邓金明担任主编,张月、和磊、庄桂成担任副主编,各章分别由来自全国各大高校的中青年学者完成。他们分别是:导论(上海大学邓金明、曾军)、第一章(上海大学邓金明)、第二章(上海大学曹谦)、第三章(华东师范大学陶国山)、第四章(许昌学院赵牧)、第五章(三峡大学郭勇)、第六章(上海大学曾军)、第七章(山东师范大学和磊)、第八章(郑州大学张月)、第九章(江汉大学庄桂成)、第十章(上海大学苗田、段似膺)。

新世纪文艺心理学面临着知识更新、教学变革的双重任务,本教材作为对这一问题的积极回应和有益尝试,将在未来的教学和科研中不断完善。

2014 年 2 月